四周短暂地安静了会儿，正当继涯以为谭谋扬害羞了，打算转头再催促调侃两句时，耳边突然响起了极轻极浅的口哨声。

是那首 The Sound of Silence。

两个口哨声在老房子里绕绕萦绕回荡，伴随着渐月湿的气息，与蜡梅香气一起弥散入了今夜的风雨中……

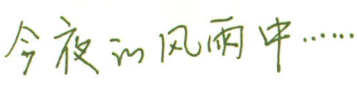

有爱的青春陪伴者

提笼遛龙 著

潮热夏季
Summer

江苏凤凰文艺出版社
JIANGSU PHOENIX LITERATURE AND ART PUBLISHING

图书在版编目（CIP）数据

潮热夏季 / 提笼遛龙著. -- 南京：江苏凤凰文艺出版社, 2024.4
ISBN 978-7-5594-8054-5

Ⅰ.①潮… Ⅱ.①提… Ⅲ.①长篇小说 – 中国 – 当代 Ⅳ.①I247.5

中国国家版本馆CIP数据核字(2023)第194110号

潮热夏季

提笼遛龙 著

责任编辑	王昕宁
特约编辑	周丽萍
责任校对	言 一
出版发行	江苏凤凰文艺出版社
	南京市中央路165号，邮编：210009
网　址	http://www.jswenyi.com
印　刷	天津睿和印艺科技有限公司
开　本	880mm×1230mm 1/32
印　张	10
字　数	348千字
版　次	2024年4月第1版
印　次	2024年4月第1次印刷
书　号	ISBN 978-7-5594-8054-5
定　价	45.80元

江苏凤凰文艺版图书凡印刷、装订错误，可向出版社调换，联系电话025-83280257

Chapter 01
乌龙 /001

Chapter 02
南城西城 /018

Chapter 03
蝙蝠 /033

Chapter 04
夜幕之下 /045

Chapter 05
露营 /057

Chapter 06
套环 /071

Chapter 07
生活 /083

Chapter 08
死水 /094

Chapter 09
蝴蝶 /105

Chapter 10
离夏 /120

Chapter 11
现实与童话 /135

Chapter 12
夜行动物 /147

Chapter 13
追梦人 /160

目录 /contents

Chapter *14*
无脚鸟 /170

Chapter *15*
来自光 /184

Chapter *16*
故乡 /198

Chapter *17*
春草 /210

Chapter *18*
岁末 /225

Chapter *19*
新年 /238

Chapter *20*
满天星 /255

Chapter *21*
又一季 /268

Chapter *22*
勇士 /281

Chapter *23*
未来 /296

Extra
岁月间 /309

目 录 /contents

Chapter 01
· 乌龙

傍晚那会儿又响了两声闷雷，依旧不见下雨。近来的天总这样，天气预报就跟闹着玩似的。

破旧深巷中挨着家五金店的位置，有间挂了老式塑料帘的门面房。往来过路的没人知道这地方到底在卖什么，只有几代都住在这儿的老街坊才知道，过去大伙儿都管它叫"三室一厅"。

"闹闹，哥去趟厕所，你帮忙照看下店呗。"胳膊上文了条大龙的黑大汉站起身，边说边从抽屉里掏出卷卫生纸在胳膊上绕了几圈。

"嗯。"坐在老式街机前的少年头也不回地应了声，手下还在飞快操纵着他的"八神庵"。

大汉路过时在少年的后脑勺上弹了下："听着没？"

屏幕里出现了个硕大的"K.O."，少年总算松了口气，拧开可乐瓶懒懒道："你这店还用看？统共只有咱俩。"

可乐这会儿遭了暑气一点都不解渴，少年掀起衣角擦了把汗："哥，给我带根老冰棍吧，快热挂了。"

"你说你个有钱人家的小崽子，吃得倒还挺亲民。"大汉撸了撸自个儿的小寸头，"说真的，闹闹，下回跟你后爸说说，给哥这游戏厅也赞助个空调。"

少年冲墙上挂着的摇头风扇扬扬下巴："我看它就挺好，跟你这店的气质多搭。还有，以后别叫我闹闹了，不知道的还以为你在叫狗。"

大汉大大咧咧一笑："我就觉着闹闹比继准好，亲切！"

继准挑了下眉："你不是急着上厕所吗？又给憋回去了？"

"嗐，可不！"大汉一拍大腿，脚下生风地朝公厕跑去。

继准看着对方的身影扬了下嘴角，随后起身站在风扇下头吹凉。

他将蓝白校服的领口扯开胡乱扇着，露出了里头分明的锁骨和白净的脖子。

门帘突然晃了下，从外头进来了两个继准已经许久未曾见过的"非主流"遗老。

"嚯，真是游戏厅啊！"其中一个"飞机头"看着屋里的街机兴奋道，"我还以为这种地方早灭绝了！"

另一个穿紧身皮裤、豆豆鞋的"麻秆儿"迈着外八从继准身边溜过，边嚼口香糖边问："老板人呢？"

继准短暂地反应了下，皱眉用手指了下自己："你跟我说话？"

麻秆儿白了继准一眼："不然跟鬼？"

继准点头："换币是吧，十块钱三十个。现金给我，扫码墙上。"

麻秆儿由下往上地打量了继准几眼，随后从镶有硕大LV标志的假名牌包里掏出了张二十块的纸币递给了继准。

继准接过钱，从前台柜子里数出六十枚游戏币放进小筐，推到了麻秆儿面前。

继准："九点钟关门，币没用完下次来还能用。"他顿了顿又补了句，"老机子了，玩的时候爱惜点儿。"

麻秆儿不耐烦地一把夺过筐，便就近找了台街机坐下，冲着身后的飞机头嚷嚷："你快点儿，给你看哥的必杀技！"

继准坐在吧台前听着游戏键被俩"非主流"拍得噼啪作响，吐脏字的速度比手速快了不知道多少倍，淡淡抬眼朝屏幕扫了眼。

怎么说呢，菜是真的菜，装也是真能装。

他摸出手机打开微信，就见一个名叫"娇姐"的"财神"头像给他发了一连串语音。继准皱着眉直接将其转成了文字。

娇姐：闹闹，搁哪儿呢……三条。

娇姐：老师说你又没去学校？你个小兔崽子，又要找你后爸给你擦屁股是吧！赶紧给我回电话！

娇姐：我给你后爸打电话了，你俩就是要把我活生生给气死……碰！

不得不说，亲妈的普通话还是挺标准的，转成文字后居然一字不差。

继准动动手回了个"在黑哥这儿呢"，那边马上就把电话打来了。

继准起身走到门口，这才按下接通。

瞬间，中气十足的怒吼伴着哗啦啦的洗牌声一起从手机里爆发而出。

"兔崽子，怎么才接电话？"

继准下意识地把手机拿远了些,待对面骂完一回合后才重新将其贴到耳边。

"刚调静音了,没听到。"

"说,为啥又逃课了?"

"'老乌龟'欺负我。"

"刘主任就是刘主任,什么'老乌龟'!"

"是他先招惹的我,我才给他起的外号。他说我欺负同学。"

"那你欺负了没?"

继准失笑:"我说娇姐,你儿子我是那种会主动找事的人吗?"他往墙上一倚,继续道,"那小子偷翻我们班学习委员的包,被我抓了个正着,揍了几拳。他就是仗着自个儿学习好,跑去'老乌龟'那儿反咬了我一口。你就说,这事换你,你不生气?"

电话那头顿了顿,利落道:"成,我知道了。你跟你后爸联系下,他说要过去接你。"

"别让他跑一趟了。"继准皱皱眉,"我过会儿自己打车回去。"

"他乐意接,你就让他接呗……九条,先不说了啊,你们联系!"

电话挂断后,继准朝着巷口看去。黑子这趟厕所上得着实够久,直到现在还不见人影。继准只得又点开他后爸的微信发了个定位,告诉他晚点儿再来。

"哐当——"

屋里突然传出了机器被重击的声音,继准赶忙抬脚往里走去。在看到屋内的状况时,他目光一沉。

只见麻秆儿他们之前玩的那台机器的操纵杆被掰折了,扔在一边。飞机头像是被这突如其来的情况扫了兴致,朝着机身狠狠踹了一脚。

"什么破机器,走走走,不玩了。"麻秆儿将嘴里嚼了半天的口香糖往街机上一黏,双手插袋站起身,和飞机头一起旁若无人地从继准跟前走了过去。

"站住。"继准冷冷开口,走到街机前大体检查了下。

错不了,操纵杆是因为玩家用力过度被生生弄断的。

"你们得赔。"继准的目光定在了那块口香糖上,皱起了眉,"这年头机子的零件也不好找,等老板回来核算价格后会告诉你们。"

麻秆儿闻言从鼻间哼出声笑:"一堆破铜烂铁还好意思叫人赔?老子能进来玩儿已经够给面子了。"说完,转头就要离开。

继准的太阳穴一跳,快步上前挡在了门口:"老板没回来前,谁都不

003

许走。"

"小崽子!"飞机头狠狠推了继准一把,"滚开!"

继准身子晃了下,随即直接伸手钩着门锁向下"咔嗒"一扣。

飞机头眼见被个小屁孩威胁了,顿时火冒三丈,挥起一拳便朝继准砸去。

继准眸色一暗,下意识闭上了眼。

意料中的钝痛却迟迟没有落下,相反倒传来了飞机头的哀号。

"断了!断了断了啊啊啊——"

继准回头一看,只见一只文着大龙的粗壮大臂反扭住了飞机头的手。继准心下一松,站直身体将袖子捋到了手腕上。

"没事儿吧,闹闹?"黑子沉着脸,手上又加重了些力道,飞机头顿时又痛叫了声。

"大哥,你刚是掉厕所里了吧?"继准嘟囔了句,回头朝被弄坏了的机器扬扬下巴,"就这两人弄得,你快看看能修好不?"

飞机头的胳膊被黑子拧得"咯咯"作响。黑子大眼一扫,将麻秆儿和飞机头拎鸡崽儿似的一边一个提起来,粗声道:"哥俩儿,是钱的事儿还是人的事儿啊?"

两人吓得脸色惨白,闻言赶忙大叫:"钱的事儿!钱的事儿!"

黑子这才将两人往面前一丢,指了下墙上的二维码:"扫!"

看着飞机头和麻秆儿乖乖扫了码,赔了钱,继准才微微侧身给他们让出了去路。两人经此一吓,这会儿根本走不好道儿,歪歪扭扭地逃走了,临了还被门口的石阶狠狠绊了下。

继准拖过边上的椅子坐下,摸出手机看了眼时间,已是夜里将近十点。

"怎么去了这么久?"他问。

黑子一脸欲哭无泪:"别提了,哥连跑了三间公厕,结果一间锁了,两间维修,我愣是打了个车开出去五公里才把事给办了。"

继准忍不住牵了下嘴角,看黑子用螺丝刀往街机上熟练地换操纵杆。

"好修不?"继准问。

黑子咧嘴一笑:"那必须,哥是专业的!"

继准点点头:"这么晚了,你不去接兰姐下班啊?"

"她晚上跟单位同事吃饭呢,说结束了自个儿回家。"黑子修机器的手顿了顿,闷声道,"你兰姐那天又跟我提结婚的事了。"

见继准不语,黑子接着道:"她爸妈不愿意我守着这家游戏厅,打算让我把它改成个小超市。"

继准抿了下唇,沉默片刻后才开口问:"你的意思呢?"

"她爸妈也是怕她跟着我受苦。"黑子苦笑了下,继续埋头上着螺丝,"开游戏厅的确是不赚钱,毕竟这年头各种网游、手游,像你们这么大还知道玩意儿的人都不多了,谁会往这儿跑啊。想想看,的确也是我太自私了。"

继准垂着眼,将手机屏幕一下下按亮又按灭。黑子一回头便看到了对方无精打采的样子。他起身在继准头上揉了把:"你咋还不高兴了呢?"

"我没不高兴啊。"继准将被黑子弄乱的头发拨了拨,"你能想明白也挺好的。"

他冲黑子勾了勾手指:"我的老冰棍呢,忘了?"

黑子一拍脑门:"嘻!"

"算了,这都凉快了。"

"对不住啊,闹闹,要不哥领你撸串去?"

继准摇摇头:"不了,你赶紧回去吧。不然兰姐到家又没看见你人,还得跟你急眼。"

"你不回家?"

"我后爸说要来接我,你先走吧。我等他来了帮你锁门。"

"你后爸挺疼你啊?"

"还成。"继准笑了下,"这你不是知道吗?"

黑子点了点头:"其实娇姐能嫁给他也是好事,起码再不用吃苦受罪了。"他拍了拍继准的肩,"那哥可先走了啊。"

"快走吧。"继准朝他挥挥手。

黑子从桌上取过电摩钥匙,戴好头盔:"你到家了记得跟我说一声。"

"知道了,磨磨叽叽。"

黑子又在继准头上抓了把,便骑着他的小电摩驶入了夜色。

继准手机振了下,是后爸发来的一条语音。

"我刚应酬完,小王开着车正往你那边儿走,大概半小时。等着啊!"

继准勾了下嘴角,回了个"好"。

继准他后爸叫陈建业,所谓的后爸就是大众意义上的那个意思。

继准小学三年级的时候,娇姐便领着他义无反顾地离开了这条破巷子,连带着把老房子和住在老房子里头的窝囊男人一起抛弃了。从此,母子俩便住进了后爸的大别墅里,正式过上了富人生活。

"抛弃"这词是娇姐坚持这么说的。她这人好面子,在得知那窝囊男人背着自己又偷偷找了个相好的后,就抢先在自己被抛弃之前先把那男人抛弃了。

其实比起这后爸，儿时的继准最初还是和他亲爸更亲的，毕竟骨子里流着相同的血，且他亲爸跟娇姐吵归吵，对他还是相当不错的。那时的继准不理解什么是出轨，以至于当他从亲爸带回来的陌生女人手里接过一串糖葫芦时还挺高兴。

结果，娇姐冲回家一见那糖葫芦便给摔了，还在继准屁股上狠狠揍了几下，骂他小三儿给的东西吃了也不怕被毒死。在他们上演了一场从街头打到巷尾的大戏之后，继准不解地问娇姐："什么是小三儿？"娇姐将继准搂进怀里，咬着牙恶狠狠地道："就是全天下最丑最坏的东西。"

这话一度让继准每每在电视上看到妖怪，就要问一遍娇姐："这是不是小三儿？跟小三儿比，哪个更坏，哪个更丑？"

后来等继准又长大了些，他才明白他那个亲爸到底都干了些什么垃圾事。彼时再反观陈建业，就觉出他的好了。且不说陈建业从不让娇姐洗衣做饭干家务，光是结婚这么长时间还能每天嘘寒问暖，就不是每个男人都能做得到的。

陈建业对继准自然也没话说，用陈建业自己的话说："我是后爹，可继准是我亲儿子啊。"

久而久之，继准便也对这后爸有了真感情，只是一直这么"后爸、后爸"地叫习惯了，也没找着个合适的机会改口。

娇姐和陈建业也是纵容，就由着他这么叫，甚至还跟着一起打趣。因而这"后爸"虽然仍是大众意义上的那意思，但又有些不一样，倒更像是个随便的绰号了。

门帘又掀动了下，继准头也没抬地玩着手机说了句："忘带东西了？"见半天没人回话，他才仰起了脸。

此时屋里的灯不亮，有些昏黄，还有些接触不良。

来者个子挺高，起码得有个一米八五，有着特属于少年的修长身形，穿件黑色休闲外套。眼睛藏在兜帽的阴影里，露出的一头银发倒是相当显眼。

继准扬了下眉，冲来者道："嘿，关门了。"

藏在兜帽阴影下的眸子眯了下，开口时喉间传出了低沉的嗓音。

"我弟说他下午在电玩城受欺负了，那人穿件校服。"他微微扬起下巴看着继准，"就你这样的。"

继准先是愣了下，脑海中的第一反应居然是那飞机头或麻秆儿居然还有这么一哥呢？他从板凳上站起身，顺手将手机放回口袋。

继准："你弟跟你长得不像啊。"

来者闻言，轻点了下头："那我可就当你认了啊。"

话音未落，继准便被一股巨大的力道直接翻了个身，反抵在了墙上。

胳膊登时传来一阵酸痛，继准的下巴磕在墙上，蹭了层白灰。

"呵。"

继准贴着墙面闭眼短促地笑了下。

身后人闻声，嗓音瞬间又冷了几分。

"你笑什么？"

继准："这下倒真像是亲哥了。"他略动了下身子，发现挣脱不开，便又道，"趁人不备下黑手，真下作。"

对方听后微怔了下，而后居然真就松开了双手。

继准用拇指蹭蹭下巴，像是破皮了。

屋外突然亮起了明晃晃的车灯，陈建业从副驾驶打开车窗朝屋里喊："闹闹，你干吗呢？"

继准眸色暗了暗，转头掀开门帘冲陈建业挥挥手："没事儿，我跟同学闹着玩呢！"

他再次扭头看向对面的人："我爸来了，还带着个司机。"言下之意——我来帮手了，你再敢动一下试试？

"我不想我爸见着我打架。"见对方不语，继准用手指了指自己的下巴，"但这事儿咱还没完。"他弯腰拾起书包斜挎在肩上，背身道，"六中继准，给我记好了。"

"继准……"对方默念了一遍，"六中的是吧，记住了。"他眼底划过一丝玩味，沉声说了句，"放学可别跑。"

继准背影一停，回头冲那人冷冷挑了下眉："跑？跑就给你当孙子。"

说完，继准便径自关上了游戏厅的灯。身后人倒也真不再纠缠，一低头闪进了夜色中。

下巴上破皮的地方还在隐隐作痛，继准从书包里翻出了枚卷了边的创可贴，也不记得是多久以前他同桌给的了。撕开外头的纸，继准手上的动作一顿。他捏着创可贴借着车外的光看了看，不由得皱起了眉。

还是草莓图案的。

继准将创可贴捏成了一小团，随手塞进后座边上的储物槽里，而后躺倒在座椅后背上，偏头看着车窗外的街景。

"闹闹，刚刚那人是你同学啊？"陈建业一开口便传来了一股浓郁的酒气。

继准从裤兜里摸出糖盒,倒出两颗口香糖递给了他:"快放嘴里含着吧,不然回去你老婆一准又得发飙。"

陈建业笑着从继准手里接过糖:"今天不会,今天有我儿子帮忙挡住炮火的。"他摇开了点窗户散味儿,回头道,"哎,那人到底是不是你同学啊?"

继准的脑海中再次浮现出了方才那人的样子,弯弯嘴角说:"算吧。"

"看着有点面生呢,按说你那几个小兄弟我应该都见过才对。"

"你今天去我学校了?"继准打断了陈建业的话,"'老乌龟'都跟你说什么了?"

提及这"老乌龟",陈建业瞬间表现得比继准还要激动,说:"别提了,那人是真孬啊!我跟他说你是因为抓到你同学偷翻别人东西才打抱不平。他倒好,说什么无论如何都不应该在学校里打人,还连带着把我也给教训了一通。"

继准的表情冷了下来:"他为难你了?"

陈建业挥挥手:"为难倒不至于,他非要给你记大过,后来我直接让他也甭麻烦了,这破地方我们自己还不稀罕待了呢。"话及此处,他探身看向后座,"知道被你揍的那小子跟你们教导主任什么关系吗?那是他外甥!就这么个颠倒黑白、是非不分的家伙,还指望他外甥跟他学什么好?你说是吧,小王!"

开车的司机闻言点了下头:"对,咱闹闹又不是没学校上。"

话说到这儿,陈建业瞬间满面红光,得意道:"闹儿啊,我都已经帮你安排好了。等这假期一过,咱直接就去三中报到!"

继准刚刚听这话就越听越不对,直到现在已经彻底反应过来了,他后爸要让他转学,并且转学手续都已经办完了!

"不是,转学这事儿你跟我商量了吗?"继准感到相当无语,"让你去趟学校,怎么还先给整上头了呢?"

"我就是见不得别人欺负你。"陈建业捶了下座椅,"再说,我闹儿是个啥人我比谁都清楚!"

"那也不能说转就转啊!"继准揉了揉太阳穴,"娇姐知道吗?"

"我跟她说了,那会儿她正打牌呢,听完也差点直接掀桌去你们学校。"陈建业道,"她说同意你去三中,那边的升学率更高呢。"

"你们……绝啊,真绝!"继准把自己往后座上一摔,不再理会陈建业。

他掏出手机给一个用"二哈"当头像的好友发了条消息。

继准:哥们儿要转学了。

路虎：什么？［震惊.jpg］

继准：我也是刚被通知，我后爹也是真的绝！

那边"对方正在输入中……"了半天后，再次传来新消息。

路虎：宝儿啊，讲真，你后爸挺帅的，比我老子强多了。我爸只愿意相信别人，独独不信他亲儿子。

继准的手停在了屏幕上，半天没再敲字。直到路虎又发来了消息。

路虎：你要转到哪儿去？定了没？

继准：三中。

路虎：哦，那还好，离得也不远。我还是能去找你！

继准：嗯，就是觉得麻烦。

继准笑笑，将手机收回了兜里。

汽车驶入了别墅区，在一座白色的独栋洋房前停下。

继准跳下车，在一旁等着陈建业跟小王又交代了几句工作后，方才按响了门铃。

"怎么才回来？"开门的娇姐已经换上了睡衣，脸上贴着个黏糊糊的绿面膜。

没等继准回答，她身后的金毛犬便抢先扑到了继准身上。

"包包，你别扑他！才刚洗了澡！"娇姐抓着金毛的后颈把它跟继准分开，突然眉头一皱看向陈建业，嗓音立时又提高了八度，"陈建业，泡酒缸里了你？"

陈建业笑嘻嘻地换了鞋："还不是为了咱闹儿上学的事嘛。"

娇姐闻言，语气缓和了些："成了？"

陈建业拍拍胸脯："你家老陈出马，还有办不妥的事吗？"

娇姐哼了声，双手抱臂解气道："就是，咱家闹儿还不乐意待了呢。你俩饿不？我让张姐把菜热热？"

"我吃了，闹闹还没吃呢。"陈建业道。

娇姐给继准递了双拖鞋，突然看向他的下巴，一愣："你的脸怎么了？"

继准佯作无所谓道："磕马路牙子上卡秃噜皮了。"

娇姐在继准后背上拍了下，有一搭没一搭地数落道："一天到晚地没正行，快洗手吃饭了！"

继准就着一条清蒸鲈鱼吃了一碗饭，又喝了一碗鸡汤后便上楼回了自己房间。

他先是将空调打开，随便选了个经常听的歌单放起了音乐，而后舒舒服服地洗了个澡。洗完澡后，他盘腿坐在床上用干毛巾擦着头发。

门外传来"噌噌噌"的扒门声,听频率不是娇姐也不是陈建业。继准起身打开门,只见包包叼着个吹风机杵在他面前。

"把头发吹干再睡觉!"娇姐的声音从她的房间里传了出来。

继准拾起吹风机回屋,包包便也借着机会跟着他溜进屋里,在地毯上躺了下来,不一会儿就打起了呼噜。

继准也没再将包包赶出房间,他把空调温度又往上调高几度,拧灭台灯钻进了被窝。

遮光窗帘留了个角没关严,间或有车辆经过,照得天花板上的一角时亮时暗。包包像是做了什么梦,前爪在地毯上胡乱刨了几下。

继准探头看了它一眼,见没有醒,才又重新躺好。就在他意识渐渐模糊时,脑海中突然又闪现出了今天那个戴兜帽的人,他猛地清醒过来,倏地坐起身。

就说一定忘了件什么事吧!

他今天告诉那人自己在六中,还说要是躲的话就给对方当孙子!现在他猝不及防地被转学了,要是那人真到六中门口去找他还没找着,岂不会以为是他怕了?

继准的目光略夹着思索,看向天花板上的那块光斑。他舔了下腮帮子,端起床边的水小口抿着。

算了,又能怎么着?反正这辈子两人估计也就只见那么一面。要是对方真就认死理儿,跑去黑子那儿找麻烦,他也铁定赚不到什么便宜。

念及此处,继准当即放宽了心,一阵睡意重新蒙了上来。

一夜无梦。

五一假期转瞬即逝,期间继准除了跟陈建业一起跑去水库钓了一天鱼外,基本都在屋里头待着。黑子带他女朋友旅游去了,赶着五一爬黄山,也不知道究竟是去看景还是看人。

路虎跑来他家看了个鬼片,据说这影片在日本上映的时候吓死过人,但继准看完后觉得挺没劲的。

假期的最后一天晚上,娇姐塞了盒进口巧克力到继准书包里,嘱咐道:"换了新环境,记得跟同学们搞好关系。"想了想又说,"这话我都不用交代,你小子最擅长的就是纠集死党,不务正业。"

"倒也不必这么说。"继准躺在沙发上,耷拉着一只手摸着包包的脑袋,"毕竟是你亲儿子,给他留几分薄面吧。"

娇姐作势在继准胳膊上拧了把,笑骂道:"我就是太给你脸了!对了,新校服已经给你搁屋里了，比六中的好看！"

继准揉揉鼻子："拉倒吧，就只有校徽跟六中的不一样。"

娇姐从果盘里捏了块橙子："我儿子肩宽腿长，穿啥都帅！"

这句继准没再还嘴，他爱听。

"先上楼了啊！"继准从沙发上爬起来，上了二楼。

"早点休息。"娇姐吃着橙子说，"明天王叔开车来接你。"

三中的校园没六中的大，但绿化却比六中好不少。夏天天亮得早，继准走进学校时，阳光恰好从树荫间洒下来，落在乒乓球台上，留下暖暖的斑驳光影。

先前六中的教导主任总怕学生躲在树林里干些不该干的，于是直接将校园里的大树全都砍了，种成了小叶黄杨。仿佛没了那些树，学生们就会一心扑在学习上了。

新班主任是个三十来岁的女老师，姓马，穿了件黄底白点的连衣裙，说话的语气抑扬顿挫，看着就像教语文的。

继准单肩挎着书包跟在她身后进了教学楼，在高二（3）班门口停了下来。班主任拍拍继准的肩，先进入教室站在了讲台上，随即两手往桌上一撑，看着下面的同学也不说话。

因为要来插班生而躁动的教室，在班主任的沉默中渐渐回归了安静，这大概也是老马能成为班主任的原因。

她清了下嗓子："知道你们一个个都消息灵通，我也就不多介绍了，让新同学自我介绍吧。"话毕，她冲继准点点头，示意他到讲台上来。

继准不太喜欢这样的流程，不由得加快了介绍语速。

继准："继准，继续的继，准确的准，六中来的。"

毫无意外，教室里的嗡嗡声随着继准的介绍再次响起。女孩子们的嗓音普遍要高些，因而她们难掩激动的声音也听得更清楚。

"哇哦，帅啊——"

"六中之前有这样的吗？"

"我的菜我的菜，简直长在我的审美上！"

"看来班长的校草地位不保啊！"

继准不动声色地勾了下唇，这些关于他的评价是真的肤浅，但也是真的悦耳！

班主任的目光在教室里扫了几圈，看样子还在考虑让继准坐在哪儿。

此时，一个修长的身影抱着摞卷子走到了门口。

011

"报告。"嗓音低沉温润。

班主任："进来。"

门口的人却并未进入教室，而是站在不远处，沉默地注视着讲台上的继准。

继准被这道没来由的目光整得有些莫名其妙，也朝对方看去。

这一看不打紧，他险些暴毙在讲台上。

"六中……继准？"那人低声喃喃。

这声音、这长相、这眼睛……错不了！就是那天的那个兜帽男！

继准深吸一口气，目光移向对方此时已变回黑色的短发，默默吞了口唾沫。

再次回想起自己那天那句极其装的"跑就给你当孙子"，此时的继准简直想回到那天把自己的嘴给封上。

天知道他不但跑了，还跑到了对方班上。这简直就是大型"社死"现场！

地球，果然是圆的。

"你们，认识啊？"班主任好奇道。

在继准还没想好要怎么回答时，对方却先开了口。

他冲班主任点点头，斯斯文文地说："之前我们在一起玩过。对吧，继准？"

继准："哈。"这你让我怎么说？

"那正好，继准刚转来咱们学校，有个认识的人也好更快地融入。"班主任朝那人露出了赞许的目光，"有班长带着我也就放心了。"

继准腹诽，呵，还是班长？挫人下巴颏儿的时候可真不像个班长。

"这样吧，你俩就先做同桌。"班主任看向继准道，"谭璟扬是咱年级第一，日后有什么学习上的问题你也可以问他。"她说完冲靠窗坐着的一个绑马尾的女生示意说，"顾桉，你先搬去跟刘思燕坐。"

"啊？"顾桉拖长语调，极不情愿地撇嘴看着班主任，见对方心意已定，只得磨磨蹭蹭地收拾了东西，而后心不甘情不愿地搬到了另一个座位上。

班主任："继准，你过去吧。"

教室里又是一阵窸窣，几家欢喜几家愁。

谭璟扬冲继准礼貌地点点头："走吧，以后学习和生活上有什么麻烦的话，随时找我。"

继准皮笑肉不笑地牵了下嘴角。

装，你接着装。

见继准半天不动，谭璟扬佯作玩笑道："需要我帮你拿书包吗？小少爷。"

班上果然传出一阵笑声，显然多数人都对这该死的玩笑很是受用。

继准拎着书包走到靠窗的位置往桌上一撂，拼命压抑着拔腿就跑的冲动。谭璟扬在他边上坐下，慢条斯理地拿出了习题册和课本。

"班长下课后把卷子发一下，大家自己先订错，晚自习咱们再来讲。"班主任在黑板上写下了几行板书，"哦，对，最后一节体育改英语，体育老师请假了。"

"别啊——"同学们齐齐地拖起了长音。

继准摊开课本，往上面一趴，时不时从柜斗里摸出手机，看一眼时间。他本想尽力让自己忽视掉身边的人，可那人时不时朝他投来的玩味目光让他根本就做不到。

"我说你是不是个斜眼儿啊？"继准终是忍不住，语气不善地小声道。

谭璟扬闻言，嘴角微微勾起了一个弧度。

"你紧张什么？"他问。

"呵，我紧张？"

对方记笔记的手停了下来，侧目看向继准的眼神里流露着戏谑。

他嘴唇轻轻开合了下，无声地吐出两个字。继准瞬间就炸了。

谭璟扬说：孙子。

这一天，继准简直不知道自己是怎么熬过来的。他原想着在班里物色几个未来能打成一片的同学，结果因为一个谭璟扬，心情全没了。

好不容易等到了晚自习，继准借口去厕所出了教室，打算找个安静的地方缓解下糟糕的心情。他专门挑了个离教学楼远的厕所，决定就这样磨蹭到放学，结果就被人抓了个正着。

昏暗光线下的谭璟扬一改人前那副彬彬有礼的好学生模样。此时，他眼里写满了散漫和戏谑。

继准冷笑了声："怎么，学霸也翘课啊？"

谭璟扬勾了下唇："别瞎说，我是来劝我同桌不要违反纪律的。"

"呵。"继准冷哼一声按下冲水，头也不回地说，"有件事我得跟你讲清楚，我转学并不是自愿的，那天见你的时候，我也还不知道这件事。"

013

谭璟扬好整以暇地看着继准,一副"你继续说,我听着"的样子。

继准摸出盒薄荷糖,倒出一粒含在嘴里,淡漠道:"再敢乱叫,老子一准儿让你哭。"

谭璟扬闻言,唇边的笑意更甚:"凭你啊?"

"不信就试试。"继准眯了眯眼,转身朝着厕所外走去。

一股力道将他猛地拖了回来,继准瞳孔一凛,回头间拳头便已招呼了过去。

谭璟扬顺势偏头,轻松接下那一拳。

"听好了,我这人怕麻烦,也不喜欢找人麻烦。"谭璟扬敛笑一字一句道,"你乖乖给我弟道个歉,往后咱俩井水不犯河水。"

"你弟他自己损坏东西在先,凭什么要我道歉?"继准冷声道,"还有我下巴上的伤,你是不是也得给我先道个歉?"

继准的呼吸喷在谭璟扬的脸上,带着丝薄荷糖的清凉。谭璟扬捏着继准拳头的力道又加大了些,清楚地看到对方皱了下眉。

"你但凡再敢骂我弟一句,我就废了你。"

谭璟扬这句话绝不是在开玩笑。弟弟对于他来说,一直是谁都不可触碰的底线。

继准睥睨着谭璟扬,突然露出一侧尖尖的虎牙,挑衅似的嚼碎了嘴里的糖块儿。

"咯嘣!"

一声微响彻底点燃了两人之间的战火。

与此同时,厕所外传来了嘈杂的脚步声。

继准和谭璟扬皆是一愣,而后默契地闪身躲进了最近的一段隔间内。默默地听着外面的动静。

"王鹤松,你刚刚在老班面前的演技也忒差了!嘴上喊的是胃疼,捂的是腰子。"

"那下次你来?"

"刘帅你往边上站站,老王的尿会拐弯,别滋着你。"

"滚滚滚!"

这几个人谭璟扬认识,带头的刘帅是校篮球队的。不过他跟这些人素来也没什么交集,每次见面也就点个头而已。毕竟这伙人在谭璟扬眼中,不过就是群爱搞小团体、欺软怕硬的愣头青,算不上什么值得被记住的角色。

谭璟扬偏头看了继准一眼,心知今晚这账是又没得算了,于是打算推门离开。

"刘帅，叫我们过来是要说啥？"

外面静了静，传来刘帅故作深沉的声音："三班新转来的那个，叫什么来着？"

"好像叫继准？"

"对，就他，看着挺狂啊。"

隔间里的继准挑了下眉，谭璟扬也饶有兴致地停住了开门的动作。

外边的人还在继续说。

"晚上放学，我打算给姓继那小子好好'上一课'。"

"爽，我也好久没跟人上过课了！"

厕所隔间的门被人"吱呀——"一声推开了。

刘帅三人不由得循声看去，只见继准缓步走到了他们面前，冲为首的刘帅点点头。

"'上课'是吧？"继准抱着手臂往洗手池边一靠，"来，你上。我听着。"

憋屈一整天了，此时的他巴不得能找个由头好好发泄一下，只能说这伙人简直就是完美地撞在了他的枪口上。

刘帅当即就红眼了，大吼一声："给他摁那儿！"

继准懒得废话，压了下指关节，上前一步准备擒贼先擒王。

刘帅好歹也生得人高马大，见继准一个闪身凑到了自己跟前，大骂着挥拳朝继准的鼻子砸去，却被一只手拦在半空。

刘帅露出错愕的神情："谭……璟扬？"

他错愕的原因有两点：一是没想到谭璟扬会突然出现在这里；二是更没想到一向学生模范代表做派的三班班长居然能这么轻巧地接下自己全力挥出的拳头。

谭璟扬没有马上松开刘帅的手，而是冲他笑着点了下头："继准上厕所半天没回班里，我过来看看。"

刘帅的脸色沉了沉，因为他发现谭璟扬的手并没有收了力道。关节处传来剧烈的酸痛，他知道对方其实是在给他面子，不然只要谭璟扬将手一扭，他在王鹤松他们面前就真的丢人丢大发了。

"你刚刚就在厕所隔间里！"不明处境的王鹤松仍在挑衅，"这是我们跟继准的私仇，少管闲事！"

谭璟扬看也不看王鹤松，仍是直视着刘帅说："继准刚来，对学校还不熟悉，要不算了吧。"顿了顿又说，"况且在学校里打架，被抓到了是要记过的。"

王鹤松:"你管得可真宽!"

"你快闭嘴吧!"刘帅怒声打断了王鹤松的挑衅,回头恶狠狠地盯着谭璟扬,半天才迅速点了下头,咬牙道,"成,今天就当我卖你个面子。"说完,他又狠狠瞪了继准一眼,这才带着另外两人离开了厕所。

下课铃适时打响了,不远处的教学楼里传来了阵阵人声。

谭璟扬拧开水龙头洗了下手,一抬眼便看到了继准打量的目光。

"几个意思啊班长?"继准也拧开了旁边的水龙头。

"什么几个意思?"

"不是要给你弟出气吗?"继准扬扬眉,"干吗还要出头解围?"

谭璟扬关上水龙头,淡淡地说:"不想被牵连而已。"

继准笑了下,心知谭璟扬是在扯谎。

不想被牵连?真要是不想被牵连,躲在隔间里默默看戏不是更好?

这人,还真有点意思。

"话说你弟到底是那天的哪个啊?"继准好奇地问,"'飞机头'还是'豆豆鞋'?"

谭璟扬刚打算离开的背影蓦地顿了下,继而回头不解地皱眉看向继准。

"你说……什么?"

继准撇撇嘴:"那天统共就来了他俩,到底哪个是你弟?"

这之后,谭璟扬足足沉默了得有两分钟,而后突然没来由地低声骂了一句……

一个小时后。

继准看着自己面前那个长得跟卡通人物似的小男孩儿,一脸无语。

谭璟扬弯腰问小男孩儿:"那天欺负你的人,是他吗?"

小男孩儿咬着手指摇摇头。

继准忍不住"啧"了声:"谭璟扬你可真成!"

谭璟扬黑着脸又问小男孩儿:"你不是说是电玩城里一个穿蓝白校服的人吗?"

小男孩儿赶忙又点点头。

这下继准算是彻底弄明白了。黑子开游戏厅的那条巷子口还有家新开的电玩城,谭璟扬八成是把这两个地方搞混了。

"我说大哥你搞没搞错?游戏厅是游戏厅,电玩城是电玩城好吧!"继准将书包又往肩上挎了下,合着半天闹了个大乌龙。

"你、你那天不也承认了?"谭璟扬的脸上难得露出一丝窘迫。

"我也以为那两个非主流是你弟呢!"

谭璟扬别过脸，眸中有些局促。

继准没想到能看见谭璟扬吃瘪，一天的郁闷情绪瞬间消了大半。他大度地耸了下肩："算了，看在你今天给我解围的分儿上，我下巴颏儿的仇就先不报了。"说完，转身就要走。

"等下。"身后的谭璟扬淡淡开口，"那什么，我请你吃个饭吧，当是赔罪了。"

继准的脚步缓了下。

倒也不是不行？反正他刚好也饿了。

Chapter 02
·南城西城

　　两人带着谭璟扬他弟穿过南城一座老旧小区,在一座旱桥边停了下来。放眼望去,对面铺天盖地的全都是小吃摊,缭绕的烟雾,充斥在空气中的各类食物混杂的味道,与那些坐在小马扎上的各色人等组成了夜幕间最真实的烟火气。

　　"前面巷子拐进去,有家烤鱼味道不错。"谭璟扬拉着他弟,边走边对继准说,"直走的话,有家麻辣小龙虾也还行。"顿了顿,又问,"你能吃辣吧?"

　　"我都行。"

　　继准家住在西城的别墅区,这条夜市他统共也就跟黑子来过两次,并不熟。

　　"谭乐,你呢?"谭璟扬问他弟。

　　谭乐赶忙朝巷子里一指:"吃鱼!"

　　"那就烤鱼了啊?"谭璟扬说。

　　继准点了下头,三人一起朝着转角的烤鱼店走去。

　　要说这家烤鱼的味道还真不错!外皮烤得金黄酥脆,上面还铺了层青花椒,用筷子轻轻一戳,便露出里面鲜嫩入味的鱼肉。鱼肉蘸着下面的汤汁,好吃到根本就停不下来。继准边吃边想:下次必须得带着路虎那小子来尝尝鲜。

　　谭璟扬夹了块鱼肉,认真地剔完刺后才放到了弟弟谭乐的盘子里。谭乐吃得小嘴油光发亮,嘴唇也被辣得红红的。

　　"你悠着点,小心晚上肚子疼。"谭璟扬抽了张纸给谭乐擦嘴。

　　继准边吃鱼边抬眼瞄着这位"好哥哥",只见对方的校服外头套了件黑色T恤,最普通的那种纯棉款。

没了蓝白校服的伪装，他看起来少了几分书卷气，薄薄的眼皮半垂着，显得随性且疏懒。

继准还注意到谭璟扬有个小习惯，就是拿杯子的时候，食指总习惯性地在杯壁上轻叩两下。谭璟扬的手长得挺好看，骨节分明，十指修长，只是腕上的一道伤疤很是显眼，看样子，该是旧伤。

那只带伤的手伸到继准眼前打了个响指："你干吗？"

"啊，这家有主食吗？米饭、面条什么的。"继准眨眨眼，随口道。

谭璟扬看了继准片刻，才开口说："有手擀面。"

继准点头："那我要一碗。"

谭璟扬有些意外地挑了下眉："你还挺能吃。"

一旁的谭乐闻言，赶忙也举起了手："我也要一碗！"

"你行不行啊？"谭璟扬顺手揉了下谭乐的头，"别吃多了半夜又不消化。"

"我还饿着呢！"谭乐摸了摸肚子。

继准站起身来："店里太热了，我出去透个气儿，面来了叫我。"

"哥哥，要不我跟你换个位置吧？"接话的人是谭乐，"我这边能吹到风扇。"

虽然这才第一次见，但继准还挺喜欢这虎头虎脑的小孩儿的，随即冲他笑了下："不用，吃你的。"

话毕，他抬脚走了出去，他得找个地方给娇姐打个电话，免得对方在家担心。

室外丝毫没比室内凉快多少，继准斜靠在墙上，在跟娇姐报备完之后微微抬头看了眼天色。

"像是要下雨的样子，你家住哪儿？待会儿怎么回？"身后突然传来谭璟扬的声音。

"西城。"继准将手机揣回兜里，"没事儿，我叫个车。"

"西城……住别墅啊。"谭璟扬勾了下嘴角，小声嘀咕了句，"还真是个少爷。"

他又兀自停顿了下："对了，明天月考，你知道吧。"

"我……还真不知道。"

"也是，你那会儿去厕所了。"谭璟扬点点头，也顺势松松垮垮地往墙上一靠，"不过你刚来，第一次没考好也没事儿。"

继准看着谭璟扬这副没站相的样子就想笑，心说这人每天在学校里端着个板正规矩的样子到底累不累啊,冲他一递下巴道:"话说你那天那一头小白毛的造型,挺酷嘛。"

"别提了,让人坑了。"

谭璟扬的眼底划过一丝尴尬,末了又忍不住再次低声骂了句。

于是,继准就又有点想笑,眼神无意间又扫过谭璟扬腕上的伤疤,想了想,还是没有直接问出口。他这人有时候贫是贫了点儿,但分寸感一般还是拿捏得挺准的。他和谭璟扬,还没熟到那份儿上。

"哥,面好了——"屋里传来谭乐脆生生的嗓音。

"走吧,吃完了就抓紧回去,明天还上课呢。"

待谭璟扬说完,两人还是保持着先前的距离,一前一后地回到了饭馆里。

三个人吃完饭后时间已经挺晚。果然开始下雨了,继准在娇姐的"夺命连环 call"下,赶紧叫了个车。

"你们住哪儿啊,上车,我捎你们。"继准说。

谭璟扬:"不用,我们就住这附近,你快走吧。"

继准点了下头,也没再强求,他钻进车里对司机道:"师傅,春和花园。"

目送继准离开后,谭璟扬才返身回去结了账,一低头就看到撞在他腿上已是昏昏欲睡的谭乐。

谭璟扬轻叹口气,将谭乐背了起来,而后撑着伞缓步走入了一条细窄的小巷。

"你今天放学不回家,在院门口待着干吗?"谭璟扬低声问背上的谭乐。

谭乐将头在谭璟扬的肩上蹭了蹭,也不说话。

谭璟扬的目光沉了沉,语气有些加重:"小舅又叫人来家里打牌了?"

谭乐摇摇头,支吾了半天才说:"家里有怪声音。"他咬了咬嘴唇,用更小的声音怯怯道,"是那种……小孩子不能听的声音。"

谭璟扬的脚步一停,拿雨伞的手不由得握紧。

谭乐小心翼翼地喊了句:"哥哥?"

"畜生。"

谭璟扬的眉深深皱在一起,眼神漆黑,一如这漫长的夜色。

另一边,继准悄摸用钥匙打开了房门,屋内暖黄色的光便柔柔地铺了出来。

客厅里专门为他留了盏台灯，陈建业正歪在真皮沙发上半张着嘴打盹，整个屋里都回荡着他均匀的呼吸声。

看着这样的陈建业，继准的心里不禁软了下。其实刚搬来这里的时候，继准一度怀疑陈建业之所以对自己好，只不过是为了讨娇姐的欢心，短暂地维持下面子工程罢了。可随着时间推移，他逐渐确认陈建业对他确确实实不是在作秀。毕竟，如若只是装模作样，陈建业没必要在他每次晚回家的时候，都躺在沙发上等他回来。

继准换了拖鞋来到陈建业跟前，弯腰伸手在他鼻子上捏了一下。陈建业呼噜刚打到一半突然被人强行制止，猛地睁开眼坐起了身。

在看清捏他鼻子的人是继准后，陈建业的脸上瞬时又挂起了笑意。

"怎么回来这么晚啊？"

"跟同学吃饭去了。"

"不错，转学第一天就交朋友了。"陈建业乐呵呵地端起茶杯喝了一口，长长地打了个哈欠，"我就说你肯定是跟同学玩高兴了，你妈还一直瞎担心。"

继准从冰箱里翻出一瓶冰汽水，拉开拉环喝了口："你赶紧去睡吧，我一会儿洗洗澡也睡了。"

陈建业点了下头，站起身来："那我先回屋了？"

继准边喝饮料边背对着陈建业挥挥手，听着他趿拉着鞋上了二楼，又蹑手蹑脚地关上了卧室的门，继准的眼中泛起了一抹淡淡的笑意。

黑子说得没错，他妈妈能嫁给陈建业，是还挺好的。

屋外还在不断传来淅淅沥沥的雨声，娇姐给继准新换的沐浴露是牛奶加栀子香味的，洗完澡后满屋都弥漫着一股甜丝丝的味道。继准简直要被自己身上的味道齁死了，于是皱着眉起身打开了窗户。

独属于夜晚的空气混合着雨水浸湿树叶的清新一起随风飘进屋中，那股牛奶的甜腻很快便被冲淡了，若有似无的栀子花香与窗外的风混合在一起，闻着倒还挺安神。

继准的眼皮越来越沉，不久便睡去了。

他的梦里也在下雨，栀子味的。

要说谭璟扬到底是"老戏骨"，校服一穿，嘴角一弯，看着比谁都更像学生楷模，优秀典范。

继准撑着下巴，饶有兴致地看着他张罗着发月考卷子，目光相交的时候，继准还恶劣地抓了抓自己的头发，模拟谭璟扬当日染白毛的造型。

谭璟扬不动声色地拿着自己那份卷子从继准身边经过，用手轻叩了下他的桌角，低声温柔地提醒："快写题，别东张西望了。"

考试正式开始，教室里安静了下来。继准迅速将卷子翻了一遍，先把自己会的题全都写了上去，而后便开始无聊地在草稿纸上描描画画，隔一会儿就随手在卷子上添个几笔。

对于考试这件事，继准自以为是个明白人，会的就绝对不做错，不会的那再怎么看也还是不会做。

继准偏头看了眼旁边跟自己离得有些距离的谭璟扬，见他正在埋头认真地做题。此时应该是在阅读题干，笔在谭璟扬的指间灵活地转动着，随后动作一顿，他将笔重新握好，在卷子上迅速作答。

身后的几个同学像是正在搞小动作，趁着监考老师在低头看手机接连发出了几声"哗哗""咻咻"和"呲呲"的对暗号声。监考老师猛一抬头，继准身后的人瞬间一颤，脚还一不小心踢到了继准的凳子上，发出声响动。

"刘峥，你干吗呢？"

监考老师起身朝着继准身后的同学快速走去，班上的同学闻声也都纷纷扭头往这边看。

"我、我不小心。"那个叫刘峥的结结巴巴地呢喃了句，脸色通红，明显就是心虚。

继准心中不免笑了声，就这心理素质还作弊？他回过头来正打算交卷出门，余光好巧不巧地就看到离自己挺近的地方有一个小纸团。

继准扬扬眉，再次瞥了刘峥一眼，只见监考老师正在他的柜斗里翻找着作弊的证据，而刘峥的眼睛时不时就朝继准脚下的小纸团瞄上一眼，嘴唇越来越白。

继准按了按指关节，而后大大方方地弯腰将纸团捡了起来，随手塞进了上衣兜里。

"你又干吗呢？"监考老师回头瞪着继准。

继准耸耸肩，抖了下手里的试卷："我交卷啊。"

监考老师扯过继准手中的卷子看了眼，又将其退还给了他，皱眉道："你再好好看看，就算是转学来的，三中跟六中学的东西也是一样的吧？"

"哦。"继准挑了下眉，接过卷子放在课桌上。

"都看什么看，抓紧时间做题！"监考老师又冲着班上喊了句，而后再次白了刘峥一眼，返身回到了讲台上。

继准清晰地听到在监考老师离开的时候，身后的人长舒了一口气。

此时，一道目光向继准投了过来，他沿着目光看去，就见谭璟扬已做完了全部的题，正似笑非笑地望着自己，还冲他的上衣兜扬了扬下巴，显然是全程围观了刚才发生的事。

继准眯了下眼，一副"你想怎么着"的表情。谭璟扬低笑了下，随后起身将卷子交到了讲台上，迈步出了教室。

下课铃打响，继准懒洋洋地离开教室。他找了个垃圾箱将兜里的纸团撕碎，扔了进去。他正想去小卖店买瓶可乐，一转身却差点撞上了堵"厚墙"。

"刚刚，谢、谢了啊。""墙"开口说话了。

继准看了他一眼。该怎么说呢，这人虽然长得牛高马大，跟个肉身坦克似的，可说起话来却又显得唯唯诺诺，甚至都不敢正眼瞧人。正是方才坐在他身后的刘峥。

"举手之劳，不客气。"继准无所谓地点点头，走出几步后还是停下来回头叮嘱道，"要是没那贼胆，就干脆别动那贼心思啊。"

"我、我真没作弊。"刘峥的脸又红了，一双小眯眼为难地挤了又挤，额上出了层汗，"是邹一鸣他们几个非要我帮忙传字条的，我真没作弊，你相信我！"

继准挑了下眉："那你就跟他们说一下，下次找别人传不就完了？"

"你刚来，有些事情不知道。"刘峥欲言又止了半天，最后还是摇了下头说，"总之谢谢你了。"他说完便匆匆转身，蹒跚着企鹅似的步子离开了。

从刘峥的话里，继准多少猜出了点儿什么。像刘峥这种性格软弱，各方面又都不太突出的人，的确很容易被一些所谓的刺儿头盯上。特别是当对方第一次试探却没有及时进行反抗的情况下，就只会被变本加厉地欺负。

以前继准在六中的时候也有过这么个同学，叫王达。王达因为年纪小，长得又文文弱弱的，就总被学校里的"混家儿"欺负。直到有一天，王达在食堂当众把一整盘冒着热气的鱼香肉丝盖在了带头欺负他的人的脑袋上，从此再也没人敢惹他。

当然，继准在暗中也的确出了些力，后来他跟王达的关系一直不错。他转学后，也有路虎一直在王达身边。

继准突然有些想念之前在六中一起玩的人了，于是掏出手机给路虎发了条消息。

继准：这周末有空不？

路虎几乎是秒回。

路虎：空空空！

继准：叫着王达他们几个一起撸串呗？

路虎：好好好！刚好有家新开的串吧做活动，饮料无限畅享！

继准：发定位！

不一会儿，路虎就发了个定位给他。继准看了眼，串吧就开在酒吧街，的确是家新店。

继准：OK！

校广播站的喇叭里发出"噗噗"几声，紧接着传来了甜美的女声——

"同学们，今天的校园广播时间，我们请来了高二（3）班的班长谭璟扬同学，来跟大家分享英语口语练习的经验……"

片刻后，话筒里传出了谭璟扬温柔的嗓音。

"大家好，我是谭璟扬。"

"啊，我男神！"

"广播站是吧，我先冲了！"

"男神，求分享护肤美白经验啊啊啊！"

"小声点儿，听不到他说话了！"

谭璟扬："口语训练的关键，在于你要敢说。不瞒大家，我最开始的口语其实也不好，经常被人说是塑料加工的……"

继准抬头看着大喇叭，嘴角忍不住抽动了下。

这位朋友又装起来了。

傍晚那会儿，保姆张姐给继准打了通电话，说包包不知道什么原因吐了，还有点拉肚子。

陈建业不知道什么时候能到家，娇姐又和她的小姐妹去玩了，要明天才能回。继准怕张姐应付不来，又实在放心不下包包，于是果断请了晚自习的假。

要说包包这狗子也真挺绝的，继准带它打车去宠物医院的路上还一副蔫兮兮的样子，一见到医生瞬间变得生龙活虎。只见它一会儿坐下，一会儿原地装死，极尽卖弄，就好像知道自己要是胆敢表现得病恹恹的，就一定免不了挨针扎。

在给包包做了一系列检查后，宠物医生告诉继准，它就是吃多了有点不消化，没啥大事。

继准拿完药缴完费，点着狗头骂了句："傻东西，没个饥饱！"

他出了宠物医院见天还没黑透，便决定领着包包一路散步回家，也好让它消消食。

　　一人一狗穿过天桥,又顺着河边的步道一路往西走,直到沿河的那排街灯齐齐亮起,他们总算来到了继准家附近的那片大草坪。
　　较几个城区来说,西城的绿化是最好的。这些草坪常年都有人来维护,因而一年四季都是这幅绿油油的景象。继准平日里遛狗时,就总爱带着包包到这边玩。附近的小孩子也都很喜欢它,每次见到包包就会尖叫着朝它跑来,将它围住一顿乱摸。大概也是因为包包的品种,包包也喜欢小孩儿,尾巴总摇得像个大扫把。
　　不过今天应该是太晚了,草坪上只有寥寥几对谈恋爱的情侣,小孩子早已被家长带走了。包包有些沮丧地趴在地上,鼻头动了动,发出声叹息。它眼皮耷拉着,眼珠子还在不甘心地四处乱瞟。
　　继准揉了揉包包的头:"别瞅了,都回家了。"
　　包包却突然直起了身,一动不动地看向某个地方。
　　继准顺着包包的视线也朝那边看去,就见不远处的大榕树下,独自蹲着个小小的身影。
　　"汪!"包包发出声兴奋的叫声,摇着它那大尾巴便朝着树下撒丫子奔去。继准猝不及防,身子被包包拖着一个劲儿向前带,转眼就来到了那小人儿的身边。
　　包包着急跟人家玩,头向前一拱就要往小孩儿的胳膊下面钻。
　　小孩儿原本正低着头,被突然出现的大狗猛地一顶,吓得摔了个屁股墩儿。
　　继准赶忙拉紧了牵引绳,呵斥道:"包包!"
　　岂料,小孩儿慢慢从地上爬了起来,却并没有跑,他怯怯地重新朝包包伸出了手。继准见状,也稍稍放松了点儿牵引绳。
　　小孩儿埋着头一下下顺着包包的毛。包包很是受用,舒服地眯起眼睛。小孩儿看到包包这副样子,嘴角牵了牵,露出个浅浅的笑来。
　　继准借着夜色,突然觉得这小孩儿长得有点眼熟。他有些不太确定地开口叫了声:"谭……乐?"
　　小孩儿突然听到自己的名字,这才抬头看向来者。
　　继准借着朦胧的夜色,依稀看到对方的脸上沾满了泥,身上的衣服裤子也都是脏脏的。
　　"还真是你啊?"继准意外道,"你家不是住南城吗,怎么跑到这边来了?就你一个人?"

"我……"谭乐咬着嘴唇垂下了眼睛,话还没说完,眼泪串子已经顺着脸颊流了下来。

像是顾及着继准还在边上,怕丢人,谭乐一个劲儿地在控制自己不要哭出声,结果憋得小脸通红,还直打嗝。

继准叹了口气,而后伸手拉住了谭乐说:"走吧,你先跟我回家。到家以后我给你哥打个电话。"

谭乐闻言赶忙松开了继准的手,向后退了半步,摇了摇头喃喃着:"不要让哥哥知道。"

继准皱了皱眉。谭乐抠着指甲里的泥土,怯生生地说:"哥哥很辛苦,我不想他担心我。"

"这么晚了,你一个人跑来西城要怎么回去?"继准看着谭乐的眼睛,平静且严肃地说,"你哥下了晚自习,回家后发现你不在,难道不会更担心吗?"

谭乐抬起袖子擦了把脸,肩膀还在一抽一抽的。

继准再次牵住了谭乐的手,尽量放缓语气道:"走吧,到我家去跟包包玩一会儿。对了,我家还有游戏机呢,玩不?"

见谭乐明显是心动了,继准一手拉着谭乐,一手牵着包包,朝家走去。

开门的张姐一见到继准拉着个脏兮兮的小孩儿回来,瞬间以为是他又惹事了,紧张兮兮地开口问:"闹闹,这……"

"哦,这是我同学他弟,被我半道上捡着了。"继准边回答边给包包擦了脚,又带着谭乐去洗手。

"这是打架了吧?"张姐嘀咕了两句,又朝着洗手间喊,"闹闹,你们吃饭了没有呀?"

"还没呢。"继准抽了张纸巾擦擦手,"张姨,帮我去找件小点儿的衣服出来呗,给他换一下。"

"哦哦,好。那你帮我看着点儿锅啊,我上去找找。"张姐说完,就小跑上了二楼。

继准把谭乐安排到沙发上坐下。小孩儿很懂事,生怕把继准家的沙发坐脏了,他歪着头想了下,而后把自己的外套脱了下来,垫在屁股下面。

继准好笑道:"你这有什么用啊?"见谭乐局促,他故意大大咧咧往沙发上一躺,冲谭乐眨眨眼,"没事儿,我也一身土。"

谭乐这才稍稍放松了些,他冲着包包招招手。包包马上朝他跑了过来,卧在了谭乐和继准中间,还伸出舌头,舔了舔谭乐的手心。

"闹闹，最小的衣服就是这件啦。"张姐拿着件白T恤从二楼下来，"是之前洗缩水的那件。"

继准点点头，接过衣服，回头对谭乐说："我给你换？"

谭乐赶紧摇摇头："我自己行的！"

他说完便拿过衣服去了洗手间，再出来时张姐忍不住乐出了声。

"这小朋友长得可真好看！他穿上这身衣服就跟穿着裙子的小姑娘似的！"

张姐的话没说错，谭乐的皮肤白白的，眼睛也不像他哥那般狭长，看着圆溜溜、水汪汪的。此时，他穿着继准的衣服——衣服直接盖过了膝盖——特别像是儿童绘本里那种陪在仙女身边的小天使。

"排骨汤炖好啦，我给你们盛去！闹闹，你带小朋友去餐厅吧。"张姐张罗道。

"走吧，吃饭去。"继准说完，见谭乐还是一副不好意思的样子，揉了揉他的头笑道，"拿出你那天晚上吃烤鱼的架势！"

晚饭后，继准从谭乐那里要到了谭璟扬的电话，打了好几次都无人接听。他抬头看了下时间，发现此时正在上最后一堂晚自习，于是点开了微信班级群。

继准：哪位同学帮我喊班长一声，让他尽快给我回电话，急！

不一会儿，谭璟扬的电话就打了过来。

"喂。"电话那边传来了对方沉沉的嗓音。

继准直奔主题："你弟在我手里。"

那边顿了下，低声问："什么意思？"

继准看了眼正在跟包包玩的谭乐，起身走到了厨房，将声音压低道："我在家附近的公园里遇见的他，你弟好像让人欺负了。"

"你现在在哪儿呢？"谭璟扬的声音立时冷了八度。

"在家。你微信通过我下，我发你个定位。"继准夹着电话，从冰箱里拿出两瓶饮料，"别急，他这会儿正在跟我家狗玩呢，很安全。"

"我现在就过去。"

谭璟扬匆匆撂下一句话，直接挂了电话。

谭乐洗完了澡，坐在继准房间里的懒人沙发上喝着张姐做的冰镇酸梅汤。继准靠着床，揉着包包的耳朵说："所以，之前在电玩城里欺负你的人，和今天把你撇在西城的是同一个人？"

谭乐点点头。

"你到底怎么惹着他了？"继准问。

谭乐动动嘴唇："他说我小舅欠了他爸的钱，要我还。他说这叫'父债子偿'。"

继准哼笑了声："他傻吧，你小舅又不是你爸。"

谭乐低垂的睫毛颤了颤，小声道："我没有爸，他死了。"

继准闻言，心蓦地有些下沉，一时也不知该说什么好。

他有两个爸，一个有出息对他好，一个没本事但对他也不差，都活得好好的。

要知道感同身受这事原本就挺难真的做到的，毕竟每个人的境遇、心态、性格都不完全相同。

"欠钱的事，你跟你哥还有小舅说了吗？"继准又问。

谭乐喝了口酸梅汤说："我哥知道小舅欠了别人钱，因为经常会有人去家里闹。"

"那你小舅怎么说？"

"小舅说：'没钱，你弄死我啊？'"

继准语塞，这年头还真是不要脸比啥都管用。

他走到谭乐身边对他说："这些钱不钱的事，都该是大人管的，跟你没有关系。以后放了学别到处乱逛，抓紧时间回家听到没有？"

谭乐闻言，再次低下了头小声说："是小舅把我撵出来的。他喝醉了，还带了阿姨回来，说有要事要办。"

话及此处，继准已经彻底能给这位"小舅"下定义了。

百分之百就是一大浑蛋。

大门的门铃响了，继准打开显示屏，就见谭璟扬斜挎着书包站在门口。

"你哥来了。"继准对谭乐说，"你在屋里跟包包玩一会儿先，我去开门。"

包包像是听懂了继准的话，跑到谭乐身边转了一圈卧了下来。谭乐摸着包包的毛，冲继准乖巧地点点头。

此时外面又在下雨，谭璟扬一路过来也没顾上打伞，这会儿衣服和头发都被淋湿了。

"闹闹，这是你的同学呀？来，快进屋！"张姐连忙张罗着让谭璟扬进来。

谭璟扬冲张姐礼貌地点了下头，温声说道："打扰了阿姨，我来接我弟弟。"

"你先进来吧。"继准对谭璟扬说,"谭乐的衣服正在烘干呢,还得等会儿。"

"谭乐呢?"谭璟扬问。

继准冲楼上扬扬下巴:"上头玩狗呢。"

张姐对继准这位懂礼貌还长得好看的同学挺有好感,从鞋柜里拿出了双拖鞋摆在地上,说:"快,先进屋,外面雨下得可大了。"

谭璟扬冲张姐点了下头,而后蹬上拖鞋,又把自己的鞋规规矩矩地摆整齐,靠着鞋柜放好。

继准领着谭璟扬上了二楼,谭乐见到谭璟扬,小声喊了句:"哥。"

此时身边没了旁人,谭璟扬脸上的笑容敛去,径直走到谭乐面前冷声问:"谁干的?"

谭乐低下头不敢看谭璟扬,只一下下摸着包包的头。

谭璟扬皱眉:"说话。"

"啧,看你这表情跟警察审犯人似的,谁敢跟你说话啊。"继准挑了下眉,打开衣柜边翻边说,"先找件干衣服换上呗,你洗澡不?"

"不用了。"谭璟扬抿着唇又看了谭乐一眼。

继准拎出件T恤递给谭璟扬,冲他递了递下巴:"阳台,刚好有点事儿跟你说。"

阳台上娇姐种的茉莉花被雨水打湿,散发着淡淡的清香。继准按了下墙上的开关,雨棚便自动撑开遮住了两人。

"把你弟带来西城的人,和之前在电玩城欺负他的是同一个人。"继准顿了下,"据你弟自己说,你小舅欠了人家多的钱。"

谭璟扬的眼神暗了下,食指在窗台上烦躁地叩着。

继准看着他,继续说:"不出意外的话,这不会是最后一次。"

"他有跟你说这人是谁吗?"谭璟扬问。

"没。"继准耸耸肩,"也可能连他自己都不认识。"

"这死小子,别人让他走就真跟着走了。"谭璟扬低骂了句。

"应该不单单是打不过的原因。"继准顿了顿,"有可能是被拿捏住了。"

谭璟扬神色一顿,抬头看向继准。

继准:"你弟跟我说,他不想给你添麻烦。"

他这句话的言下之意,谭璟扬自然是听懂了——自己或许就是对方用于恐吓拿捏谭乐的关键。

"我知道了。"谭璟扬沉默片刻,"从明天起,我每天接送谭乐上下学。"

"跟老班那边要怎么说?"

"我自己处理就好。"谭璟扬转身道,"衣服我洗完明天给你带去学校,今天谢了啊。"

他说完,就要返回房间。

"那什么。"继准叫住了谭璟扬,"你们要不还是考虑换个居住环境吧,你家那位小舅实在是有点儿……"继准咽下了"浑蛋"二字,毕竟那是人家长辈。

见谭璟扬不说话,继准接着说:"南城那边的房租也不贵,一个月也就一千多块钱,你带着谭乐出去住,这样对他也好些。"

"这不现实。"谭璟扬打断了继准的话,语气显得疏离,"谭乐学校放学的时间跟我不一样,周末我又经常不在家,他吃饭怎么办?"

"有午托呀。"继准并不觉得这是个问题,"现在午托部的伙食可好了,人家阿姨还能帮看着做作业。我妈老闺密家的孩子就上的午托。"

"我家的事就不劳你多操心了吧。"谭璟扬直接出言打断了继准的话。

继准顿时被噎得十分不爽,心说还真是烧香惹鬼叫——好心不得好报。

谭璟扬带着谭乐走的时候,继准没去送,就这么站在阳台上看着他们一路出了院子,上了出租车。

既然人家不领情,自己也没必要上赶着用热脸去贴冷屁股。继准将窗帘一拉,把谭璟扬用过的毛巾扔进洗衣筐,该干吗干吗去了。

车辆行驶在城市街道上,雨幕中的灯光透过车窗玻璃映照在谭璟扬的脸上,不断变幻着色彩。

他将窗稍稍摇下了点,好让凉风缓解下持续发闷的胸口。

继准说得没错,不就是每月一千多块钱吗,不就是个午托部吗,可他没有,他就连自己和谭乐下学期的学费都还没攒够。

"哥哥,对不起。"谭乐用手拽着衣角,小声呢喃了句,"不要担心我,我自己可以。"

谭璟扬的心突然又像被人狠狠地拧了下,他抬手揉了揉谭乐的头,勉强牵起一抹笑来,低声说:"哥没照顾好你。"

从这晚起,继准和谭璟扬的关系就变得很淡。起先谭璟扬还会主动找继准说话,但见对方总是一副爱搭不理的样子,知道原因的他也没再多解释,就任由这样疏离的关系持续下去,毕竟两人认识也不过几天,来去随心,无关痛痒。

转眼到了周末,继准一放学便打了个车前往酒吧街的串吧找路虎、王达他们,结果正好赶上了出行高峰,车在半道上被堵得像条虫子,前后来回地一耸一耸，简直要把继准晃吐了。

"师傅，靠边停一下吧，我下了。"继准对司机说。

"我觉得也成。"司机不耐烦地瞅着前面的车屁股，"你走过去都比在这儿干耗着快。"

继准刚下车就收到了路虎的消息。

路虎：堵得老子想揍人！

继准：我直接下车了。

路虎：下午才跑了1500米，走不动了！

继准：那您老就慢慢"耸"吧。

路虎：你到了就先点啊，我们到地儿就能开吃！

继准：那地方不是先买单吧？

路虎：哥，不至于啊！

继准弯弯嘴角，将手机扔进兜里，而后朝着一条小街走去，打算抄近道。

小街深处有家老眼科医院，不过现在已经废弃了。医院周围有一圈蓝色的围挡，上面有一个用红色喷漆写的，大大的"拆"字。

继准戴着耳机从这里经过时，上一首歌刚好放完，正处于切歌的间隙。

突然，他听到围挡里传来一阵骚动。

"狗是怎么叫的？"

"问你话呢，狗怎么叫的？"

随着恶意的挑衅，围挡后传来一声闷响。

继准皱了下眉，不出意外的话，这应该是有人被推搡着撞在围挡上面了。

"叫不叫？你叫不叫？"

"不叫！"一个尖锐的声音大声反驳道。

继准脸色一变，摘下了耳机。

谭乐？

围挡内，谭乐跌坐在沙土地上，浑身脏兮兮的。他恶狠狠地盯着对面站着的两个比他要高出几头的人，咬紧了牙。

"你再瞪我一下？"一个黑猴似的半大小子恶狠狠地说，"别忘了，我表哥的舅舅跟你哥的校长可是兄弟，你敢不听话，我就让他把你哥开除！"

听到这话，谭乐的脸上顿时就出现了惧意，语气也瞬间变软："别、别开除我哥……"

"那你告诉我，小狗到底是怎么叫的呀？"

谭乐的眼神剧烈地晃动了几下，眼泪滚出了眼眶。他泛白的嘴唇开合了几下，最终将头撇向一边，哑着嗓子低低地叫了声："汪。"

两个半大小子顿时爆笑成一团。

继准实在听不下去了，话不多说冲到"黑猴"面前，一把将他拎了起来。

谭乐看到突然冒出来的继准，吃惊地张开了嘴。

被拎在半空中的"黑猴"足足傻了得有半分钟，才张牙舞爪地扑腾起来，摔在地上。另一个小胖子此时吓得腿都软了，站在一旁动都不敢动。

继准看向小胖子身上没来得及摘下的校徽，眼底露出了厌恶的情绪"你们是六中初中部的？"

见小胖子不敢回话，"黑猴"壮着胆子冲继准喊了句："是、是又怎么样？"

继准嗤笑了声："真丢人。"

"黑猴"和小胖子僵硬地向后退了两步，见继准并没有打算上前，便撒开步子转身就跑。

"你们给我等着！"变成了小黑点的"黑猴"大叫道。

继准弯腰帮谭乐拍了拍身上的土，问："你哥呢？"

"他今天有事。"谭乐小声说。

"哦。"继准应了句，拿出手机看了眼时间，叹气道，"走吧，我先送你回家。吃饭没？我带你吃汉堡？"

"准哥……"谭乐轻轻唤了句，"他们不会真让校长开除我哥吧？"

继准先前也听了个大概，知道那俩坏小子就是以开除谭璟扬为由威胁了谭乐。谭乐年纪小，看到比自己大的孩子，自然会放大他们的力量，认为他们既然敢这么说就一定能办到。

他接过谭乐的书包拎在手里，领着小孩儿朝巷子外走。

"准哥。"谭乐又叫了声，乌溜溜的眼睛里充斥着担忧。

继准笑了下："放心，他们不敢。"

笑话，谭璟扬是什么人？就算那两个倒霉孩子真有后台，三中的校长也断然不会同意啊。

Chapter 03
· 蝙蝠

继准在肯德基给谭乐点了个套餐，谭乐本来是不打算要的，可肚子里的反抗声却出卖了他。

继准让店员把套餐打包，拎在手上，带着谭乐往南城的家走。

期间，路虎来了通电话，问他是不是去天竺了。继准说自己有点事情要耽搁下，让他们该吃吃、该喝喝，自己完事儿以后就马上过去。

路虎贱嗖嗖地来了句："真不至于啊哥，不就是一顿烤串的钱嘛。"

继准笑着骂了句："滚蛋。"

挂了电话后，他问谭乐："你哥没跟你说他去哪儿了吗？"

"唔，好像是去了图书馆。"谭乐拿着甜筒边舔边说，"他周末都会去那边做兼职，很辛苦的。"

"兼职赚钱吗？"

"哥说还可以看书。"

继准点点头，不再多言。他将谭乐送到了一栋老旧小区外，看着对方进去后，才重新叫了辆车出发赶去酒吧街。此时高峰期已过，路上倒是没再耽搁。

走进那家叫"牧羊人"的串吧时，路虎他们已经吃到下半场了。来的人得有七八个，都是继准以前在六中玩得不错的。桌上架着三桶可乐大炮，乱七八糟的烤串摆了一大堆。

路虎一见着继准，先是骂了句"大骗子"，而后张开手臂给了继准一个大大的拥抱，大着舌头嗷嗷直叫："亲爱的观众朋友们，我想死你们了！"

继准也笑着骂了回去，而后将路虎往边上一扯道："别犯毛病啊，咱俩上个礼拜刚见过。"

继准挨着王达坐下，顺手揽过他的脖子冲服务员喊了句："麻烦这里加副餐具。"而后拿过玻璃杯,给自己倒了一杯可乐,"来晚了,来晚了,自罚一杯先!"

说完,他"咕咚咚"仰头将可乐喝尽,畅快地叹了声。

"你渴你就说,还自罚一杯!"路虎半起哄半埋怨地又给继准倒了饮料,对桌上人道,"来来,人齐了,哥儿几个一起碰一杯!"

"来来来!"

一群人纷纷举杯,可乐泡儿漫了出来,浇在了煮毛豆上。

王达递了串羊肉给继准:"你怎么样,在三中还好吧?"

"就是啊准哥!"

"嗐,我家宝儿是谁啊,上哪儿不都得惊起'哇'声一片?"路虎坏笑道,"说吧宝儿,又虏获了几个好妹妹的芳心呀?"

"滚滚滚。"继准夹了块炸馒头片蘸了一大块臭豆腐乳塞进路虎的嘴里,"吃吧你。"

"就是这样我才担心准哥会惹人眼红。"王达轻声说,"有时候你不招疯狗,疯狗也还是会来咬你。"

论起被找碴这事儿,王达最有经验。

还真就让他猜着了,想起转学第一天在厕所里遇到的那几个垃圾,继准摇头笑了下,倒也没打算跟众人说。

"我看谁敢!"体委将杯子重重一放,抓了个羊排狠狠咬了口,"敢找准哥的麻烦就是不把咱们放在眼里!继准,嗝,你就说有没有?"

继准:"没有。"

"必然没有啊,真要有人敢欺负到继准头上,都用不着咱几个,就鹭鸶口开游戏厅的黑哥保准冲在最前头。"路虎拿了串刚上的串儿,就着饮料边嚼边说。

又一波烤串吃下肚,所有人都仰在了座椅靠背上打着嗝开始了中场休息。

继准突然又想起了今天欺负谭乐的"黑猴",便随口一提说:"对了,大家帮忙留意个人呗。"

以路虎为首的众人瞬间来了兴致,赶忙问:"男的女的?"

"男的,六中初中部的。"

"男的呀——男的没意思。"所有人立刻又泄了气。

继准无语地笑骂了句:"说正经的呢。"

他将"黑猴"的外貌特征尽量详细地告诉了路虎他们,但没具体说找人的原因。

路虎他们一听继准要找的是个男的,也懒得问他要干吗,便"嗯嗯啊啊"地答应了下来。

继准喝完杯底剩下的一点可乐,起身打算去趟厕所。他问过店员后才知道串吧里没厕所,要到隔壁店去上。刚好这会儿吃饱了有点犯困,他便起身出了串吧。

隔壁店是家迪吧,继准刚推开门就险些被那震耳欲聋的"动次打次"声掀翻。他堵着耳朵火速跑向厕所,匆匆解决完转身就要往外撤。

此时灯球下的男男女女,正随着急速变换闪烁的激光和音浪放肆地摇摆舞动着。

继准没来过这种地方,之前光是路过,隔着门听到里头的动静就觉得烦。因而从厕所到大门的这一路上,他几次都觉得自己简直要被闪瞎了。

突然,他的余光捕捉到了不远处角落里的一个身影。

对方戴着顶黑色棒球帽,帽檐压得很低,穿件烟灰色的外套和一条破洞牛仔裤,正懒散地倚在墙上,混在三四个人中间。

继准眯了下眼,在认出对方后脸色变得有些难看,犹豫片刻后还是朝着那人走了过去。

对方像是也觉察到了继准的目光,放眼朝他看来。眼神相交的时候,继准分明看到对方脸上露出了几分错愕。

继准冲大门的位置偏了下头,而后返身推门出了迪吧。

"我出去趟。"那人将帽子又往下按了按,也跟着走了出去。

继准径直过了马路,站在街灯下的垃圾桶边。他有些烦躁地抿了下唇,眉头皱在一起。身后传来脚步声,在他跟前停住。

继准的眼底流露出一丝不耐烦,嘴角却还是扬了起来,回头看向来者不咸不淡地说了句:"班长,来蹦迪啊?"

帽檐下方露出的,正是谭璟扬那双稍显冷淡的眸子。

他没说话,兀自静了一会儿才低声问:"你怎么在这儿?"

继准一想起今天下午受了欺负的谭乐就来气,再看看谭璟扬现在这副压根儿不屑于伪装的样子,语气当即就又冷了几分:"怎么,许你来就不许我来?不光是我,咱班好几个人都呢。"

"哦,是吗?"谭璟扬勾了下唇,显然并不相信继准的话。

继准用舌头顶了下腮帮子,眉眼间写满了轻蔑:"不是说在图书馆里学习加兼职吗?"

谭璟扬皱了下眉,并没在意继准的出言嘲讽,而是问道:"你怎么知道我在图书馆兼职？"

"我怎么知道。"继准忍不住冷笑了下，"你问谭乐去啊，顺便再问问，在你蹦迪的时候，他又遇到了什么。"

"谭乐怎么了？"谭璟扬的语气瞬间变得紧张。

继准竭力忍住挥起一拳将他直接撂翻的冲动，一字一句道："谭璟扬，人的嘴是用来说话的，不是用来放屁的。你口口声声说要送谭乐上下学，这才刚过了几天你就食言了。"

"我问你谭乐到底怎么了！"谭璟扬提高了声音。

"你少在这儿冲我叫！"继准怒骂了一句，"我一早就跟你说过，那些欺负你弟的人绝不会就此罢休。你知不知道就因为你，谭乐被人逼着学狗叫！"

继准骂完转身就走，迈出几步后又蓦地站住，背对着谭璟扬头也不回道："你家的那点破事儿我是懒得关心了，只不过原以为你那小舅再混账起码谭乐还有你这个哥在，现在看来……呵。"继准咬了咬牙，"我看你跟你那舅舅也差不了多少。"

直到对方的身影彻底消失在眼前，谭璟扬才回过神来。

他独自站在路灯下隔着马路看向对面的绚烂灯火，神色晦暗。

迪吧内激烈的音乐声随着出入的人群不断地变大又变小，他深吸口气又长长地吐出，试图压抑住心中翻涌着的情绪。

"该死。"

谭璟扬低声骂了句，嗓音暗哑，也不知是在骂别人，骂继准，还是骂他自己。

一个染着蓝头发的青年从酒吧里出来快步走到他面前："老板找你呢。"

谭璟扬点点头，闷声说："知道了。"

蓝发青年打量了谭璟扬片刻，试探性地问了句："你没事儿吧？"

"没事。"谭璟扬尽量牵了下嘴角，一拍青年的肩，"回去吧。"

一只蝙蝠在此时突然朝着谭璟扬横冲直撞而来，又陡然径直往上，钻入了夜色深处。

凌晨两点是这家迪吧的分界点，玩上半场的陆续离去，玩下半场的刚刚到来。

谭璟扬帮忙的时间一直都只在上半夜，结束后他跨上自行车，在路过二十四小时营业的超市时，又进去给谭乐买了些他爱吃的零食，挂在了自行车把上。

街道渐渐变得安静下来，空气潮湿闷热，黏在身上很不舒服。谭璟扬将车骑得飞快，能激起些微乎其微的风也总比一点没有强。

车子进入了南城，路灯便明显地稀疏起来。昏暗的光线下，几乎每隔十几米就能看到溜街小便的醉汉或是翻着垃圾桶的拾荒者。

谭璟扬单手扶把，将掉出来的耳机重新塞进耳朵。

大概是刚刚在超市耽搁了一会儿，每次从酒吧街到家这段距离刚好能放完的英语听力居然提前结束了。短暂的静默后，耳机里传来了吉他流畅舒缓的前奏。

```
Hello darkness, my old friend
I've come to talk with you again
Because a vision softly creeping
Left its seeds while I was sleeping
And the vision that was planted in my brain
Still remains
Within the sound of silence
············
```

谭璟扬随着音乐的节奏一下下用食指叩着自行车把。记忆中那间充斥着洗衣粉味道的小屋里，有台老式的黑色录音机，上面罩着用红色天鹅绒制成的罩布，总会在每天的午后被人打开。

放的就是这首 *The Sound of Silence*（《寂静之声》）。

谭璟扬在小区的破车棚里将歌又循环播放了好几遍，才将车锁好，朝着那座散发着尿骚味的门洞走去。

隔着生锈的防盗门，他便听到屋里传来了清晰的麻将声。一丝厌倦迅速从谭璟扬的眼中闪过，他拿出钥匙打开了门锁，浓烈的烟味混着油烟味瞬间扑面而来，令人作呕。

"哟，外甥回来啦。"牌桌上的男人头也不抬地跟谭璟扬打了个招呼，而后从牌堆里紧张兮兮地摸出一张来，搁在眼前用拇指一点点挪开，随即败兴地将其扔了出去，"二条！"

谭璟扬没应声，随手将扔在茶几上的外卖盒装进塑料袋里系紧，丢入了垃圾桶，又抽了几张纸把漏出来的红油擦干净，才用尽量客气的语气对男人淡淡说："小乐睡了，你们要不明天白天再玩？"

牌桌上的人听了谭璟扬的话，目光不由得都朝谭璟扬他小舅看去。小舅不耐烦地按亮手机看了眼时间，悻悻地说："最后一把了，打完这把各回各家！"

谭璟扬不再多作言语，默默打开窗户通风，而后进了卫生间。

这间老房子的水压总是不稳，水温时冷时热，洗个澡的工夫就能拥有在冰火两极反复横跳的感受。谭璟扬火速冲了个澡，站在镜子前擦着头发。

最近他白天要上课，晚上还要去店里帮忙，一直没顾得上收拾房间。此时卫生间里的镜子上爬了层黄黄的水垢。

谭璟扬用刷子沾了洗衣粉，将镜子上的水垢刷干净，又顺带着用淋浴喷头将地板也给冲了冲。下水道口堵着一大团绕在一起的长头发，谭璟扬厌恶地皱皱眉，用纸垫在手里捏起那团头发直接扔进了马桶冲走，而后他把刚换好的衣服重新脱下，打开水龙头再次洗了个澡。

等他再从卫生间里出来的时候，牌局已经散了。小舅像是还不爽他刚才在他牌友面前挫了自己面子，将桌子板凳挪得"哐哐"响。

谭璟扬直接从他小舅手里接过板凳，将其摞在一起摆到门后，又扛起桌子立起来挨着墙边。

小舅一见也没啥可干的了，嘴里也不知嘀咕了句什么，从冰箱里拿出两罐啤酒便回了房间。不一会儿，里面就传出了他此起彼伏的呼噜声。

谭璟扬关上客厅的灯，轻手轻脚地推开了他和谭乐屋的房门。

橘黄色的台灯下，穿着小背心的谭乐正抱着枕头安静地睡着。大概是觉得屋里太吵了，他的耳朵里还一边塞着一坨卫生纸。

电风扇摇头晃脑地摆动着，将蚊香的味道吹得满屋都是，倒也恰好覆盖掉了那股从客厅飘进来的难闻的油烟味。

后半夜，外面总算是降温了。老房子的后头有一棵上了年头的梧桐树，今年的花落得晚，淡淡的香气随着风吹进屋子，安抚了谭璟扬烦躁了一夜的情绪。天快亮的时候，他才渐渐睡了过去。

那之后，他做了个很混乱的梦——

梦里的自己追逐着一只蝙蝠回到了那间充满着洗衣粉味道的房间，老式录音机里发出"咔哒、咔哒"的声响，而后便开始循环播放着那首 *The Sound of Silence*。

就在此时，屋外传来了敲门声，他透过窗看到阳光下站着两个人：一个身材高大，手里拎着个公文包；一个窈窕纤细，穿着件淡蓝色的连衣裙。虽然他们逆光站着，看不清五官，但谭璟扬依然认出了他们正是自己的父母。

他大叫着"爸！妈！"，慌忙打开了门，可就在这一瞬间，音乐声消失了，爸妈也消失了。

随之而来的是一阵嘈杂的麻将声,只见屋子瞬间变成了小舅家的客厅。他们一面打着牌,一面毫不避讳地讲着荤段子。而角落里独自站着的谭乐,正无助地号啕大哭着。他的脖子上还拴着一条狗绳,另一端绑在小舅坐的板凳腿上。

谭璟扬猛地睁开眼睛,额上渗出了一层细密的汗珠。

他看着天花板平复了下情绪,摸出手机瞄了眼时间,早上五点半。

谭璟扬索性不再睡了,起床穿衣洗漱,而后到附近的早点摊买了些豆浆和油条。

在路过一个小区时,他看到门口的布告栏上贴了张房屋出租信息的单子。谭璟扬抿了下唇,随即用手机记下了屋主的联系电话。

另一边,继准这晚其实也没睡好,一闭眼,耳朵里就不断响起迪吧里的"动次打次"声,以至于当他踩着上课铃声把自己摔在座位上时,谭璟扬看着他脸上的黑眼圈时微微一愣。

继准懒得搭理他,眯眼看了下课表,而后找出当堂课的书往面前一挡,睡起了回笼觉。等再睁开眼时,继准发现自己半个身子都偏到了谭璟扬那边。

谭璟扬被他挤得几乎侧贴在墙上,看到继准睁开眼后,他眉梢一挑。

"你还挺准时的。"谭璟扬转了下笔,"还有五分钟下课。"

继准没回话,将身子默默挪回来,拧开桌上摆的矿泉水喝了口。

冰凉的水从口腔一路沁到胸口,他这才彻底清醒过来。

"小乐把事情都告诉我了。"谭璟扬顿了顿,低声道,"谢了啊。"

继准从鼻间发出声轻哼,瞥了谭璟扬一眼:"迪蹦得开心吗?"

"不是你想的那样。"谭璟扬皱了下眉。

下课铃响了,继准压根儿没打算听谭璟扬解释,他将书往柜斗里一放,起身就朝教室外走去。

谭璟扬本想叫住继准,跟他把话说清楚,告诉继准自己要是不想法子赚钱,他跟谭乐就得喝西北风,可话到嘴边转了转,终是又给咽了回去。

何必呢?解释完又能怎样?

他跟继准本就是两个世界的人。

学校食堂中午的饭菜全踩中了继准的雷点。

蒜薹炒肉他不吃蒜薹,香菇炖鸡他不吃香菇,芹菜炒香干他不吃芹菜,蒸南瓜就更别提了，简直就是继准的噩梦。他强行咽下了反酸的清口水，转身离开了食堂。

结果在校外随便对付了一碗牛肉面的他，下午上课时直接胃疼到想死。

"怎么了？"看着嘴唇泛白的继准，谭璟扬吓了一跳。

继准的额上渗出一层虚汗，眉头皱在一起，用手使劲按压着自己的胃。

"胃疼？"

继准趴在桌上点了下头。

谭璟扬直接举手打断了老师的讲课："老师，继准胃疼得厉害，我带他去一趟医务室。"

任课老师一看继准的脸色也有些慌，赶忙道："快去快去，班长你照顾着点，实在不行就请假吧。"

谭璟扬扶着继准朝教学楼对面的医务室走去。

路上，继准的胃里又是一阵翻搅，他一把推开谭璟扬跟跄地冲进最近的厕所，吐得天昏地暗。

一只手抚在了继准的后背上，略作迟疑后，开始帮他一下下轻轻拍着。

继准吐得眼眶都红了，蒙了层薄薄的水雾。

"你别拍了，越拍越想吐。"他这会儿鼻子不透气，说话声音听起来闷闷的，和平日那副"下巴一抬，谁都不惧"的模样形成了鲜明对比。

"给你家司机打个电话吧，让他来接你一趟。"谭璟扬道。

继准拧开水管漱了下口，而后从兜里摸出颗薄荷糖含在嘴里，说："王叔跟我爸去外地出差了，我一会儿自己打车回去就成。"

这会儿吐完之后，他觉得胃里好受了不少。

医务室的老师给继准开了几粒消炎药，就给他批了假条让他回家休息。胃里本就不舒服的继准坐在出租车上，原先的那股恶心感再次涌了上来。

"食指和中指间向下的地方有个穴位，你试着按下。"边上的谭璟扬淡淡道。

继准皱皱眉，将信将疑地试着掐住了穴位。手心传来酸沉的感觉，也不知是不是心理作用，他居然真觉得舒服了一些。

"你还会医术呢？谭大夫。"

"小乐胃不好，每次不舒服的时候，我也是给他按这里。"谭璟扬顿了下说，"怎么样，好些没？"

继准的脸色仍不太好，嘴角却好强地向上牵了牵，说："想逃课你就说，还跟班主任说什么是不放心我。"

"看来是好些了。"谭璟扬重新将目光看向窗外。

家里没人，继准这才想起张姐今早请假回老家办事了，娇姐最近报了个网球私教课，这会儿也不在家。

包包摇着尾巴绕着继准的腿转了几圈，像是觉察到他的状态不对，有些紧张地用头去拱继准的手心。

继准摸了摸包包的头，脱了鞋直接光脚走到沙发前，将自己瘫了上去，把书包撂在了一边。

"我去给你倒杯热水，先把药吃了。"谭璟扬自己换了鞋，又拎了双拖鞋放到继准脚边，"鞋穿上，地板上凉。"

"谢谢班长——"继准虽然胃里难受，可嘴上却仍是故意拉长了略带戏谑的语调。

谭璟扬转身去了厨房，继准家的厨房被张姐收拾得相当干净，杯子整整齐齐地摆在架子上。谭璟扬取过一只玻璃杯，还是习惯性地打开水管冲洗了下，又拿开水烫了遍。

听着"哗哗"的流水声，继准将抬起的手放下，微眯着眼看向厨房里背对着他的高挑身影。

还真是一副体贴能干的样子，难怪在学校招人喜欢。只是不知道那些一心觉得谭璟扬是五讲四美、优秀模范的人在看到他出现在迪吧的时候，又会是怎样一种心情？

继准边想边随手从茶几上捞了包薯片撕开吃。谭璟扬拿着药和热水从厨房里出来的时候，就见继准一只手抱着薯片袋，另一只手拿着瓶可乐。

谭璟扬简直要被气笑了，这算哪门子的病人？

谭璟扬几步走到继准边上，不等对方反应就直接抢走了他手里的可乐。

"这要是谭乐，我早揍他了。"谭璟扬冷声说着，递过了水和药。

看继准吃完了药，谭璟扬拎起他扔在沙发上的书包，朝二楼扬了扬下巴："你要不上去睡会儿？"

继准点点头，问谭璟扬："你呢？"

谭璟扬："小乐快放学了，我得去接他。"

"哦。"

继准转身打算上楼，可走了几步后还是忍不住回头对谭璟扬说："我不知道谭乐跟你说了多少，你家的事我原本也是懒得管的。"

他抿了下唇，才又微微皱眉继续道："欺负他的人是六中初中部的，拿捏住谭乐的原因是，对方说他有亲戚和三中的校长是铁磁儿，谭乐要是敢不听他们的话，他就让三中的校长把你开除。"

"呵。"谭璟扬轻哼了声,但眼底已经露出了阴沉的目光。

"你知道的,他们这个年纪的小孩很容易被比自己强的人威胁。"继准仍是用平淡的口吻说,"我已经告诉过他,三中的校长是不可能开除你这么优秀的学生的。至于欺负他的那两人,我也让六中的朋友去查了。不过他们到底是些小屁孩儿,劝你最好别太过火。"

谭璟扬沉默了下,点点头:"知道了,你上去睡吧。"

继准冲谭璟扬手上自己的书包示意:"你都拿着了,帮忙送一趟呗。"

谭璟扬没拒绝,拎着继准的书包跟他一起上了二楼。继准换好衣服掀开被子钻了进去,又把空调打开,温度向下调了好几度。包包也跟着溜进了屋里,在地毯上趴下来,摆出一副要大睡一觉的样子。

谭璟扬刚把继准的书包放在书桌上,兜里的手机就响了。他掏出手机看了眼,默默走到窗边接通了电话。

谭璟扬:"喂,马老师。"接电话的瞬间,他的声音就又变回了那个温柔斯文的班长。

继准垂下一只手摸着包包的头,半睁着眸子,饶有兴致地看向窗边的谭璟扬。

只见谭璟扬眼神冷暗,屈指不耐烦地一下下叩着窗台,很明显就是心不在焉,但跟班主任说话的语气仍是春风化雨,结合在一起形成了一种强烈的反差感。

"是,您放心吧!我这会儿还在继准家,他现在好多了……"像是觉察到了继准的目光,谭璟扬偏头淡淡地看了他一眼,嘴上仍是客气地回应着班主任,"对,已经吃过药了,大概睡一觉就能恢复……这没什么,帮助同班同学是我应该做的……嗯,我知道,我会在学习上多帮助他的。好的,老师再见。"

谭璟扬说完,挂断了电话,回头对继准道:"走了啊,有事儿给我发消息。"

继准调整了个舒服的姿势,将被子往头上一蒙,伸出只手冲谭璟扬挥了挥。

谭璟扬摇摇头,离开了继准家。

继准这一觉睡得很沉,再睁开眼时张姐和娇姐都已经回来了,客厅隐隐透出光亮,弥漫着食物的香气。

他摸了摸自己的胃,觉得好像不怎么疼了,于是偏头看了眼窗外,天已经彻底黑了。

手机响动了下，是路虎发来了消息。

△ 路虎拍了拍你。

△ 路虎踹了踹你的屁股。

△ 路虎摸了摸你的头。

路虎：喂？人呢？

继准回了句：下午胃疼，刚睡了一觉。

那边电话马上打了过来。

"宝儿，咋还胃疼了呢？"电话那边的路虎恶心且真挚地问。

"中午吃了碗牛肉面，就挂了。"继准说。

"黑心商家！等你好了，咱去找他们算账！"

"算了吧，又没证据。"继准夹着电话坐起身喝了口水，问，"找我干吗？"

"哦，差点忘了正事！"路虎瞬间来了精神，赶忙说，"上次你让我帮你在六中初中部查的人，我查到了！你猜怎么着，这小子跟你还颇有些渊源呢。"

继准表情一滞："什么意思？"

"你还记不记得刘文宗？就是偷翻女生包那位！"

"嗯，'老乌龟'他外甥。"

"对！你让我查的那'小黑猴'，就是刘文宗他表弟！"

继准闻言舔了舔腮帮子："怪不得他张口闭口的'我表哥''他舅舅'……合着是蛇鼠一窝？"

"话说那小子怎么你了？"路虎问。

"没怎么我。"继准起身关上了窗，"是我一朋友他弟让这小子给欺负了。"

"还有这等事？"电话那头的路虎义愤填膺，"放心吧，宝儿，你朋友就是我朋友，你朋友他弟就是我的亲弟弟，改明儿咱就带着弟弟报仇去！"

"省省吧你。"继准笑了下，"你现在是人在屋檐下，真要是惹了那小子，'老乌龟'还能放过你？你爸到时高低又得给你来顿揍。"

路虎一听到他爸，果然就尿了。

继准拿出颗薄荷糖含进嘴里，"咯嘣"一嚼，道："行了，这事你就别管了。我知道怎么办。"

"你确定？"

"嗯。"

043

"成!"路虎一咬牙,"反正有什么需要帮忙的你就跟我说,为了我家宝儿,亲爹多大不了不认了!"

"有病。"继准笑着骂了句,末了轻声说道,"谢了啊,二虎子。"

Chapter 04
·夜幕之下

说来，大部分人的高中生活都是由大考串着小考组成的。

晚自习，继准一如既往地做完了卷子上会做的部分，而后将袖子挽过手腕，懒散地半抬着眼皮，一边转笔一边百无聊赖地看向窗外。

似乎有段时间没去找黑子了。听娇姐说，他女朋友楚舒兰的爸妈前阵子又去店里闹了，还当着一众街坊数落黑子没本事、不思进取，弄得黑子挺下不来台的。之后，黑子和楚舒兰大吵一架，两人差点分手。

继准虽不曾亲眼见到，但听闻后心里仍觉不忿。

在他还是个十以内加减法全靠掰指头算的小孩儿时，他就成天跟在黑哥屁股后头跑。那时的黑哥在他眼里绝对是大款，回回都会给他买汽水和雪糕。

上小学时他被人欺负了，也是黑哥出面帮他教训了那几个小鬼。在所有人只会告诉继准"要好好学习才会有出息"的时候，也只有黑哥会告诉他，其实人品比成绩更重要。

在继准心里，黑哥一直是他的榜样，是个热血仗义的硬汉。

桌子被人敲了下，继准一抬头就看到了监考老师责备的眼神。

"你怎么又这么多题没做？"老师抬腕看看表说，"时间还早，再好好审审题吧，虽然是小考也别太不当回事了。"

继准当然是不会再去审题的，他数学本就是弱项，说不会那就是不会。笔在手里转了个圈，继准开始在草稿纸上自己跟自己下起了五子棋。

一道目光从旁侧投了过来，继准停下画棋子的手，顺势看去，只见谭璟扬正头也不抬地盯着试卷，一手撑着额角，一手握着笔，食指依旧在笔杆上轻叩着。

继准收回目光，继续下棋。
这时，谭璟扬又偏头过来看了继准一眼，抿唇皱了下眉。
下课铃打响，谭璟扬第一个搁下笔将卷子交到了讲台上，而后跟监考老师说了些什么，接着便返身背上书包离开了教室。
"继准，吃夜宵去吗？"一双手撑在了继准的桌上。
这人叫孙沛，算是继准在班上正式认识的第二个人。
当然此前还有个刘峥，不过自从那次考试之后，对方并没有再主动跟继准来往。不过实话说，比起跟刘峥做朋友，继准更喜欢大大咧咧、性格直率的孙沛。
总觉得他某些方面还挺像路虎的，不过没路虎的嘴那么损。
"今天不了，我得去我哥那儿一趟。"继准说。
孙沛点点头："成，那就改天呗。"他返身从座位下面够出篮球，拍了两下，抱在怀里，"你还不走？"
"走了。"继准挎上书包，跟着孙沛一起朝校门口走去。
期间，孙沛一直在用手指转着篮球。他球其实打得相当好，也不止一次受到过校篮球队的邀请，可他属于跟大家一块玩玩还可以，加入球队就算了。
"我看校篮的教练大课间又来找你了。"继准边嚼口香糖边随口问，"体育生高考分数线更低，怎么不去呢？"
孙沛耸耸肩："篮球队的刘帅知道不？"
继准挑了下眉，他记起来了，就是自己转学来第一天，在厕所里找他碴的脏东西。
孙沛接着道："那是我初中同学，我俩那时候就不对付，还干过一架。"
继准心说，不对付是对的，那就是一"脑残"。相较而言，孙沛比他可爱多了。不，根本没法比较！
"再加上我膝盖上有旧伤，受不了高强度的训练。"孙沛又抛了下球接住，"像现在这样不带任何负担地玩玩就挺好。"

两人走出学校，在门口分开。
继准将耳机戴在了耳朵上，打了辆车朝黑子的游戏厅驶去。
鹭鸶街最近在修路，出租车没法往里进，只能停在街口。
继准付了钱，打开车门朝着深巷中走去。
当他伸手打算撩开游戏厅的门帘时却突然顿住了，里面正传来黑子愤怒的暴喝声。

"我就是放火把这儿烧了,也绝不会卖给你!"

继准起初还以为是黑子跟楚舒兰又在吵架,正犹豫着要不要先行离开。可接下来,屋里却传出了一个低沉的男声。

"你觉得你把这里改成超市,他就会开心吗?"那声音说,"把这家游戏厅卖给我,多少钱都可以……你结婚也需要钱吧?你女朋友家也不允许你像现在这么过。"顿了顿,又轻声道,"黑子,我相信苏皓也不希望你因为他把自己的未来都搭进去。"

"啪!"

伴着玻璃制品猛然摔碎的尖锐声响,黑子比先前更激动的嗓音打断了那人的话。

"你别跟我提苏皓!"黑子暴喝道,"姓吕的我告诉你,要不是因为你,苏皓根本不会死!你现在居然还有脸站在我面前,说你要买下这里?"

黑子一口气说了一大堆话,继准站在门外,觉得自己应该先走,却又忍不住想要留下听到更多。

黑子口中那个叫苏皓的人,继准认识。苏皓曾是黑哥最铁的哥们儿,这家游戏厅,最初就是黑子和苏皓一起开的。

记忆中的苏皓,总爱穿件雪白的衬衫,抱把吉他。他不太爱说话,但眉眼弯弯时常带着笑意,说话也斯斯文文,和黑子站在一起时就像包黑炭跟公孙策。

继准来游戏厅玩时总能看到苏皓坐在门口的石阶上,手里夹着根烟,懒洋洋地在太阳底下扫着琴弦。看到继准后,苏皓就会冲他笑笑,说上句:"来了?"

苏皓曾经在这条巷子里很有名,因为成绩好,因为热心肠,因为长得俊,因为……死得蹊跷。

他是在一天傍晚自杀的,从出租屋的楼顶跳下来,身上背着个贴满羽毛的大翅膀,死前还专门把屋子收拾干净,给阳台上的花浇了水。

这事儿是继准他亲爸告诉他的,八成也是道听途说。但继准明白,受苏皓之死打击最大的人应该就是黑子。

那段时间,黑子的脾气变得十分暴躁,成日酗酒,但凡听到街坊邻居议论起任何关于苏皓的话题,便会拎着大铁锨去砸人家的房门。因为这事儿,他还被派出所拘留过。

后来日子久了,苏皓的事也就渐渐被其他的一些邻里之间的八卦和鸡毛蒜皮的小事给覆盖了。可黑子仍是倒贴钱坚持开着这家游戏厅,继准知道,他是放不下苏皓。

每年苏皓的生辰和忌日,黑子都会拎着苏皓生前最爱吃的山药枣泥酥前往岭山墓园,一待就是一整天。

游戏厅里安静了下来,隐隐只能听到一个男人压抑的哭声。

许久之后,黑子才闷声开口道:"你走吧。"

"黑子,你告诉我……苏皓到底埋在哪儿?"那声音这会儿已是彻底哑到只剩下气声。

"呵。"黑子冷笑了声,"吕总不是本事大吗?问我做什么?"

"我查遍了岭山墓园管理处的所有信息,都没看到他的名字。"

"那你就干脆死了这条心吧。"黑子顿了顿,咬牙道,"我要关门了,吕总还有其他事儿吗?"

片刻过后,门帘被人掀开了,从屋里走出个西装革履的男人。见到继准后,男人稍稍一愣,继准借着街灯的光,看到他的眼中布满了红血丝。

继准侧侧身,给男人让出条道。

男人低声道了句谢,而后便朝巷口缓步走去。他的身形原该是相当挺拔的,可此时看来却又显得十分颓乏。

像是听到动静,黑子也跟着走出游戏厅。继准发现黑子的脸色也没好到哪里去。

"闹闹,你咋来了呢?"黑子的嗓音有些哑,赶忙清了下喉咙,"来,进来吧。"

继准点头跟着黑子进了游戏厅,黑子从冰柜里拿出一罐冰可乐递给继准说:"跟你妈吵架了?"

"没啊。"继准拉开拉环,喝了口,"就想着许久没来了,过来看看。"

黑子笑笑,给自己开了瓶啤酒,猛灌几口:"高二了吧,多把心思花在学习上是对的。"

继准扬了下眉:"好不容易来一趟,你就跟我说这个?"

"得得,不说!"黑子坐在一台机器前,冲继准招招手,"来,陪哥打一盘。"

"好啊。"

见黑子没打算跟自己说刚才的事,继准也就很识趣地没有问。继准挽起袖子往黑子边上一坐,陪他打起了拳皇。

这一玩就又挺晚了。

继准晃了晃发酸的手腕,看着战绩无奈道:"你可真是一点儿都不让我。"

黑子随手揉了把继准的头发："打得挺好，还赢了我几局呢。"

"你还不回家？不怕被老婆骂啊？"继准问。

黑子喝着啤酒讪讪道："舒兰回他爸妈那儿了，家里就我一个。"

继准抿抿唇："还是因为游戏厅改超市的事？"

黑子点点头，从烟盒里摸出根烟来叼在嘴里，点燃，长吁口气。

继准看着烟雾中的黑子又在出神，心知他仍没从刚才的事里缓过神来。这种时候，劝是没用的。不明缘由地傻劝，更容易出乱子。

"对了，给你这儿安空调的事我跟我后爸说了。"继准尽量自然地换了个话题道，"他说没问题，过两天就派工人来装。"

"哈，是吗。"黑子咧嘴笑笑，"替我谢谢他啊！"他说着又抽了口烟。

"怎么样，在新学校过得还愉快吗？"黑子问。

"唔……"继准眯了下眼，脑海中最先出现的居然是谭璟扬那张人前斯文、人后颓废的脸，不由得勾唇笑了下。

"凑合，班上有个挺有趣的人。"

"是吗，那下次带来这儿，哥请他打游戏。"黑子道。

"行嘞。"继准见黑子还是不在状态，也不想他心情不好还得强撑着陪自己，于是站起身道，"那什么，哥，我先回了啊。"

"你这不是刚来？再玩会儿呗。"

"不了，我就是来看看。明儿还有课呢！"

黑子点点头也没再强留，从柜台上摸过电摩钥匙："走吧，我骑车送你。"

"别了，你喝了酒。"继准冲桌上的空啤酒瓶扬扬下巴。

"嗐，这才哪儿到哪儿。"

继准晃了下手里显示打车界面的手机屏幕："我已经叫车了。"

黑子见的确是已经有车来接继准，这才摸了把他的头发说："行吧，那你到家给我来条消息。我今晚也不折腾了，就在店里睡。"

"好。"继准冲黑子挥了下手，"走了啊。"

"慢点儿。"

看着继准的身影朝着巷外渐行渐远，黑子脸上的笑容渐渐褪去，转而浮现的，是眸中一种近似哀伤的情绪。

若是让旁人看见了，定要笑话他，五大三粗，上演什么铁汉柔情。

继准走到街口的时候，才发现自己刚叫的车被取消了。

他回头看了幽深昏暗的巷子一眼，实在不想让喝了些酒还心情不好的黑子送他，于是沿着人行道，一路朝着家的方向走，打算过了这个路段再重新叫车试试。

　　夜晚的空气潮湿闷热，像是有场大雨一直没下似的，纵使继准这种不爱出汗的人，此时也觉得脖颈上黏腻腻的，很不舒服。

　　耳机里播放着 *Waterfall*（《瀑布》），是电影《春光乍泄》的配乐。

　　伴随着耳机中娓娓道来似的唱腔，继准进入了一处地下通道。偶有几辆车从他面前飞速驶过，冷白色的灯光照在脸上有些晃眼。

　　不远处站着六个人，边上还停了三辆摩托车。

　　继准从他们身旁经过时闻到了一股浓烈的酒味。他面无表情地从几人面前路过，而后装作低头更换歌曲，点开了通讯录中黑子的名字，脚下也越走越快。

　　太静了，那些人根本就不是在聊天，还有他们的目光，继准应该不会觉察错，大概率就是冲他来的。

　　当身后的手臂猛然朝继准的脖子劈来时，继准一个弯腰躲过了攻击，拔腿就跑，手上也同时拨通了黑子的电话。

　　然而，还未等他跑出地下通道，摩托车已打横挡在了继准眼前……

　　谭璟扬骑着自行车，停在了南城老街的一间理发店外。

　　店门口拉着铁闸门，从店里传出了清晰的麻将声。

　　谭璟扬把车停好，上前晃了晃铁闸门，发出"丁零当啷"的声响。没一会儿，一双人字拖出现在门缝里，屋里的人在看清来者后"哗"地拉开了铁闸门。

　　"你怎么来了？"穿人字拖的青年叼着一根牙签，侧身给谭璟扬让路。

　　"路过，顺道来看看。"谭璟扬挎着书包走进屋里，瞬间被屋内充斥的烟味熏得皱了皱眉。

　　"正好，我上个厕所，你替我打两把呗。"青年边说边冲理发店当中的麻将桌努努嘴。

　　牌桌上的另外三个人，两个穿着老头背心，一个穿着花衬衫，从头到脚都透着股"社会气"。三个小年轻闻言也冲谭璟扬笑了笑，显然一副跟他很熟的样子。

　　谭璟扬跟几人点了下头，而后压了压帽檐，对青年道："不了，我回去还得帮谭乐检查作业呢。"

　　"也是，少让小乐跟你舅单独相处。"青年说。

谭璟扬拍了下青年的肩："华子，我来就是想跟你说一句，迪吧那边我不打算再去了。"

被叫华子的青年一愣："怎么，我叔惹你不高兴了？"他说完蓦地沉脸问，"还是有人找你麻烦？"

谭璟扬摇头笑了下："没有，叔叔对我很照顾，主要是我想多花些时间陪我弟弟，在那儿帮忙每天都要待到很晚。"

华子咬了下牙签："懂了。"而后他又试探性地问，"那你手上的钱……还够花不？"

"有家饭店同意我去帮忙。"谭璟扬顿了顿，对华子说，"还有，这学期结束，我打算带着小乐搬出去住。"

"早该搬出去了！"华子侧头点燃一根烟。

谭璟扬轻声道："你也帮忙留意着点租房信息，不用太好，能住就行。"

"成。"华子点了下头。

谭璟扬："你们玩吧，我就先撤了。"

"慢点儿啊扬子。"牌桌上的几个人冲谭璟扬挥挥手。

"嗯。"谭璟扬应了声，转身打算离开。

就在他伸手去拉铁闸门时，突然间眉头一皱。

只见三道刺眼的灯光裹挟着机车的发动机声从理发店门口飞快经过，钻入了拐角的死巷子。

刹那间，他看到其中一辆车上坐着的人，好像是继准？

谭璟扬的眸色暗了暗，朝着死巷子走了过去。

另一边，继准被人从机车上拽下来，一把推到了墙角，后背狠狠撞了下，他咬牙闭了闭眼。

头顶的街灯因为接触不良，忽明忽暗地闪烁着，他看到六个人朝他步步紧逼。

"你们动手前总该告诉我，我到底惹到谁了吧？"继准贴墙站着，后背火辣辣地疼。

"这可不能说。"光头冷笑道。

继准的眼睛在黑夜中显得很亮，他用余光迅速搜索着防身工具，嘴上接着道："他到底给了你们多少，我可以双倍。"

"呸，你当我们这么没职业道德？""莫西干"大骂，"老子最讨厌你这种小畜生，仗着有几个破钱，一脸看不起人的样子！"

光头："够了，别跟他废话。"

他话音刚落，身后的"莫西干"快步而上。继准眸光一暗，抄起事先已经看准的水泥袋，狠狠丢向了"莫西干"。

水泥袋里装满了生活垃圾，随着继准的动作撒了一地，顿时恶臭扑鼻。

连带着"莫西干"在内的众人皆没想到继准还会反击，都有片刻的慌神。

继准趁机又要跑！

"拦住他！"光头喊着就要去追，岂料脚下猛地被人一绊趴在了地上。

与此同时还响起了另外几声惨叫，只见方才跟随光头的几个人也被人搋倒在地，一个个胳膊朝后，跟小燕起飞似的。

踩着人字拖的华子嚼了嚼嘴里的牙签，咧嘴一笑："这都哪儿来的杂碎啊？耍横也不先把身手练好？"

穿老大爷背心的青年跟着笑道："赶紧的，送派出所。王哥看见说不定还奖咱们杯咖啡喝。"

"花衬衫"则是弯腰跟地上的"莫西干"讲起了大道理："我说兄弟，你们这都得算是绑架了吧？犯法了，懂吗？"

光头气急败坏地大叫："你们哪条道上的？知道我是谁吗？"

一只手在光头的脑袋上打了个响亮的巴掌，用不大不小的声音，给自己的出现来了个定性："正道上的。"

继准这才膝下一软，贴墙缓缓滑坐在旁边。

他兀自笑了下，决定改明儿就做面"见义勇为"的锦旗给谭璟扬送去。

医院里弥漫着消毒水的味道，继准手里捏着诊疗单坐在诊室外的椅子上。他原是没打算来医院的，可谭璟扬不放心，从派出所做完笔录出来后，还是打了个车把他架到了这里检查。

"谭璟扬，手机借我用用。"继准用手肘碰了下边上的谭璟扬，"我给我爸和我哥回个电话。"

谭璟扬没说话，把手机递给了继准。

继准先是给黑子打了个电话，大概跟他说了下情况和自己目前的位置。电话那边的黑子沉默地听完，说了句"等着"，便火速挂断了。

继准又打给陈建业，告诉他自己的手机不小心摔坏了，今晚要在同学家里住。陈建业不太放心，让继准把手机给他同学。

"班长，我爸要跟你说两句。"继准冲谭璟扬摇摇头，做了个噤声的手势。

谭璟扬会意，接过手机，微微叹口气后将其贴到了自己耳边。

"叔叔好。"

声音一如既往的温柔，令人放心。

继准蜷起双腿，默默看着谭璟扬站在墙边跟陈建业通话，见他在几句"嗯嗯，放心吧"之后挂了电话，扬扬眉问："我爸信没？"

"嗯。"谭璟扬回到继准边上坐下，"他说你妈联系了你一整晚，差点就报警了。"

"所以才更不能让她知道啊。"

"你今天晚上打算怎么办？"谭璟扬问。

继准打了个哈欠，懒懒地说："随便先找个宾馆对付一下吧，这都已经快早上了。"

"继准——"诊室里传出医生的声音。

继准和谭璟扬起身走进去，就看到一个上了岁数的医生正拿着继准的CT片子凑近光看着。

"片子上看着没啥事儿啊。"医生边写病历边抬眼看了继准一下，露出了然的表情道，"跟人打架了吧？一看就是。"

谭璟扬按着继准的肩，冲医生礼貌地笑笑："路上遇到小偷，见义勇为去了。"

老医生看谭璟扬一副好学生的样子，倒也没对他的话再表示怀疑，点点头说："生命安全还是第一位的——门口右转缴费。"

两人刚从诊室里出来，就与匆匆赶来满头大汗的黑子撞了个正着。

黑子一把将继准拉到身边，翻来覆去地将人检查了个遍。

黑子："伤哪儿了？"

"没事儿，好着呢！"继准说。

"那帮杂种呢！"黑子大骂。

"派出所，估计一时半会儿也出不来了。"

黑子这才沉着脸点点头，目光继而看向了一旁的谭璟扬，皱眉问继准："你同学？"

"嗯，我们班班长。今天多亏了他，不然我可能就直接进ICU了。"继准说。

黑子抬手拍了下谭璟扬的肩："谢了啊，小老弟。"

谭璟扬轻点了下头，看向继准道："既然你哥都来了，我就先回家了啊。白天的课你看情况，要是身体还不舒服，我就帮你请个假。"他说完，转身就要走。

"等下。"继准叫住了谭璟扬，笑了下说，"太晚了，我给你叫个车吧。"

"不用，这里离我家没多远。"谭璟扬冲继准挥挥手，"走了啊。"

"我送你。"继准说完看向黑子，"哥，你等我下，我跟同学说几句话。"

而后便走到谭璟扬身边，跟他一起出了门诊楼。

两人站在院子里的一棵松树下，天光已从漆黑渐渐转向墨蓝，空气中透着股夏季雨后潮湿的味道，虽不清爽却也不难闻。

谭璟扬："你想跟我说什么，说吧。"

继准抿了下唇："这事本来今天在学校的时候就想告诉你的，结果你刚考完试就走了。"他顿了顿道，"知道我为什么会转学来六中吗？"

谭璟扬挑了下眉。

"我之前的学校里有个叫刘文宗的，我把他教训了。"继准道，"他偷翻女生包，被我抓了个正着。"

"呵。"谭璟扬冷哼了声，眼底流露出鄙夷。

继准摇头笑了下："结果人家舅舅就是我们学校的教导主任，非要记我大过。我爸气不过，就把我转来三中了。"他抬眼看向谭璟扬，"所以，我真不是怕你才跑的。"

谭璟扬抱起手臂："合着你就是要跟我说这个？"

"不是，事儿到这里还没完。"继准抿抿唇，"找你弟麻烦的那小子，我找人打听过了，就是刘文宗他表弟。"

"嗯？"谭璟扬有些意外，"那他说的和咱们学校校长是铁磁儿的领导就是……"

继准点了下头："就是六中的教导主任。"

"还真是一家子浑蛋。"谭璟扬再次看向继准问，"你觉得今天那伙人，是他们找来的？"

"我先是惹了刘文宗，接着又因为小乐得罪了他表弟。我爸在我转学的时候送去学校里大闹了一出，让教导主任丢尽了面子。所以，这很有可能。"

"除了他们，你最近还惹过什么人没有？"谭璟扬问。

"就只有刘帅那几个了。"继准说，"总之无外乎就是这两拨人，但前者的可能性更大。"

谭璟扬点点头："光头那几个小流氓现在还在派出所，估计到了白天，该清楚的也就都弄清楚了。依我看，你们学校那教导主任不至于干出这样的事，毕竟真要是闹大了，他自己不仅会丢饭碗还可能被追究法律责任，讨不到一点好处。这事很可能是刘文宗背着教导主任，私自干的。"

"我觉得也是。"继准掰了掰指关节，"我猜那蠢货经过这件事应该也就安分了，他表弟也是靠着亲戚关系耍横，之后估计再不敢找谭乐的麻烦。"他冲谭璟扬弯弯嘴角，"你也可以稍微放点心了。"

"这么说，我也算是变相把仇给报了？"

继准耸耸肩："还能顺便混个见义勇为的好名声。"

有了这一遭，两人之前的那点不痛快也终于被抛在了脑后。

谭璟扬清了下嗓子："对了，我以后就不去那家迪吧了。"

"所以你之前只是在那里帮忙？"继准问。

"不然真是去蹦迪啊？"谭璟扬笑了下，"那家店是我朋友的叔叔开的，打着叫我去帮忙的由头，实际上就是想贴补我跟谭乐。我也不想再麻烦人家了。"

他顿了下："你说得没错，是该给小乐换个生活环境了。我打算找房子带他搬出去住。"

继准点点头："挺好的。"他伸了个懒腰，揉了揉酸痛的脖子叹道，"哎，看来今天是睡不了了，不过我上课可以补眠，班长你就……"

"我不睡也没关系。"谭璟扬将包又往肩上挎了下，"你确定还要去宾馆吗？天都亮了。"

"不了吧。"继准回头看了黑子一眼，"我跟我哥说一声，完了咱一起去吃个早饭？"

"我还得回家叫小乐起床，你们去吧。"谭璟扬说，"待会儿学校见。"

"嗯，也行。"

"你爸那边记得跟你那哥交代一句，别说漏了。"谭璟扬交代说。

继准眨了眨眼："班长可真细心，可见撒谎这方面很有经验啊。"

"毕竟有个不省心的同桌。"谭璟扬又笑了下，转身冲继准挥挥手，离开了医院。

果不其然，光头他们几个经过一晚上便把事情的起因经过通通交代清楚了。六中的一个学生花了八千多块钱雇他们找继准的麻烦。接着又一番调查后，揪出了这个人，正是刘文宗。

这事后来还是被陈建业知道了，他大发雷霆，势要给继准讨个说法。最后，教导主任不堪重压，连东西都没收拾全就灰溜溜地离开了学校。

听着路虎兴奋不已的大嗓门，继准隔着电话都能想到他那生龙活虎的样子。

"宝儿，咱班学委今天找校长说了之前刘文宗偷翻她包的事儿，现在那孙子还在被调查。他表弟霸凌外校低年级学生的事儿也让学校知道了，估计那小子今后的日子也不好过。哈，真是太痛快了！"路虎擤了把鼻涕感慨道，"宝儿啊，我比窦娥还冤的宝儿啊，你这回可算是沉冤得雪了！"

055

"你这怕是有点儿那大病了。"继准笑着拧开冰可乐,仰头喝了几口,"先不说了啊,快上课了。"

"好嘞,我这边也是。"路虎说,"今天放学后啥安排?约上王达一起去黑哥那儿打游戏去?"

"今儿怕是不行,黑哥有事出去了。"继准顿了顿,"要不来我家呗,咱找个鬼片看。"

"妥了!我刚好也想张姨的酸萝卜老鸭汤了!晚上见啊,宝儿。"

撂了电话,继准转身进了教室。

Chapter 05
· 露营

班主任老马顶着张老大不情愿的脸,带来了个令全班为之雀跃的消息。

本周学校组织包括高三在内的所有班级外出活动:高一、高二去落霞山露营,周五一早去,周六下午回;高三则是去附近的水库边野炊,当天往返。

主意是校长出的,说是最近整个学校的氛围都过于紧绷,这样下去反而不利于学习,于是决定以此作为调剂。

"当然了,要是大家不想在这时候分心,或者是身体不舒服,随时可以找我报备,到时候正常在校自习就行。"

老马在说这段话的时候,眼神一个劲儿往谭璟扬身上瞟,像是在让他赶紧带头做出表率说"不去,我想学习"似的。

继准用胳膊肘撞了下谭璟扬,压低声音说:"这时候你可别拉仇恨啊。"

谭璟扬托着下巴有效地避开了老马的视线,头也不抬地看着随堂笔记轻笑了声:"我又不傻。"

事实证明,校长的决策是对的。就在全体教职员工都以为学生会因为露营一事心浮气躁无心学习时,同学们的学习劲头却偏偏比以往更足了。就连那些班里一向不学习的刺头都收敛了许多,生怕校长反悔,再取消活动。

转眼间就到了周四晚自习,大家的情绪终于在这一刻按捺不住了。

起先是几个女生交头接耳,讨论着明天到底该穿什么衣服,后来越来越多的人加入其中。

坐在最前面守晚自习的老师抬抬眼皮,也知道此时无论他怎么强调纪律也没用,于是干脆也就睁一只眼闭一只眼。

孙沛跟继准身后的刘峥换了位置,用笔戳了下继准的后背:"我跟我妈说好了,让她今晚串些肉串给我明天带着,到时候烤烤就能吃。"

继准扭过头，去掉一侧的耳机："这么热的天，别还没吃就放坏了吧。"

孙沛摸摸下巴："你这么说也是啊，要不我再备个冷藏箱？"

"要我说，买个肯德基全家桶带着得了，干净又卫生。"继准边说边看向一旁做题的谭璟扬，"你说是吧？"

谭璟扬握笔的手被继准不经意碰了下，笔迹飞出一条黑线。

他也不恼，温和地笑了下："这样会不会就没有露营的乐趣了？"顿了顿又道，"不过安全卫生还是最要紧的，买肯德基是要放心些。"

"你呢，准备带什么？"继准最受不了谭璟扬一副乖学生的口吻，撇撇嘴问。

谭璟扬摇摇头："我就不去了，留我弟自己在家也不放心。"

继准愣了下："不是，合着说了半天，你不去啊？"

孙沛将手撑在桌上，一副见怪不怪的样子："他又不是只这一次不去，从我认识老谭开始，就没见他参加过除运动会以外的集体活动了。"

继准没吭声，又淡淡看了谭璟扬一眼。

试问这个年纪又有谁不爱玩呢？

他知道，谭璟扬多半不是不想，而是玩不起。

随着一声下课铃，周四总算熬过去了。顷刻间，教学楼内传出阵阵欢呼。

校长室里的老人笑眯眯地摘掉老花镜，背手走到窗边，看着学生们欢呼雀跃地离开教室，脸上洋溢着久违的属于少年人的笑容。

已经有多久没有看到如此生动的场景了呢？老校长揉揉眼睛，感慨着这才是年轻人该有的样子啊。

谭璟扬踹开自行车的脚撑，刚要迈腿跨上去，车把便被人从正前方抓住了。

来者正是继准，他冲谭璟扬挑眉坏笑了下，而后模仿着《天下无贼》里范伟的语气道："打、打、打——劫！"

见周围只有继准一个，谭璟扬索性也收起了那习惯性挂在脸上的温和笑容，狭长的眸子里恢复了痞性与散漫，懒声道："报告打劫的，你是要劫财？还是要劫色啊？"

"小爷从不做选择。"继准边说边绕到自行车后座边，往上轻轻一跃，"困得很，捎我一段儿呗？"

"四轮的它坐着不香吗？"谭璟扬嘴上虽这么说，却还是踩了脚蹬。

两人在夜色中穿过一排排郁郁葱葱的梧桐树，朝着继准家的方向骑去。

继准用犬牙磨碎嘴里的薄荷糖，抬头看向不断向后退去的梧桐树，只觉得困意被逐渐驱散。

"你今天不用去店里帮忙?"继准问。

"嗯。"谭璟扬背对着他淡淡应了句,声音也被风扫得有些不真切。

"其实你带着谭乐一起去露营也不是不行。"继准晃着长腿道,"给他请一天假,谭乐应该也很久没出去玩过了吧?"

"算了,太麻烦。"谭璟扬按响车铃,"你别老晃腿。"

"落霞山我去过一次,挺有意思的。最近总下雨,搞不好还会长出好些野生蘑菇……不过那东西可不能乱吃,之前我在网上看到一个新闻,一云南哥们儿因为误食了毒蘑菇,看到他下班回家的老爸头上骑了好几只猴儿,满屋子窜。"话及此处,继准顿了下,"你去过落霞山吗?"

"没去过。"

继准"哦"了一声,揉揉鼻子继续说:"山顶上有个观星台,天气好的时候还能看到银河。农家菜的味道也不错,搞只跑山鸡炖竹笋,能把人鲜哭。"

"我前面路口该转弯了,你要不从这儿下?"谭璟扬兀自打断,没回应继准的"安利"。

其实继准的这些话完全是有意说给谭璟扬听的。通过这为数不多的几次接触,他发现其实谭乐比起别的同龄人要早熟很多,或者说,谭乐太懂得该怎样去隐藏压抑自己的情绪和喜恶了。

可往往有时候,太懂事不见得是件好事,还是应当适时地给他个解放天性的机会才对。

当然,见谭璟扬不接招,继准也就点到即止,不再自找没趣。

"下了。"

没等谭璟扬把车停好,继准已经径自跳了下来。他边弯腰将松了的鞋带系紧,边道:"谢了啊,班长。"

"走了。"谭璟扬将脚重新踏上脚蹬,一踩,拐进了转角昏暗的巷子。

他的脸上依旧没什么表情,只是脚下的速度越发快了。

小舅今日破天荒地早早结束了牌局,瘫在沙发上边喝酒,边看着一档喜剧节目,笑得很夸张。

谭乐坐在沙发的角落里,显然对电视里的段子没什么兴趣,却又不敢走开,见到回家的谭璟扬,连忙如获大赦般地迎了上去,接过谭璟扬手里的书包。

"回来啦?"小舅捏了两粒花生米,随手将皮搓在了地上,"锅里煮了速冻饺子,你饿了自己热热。"

"好。"谭璟扬揉了把谭乐的头发,对小舅道,"我先去冲个凉。"

他说完便回了房间,谭乐见状也赶忙跟了进去。

"小舅今天不对劲。"谭乐关上门,压低嗓门神秘兮兮地对谭璟扬说,"我听他跟电话里的人说,好像要把姥姥在眉城留给妈妈的房子卖掉。"

谭璟扬闻言冷笑了声:"他休想。"

谭乐紧张道:"哥,小舅好像又欠别人钱了,他跟我说最近要是有人来找他或是敲门,一律不许开。"

谭璟扬点点头:"知道了。"

他的脸上露出几分厌倦,取过搭在窗边的毛巾挂在脖子上,准备去浴室冲澡,目光突然停在了桌前的一幅图画上。

见谭璟扬发现了自己的作品,谭乐有些不好意思地挠挠头说:"我还没画完呢,老师说等我画完了,就推荐我去参加绘画比赛。"

这是幅蜡笔画,画的是一座郁郁葱葱的森林。

阳光从林间洒落,照在星星点点的小蘑菇上,一家四口坐在湖边野餐,妈妈依旧穿着记忆中那条熟悉的淡蓝色连衣裙,小男孩骑在爸爸的脖子上,用虫网去抓树干上的知了,少年则站在一旁,眺望着平静的湖面。

在脑中一阵短暂的嗡鸣过后,谭璟扬的耳畔再次传来了那首 *The Sound of Silence*。

他眼神暗了暗,摇头赶走了那烦人的幻听,而后像是急于逃离一般,匆匆离开了屋子,还险些被板凳腿绊倒。

水忽冷忽热地淋在身上,虽能落汗却也绝对称不上舒服。

谭璟扬挤了些洗发水,使劲搓揉着头皮,直到毛孔间传来火辣辣的感觉,他突然一把狠狠揪住自己的头发,将额头重重抵向斑驳的墙体。

再次走出浴室的时候,小舅已将电视关上了。看见谭璟扬,他喉头上下动了动,眼珠子转着像是要说些什么。

谭璟扬装作并未察觉,取过扫帚和簸箕将花生皮扫干净,还未等小舅开口,便先出声道:"这个月的生活费,我明天就打到你卡上。"

"嗐,都是小事儿,不慌。"小舅咧咧嘴,"那个……"

"应该的。"谭璟扬再次打断道,"我明天还有课,先回屋了。"顿了顿又补了句,"你也早点儿休息吧。"

"那个,外甥啊!"

谭璟扬站住脚,头也不回地淡淡道:"小舅,我妈生前最疼你了,对吧?"

小舅半张着嘴,像是没料到谭璟扬会突然蹦出这么一句,一时间竟不知该怎么往下接。

谭璟扬背对着小舅挑起嘴角,眼中却是漆黑一片。

"晚安。"他说。

房门将二人隔绝开来,片刻后,他听到屋外的小舅低声骂了句脏话,而后重重地摔上了房间的门。

伏在桌前画画的谭乐回头看了谭璟扬一眼,抿抿嘴什么也没说,只再次埋下脸看着画纸,一下下抠着指甲边的死皮。

谭璟扬点了盘蚊香,而后坐在床上一声不吭地擦着头发,目光一不小心又瞥向了谭乐的画,耳边莫名又响起继准的"安利"。

——"落霞山我去过一次,挺有意思的。最近总下雨,搞不好还会长出好些野生蘑菇。"

——"山顶上有个观星台,天气好的时候还能看到银河。"

"小乐。"谭璟扬突然开口道,"你想去落霞山玩吗?"

谭乐猛地回过头,眼中难掩兴奋,有些不可置信般小心翼翼地问:"真、真的吗?"

"嗯。"谭璟扬透过窗看向屋外的夜色,轻声说,"我这会儿跟班主任先打个电话,之后再给你请个假……一起去吧。"

"耶!"

谭乐一下从椅子上蹦了起来,开心得手舞足蹈,而后又担心会吵到小舅,赶忙捂住了自己的嘴巴,无声地在床上翻滚着。

这晚,他做了个大大的美梦。

继准斜挎着包站在太阳下的大巴车边,看着谭乐的眼睛弯了起来。

"哟,早上好啊。"他抛了颗巧克力给谭乐,"小学生。"

谭乐见了继准也十分兴奋,乌溜溜的眼睛里泛着光。

"准哥!"他脆生生地叫了句,将巧克力小心翼翼地揣进衣兜。

"谭璟扬,这是你弟弟吗?"戴着太阳帽的女生笑嘻嘻地凑到谭璟扬边上。继准记得她好像叫顾桉,是谭璟扬之前的同桌。

"嗯。"谭璟扬温和地点点头,冲谭乐说,"小乐,问姐姐好。"

"姐姐好!"谭乐乖巧地喊了声。

"也太可爱了吧!"顾桉和另外几个女生不约而同地发出感慨。

谭乐原就长得白净可爱,加上还懂事听话,很快便收获了班里一众女同学的好感。上车后,他便被她们叫走围在中间,零食饮料一通投喂。

继准倒出枚薄荷糖扔进嘴里,而后冲边上的谭璟扬晃了下:"要吗?"

谭璟扬接过糖盒，捏出一颗。

"你很爱吃甜的？"他将背包放在脚下，问继准。

"闲着也是闲着。"继准含着糖牵了下嘴角，"怎么想通了？"

谭璟扬知道继准在问什么，抿唇点了下头："嗯，也的确是很久没带小乐出去玩过了。"

"这就对了。"继准从书包里翻出耳机，挂在了耳朵上。

这之后两人没再怎么交流，继准扭头看向窗外，大巴车已经离开了校园朝着城外驶去。

阳光透过车窗洒在继准身上，晒得人发懒。大概是因为谭璟扬第一次参加这样的集体活动，他全程都在跟班上的同学交流，开着胡乱的玩笑，回答着各式各样的问题。不得不说，他的人缘是真挺好。

耳机里是民谣歌手哼唱的小调，简单的吉他和旋组成了轻松的旋律。继准看着窗外间隔一致的杨树快速掠过，只觉得眼皮一下下跟着发沉，四周的喧闹声也随之逐渐远去……

当他再睁开眼时，大巴车已驶离了城区，进入山里。

"你睡眠质量可真好。"身边的谭璟扬调侃道。

继准打了个哈欠，探身打开了车窗，一股清新的气息瞬间从窗外扑了进来，令人顿时神清气爽。

谭乐吃饱喝足，捧着一大堆零食朝谭璟扬走来。旁边的女生见状赶忙将自己放在空位上的包拿起来，拍了拍座位说："小乐，坐这儿来。"

谭乐坐在椅子上兴奋不减，他瞪大双眼看向窗外，一点风景都不愿错过。

继准打开手机的相机功能，随手拍了几张照片发给路虎。

那边几乎是秒回复，只有两个字：呵呵。

继准笑笑，将手机放回衣兜，再抬眼时，就看到不远处的一片松林间，伫立着几座红顶白墙的洋房。

"居然在这里建别墅区。"继准不禁感慨了句，"还真是会享受。"

"啧，那可不是什么别墅区。"身后的孙沛探头过来说，"知道刑中吗？"他扬扬下巴，"就那儿。"

"刑中？"继准愣了愣，"什么刑中？"

孙沛："官方名叫少管所。"

刑中……怪不得。建得倒还真挺漂亮的，难怪自己会弄错。

果不其然，在树与树的间隙里，继准看到了墙外拉着排铁丝网，在阳光的照射下反着冰冷的光泽。

"谭璟扬,帮我递下矿泉水。"继准捅了捅身边的谭璟扬,对方却半天没有回应。

继准下意识朝他看去:"班……"

他突然停住了,因为他发现此时的谭璟扬,周身竟隐隐透着股陌生的寒意。

谭璟扬微眯着的眼中眸色暗沉,犹如一汪深不见底的死水幽潭。

继准怔了下,而后敏锐地捕捉到了谭璟扬的小动作。

——他垂于腿间的右手握成了拳,突出的血管足以证明握拳的力道,左手把着右手的手腕,拇指在腕间下意识地摩挲着。

继准不动声色地嚼碎了嘴里的糖,对方摩挲的地方正是那道伤疤。

啧,还是个有故事的男同学。

黄昏渐至,夕阳不再刺眼,漫天的火烧云将层林染上了橙红色的蒙版。

大巴车总算到达了目的地,是一处位于山谷中的山庄。

据说山庄的老板是三中校长多年的老友,早些年是搞电影放映的。此时并非旺季,山庄里的房间充裕,因而同学们被分配成两两一屋,都是标间。谭乐自然是跟谭璟扬挤一张床。

"哥,咱们能不能跟准哥住呀?"谭乐扯了扯谭璟扬的衣角问。

谭璟扬拎着包看向继准:"你已经跟孙沛约好了吗?"

"没事儿,小乐跟继准熟,你们就一屋呗。"孙沛无所谓地耸耸肩,"我跟赵磊住去,刚好晚上还能一起看球赛。"

"成,那我安顿好了找你们玩啊。"继准拍了下孙沛的肩。

大伙分好了房间拿了钥匙,便有说有笑地各自回了房间。

短暂的休整过后,晚上还要在院子里支火烧烤,完了还有露天电影看呢。

继准打开门,将书包随便往床上一甩就倒了上去。

谭乐到底是小孩子,闲不住,还没休息几分钟,就又四处跑着串门去了。经这一路,他已经成功和继准的这帮同学打成了一片。

"啧,小乐长大没准能成个外交家。"继准用手臂枕着脑袋笑道,"搞人际关系的一把好手。"

手机突然振了起来,是娇姐打来的。继准抓了个枕头靠在床头,接通了电话。

"喂,娇姐。"

"你到地方没?"电话里的娇姐问。

"嗯，刚到。"继准边说边够到遥控器打开了电视，"你跟老陈干吗呢？"

"我俩出来看电影了。"娇姐用半埋怨半炫耀的语气说，"我说不出来的，跟着一群年轻人挤什么挤！你后爸偏不，这会儿排队买爆米花呢。"

"过过二人世界不挺好嘛。"继准一下下换着台，"总比老坐牌桌强。"

"你晚上吃什么呢？我给你往包里放了点儿熏肠，即食的，跟你的同学们分着吃。"

"我说怎么这么大味儿呢。"

"哎，老香了！原本还打算给你带盒榴梿来着。"

"可别了。"继准哭笑不得，"难道你想你儿子被全班孤立？"

继准这边在跟娇姐有一搭没一搭地聊天，谭璟扬则是坐在床边安静地听着。娇姐的嗓门很洪亮，即使不开免提也依然能听到她在说什么。

谭璟扬低头浅浅地笑了下，而后起身走向窗边，安静地看向暮色笼罩的远山。

继准正聊着天，一偏头就看到了谭璟扬修长的背影，余晖落在他身上，勾出一道金边。

继准垂下眼对电话里的娇姐说了句："先不聊了，一会儿还集合烧烤呢。"

"行行行，我们也准备进影厅了。你自己注意安全啊！"

"知道，挂了。"继准说完，撂了电话。

他再次看了谭璟扬一眼，而后起身走到了窗边。

"电话打完了？"谭璟扬回头冲继准勾勾唇，"妈妈的小乖乖。"

"找抽是吧？"

谭璟扬不以为意地伸了个懒腰："我得去院子里安排生火了，你跟我一起还是再在屋里待会儿？"

"我洗个澡再去。"

谭璟扬点点头："成，那我先走了。钥匙我拿着，你出门的时候直接关上就行。"

他说完取过了床头柜上的钥匙，转身出了房间。

房间里安静了下来，此时屋外的天已经将近全黑了，泛着浓重的墨蓝。

继准拉上窗帘，而后翻开包拿出干净衣服便进了浴室。

热水"哗啦啦"地洒在身上，说不出的惬意。继准舒服地叹了口气，没来由地又想到了方才谭璟扬背对着他的身影。

有些落寞，有些……轻到像是错觉般的脆弱。

继准闭上眼，冲去了头上的泡沫。

夜幕降临，院子里的篝火已经点燃了。

作为班长，谭璟扬自然成为干活的主力军。他将案板洗净，把肉类用调料腌制好，又熟练地切好蔬菜，荤素搭配地将肉和菜串在了竹签上。

想也知道，这一熟练的动作又为他收割了一大波好感。

"讲真，在没遇到班长前，我甚至一度觉得世上的好男人已经全部灭绝了。"顾桉手里拿着瓶酸奶，边喝边跟新同桌刘思燕感慨。

"是呀是呀！"刘思燕连连点头，目光自始至终都没从谭璟扬的身上挪开。

"温柔、体贴、学习好、尊重女生还会做饭。"顾桉掰着手指，细数着谭璟扬的优点，"你说他会喜欢什么样的女生？"

"反正打死老谭，他也不会看上你！"身后传来个贱兮兮的声音，是班上一特爱接老师话茬的男生，叫曾远。

"曾远你有病吧！"顾桉大叫一声，将酸奶瓶往边上一甩，笑骂着跟男生打闹在了一起。

继准历来就对招惹女生没什么兴趣，于是自然而然地跟同样对女生不怎么感兴趣的孙沛等人混在了一起。

几人凑在一块儿打了几把游戏，就听到班上的人叫他们过去帮忙分发餐盘。

"走吧。"继准将手机放回兜里，拍了下孙沛的肩。

哥几个刚走出没两步，迎面就走来了个留齐肩发、穿短裙的女孩。

"继准？"女孩用不大的声音喊了句，冲继准招了招手，"你能来一下吗？"

继准扬扬眉，确认自己应该并不认识对方。

身后的兄弟伙见状拖长了声音"哦——"了两声，便扔下继准，从他和女孩的身边绕了过去。

众人走后，女孩忽闪着大眼睛试探性地问了句："你不认识我了吗？"

见继准没回答，她又道："我叫吴桐，是一班的……咱俩以前一个小学，附小的。"

"啊，是吗？"继准还是没想起来。

吴桐捏着裙摆，有些害羞地垂下眼抿起嘴唇，说："你果然忘了啊。"她无奈地笑了下，再次抬起头说，"三年级的时候，我在学校附近的工地被一个老大爷拦住，非要拉我去他家，是你冲过来踩了那人一脚，把我救走了。"

话及此处,继准才记起来了,似乎的确有这么一件事,但因为时间隔得太久,更为具体的细节也已经变得十分模糊了,更别提那个小女孩的长相。

"我其实一直想找你道谢的,可那件事过后没多久,我们全家就搬到外地了,直到前两年我要上高中了才回来。"吴桐冲继准笑了下,露出了颊边甜甜的梨涡,"没想到在三中又遇见你,咱们可以加个微信吗?"

继准点点头,掏出手机跟吴桐互相交换了联系方式。

看到"添加成功"后,吴桐脸上露出了一抹红晕。

不远处,孙沛在叫他们过去吃饭了。

继准回头对吴桐道:"一起过去?"

"好啊。"吴桐又甜甜地笑了下,跟着继准一起朝着有篝火的地方走去。这期间,她时不时就悄悄瞄继准一眼,扯裙摆的手指抓得更紧了。

殊不知,一双红到滴血的眼睛正混迹在人群中死死地盯着他们,看向继准的时候更是充满了暴戾。

篝火晚会间,谭璟扬做的烤串大受欢迎。眼见着烤的速度追不上吃的速度,食材也跟着告急,谭璟扬干脆让大家伙把自己随身携带的食物通通汇总在一起,而后能烤的烤,能炒的炒。娇姐给继准带的熏肠,自然也位列其中。

吃饱喝足后,山庄老板那边将幕布和放映设备也都调试得差不多了。篝火燃尽,在还未消散的火木灰烬的余味中,露天幕布上释放出了跳动的荧光。

电影放的是星爷的《功夫》。《功夫》好啊,无论看过多少遍只要再放,都还能跟着再看一遍。

继准记得上一次看露天电影,还是跟路虎一起在青海湖的时候。当时那边恰好在搞电影节,营地里扎了好些帐篷,都是从四面八方赶来的电影发烧友。

可放映当天恰好下了小雨,雨后夜里的青海湖边不是一般的冷,于是多数人都选择缩在了帐篷里。只有他和路虎两人跟两个大傻子似的坐在幕布前的长条板凳上,吸溜着鼻子看着电影。

后来随着转经筒的嗡鸣声,夜幕中走来了几个赶路的僧人。他们穿着单衣,看到湖边正在放电影后便安静地坐了下来,认真地盯着幕布,彼此间也不交流。

后半夜,他见到了这辈子见过的最美的星空。

璀璨繁星下,他和路虎还有那几个僧人一直等到所有影片放完,才各自离席。该睡觉的睡觉，该继续赶路的赶路，仍是没有说话。

后来他就发烧了，还差点肺水肿，在当地的医院输了好几天液。可每每想起这事儿，依然会觉得奇妙……

"哈哈哈哈——"一阵哄笑声唤回了继准的思绪，电影正演到星爷冒充斧头帮，在猪笼寨里找碴被碾压。

一旁的谭乐像是第一次看这部影片，探着身笑得上气不接下气。继准不由得勾勾唇，这就对了，这才是孩子本该有的样子。

身边传来一股热气，伴着柴火与熟悉的洗衣粉味在继准的另一侧坐下。这一整晚谭璟扬都在全心全意为同学们服务，这会儿总算闲下来了。

继准侧头看了他一眼，只见跳跃着的光线下，谭璟扬静静地看向幕布，他的额前还挂着汗珠，顺着眉峰滑了下来，在幽暗的光线下，在所有人都被电影吸引的时候，他悄然敛去了那抹总是习惯性挂在唇边的温和笑意。

像是觉察到了继准的目光，谭璟扬也回头看向了他，扬了下眉压低嗓音问："你看什么？"

继准懒洋洋道："你身上有味道，油不拉几的。"

谭璟扬狠狠在继准的脑袋上抓了一把："你个没良心的，吃饱喝足了就开始嫌弃厨师了？"

继准挥掉他的手："撒开！男人头女人脚，只能看不能摸。"

"什么乱七八糟的。"谭璟扬嗤笑了声，倒是没再继续逗继准，他扯过胸前的衣服凑到鼻间闻了下，而后猫腰站了起来，"我回去冲个澡。"

时间在众人的爆笑声中缓缓流逝着，藏在云层间的月亮散发着皎洁的银光。

谭璟扬这一走便没再回来，大概也是忙了一天太累了。谭乐仍是精神十足，手里捧着袋薯片，聚精会神到半天都没顾上放进嘴里。

在电影中的"包租公"和"包租婆"前去找"火云邪神"算账时，继准的余光突然看到坐在边缘的刘峥离开了座位，磨磨蹭蹭地朝山庄外的小树林里走去。

借着月光，他发现树林外还站着几个人。

正是刘帅、王鹤松那几个渣滓，还有他们班的邹一鸣。

"准哥，你要吃薯片吗？"谭乐将手中的薯片往继准面前递了递。

"不了，你自己吃。"继准对他笑了下，而后转头继续盯着幕布。

此时"包租婆"他们已经和"火云邪神"打成了一片，继准轻叹口气，终究还是站起身来，对谭乐小声说了句："我去上厕所，电影结束了你就先回房间找你哥。"

"嗯嗯,好!"谭乐乖巧地点点头。

继准又按了下他的肩膀,双手插兜朝着那片小树林缓步走过去……

没有人为光源的地方,月光才更加明亮。

电影与人声渐渐远去,林间的夏虫声窸窣个没完。

刘峥背靠着粗壮的树干,脖子上泛起一层细密的汗,和成片下不去的鸡皮疙瘩。

他的眼睛瞥向一处,始终不敢与对面的几人交互。

"峥哥你老实说,晚上到底吃了几根鸡翅膀啊?"邹一鸣笑着,又朝刘峥紧逼了一步。

刘峥吓得死死贴着树干,结结巴巴地说:"真、真就只吃了两根。"

"啧,两根。"邹一鸣佯作为难地摇摇头,"你知不知道,其中有一根是我的?就因为你,我连肉香都没闻到。"

"我吃的时候,盘、盘子里,还有很多!"

"这么说,你是在怪我喽?"

邹一鸣突然一脚踹向树干,树叶沙沙颤抖,无数叶片掉落。

刘峥被吓得又是一惊,赶忙大声道:"我没有!鸡翅是班长买的,是他、是他买少了!"

"蠢货,你声音这么大干吗?要把大家都叫过来是不是?"刘帅大骂了句。

边上的王鹤松忍不住笑骂道:"瞧你那尿样儿。"

"真的、真不怪我!"刘峥满脸通红,像是马上就要哭出来了,"你们要找就去找谭璟扬啊!"

藏身于另一棵树后的继准闻言,刚要迈出的步子蓦地就停了下来。他皱皱眉,眼底露出一丝厌恶。

见刘峥被邹一鸣叫走,又看到刘帅一伙人,他原是打算来帮刘峥解围的。岂料这货被人一吓,居然直接张口就咬谭璟扬,可见其本身也不是个什么好货色。

这一刻,他竟有些为自己之前拿刘峥类比王达而感到愧疚。

可转念一想,来都来了,难道真放任着不管?若说方才他还在担心刘峥的安危,现在则是更担心别平白被这几个傻帽毁了难得的露营。继准的眼神沉了沉,转身再次回到了山庄内。

片刻后,一阵嘈杂的脚步声朝着林间迅速拥入。

"准哥,你真见着'阿飘'了?"孙沛兴奋地问。

"嗯。"继准笑着点点头。

"'阿飘'长什么样啊?"又有人问。

"唔,有胖有瘦?反正挺难看的。"

众人被这形容整得满头雾水,还真是第一次听到这种形容。

林中的邹一鸣等人听到响动,都露出了意外的神情。刘峥则是猛地松了口气,如蒙大赦般地瘫了下去。

刘帅暗骂了句,回头恶狠狠地指着刘峥威胁道:"你最好给老子闭嘴,听到没有!"

刘峥赶忙怯懦地点了点头。

"刘帅、邹一鸣,你们怎么在这儿啊?"班上的同学看到几人,好奇地上前问道。

"哦,我们……"邹一鸣一时没想好该怎么回答。

"大概也是来看'阿飘'的吧。"继准勾唇,眸中露出狡黠的光,"怎么样,有没有新发现啊?"

刘帅一见继准就来气,没好气地吼道:"什么乱七八糟的。"

"可不就是些乱七八糟的嘛。"继准挑了下眉。

"继准,你别是把邹一鸣他们当成是'阿飘'了吧?"孙沛狐疑地问。

"你这么一说还真有可能,是挺像的啊。"

"我去!你行不行啊准哥?"身边的同学败兴地叹了声。

"算了算了,好在是人,要真有脏东西,我还不敢在这儿住了呢。"另一人道。

"这事儿怪我。"继准回头冲众人道,"不过虽然没见到'阿飘',我倒是可以带各位去看看别的东西。"

他说完,朝林子的更深处扬扬下巴:"我之前来过几次,往那边再走没多远有个天然小瀑布,晚上有萤火虫。反正电影也放完了,咱叫着老马还有其他人一起去看看呗。"

"真的假的?我还没见过萤火虫呢。"

"继准,你别又骗人啊!"

继准嘴角一扬:"放心,这次是真的。"

看着继准跟着同学们热热闹闹地朝瀑布的方向走去,刘帅的牙咬得"咯咯"作响,分明已经知道了这群人就是被继准故意招来的。

"继准,给老子记住了……"

这回继准果然没骗人。松间月下，泉水自山崖缝隙间冒出，又从断层处飞下落入潭中，激起白色的水花。

沾着露水的香草间与林梢上，闪烁着无数萤火。对于这些城市里的孩子来说，此种景象绝对是可遇而不可求的。

班主任老马一时兴奋，竟还当场朗诵起了诗歌。

等众人心满意足地重新返回山庄时，已经接近午夜了。

继准带着兴奋的谭乐回了房间，一推门谭乐便飞奔到了谭璟扬面前，激动道："哥，我看到萤火虫了！好漂亮呀！"

谭璟扬摸了摸谭乐的头："知道了。"

"知道了？"继准挑眉看向谭璟扬。

谭璟扬晃了下手机："都快被班级群里的照片刷爆了。"

继准摇头笑笑："不是专业设备，拍不到萤火虫。你没亲眼去看看可惜了。"

谭璟扬闻言，弯弯嘴角说："不可惜，听闻也没比亲眼看到的差多少。"而后又像是想到了什么，兀自低笑了声，微微抬眼再次看向继准，"'阿飘'，是吧。"

"呵，班长这消息也是够灵通的啊。"见谭璟扬已经知道了，继准索性直接说，"难得的露营，不能白白给破坏了。"话及此处，他突然皱了下眉，"所以你早就知道邹一鸣和刘峥的事了？啧，我说班长，你就这么放任不管吗？"

"有时候事情不单只是你看到的那么简单。"谭璟扬顿了顿，"毕竟这个世界并不是非黑即白的。"

听他这么说，继准便也敛去了笑意。先前刘峥甩锅谭璟扬的样子再次浮现在了他眼前。

"所以刘峥和邹一鸣到底是因为什么结的梁子？"继准问道，"怕不只是单方面的欺负那么简单吧？"

"当然不是。"谭璟扬叩桌面的手指一滞，"邹一鸣的妈妈，以前是刘峥家雇的保姆。"

"嗯？"继准有些意外。

谭璟扬回头看了下已经昏昏欲睡的谭乐，压低声音道："你先去洗澡吧，过会儿外面说。"

Chapter 06
·套环

山里的夜很静，天虽然黑，却又显得格外通透，不像城市里，总被光污染弄得砖红一片，明不明、暗不暗的。

继准的头发还没全干，湿软地贴在额前。他有些懒散地托着下巴，半垂着眸子微微偏头看着边上的谭璟扬。

夜色中，谭璟扬的嗓音比以往听起来更加沉。剥离了平日里话语中总带着的七分温柔和三分笑意，他平淡客观的语调仿佛是深夜里的一池冷水。

"邹一鸣他爸在他很小的时候就不在了，他妈带着他在南城的一个老小区里租了人家一个仓库改的屋子，算是挺不容易的。"谭璟扬的手指在膝盖上轻轻叩击着。

"刘峥呢，家里开了家高档酒店，跟你一样是个富二代。"谭璟扬笑了下，可眸色依旧深沉。

"大概在他们初二还是初三的时候吧，刘峥他妈通过家政中心找到了邹一鸣的妈妈，雇她当保姆，邹一鸣他妈一听工资给得还挺合适，就欣然去了……"

随着谭璟扬的话，画面构建了一栋宽敞明亮的豪宅。

穿着朴素的妇女系着围裙，看向桌上摊着的一沓考卷时，露出了尴尬为难的表情。

一张张考卷，分数低至20分，最高也不过40分。

一旁的刘峥抖着腿，油光发亮的大脸上，小眼眯成一条缝。

见女人半天不动，刘峥不耐烦地冲她嚷嚷："我说，你倒是快点儿签字啊！这些都要签，一张也别落啊。"

女人紧张地搓着手，嘴唇开合了几下，这才柔声细语地说："峥峥，这个阿姨真的没办法帮你签字呀，你们老师会看出来的。"

"哎哟，你别废话了行不？"刘峥的眉间鼓起一坨肉，"待会儿我妈他们就回来了！"

女人向后退了半步，还是摇摇头说："不行，不行，别的事阿姨都能帮你，但学习问题还是得让你爸妈他们知道才行。"

见刘峥不满地皱着脸，女人继续试图劝道："你看，要是我家小鸣这么骗我，我肯定也会生气的。这做人吧，最重要的就是得诚实，你看小鸣就……"

"得了吧你！"刘峥鼻子朝天地哼了一声，身上的横肉又颤了几颤，"一天天的小鸣小鸣，要不是我们家给你钱，你跟你那小鸣都得饿死！"

女人的脸色变了变，但最终还是咽下了委屈。她脸上再次强行挂上了微笑，小心翼翼地哄道："中午想吃什么？阿姨给你做你最爱吃的炸鸡翅好不好？"

"不吃！"刘峥嫌弃地抽走桌上的那沓卷子，冷笑一声，"别以为我不知道，你就是想等着我们家吃不完了，再把鸡翅带回去。用着我们家的钱，买着你们家的菜，我妈居然还说你老实！"

"峥峥，话可不能这么说呀！"女人明显也急了，"我每天尽心工作，除了该拿的工资从来不贪你们一点钱，你这么说实在是……实在……"

"嚷嚷什么！你不爽就去找我妈告我啊，看她到底是向着你还是向着我！"刘峥有恃无恐地嚣张道，"你最好搞清楚，她是我妈！"说完，便迈着企鹅似的步子进了房间，"砰"的一声关上了房门。

屋里的刘峥往床上一跳，肥大的身体陷进了被子里。

此时手机铃突然响起，他一看号码，赶忙接通，正襟危坐起来。

"喂，南哥。啊，我、我刚到家……卷子、卷子……"刘峥的脸由红转白，结结巴巴道，"我还没找着机会跟保姆说这事呢。"

隔着电话，那边传来了毫不客气的声音："刘峥，之前可是你跟我们保证说会把事情摆平的，这也是我们对你的考验，要是连这关都过不了，以后也别想跟我们混了。"

"放心放心，我肯定会把事情办好，明天一准把签好字的卷子带到学校去！"

刘峥对着电话点头哈腰，极尽讨好，全然没了刚才对着保姆时那副趾高气扬的样子。

"那就行。"电话那边的人哼了声，直接挂断了电话。

听着电话里传来的"嘟嘟"声，刘峥狠狠将手机往床上一摔，而后抓起枕头砸向墙角。

"王八蛋！都是王八蛋！"

像是还不解气，他怒冲冲地将书桌上摆放着的模型扫在了地上。噼里啪啦一阵响，原先还精美完整的模型瞬间变成了碎片。

刘峥穿着拖鞋一下下在碎片上踩着，嘴里仍不住地骂："就会欺负我！都去死吧！王八蛋！"

岂料脚下一滑，他一屁股坐在了地上。撑地的手被模型碎片划伤，顷刻间就冒出了血。

"怎么了？怎么了，峥峥？"

刚走到门口的刘峥妈恰好听到了响动，她慌慌张张地闯进刘峥的房间。看到刘峥瘫在地上，手上还划出了一道口子，她惊呼出声："儿子——你、你不要紧吧？"

刘峥一见妈妈来了，瞬间委屈地号啕起来，眼泪还没流下脸颊，就被夹在了横肉里。

刘峥妈一面心疼地把儿子搀起来，一面冲着外头尖叫："王姐！王姐！你是怎么搞的，峥峥受伤了你都不知道！"

随之赶来的一鸣妈见状也慌了，赶忙去扶刘峥。

一鸣妈："哎呀，这是怎么搞的！"

刘峥一把使劲推开了一鸣妈，大声吼道："都怪你！都怪你……疼死了呀，疼死我了！妈，就是她惹我生气的，你快把她开了！"

"不、不是这样的！"一鸣妈赶忙说，"大妹子你先听我解释，峥峥他这次的考试成绩下来了，就让我帮他还有另外几个孩子签字，我、我没敢同意……"

刘峥见状，哭得更大声了。

"疼死我啦——哎哟——妈，我头好晕啊！"

刘峥妈的脸上瞬间写满心疼，忍不住冲一鸣妈嚷嚷道："你现在说这些干什么！没看到峥峥的手在流血吗？不是自己的儿子就不心疼了是吧！"

"我、我……"一鸣妈急得直攥手，但还是匆匆去往柜子前翻医用箱。

看着一鸣妈仓皇的模样，刘峥的小眼中悄悄露出了一抹快意。

厨房里，一鸣妈抬手擦了下额角的汗，用筷子夹着鸡翅裹上面粉放进滚烫的油锅。鸡翅在高温的烹炸下，着了层极为诱人的光泽。

就在她的注意力全部放在炸鸡翅上时，身后突然探出了一双肥胖的脚。紧接着，一枚玻璃弹珠被人用皮筋猛地弹进锅里。

"啊！"

一鸣妈短促地惊呼了声，本能地侧身躲开，但夹鸡翅的手还是被溅起的热油烫伤，瞬间起了一串燎泡。

"对不起啊，不小心射偏了。"手上缠着纱布的刘峥耸耸肩，道歉道出了幸灾乐祸的感觉。

"哒——"

一鸣妈只觉得手疼得厉害，拧开水管在下面一个劲儿冲着。

她的眼眶有些发红，使劲地吸了吸鼻子压下胸口的泛酸。

吃饭的时候，刘峥一家依旧是一副若其事的样子坐在餐桌旁，谈笑风生。刘峥今日的胃口出奇地好，满满一盘鸡翅吃得就只剩下两块。

他用裹着纱布的手揉了揉胀起的肚子，打了个响嗝。

一旁的刘峥妈瞟了一鸣妈手上的燎泡一眼，佯作关心道："呀，王姐，你这手是怎么回事呀？"

没等一鸣妈说话，刘峥便先开口道："我不小心把弹珠弹进锅里了，不过我已经跟王阿姨道过歉了。对吧阿姨？"

"你这小兔崽子，手都受伤了还不老实！"刘峥妈假模假式地拧了刘峥的脸一把，转头对一鸣妈说，"不好意思啊王姐，我今天刚从超市里买了点新鲜鸡翅回来，你走的时候给小鸣也带点回去吧。"

刘峥的小眼睛再次斜向一鸣妈，带着不屑。

"不了不了，小鸣不爱吃鸡翅。"一鸣妈赶忙摆手道。

"嗐，这就见外了不是？"刘峥妈假笑了下，故装熟络，"拿着拿着，我之前看峥峥受伤了也是有点着急，说话重了点儿，你可别往心里去啊！"

一鸣妈僵硬地抿抿嘴，最后还是勉强挤出了丝笑意，轻声说道："小孩子嘛，没事的。"

饭毕，刘峥妈便和刘峥爸回了卧室。刚关上门，她便开始跟刘峥爸抱怨。

"我看这王姐现在很成问题啊！峥峥都跟我说了，趁咱们不在家，她可没少占咱家便宜。"刘峥妈冲外头努努嘴，压低嗓门道，"就上次我买的那车厘子，她没事就去捏两颗，我还没吃着呢就见底了。"

刘峥爸拿着遥控器打开电视，闻言不以为意地说："嗐，不就点儿破水果吗！吃就吃呗。"

刘峥妈瞪眼反驳道："什么'就点儿破水果'？今天是偷吃咱家水果，明天可就是偷拿钱了！啧，都说仆大欺主、仆大欺主，一点没错！"

"那你想怎么着？"刘峥爸有一搭没一搭地应着。

"要我说，干脆把她辞了再找一个吧。"

"啧，多麻烦啊。"

"又不让你操心！"

"行行行，你想干啥就干啥，我没意见……好球！"

刘峥妈白了刘峥爸一眼，嘟囔了一声："一天到晚的，能指望着你点儿啥？"

当晚，一鸣妈便收到了家政公司的电话。

她被刘家辞退了。

"妈，饿了，咱吃什么？"

放学回来的邹一鸣撩开门帘，探头进来，在看到妈妈的手时脸色一变。

"你的手怎么搞的？"

"没事儿，之前不小心烫着了。"一鸣妈将黏在脖子上的头发捏掉，冲邹一鸣笑了下，"快去写作业吧，妈给你做鸡翅吃。"

昏黄灯光下，窄窗之上，布满黑色油烟的老旧排风扇发出沉闷的噪音。

"嗡……"

继准听完，有相当长一段时间没说话，心里的感触太多，混在一起反反复复地翻搅着。

"初中毕业后，刘峥以为终于可以摆脱那些欺负他的人了，却没想到居然又和邹一鸣成了同学。"谭璟扬的语气里带着戏谑，"很巧对吧？"

"弱者举刀砍向更弱者。"继准揉了揉眉心，为这段过往做出了总结。

谭璟扬扭头看向继准，夜色中的他双眸里带着一丝厌世感。

"所以到底又是谁有错在先呢？邹一鸣，还是刘峥？"谭璟扬在说这句话时，平静得就像在抛出一道最普通的选择题。

"你是怎么知道的？"继准没有直接回答谭璟扬的问题，转而问，"邹一鸣妈妈的事，是邹一鸣自己告诉你的吗？"

"如果你在贫民窟里住过，自然就会明白了。"谭璟扬淡淡答道。

继准皱了皱眉："可即便这样，就真放任不管了吗？"

谭璟扬闻言低声笑了下，而后好整以暇地看着继准说："那你说，要怎么管呢？"

也不知他是有意还是无意地拉长了尾音，听着就像大人指着树上的鸟，问孩子"数数有几只"一样。

继准不喜欢对方这种语气，皱皱眉说："虽然暂时还没想到，但如果一直这么放任不管的话，迟早有一天会发生更严重的事。"

"比起关心别人，还是多在意下自己的事吧。"谭璟扬闭了闭眼，轻声道，"今晚过后，刘帅他们怕是要更恨你了。"

"呵，你看我怕？"继准说。

后半夜山里淅淅沥沥地下起了雨,谭璟扬起身将窗子关了,再躺回床上时却怎么也睡不着了。

他索性将台灯拧到最暗,借着微弱的光翻看着随身带来的莫泊桑小说。

边上的谭乐咂咂嘴,像是在做什么美梦,酒窝若隐若现地悬在嘴边。

他翻了个身,大半个身子露在外面。谭璟扬垂眼看了下,一手拿书一手帮谭乐掖了掖被子。

继准迷迷糊糊地被尿意憋醒时,见到的便是这样一幅景象——

微弱的灯光下,谭璟扬靠在床头聚精会神地读着手里的小说,时不时就轻轻翻过一页。

"你这么看书,不怕瞎啊?"

身边突然响起带着些鼻音的声音,谭璟扬捏书的手紧了紧,扭头看向暗处的继准。

"怎么醒了,晃到了?"

继准吸了下鼻子,坐起身来,压低声音道:"不是,被尿憋醒了。"他蹑手蹑脚地爬起身,拖着步子朝卫生间挪,走到谭璟扬床边时还是忍不住又说了句:"你还是把灯调亮点吧,不然真容易瞎。"

"不看了。"谭璟扬取下眼镜,捏了捏鼻子,将书放在了床头柜上,也跟着继准起了身。

继准:"你起来干吗?"

"上厕所啊。"谭璟扬挑了下眉,"不然看你尿尿吗?"

"你想我也不介意啊。"继准耸耸肩,"反正我有的你都有,我又不吃亏。"

谭璟扬闻言笑了一声,双眸里短暂地跳动了几下本该属于这个年纪的生动。

夜色由黑逐渐转淡,启明星闪烁在东方的天际。

清晨,雨停了。谭璟扬拉开窗帘,推开窗户,微风便裹挟着雨后清新的空气瞬时钻进了屋中。

继准的眼皮动了动,被晨光唤醒。洗手间传来"哗哗"的流水声,他偏头朝隔壁床看了眼,见谭乐还在熟睡着。

"醒了?"卫生间的门开了,谭璟扬擦着头发从里面走了出来。

继准打了个哈欠,半抬着眼懒懒地问:"你这是起了还是压根儿就没睡啊?"

"睡了会儿。"谭璟扬将毛巾搭在脖子上,拍了把谭乐的屁股,"小乐,起床了。"

　　谭乐皱皱眉，翻了个身。

　　谭璟扬："再不起我们可就先走了啊。"

　　"要起——"谭乐赶忙揉揉眼，从床上坐了起来。

　　谭璟扬拿出换洗衣服给他换上，又将人带进卫生间洗漱完毕，冲屋外的继准道："你也快点收拾吧，早餐后就要下山了。山底下的镇里有个明代状元的宅邸，咱们参观完后就在那附近吃午饭，而后直接返程。"

　　继准点点头："知道了，我也火速冲个澡，你们先去吃早饭吧。"

　　"行，那你速度点。我先带小乐去餐厅，他吃饭速度慢。"

　　继准拿着毛巾、牙刷冲谭璟扬抬了下手，谭璟扬便先带着谭乐离开了房间。

　　继准洗完澡，将自己捯饬利落后，又对着镜子照了照，自己觉得够帅以后，才拎着书包关上了屋子的门。

　　他晃着钥匙，打算先将其还了再去吃饭，还差几步走到院子里时，就与迎面而来的刘峥撞在了一起。

　　刘峥的身上有股酸馊的味道，脖子上黏着汗。昨晚在谭璟扬那里听到了刘峥和邹一鸣的过往后，继准便对这个人有了更深一步的了解，与此同时，心中也不免对其生出了更多的不屑。

　　"对、对不起啊。"刘峥依旧是结结巴巴的，"邹、邹一鸣忘了东西在房间，让我去拿。"

　　"哦。"继准淡漠地应了声，转头就要走。

　　"那个！"见继准懒得搭理自己，刘峥在他身后喊了句，"你昨天其实都看到了吧？"

　　继准停下脚步，回头面无表情地看着刘峥。

　　刘峥咬咬嘴唇，紧张兮兮地四下看了看，而后试着再次重申："邹一鸣是故意让我帮他拿东西的，他明明知道我还没吃早饭。"

　　继准扬了下眉，一副"所以呢？"的样子。

　　刘峥的脸涨得更红，低下头握紧了拳头。

　　"我以为你不会不管的。"他恨恨地从齿间逼出了几个字，"我以为你和他们都不一样。"

　　"在指责别人之前，还是先从自己身上找找原因吧。"继准冷冷地开口说，"难道你真的就只是个无辜的受害者吗？"

　　刘峥身体一颤，有些惊慌地看向继准。

　　继准抛了下钥匙，又重新接住："解决这件事的关键就在你自己身上，

077

至于敢不敢面对,也得看你自己了。"

他说完头也不回地大步离去。

看着继准的背影,刘峥不但没有表现出丝毫悔意,小眯缝眼中甚至还逐渐升起了一股强烈的不忿与仇恨。

"你们所有人都欺负我,都是你们不好……"

早饭后,大巴车按照计划出了山,前往山脚下的古镇。

太阳已经彻底出来了,蒸干了昨夜的雨水,惊扰了山中的鸣蝉。于是夏日的感觉便再次回来了。

几个班分成了好几组,依次买票跟随导游进入状元府邸参观。

今天的早饭咸了些,搞得继准总在喝水,这会儿更是憋得尿急。他有些不好意思地向导游问了下厕所的位置,而后便朝着状元府外的一片小松林跑去。

继准上完厕所,刚打算返回去找大部队会合,突然就听到尽头隔间里传出"咚——"的一声。

他皱皱眉,来到隔间外轻叩了下门。

"您没事儿吧?"

隔间里半天也没人应。

就在继准有些犹豫地打算再次转过身时,门"吱呀——"一声开了。

只见刘峥一脸惊恐,用手提着裤子从里头仓皇而出,脚下一滑差点趴在了地砖上。紧随其后的,是拿着刘峥皮带的邹一鸣和冷笑着的刘帅。

"继准?怎么哪儿都有你?"邹一鸣阴沉地说,右手的皮带一下下轻甩在左手上。

继准闻言哼笑了声:"这话我也想问来着,你们别是故意出现在我面前的吧?"他顿了顿,"还有,你们三人是用什么样的姿势才能待在一间这么窄的隔间里的?好技术啊。"

"少废话,这儿没你的事!"邹一鸣厉声说。

身后的刘帅则是拍了下邹一鸣,看向继准狞笑道:"这不是正好嘛,刚巧新仇旧恨今天一起算,是不是继准?"

继准抱臂摇摇头,末了轻轻发出声嗤笑。

他微眯着眼,抬起下巴对着刘帅,淡淡说了句:"你是个什么东西?"

刘帅瞬间就被点炸了。

"邹一鸣!把厕所门锁好了,老子今天就让他看看,老子到底是个什么东西!"

小松林里的蝉不知疲倦地聒噪着，吵得人心烦。

这场架最终还是没能真打起来，路过上厕所的游客发现打不开公厕门，又隐隐听到里面有动静，就赶忙找来了景区工作人员。紧接着，班主任老马也知道了。

正中午的阳光最是毒，照在身上火辣辣地疼。其他同学都被组织着先去吃午饭了，只有老马铁青着脸站在太阳下面，抱着手臂挨个睥睨着眼前三人。

期间，老马怒哼、擦汗、冷笑、摇头叹气了好几个来回，最后还是将目光定在了最显狼狈的刘峥身上。

"说说吧，怎么回事？"老马终于开口道。

"老师，真没事儿，我们就是闹着玩的。"刘帅最先嬉皮笑脸地接话说，"是吧，邹一鸣？"

"我让你说话了吗！"老马怒斥一句。

刘帅撇撇嘴，满不在乎地收了声。

"老师，我们真没打架。"邹一鸣放软了声音，他深知跟班主任来硬的肯定不行，搞不好真要背处分的。反正架也没打起来，不如先大事化小，小事化了。

"你也闭嘴！"老马不吃这套，再次瞪着刘峥问，"你说。"

"我……我……"刘峥偷偷瞥了刘帅和邹一鸣一眼，咬着厚厚的嘴唇，低下头半天也说不出个囫囵话。

老马适当调整了下语气："是不是有人欺负你？放心，我在这儿呢，你有什么话就大胆说，我看谁敢拦着！"

"没、没有……没。"刘峥赶忙摇头。

"听见没老师，我们跟刘峥的关系铁得很，谁会欺负他啊！"刘帅见状赶忙一把揽住了刘峥的脖子，笑嘻嘻地说，"所以，这真就是个误会！"

老马狐疑地看了看刘帅又看了看刘峥，最后把目光转向继准。

老马："继准你说。"

"刘峥的裤子让他俩扯了，刘峥自个儿不敢说。"继准直截了当道，"被去上厕所的我撞见，刘帅就让邹一鸣锁门，想'灭口'。"

"你胡扯！"刘帅破口大骂，"灭、灭你大爷的口！我又没打你！"

"你给我闭嘴！"老马厉声道，"我可还在这儿呢，嘴巴放干净点儿！"

刘帅翻了个白眼，扭头看向一边。

老马再次问刘峥："是这样吗？"

刘峥闷声摇了摇头，最后嘴皮颤了几下用蚊鸣大的嗓音说："没、没人欺负我，就是开玩笑。"

老马："继准，人刘峥自己都说了是开玩笑，你又为什么要……"

继准有些不耐烦："我说了他是不敢承认，怕被报复。"

"我没……没……"

老马最后也被搞烦了，用手指着他们批评道："难得出来放松，被你们搞得乌烟瘴气，真要是出了什么事你们对得起老师吗？对得起同学们吗？对得起老校长的一片苦心吗？"

她怒扇着手里的点名册："回去一人五千字检查，周一带来给我！一班的，这事我一会儿就去告诉你们班主任，老老实实给我写，别想耍滑头！都先吃饭去吧。"

老马话毕，继准双手揣兜转身就走。

刚走出没几步，一双长腿便挡在了他眼前。

继准黑着脸抬起头来，将手朝前一伸道："一百块。"

谭璟扬一脸疑惑："嗯？"

"看好戏不要钱啊？"继准没好气地说。

谭璟扬低笑了下，看继准还是一副憋着火的状态，于是用手揽过他的肩膀往自己身旁一带，劝慰说："你忍一忍，现在着急上火也没用啊。"

"还让写检查……我能写什么？不该去尿尿啊？"继准暴怒道。

"行了，小点声。"

"老子行得端坐得正，凭什么小声！"

"是，你行得端坐得正。"谭璟扬朝不远处递了递下巴，"可不见得没有小人故意往你身上泼脏水啊。"

继准黑着脸仍是火大。

谭璟扬轻叹了口气，揽着继准肩膀的手又紧了紧。

结果还真就让谭璟扬说准了，周一一早刚到学校，刘峥就反水了。

继准站在办公室里，竭尽全力忍着才没冲出去往刘峥这小子脸上怒砸一拳。

老马端着保温杯，抿了口枸杞红枣茶，抬眼看着继准说："是不是你搞恶作剧，故意把刘峥的裤子扒了的？"

"我……"继准闭了闭眼，嗤笑道，"他是这么跟你说的？"

老马不置可否。

继准再睁开眼时，眸底已尽是嘲讽之色。

继准："您也看到了，刘峥的皮带当时可是握在邹一鸣的手里的。"

"邹一鸣是要还皮带给刘峥。"

继准简直要气笑了，低骂了句。

老马被继准的态度搞得很不爽，把保温杯重重往桌上一放，拔高了声音："什么态度！"

继准心说我现在不只是态度差，还想揍人呢。

念及此处，他不禁又想，自己到底是个什么招惹是非的体质啊？要不要改明儿让娇姐带自己找个大师算算，再请个"驱小人"的符之类的。

"报告。"

办公室门外传来熟悉的声音，老马一看是谭璟扬，脸色稍微放缓了些。

"进来。"老马说。

谭璟扬将试卷码整齐放在老马的办公桌上，淡淡地看了继准一眼，对老马缓声道："卷子已经收齐了，有件事我还想跟您反映一下。"

"你说。"老马端起水杯又喝了口。

"继准刚转学过来的时候，就帮助过刘峥，而且他是我的同桌，据我对继准的了解，他是绝对不会故意欺负同学的。"

老马像是没料到谭璟扬会直接开口为继准担保，有些意外地说："可刘峥明明告诉我……"

"刘峥和邹一鸣之前的确有过矛盾。"谭璟扬顿了顿，"况且将过错转嫁他人的事，他也不是第一次做了。"

"之前也有过？嫁祸了谁？让被嫁祸的同学直接来跟我说。"

谭璟扬的眸色沉了沉，温声道："我。"

早自习结束，谭璟扬和继准一前一后走出老马的办公室。

在老马办公室，谭璟扬将邹一鸣和刘峥之间的矛盾择其重点、避其隐私地跟班主任说明了下，并再次为继准的人品做了担保。

见谭璟扬这么说，老马也不好再责怪继准什么，但她还是因谭璟扬没能及时向她反映班上同学的动态而责备了几句，让他今后务必做好班级工作。这件事便暂时先这么翻过篇去了。

中午放学，刘峥独自来到了学校后面的小巷子里。只见刘帅流里流气地靠在墙上，见他来后，咧嘴一笑。

"不错不错，以后咱就是朋友了。今后谁敢欺负你，就直接跟我说，哥们儿替你出气。"

刘峥笑了，脸上泛着激动的红光道："真、真的吗？"

"嘻，咱不都约好的吗？"刘帅重重拍了下刘峥的后背，"哥一向讲诚信。"

刘峥觉得今天真是太开心了，从小学到高中，这还是他第一次拥有"朋友"。他再也不怕自己会受人欺负了！

"可……邹一鸣好像不大乐意啊。"刘峥悄咪咪地斜眼观察着刘帅的脸色，试探道，"你能搞定他吗？"

"不用管他！"刘帅没好气地挥挥手。

提起邹一鸣这小子他就来气，那天自己提出嫁祸继准的计划时，邹一鸣居然第一个跳出来反对，这不是当众让自己下不来台吗？

况且都跟他说了自己找刘峥入伙只是为了招个人傻钱多的小跟班，邹一鸣居然直接跟他来了句"他在，我走"，不是不给自己面子又是什么！

与其跟个随时可能翻脸的人当朋友，刘峥的利用价值倒还更大些。

刘帅勾上了刘峥的脖子："你看，咱俩都姓刘，本来就是一家，邹一鸣那是外人……走，先吃饭去！附近刚新开了家餐厅，老高档了。你钱带够了吧？"

"够了！"

"走！"

Chapter 07
·生活

露营之后，一切就又都回到了正轨。

学不完、睡不够，还有明明越来越近却还是觉得熬不到头的日子困扰着大批高二、高三的"修罗党"。

总而言之，就是既想尽早脱离苦海，又不愿立刻被"当众处刑"。

当然，这其中也还是有极个别例外的。

就比如一直深得学习方法，有条不紊向前迈进的学霸，以及始终秉行着今朝有酒今朝醉，人不快活枉少年的学渣。

就比如继准和谭璟扬。

周六晚上，谭璟扬从饭店帮厨结束时已是九点多了。

刚准备回家，他又接到一个房东的电话，让他去看房。

他一转车把掉了个头，按照地址朝着南城的一条破败老街骑去。

街口的掉漆路牌上写着"向阳街"。

谭璟扬越往深处走，眉头皱得就越深。

这条街道很窄，两旁开了好些家殡葬用品店，明明地段不算太偏僻，可在夜幕下被这些店衬托得氛围仍有一丝诡异。

十字路口，地上有用粉笔画着的圈，里头还有些未完全化为灰烬的黄纸。谭璟扬虽然不怕，可并不代表日后谭乐就可以。

当自行车停在房子楼下时，他更加迟疑了。

一楼的门面房开了家按摩店，当然，不是那种高端的连锁店。

粉红色的光透过磨砂玻璃照了出来，里面朦朦胧胧地走动着几抹艳影，有种说不出的旖旎。

谭璟扬停好车，站在楼下展开了到底是上去看看还是立刻就走的思想斗争。这时，按摩店里的人像是察觉到了外头的动静，拉开铁闸门，探头看了出来,在见到谭璟扬后,瞬间喜笑颜开。

"哟,小弟,来按摩呀?快,快进来呀!"

浓妆艳抹的女人拉开铁闸门,冲谭璟扬风情地招了招手,见他半天不动,直接将丰腴的身子从门缝里挤了出来,去攀谭璟扬的胳膊。

冰凉的肌肤又软又滑,像条蛇似的一下绕了过来。谭璟扬猝不及防地被人接触,下意识一个反手扣住了女人的手腕,女人"呀"地惊喘出声。

"干吗呀你!"她尖叫道。

"那什么,不好意思啊。"谭璟扬赶忙松开手,轻轻咳了声,"我是来这边看房子的。"

女人揉着手腕上下打量着谭璟扬:"看房子?啊,你该不会是说楼上那家吧?"

谭璟扬点点头。

"哎,不是我说啊小弟,那间房你也敢住呀?"女人用一副看神经病似的眼神盯着谭璟扬,压低嗓音道,"我跟你讲啦,那可是间凶宅!"

"是吗?"谭璟扬笑了下,从小接受科学教育的他是典型的唯物主义者,自然不会相信这些鬼神。比起这些,他倒更担心这家按摩店会不会对谭乐今后的成长不利。

"想知道房子的事不?"女人再次将脸凑了过来,苍蝇腿似的睫毛忽闪着,"进来店里姐姐给你讲啊?"

"不了,谢谢。"谭璟扬侧身和女人拉开距离,"我还是先上去看看吧。"

毕竟来都来了,而且这里房租低廉,离自己和谭乐的学校又都不算远,的确能缓解他不小的压力。

楼道里没有灯,好在要看的那户房子就在二楼。

开门的是个干瘦的老头子,逆着屋里昏暗的光线,他毫无表情的脸枯瘪得活像一只骷髅。

"你是小谭吧?"老头一开口,嘴里顿时散发出一股难闻的味道。

"是,我来看房子。"谭璟扬冲老头礼貌地点点头。

"咳咳咳,进来吧。"老头说完佝偻着身子转了过去,拐杖在地板上发出清脆的响声。

谭璟扬进去之后,房子内部倒是挺令他感到意外的。

一室一厅,虽然家具看着都相当有年头了,但墙壁和水磨石地板也还算干净,应该稍微打扫下就能收拾出来。

就是这灯还得换下,现在是那种拉绳的钨丝灯泡,随着窗外吹进的风一晃一晃，不太结实的样子。

"您是一个人住这里吗？"谭璟扬问。

老头又发出一阵粘连了痰的咳嗽声，缓慢地点点头道："老伴前两年过世了，我开春的时候着了场凉一直没好，儿子儿媳打算送我到医院住院去。"老人回过头，用浑浊泛黄的眼睛看着谭璟扬，"小伙子，你大概打算什么时候住进来？"

谭璟扬这会儿心里正在纠结，一时没想好怎么回话。

老头接着说："我瞧你是个好孩子，你要真诚心想住，押金我也可以暂时先不收了，你住的时候爱惜点东西就成。"

此时，楼下的按摩店里传来一阵嬉笑声。

有人冲着楼上喊："小弟弟，快下来呀，慧姐还等着你呢！嘻嘻嘻——"

老头的脸上露出了鄙夷的神色，一开纱窗用力"呸"地朝下面吐了口黏痰。

底下瞬间骂声一片。

"该死的老东西！怎么还没咽气呢！"

老头使足全身的力气对骂道："你们这些不要脸的！"

"老王八蛋，你再骂一句试试！"

"就骂你们了怎么着！"

老头拄着拐杖一把推开谭璟扬，到厕所里端了盆脏水"哗——"地浇了下去。

"老不死的，活该没人给你养老！"

"有娘生没娘养的——你们、你们不得好死！咳咳咳——"

老头双眼向上翻着，脸色气得煞白。谭璟扬生怕他被气出个好歹，赶忙搀过老头，将人扶到了沙发上。

"您消消气，别跟她们一般见识。"谭璟扬皱着眉劝慰道，此先在听到可以免除押金时稍有的动心再次荡然无存。

老头摆着手喘着粗气问："怎么样，你决定好了没？"

谭璟扬抿抿唇，缓声说："您再让我考虑考虑，我尽快给您个准信儿。"

老头的眼神里露出一丝失落，但最后还是叹了口气妥协道："好吧，那你一定快些。我这房子虽然老是老了些，但就这地段，你打着灯笼找也再找不到第二家像我这么便宜的了。"

"一定。"谭璟扬又帮老头把茶缸往他面前挪了挪，便站起身轻声说，"时间不早了，我就先回去了。您照顾好身体，还是少生些气。"

说完，他就转身离开了老房子。

085

回到小舅家的时候已经快十二点了，谭璟扬刚拿出钥匙打算开门，突然发现铁门的下方朝里凹进去了一大块，一看就是被人拿钝物砸的。

他眼底暗了暗，沉了口气转动钥匙。屋里漆黑一片，从小舅的屋里传出震天的呼噜声。谭璟扬快步走到自己和谭乐的屋门口，轻叩了两下。

谭璟扬："小乐？"

谭乐听到谭璟扬的声音，赶紧打开门闩让他进去，刚一关门便扑到了谭璟扬的怀里。

"哥，今天又有人来催债，可凶了……"

谭璟扬一只手将谭乐搂着，另一只手一下下抚顺着他的头发，尽量放缓声音安慰道："没事了。"

谭乐抬起头，委屈巴巴地小声问谭璟扬："哥，咱们什么时候才能搬出去啊？"

"就快了。"谭璟扬眸色透着疲惫，但还是微微扬起唇说，"我今天去看房子了，房租很便宜，屋里也干净。"

"真的？"

"真的。"

"太好了！"

谭璟扬把谭乐抱上了床，替他盖好被子："快睡吧，哥洗个澡就来。"

"嗯嗯！"听到马上就要搬家，谭乐兴奋地点点头，在谭璟扬返身时扯住了他的衣角，乖巧地轻声说，"谢谢你，哥。"

午夜的时钟发出了"咔哒"一声响。

谭璟扬洗完澡回来时，谭乐已经睡熟了。他小心翼翼地躺下，这才顾得上看一眼手机。

微弱的光在黑暗中亮起，手机上有一条继准刚发来的消息。

继准：快，说句"生日快乐"听听？

谭璟扬看着屏幕笑了下，在对话框里反反复复地写写又删删……"刚看完房子回来，不是太理想"，删了；"恭喜又老了一岁"，删了；"好心累"，删了。

最终，他还是只回了句"生日快乐"。

住在别墅里的继准此时正在做什么呢？

被那位风风火火的娇姐强行戴上滑稽的生日王冠吹蜡烛吗？还是被一群朋友围着往脸上抹奶油？又或者让司机开着车，带着心爱的狗去到郊外某个漂亮的河边放烟花?

总之,每一样都是快乐的吧。

而此时西城继准的家中,陈建业跟娇姐互抹奶油抹上了头,正拿着蛋糕满客厅的大战。

继准盘腿坐在沙发上,边揉狗头边一脸无奈地看着两个大人像小孩儿一样撒欢。

他答应今晚先跟爸妈一起过生日,等白天再跟朋友们出去。桌子上铺满了零食饮料,餐桌上的饭菜张姐已经收拾了,厨房里传来"叮叮当当"的声音。

手机振了下,继准摸起来看了下是谭璟扬发来的,赶忙打开对话框。

继准:就这?

谭璟扬:嗯?

继准:我家隔壁养的八哥都会说几句漂亮话!

那边停了一会儿,发来了一大段话,一看就是网上复制粘贴来的。

继准:[微笑.jpg]

谭璟扬:可以吗?

继准:可太够意思了。

谭璟扬:哈哈,开个玩笑,闹闹。

继准:你再叫一句闹闹我可跟你急眼了啊。

没等谭璟扬回复,继准又发了个消息过去。

继准:明晚有空吗,一起聚聚呗,带上小乐。

十分钟后,手机再次振了下。

谭璟扬:好。

华灯初上,陈建业亲自开车把继准送到了提前订好的KTV。

包厢一看就是精心布置过的,满屋子气球,当中的桌子上摆满了零食和小吃。

陈建业跟领导视察似的在屋里踱了两圈,回头冲服务员招招手说:"不是让准备个最大的包房吗?这怎么这么小?"

服务员不好意思地赔笑脸道:"不好意思啊先生,这已经是我们店里最大的宴会包了。"

陈建业还想说些什么,被继准及时打住。

"行了老陈,就这儿吧。"继准往沙发上一坐,"我就只叫了几个关系好的,又不是来开班会。"

"行，我儿子满意就行！"陈建业听继准这么一说，瞬间眉开眼笑。

"小虎他们应该快到了吧？我可就先撤了啊！"

"成，你开车慢点啊。"

"蛋糕让人给你冻冰箱了，吃的时候直接找服务员要。"陈建业又凑到继准边上小声说了句，"娇姐那边我来搞定，今晚就敞开了玩吧。"

继准冲陈建业眨眨眼："够意思啊。"

"那是，必须的！"陈建业一撞继准的胳膊肘，乐呵呵地离开了。

他前脚刚出门，路虎、王达他们几个后脚就闯进来了。

"我的宝儿——"路虎一进门就是那夸张的语气，佯作抹泪地感慨道，"你又长大了一岁啊，我的乖乖儿！"

"少废话。"继准扔了个话筒到他手里，"快先去给大爷唱个小曲儿助助兴！"

"得令！"

路虎是个实打实的活宝加麦霸，KTV但凡有他在，就不愁会冷场。

"准哥，生日快乐。"王达从包里翻出一个包装精美的盒子递给继准。

继准往边上侧侧身，让他挨着自己坐下，而后拆开了礼物。

"《七武士》的特别发行版？"继准眼睛一亮，"你从哪儿搞来的？"

王达腼腆地笑笑："邻居一哥哥刚好在日本留学，就托他买了寄回来的，你喜欢就好。"

"我真是，爱死了好吗！"

继准珍视地低头反复摆弄着碟片，又过了会儿，孙沛还有现在班里玩得好的几个哥们儿也来了。礼物转眼就在角落摆了一大堆。

路虎这个自来熟之前还在跟王达说要看看到底是哪路的妖魔鬼怪抢了他心爱的继长老，结果真到这会儿，二话不说就跟孙沛他们打成了一片，还合起伙来损起了继准，活脱脱把"叛徒"一角饰演得淋漓尽致。

跟着孙沛来的还有一班的吴桐和她闺密，一场罗汉局瞬间就多出了些不一样的色彩。

继准扯过孙沛小声问了句："什么情况啊？"

孙沛摸摸鼻子："我哪知道，刚在KTV门口遇上的。"

"是你们班顾桉告诉我的。"吴桐穿了身白色连衣裙，冲继准不好意思地笑笑，"好歹也是你小学同学，不会把我赶出去吧？"

"说什么呢。"继准冲吴桐和她闺密点点头，而后踹了路虎一脚，"让位！"

"小学同学？"路虎用夸张的语气大声道，"我说宝儿，我怎么从没听你提过有这么一位漂亮的小学同学？"他冲吴桐伸出了手，"小学同学好，我是初中同学。"

路虎的样子把吴桐跟她闺密逗乐了，两人坐在沙发上吃了会儿零食，就到一边小声地说起了悄悄话。不知聊到什么，吴桐的闺密抬眼瞄了继准一眼，而后在吴桐的推搡中笑作一团。

见人差不多都来齐了，路虎便开始张罗着新老朋友们一起干一杯饮料。

"稍等一下，还有人没到。"

"还有人？谁啊？"路虎问。

随着他的话音，一个身影匆匆推开了包厢的门。

"不好意思啊，来迟了。"谭璟扬笑着跟各位打了个招呼，而后走到继准面前，拍了下他的肩膀，"生日快乐。"

继准扬起眉梢："怎么才来？还以为你放我鸽子了呢。"

"看房子耽搁了下。"

大概是走得急了，谭璟扬说话的时候还有点喘。继准递了瓶饮料给他，谭璟扬拧开瓶盖仰头就喝下去半瓶。

继准等谭璟扬喝完才接着问："顺利吗？"

谭璟扬抿抿唇，末了又笑了下："还行吧。你过生日，先不聊这些了。"

"准哥生日快乐！"

一个脆生生的声音响起，谭乐双手递上了一张卡片："这是我自己做的生日贺卡。"

"谢了小乐！"继准接过贺卡摸了摸他的头，"今天有大蛋糕，待会儿多吃些。"

"好！"一听有蛋糕吃，谭乐的眼睛比先前更亮了。

"宝儿，倒是给介绍介绍啊。"路虎将头钻到了继准和谭璟扬中间，来回看着问，"这位是……"

"谭璟扬，我同桌。这是他弟，谭乐。"继准说完又对谭璟扬说，"这是路虎，我铁子。"

路虎："哦——我知道你，班长对吧！"

"我也知道你。"谭璟扬勾勾嘴角，"看《山村老尸》吓哭的那个。"

路虎捂脸大叫："继准你咋啥话都往外头说啊，多光荣吗！"

继准坏笑："反正丢人的又不是我。"

他举起饮料杯对众人道："这下齐了。"

"继准生日快乐——"

服务员推着餐车进入包厢，上面摆着一个巨大的三层冰激凌蛋糕。

蛋糕上数字"17"形状的蜡烛被点亮，摇曳跳动着火光。

"继准，快点儿许愿，最后一个不能说。"孙沛和王达将继准推到了蛋糕前。

继准心说愿望昨天晚上早许了，今天再许也不知道还灵不灵，但也不想扫了大家的兴致，于是装模作样地闭上眼睛，默默对着蛋糕说了四个字——"复制粘贴"，而后"呼"地一口气吹灭了蜡烛。

包厢内又是一阵欢呼雀跃。

继准先切了块最大的蛋糕给谭乐，又给两个女生一人切了一块，之后便扔下刀让大家伙随意。

毫无疑问，吃喝对于这个年纪的男生来说，吸引力远不如玩乐。

最后蛋糕吃了一小半，化了一大半，一群男生歪七扭八地赖在沙发上打起了游戏。

两个女生对骰子没兴趣，于是一人拿一支话筒，从《一个像夏天一个像秋天》唱到了《时间煮雨》，愣是将"闺密歌单"唱了个遍。

"班长，准宝儿！来玩骰子啊。"路虎抬头冲继准和谭璟扬嚷嚷。

"拉倒吧，谭璟扬可不玩骰子。"孙沛笑道，"他恨不得搁这儿把作业写了。"

"玩你们的，我俩这边说话呢。"继准知道谭璟扬应该对掷骰子不感兴趣，便随口应付了句。

"你想玩就去玩吧。"谭璟扬虽然人坐在这儿，心思却仍放在找房子上，拿手机划拉着租房信息。

继准耸耸肩："你是我叫来的，总不能把你一个人晾这儿吧？"他说着又瞄了眼谭璟扬的手机屏幕，也摸出手机，"你的预算多少？我帮你一起查。"

谭璟扬不愿意破坏继准的生日会，将目光从手机上移开，叹了口气："不查了。"

话毕，谭璟扬朝谭乐那边看了下，见他正全然沉浸在零食的海洋里，揽了下继准的肩："走，玩去。"

几局玩下来，不只是继准长见识了，在场的所有人都惊呆了。

鬼知道学霸除了学习厉害居然还精通"赌"术？也不知道掷骰子跟数学啊、概率啊那些是不是一通百通的。

"完了，完了完了完了！"路虎拍着脑门连连叹气，"这年头学习拼不过别人,连掷骰子都不是对手。"

"可以啊谭璟扬!之前真没看出来!"

三中的一票同学此时仍未从震惊中回过神来。

"还好。"谭璟扬笑笑,将手里的骰子颠倒了几下,装回筒里。

此时,沙发那边的两个女孩唱累了。吴桐的闺密见继准他们已经停止了玩骰子,眼珠一转在点歌机上选了首歌,顶了上去。

瞬间,《小酒窝》的前奏回荡在了包厢里。

"是你点的《小酒窝》吗?"吴桐眨眨眼,望着自己的闺密。

"啊,之前点的了。"闺密打了个哈欠,"不过我有点唱累了,你找继准陪你唱呀?"

闺密说着,朝吴桐使了个眼色。

吴桐的脸腾地就红了。

"哎呀,别了别了,还是切歌吧。"她惊慌地说。

"切歌干吗呀!"闺密故意拔高了嗓音,"继准,吴桐叫你唱歌呢!"

继准听到有人喊他,朝吴桐那边看去。吴桐紧张地僵在原地,羞窘得直想找个地缝钻进去。

闺密趁机跑到继准跟前,不由分说地将话筒递给了他。

"哇哦——"

路虎吹了个响亮的口哨,带起节奏:"准哥、准哥、准哥,唱一个!"

其他人瞬间也来劲了,鼓着掌跟着路虎一起喊了起来。

"准哥、准哥、准哥、准哥……"

继准眼见自己被架起来了,留人家女孩子一直杵在那儿尴尬也不合适,便笑嘻嘻地接过了话筒。

继准的歌其实唱得相当好,与吴桐的对唱引起了比先前更激烈的掌声与呐喊。

气氛逐渐被推向高潮,路虎抹着并不存在的眼泪,搂着孙沛大号:"呜呜呜,我酸了!"

谭璟扬独自回到沙发的一处角落里坐下。方才玩骰子的时候,他的手机就一直在振动,谭璟扬将其掏出来,全是小舅袁成文发来的消息。

小舅:家里水管又崩了,你记得去五金店买点铁丝。

小舅:死眼镜儿刚才来砸门,我得找地方躲躲,你要是碰见他就说我最近都没回来。

小舅:马上欠费了,给我充五十元的话费。

小舅:充了没?

幽蓝的光反射在谭璟扬脸上，衬得他的眸色更加深暗。

他扯了下嘴角，努力想让自己别显得那么格格不入，却终是不得其法……

南城老街拉着铁栅栏的理发店内照例传来麻将声。

跟路虎他们告别后，谭璟扬告诉继准自己有份礼物要送给他，而后便带着继准和谭乐来了这里。

看着从门缝内隐隐透出的亮光，继准一头雾水道："别跟我说你送的礼物就是招待我打牌啊。"

谭璟扬拉开铁栅栏，示意继准进屋。桌上的华子几个人见谭璟扬带人来了，纷纷停下了摸牌看牌的动作。

"哎，这不是上次被大光头堵的那哥们儿吗？"华子嘴里依旧叼着根牙签。

继准冲华子还有另外三个人点了下头，介绍自己："继准，之前多谢了啊。"

几人见继准还挺上道的，不出几句话便聊熟了，还问继准待会儿要不要一起去吃夜宵。

"我俩吃过了。"谭璟扬接过话，对华子说，"帮我看会儿小乐，我带继准上去一趟。"

华子露出些意外的神色，转瞬又恢复了若无其事的样子，咬着牙签应了句："哦，成。"

继准跟着谭璟扬一路上了里屋的木梯，爬到了平房的房顶上。

此时恰好一阵风吹过，带来了屋对面栽种的夹竹桃的香气。

继准刚想问对方带他来这儿干吗，便看到谭璟扬抱着个画板坐在了他斜对面，正借着路灯的光，用锋利的刀片灵活地削一支铅笔。

继准当即咽下了要问的话，也跟着坐在了房顶的瓦片上。

他偏头看着削笔的谭璟扬，问："你还会画画？"

谭璟扬头也不抬，只轻牵了下嘴角："你不知道的事儿还多着呢。"

"是是。"继准点头附和，"宝藏男孩。"

"我开始画了？"谭璟扬将刀片放在一边，抬头看了眼继准，"你就随便坐着就好，不用太刻意。"

继准点点头，而后蜷起一条腿，另一条伸长，胳膊抵在蜷起的腿上托着腮问谭璟扬："这样行不？"

"行，再披个彩色大围巾就更对劲了。"

继准被气笑了。

"开个玩笑，帅的。"谭璟扬将铅笔放在自己和继准之间比对着，像是在构图，而后便开始每画上几笔，就抬眼看看继准。

四周一瞬间安静了下来，只能听到草丛间窸窣的虫鸣。

继准干坐着无聊，随口跟谭璟扬聊天："我说，咱俩第一次见时你那头银发，是不是华子给你染的啊？"

"啧，又提？"谭璟扬只要一被说起那头发就浑身难受。

而继准恰恰就最爱看他难得局促的样子，幸灾乐祸地接着追问："讲讲呗，扬哥？"

"华子的店里新进了批染发膏，让我帮他试颜色。"谭璟扬叹了口气，"我想着反正在放假嘛，开学前再让他给我染回来就是了，哪知道还碰上你了。"

"这话说得，明明是你自己不分青红皂白找错了人。"继准挑了下眉，"那什么，你和华子他们认识挺久了吧？"

"嗯。"

"那你们……"

"你别乱动了成吗？"

继准"哦"了声，坚持了会儿后还是忍不住挠了挠后背："这儿有花露水不，蚊子也太多了。"

"再坚持下，就快画好了。"谭璟扬腾出一只手，将事先准备好的花露水扔给了继准。继准稳稳接住，对着自己和空气就是一通猛喷。

继准："你也来点儿？"

"不了。"谭璟扬边画边说，"我不太招蚊子。"

终于，画完了，谭璟扬长长地呼出了口气。

当继准看到自己的画像后，原先有些困倦的眼睛瞬间又精神了起来。

"谭老师，你这水准怕是都可以开培训班了吧。"继准由衷地夸赞。

"今天有点不在状态，不然还能再像些。"谭璟扬将画放进塑料文件夹，递给继准，"下次吧，下次画个更好的给你。"

"谢了啊！改明儿我就把它裱起来，挂在我后爸的'招财进宝'边上！"继准笑着说。

Chapter 08
·死水

耳机里播放着朴树的《生如夏花》,继准因困倦而昏昏沉沉的脑袋猛地向前一栽,耳机从耳道里滑了出来。

朴树的歌声戛然而止,换成了数学老师嘹亮的嗓门。

"先连接A、E,交A、E于C点……"

继准皱皱眉抬起酸沉的眼皮,捡起耳机又要往耳朵里塞,一只手直接伸过来把耳机给取了下来。

继准揉了揉鼻侧的睛明穴,显然没睡够的脸上带着起床气。

谭璟扬将耳机退还给继准,低声说:"我觉得你要不要稍微抽出一点宝贵时间,听听课?这道题你上次考试就做错了。"

继准乐了:"这话说得,我又不是只做错了这一道题。"

谭璟扬被继准的话整得无语,刚想再劝,继准就冲他"嘘"了一声重新戴上耳机,趴在了课桌上。

谭璟扬叹了口气,从继准胳膊底下抽出了他画满五子棋和火柴人的笔记本,顶着笔杆转了圈,开始帮他记笔记。

就这么一直到下课,继准看着笔记本上书写工整的解题思路,决定改明儿就颁个"三好同桌"的奖状给谭璟扬。

"你这样下去,高考的时候怎么办?"谭璟扬问。

继准耸耸肩:"一场考试而已,到时候再说呗。"

谭璟扬喉头动了动,可转念一想也是,继准跟自己不一样,不上大学照样能在他爸的公司里混得风生水起。

人和人的生活路径是不一样的,有些人需要拼了命地在独木桥上厮杀,而有些人只需要在阳关大道上漫步前行,再顺带看看沿途的风光,等到站在丛林顶层的时候,便可以对那些好不容易才没在争斗中死去的人说,风景其实比结局更重要。

继准在谭璟扬面前打了个清脆的响指:"想什么呢?"

谭璟扬扯了下嘴角:"没什么,思考人生。"

"这有什么好思考的?"继准好笑地看着谭璟扬,拧开冰镇可乐喝了一口,"人生处处是意外,始料不及,想也没用。"

谭璟扬的眸中浮过一丝戏谑:"你当然不用去想了。"说完便起身走出了教室。

继准心里一咯噔,即刻意识到自己刚刚的话似乎说得唐突了。

生活的压力时时刻刻都在绑架着谭璟扬,万万不是他想不思考就可以不用思考的。

可乐瓶的瓶盖被继准拧紧又松开,气泡也不断跟着升腾回落。

当下一堂课的上课铃打响,谭璟扬又回到座位上后,一只手伸到他面前张开。

"要不要吃糖?"

继准的手心里放着一颗陈皮薄荷糖。

"不了,上课呢。"谭璟扬淡淡地说。

"哦。"继准捏起糖直接扔进了自己嘴里。

继准:"那什么……"

谭璟扬:"继准。"

继准抬抬下巴:"你说?"

谭璟扬:"我刚又接了个中介的电话,让我晚上去看下房子。华子今天店里也忙,能麻烦你下午放学后去帮忙接下小乐吗?"

"这有什么不行的?"继准将糖抵向腮帮,"你放心去看房吧。"

"主要还得赶回来上晚自习,的确折腾了些。"

"不存在。"继准挥挥手道,"我今晚本来也没打算留在这儿上晚自习。"

谭璟扬沉默片刻,轻点了下头:"那谢了啊。"

夕阳西下,小学的大铁门刚被打开,孩子们便像期待回巢的小鸟一般奔出了校园。

继准打老远就看到了跟几个同学说说笑笑往前走的谭乐。这孩子长得好看,在人群中一眼就能看到。

"小乐。"继准站在十字路口的树下冲谭乐招了招手。

谭乐见到继准,赶忙兴奋地朝他快步跑去。

"准哥？你怎么在这儿？"

"你哥去看房了，让我来接你一趟。"继准帮谭乐把歪了的太阳帽扶正，"饿没？吃'肯大爷'还是'麦叔叔'？"

"谭乐，这是谁呀？"一个脆生生的声音甜甜地问。

顺着声音，就见一个扎蝴蝶结头花的小女孩儿正看着继准害羞地搓揉着衣摆。

"这是准哥，我哥的好朋友。"谭乐开心地介绍。

"准哥好。"几个小朋友异口同声道。

扎蝴蝶结的小女孩儿更是小大人似的冲继准挥挥手："准哥好，我叫楚甜甜，是我们班的班长。"

"啊，班长好。"继准郑重其事地冲小女孩儿敬了个礼。

"准哥，我哥今晚又要好晚才能回来吗？"谭乐问。

"应该不用。"继准领着谭乐跟他的同学告了别，边走边说，"他跟老班请了晚自习的假了，说看完房就直接回来。"

谭乐歪歪头，天真地望着继准："你不用上晚自习吗？"

继准："咳，这个嘛……"

继准摸摸鼻子，正考虑该怎么回答，结果谭乐先行给他下了定论——

"你一定学习很好吧？真厉害，我一定要向准哥学习！"

"别别，你还是多跟你哥学习吧。"继准失笑，心说这话可不敢让谭璟扬听见，不然得给他气死。

途中，继准问谭乐要不要干脆先跟他回家，和包包玩一会儿，可谭乐一心记挂着他那点家庭作业，继准觉得人家小孩儿挺有自觉性的，也就没再往下劝。

两人在麦当劳里随便点了两份套餐吃完，便朝着谭乐他小舅家走去……

然而，等他们到了小舅家门口时，继准当场就后悔了。

大门没锁，开出一道细窄的缝。继准淡淡扫了眼门上的几处凹陷，而后抬手将谭乐默默护在了身后。

屋里又是一阵丁零当啷的摔打声，有玻璃制品被人重重摔在了地上，不少碎片顷刻间飞进到继准脚边，在余晖里反着刺眼的光。

"准哥！"谭乐瞪大的眼中满是恐惧与紧张，紧紧拉着继准的衣角，小声说，"是讨债的。"

他话音刚落，大门便被"砰"地推开了。继准赶忙向旁侧身，险些被撞到。

"你们干什么？"被壮汉揪着衣领拎在半空中的袁成文大声嚷嚷，"都说了这个月就还、这个月就还！这不还没到月底嘛！"

壮汉将袁成文狠狠往地上一摔，袁成文的半张脸贴在地砖上足足滑出半米远，疼得嗷嗷直叫。

继准沉了口气，心知现在跑怕是来不及了。

果然，屋中一个相较而言比较斯文的眼镜男在看到他和谭乐后，缓步走了过来。

眼镜男还算礼貌地冲继准点点头，而后蹲下身伸手就要去摸谭乐的头，笑眯眯地说："小乐放学啦？"

谭乐赶忙又往后退了两步，继准则直接一把将谭乐揽在怀里，避开了眼镜男的手。

眼镜男倒也没恼，镜片下的小眼睛如蜥蜴般冒着阴寒的光，可语气仍是客气地对继准道："谭璟扬人呢？"

继准眯了下眼，穿过眼镜男的肩膀看向被砸得乱七八糟的房间，接着定格在抱头倒地的袁成文身上。

而后，他又重新调回目光，冲眼镜男身后递递下巴："欠钱的明明是他，找谭璟扬干什么？"

"我们找的是有能力还钱的人。"眼镜男鄙夷地瞥了袁成文一眼，"他不行，有本事花，没本事还。"

"那可不就是逮着有良心的欺负了？"继准挑了下眉。

眼镜男由上到下地打量了继准一番，笑容虽还挂在嘴边，可再开口时语气明显已变得更加冰冷："小兄弟倒挺有胆量的。呵，不找谭璟扬，难不成找你吗？"

他突然伸手就要拎继准的领子，继准早有防备，目光倏地一凛，抬腿直击眼镜男的迎面骨。

"准哥！"谭乐惊慌大叫。

"跑！"继准趁眼镜男吃痛，拽过谭乐转身就跑。

"小兔崽子！给老子追！"

眼镜男气急败坏，捂着迎面骨破口大骂。

袁成文一个飞扑从身后勒住了眼镜男的脖子，冲着继准的身影大声喊："快——快喊谭璟扬回来！记得带钱！"

继准握着手机，站在医院的长廊上，谭乐蹲在他旁边，把作业本摊在座椅上认真地写着。

隔着他们有些距离的袁成文，脸肿得老高，脑袋上还缠了几圈绷带——

他此时正跷着二郎腿,若无其事地用手机玩《欢乐斗地主》。

脚步声匆匆从远处传来,继准循声看去,在见到谭璟扬后轻舒口气,迎了上去。

谭璟扬一路赶得太急,这会儿身体还在剧烈起伏,他搭着继准的肩膀按了按,低声问:"没事吧?"

继准一笑:"没事儿,小乐也没事儿。"

"哥——"谭乐走到谭璟扬身边。谭璟扬揉了揉他的头。

谭乐:"今天多亏了准哥,他好厉害啊!"

谭乐这句话绝对是发自真心,今天继准那一套追魂索命腿,成功在其幼小的心灵中留下了不可磨灭的光辉形象。

"外甥!"袁成文一抬头看见谭璟扬,也赶忙拍拍屁股站了起来,"外甥外甥外甥,你可算来了!"

谭璟扬的目光再次冷了下来,他将继准拽到一边,这才朝袁成文走去。

"你怎么样?"谭璟扬皱着眉,说这句话的时候分明是压着火的。

袁成文一听当场委屈了起来,无能狂怒地原地跺脚道:"哎哟,那帮子王八蛋不是人啊!进屋二话不说就是一通乱砸,拦都拦不住!"

谭璟扬狐疑地问:"钱上次不是已经还了一部分了吗?怎么又来闹了?"

"我哪知道啊!"袁成文抱着缠了绷带的脑袋大叫,"那都是畜生!畜生的话能信吗?不能够啊!"

他突然再次直起身子,把脸凑近谭璟扬紧张兮兮道:"外甥,你在餐馆帮忙,他们有给你钱吧?现在就给我打过来,也好解燃眉之急呀!"说着,他便要将手伸进谭璟扬的衣兜翻银行卡。

谭璟扬一个闪身,默默向后退了一步,沉默不语。

见谭璟扬半天不吭声,袁成文不由得再次抬头疑惑地朝他看去,在对上对方的眼睛时,突然感受到了一阵刺骨的寒意。

"你是不是又新管他们借钱了?"谭璟扬阴沉的嗓音像是用来剔骨的锋利刀子,之前继准从没听他用这样的语气说过话。

气氛一时降至冰点。

"说话。"他眯起眼,盯着袁成文又问了句。

袁成文本想说些什么,可张开嘴,愣是没敢发出一点声音。

对方躲闪的眼神证实了谭璟扬的猜测,他一把攥紧袁成文的手腕,拎小鸡仔似的提着袁成文便朝医院外大步走去。

"谭璟扬,你干什么?咱有话好好说!"袁成文被扯着,竟毫无反抗之力，只能扯着嗓子嗷嗷叫。

"准哥……"谭乐也被谭璟扬的这副样子吓坏了，小脸煞白。

"小乐，你好好写作业。"继准拍了拍谭乐的后背，将人往长椅前轻轻一推。

他的目光跟随着谭璟扬和袁成文的身影移动着，轻声对谭乐说："准哥在呢，不怕。"

医院外，袁成文被谭璟扬重重甩了出去，险些一头撞在树干上。

"谭璟扬，你疯了？"袁成文用手指着自己的鼻子大声道，"你给我看清楚了，我可是你亲舅舅！你还要打我不成？"

谭璟扬咬牙笑道："你还知道你是我亲舅舅？我妈活着的时候你就吸她的血，我妈死了你就改吸我的血……袁成文，你就是一没骨头的蚂蟥！"

"混账！"袁成文一巴掌打在了谭璟扬脸上，蹦得三尺高，破口大骂道，"谭璟扬你还有良心吗？你跟谭乐天天住着老子的房子吃着老子家的米！要你几个破钱怎么了？"

谭璟扬的嘴角破了，口腔里也充斥着浓重的血腥气。他吐出口血沫逼视着袁成文，眼神在黑夜里凌厉得瘆人。

"房租我已经按月付了，生活费每次都照双倍给，你还要怎么着？"他用袖子蹭了下沾血的嘴角，一字一句道，"这些年我替你还的债不少，早就仁至义尽了。从今往后，你被讨债的打死也好，改邪归正也罢，都跟我和谭乐再没关系！"

"你休想！"袁成文也是恼羞成怒了，歇斯底里地大喊，"老子就是下地狱，也要拉你给我当垫背的！"

谭璟扬一把拉过袁成文的衣领将他拽到了自己面前，隔着鼻尖贴着鼻尖的距离红着眼笑道："好啊，那就一起下地狱吧，舅舅。"

"谭璟扬！"继准及时抓住了谭璟扬的胳膊，冲他缓缓摇了摇头，轻声道，"你先冷静点。"

谭璟扬神色阴沉，仍一动不动地拎着袁成文。

袁成文趁继准上前拉架，赶忙使劲掰开了谭璟扬的手，大口地呼吸着。

就在上一秒，他甚至觉得谭璟扬一度想要把自己给活生生掐死了。

实话说，继准适才也被谭璟扬的样子惊到了。记忆里的他就算卸下了在人前的那副斯文温润的伪装，也顶多说得上是疏懒随性，绝非刚刚那副狠绝暴戾的样子。

谭璟扬又睨着袁成文兀自僵站了会儿，这才转身独自朝着一处避风的角落走去。继准抿抿唇,也抬脚跟上前去。

不远处的袁成文倚靠在垃圾桶上,点了根烟恨恨地抽着,时不时偷摸朝两人瞄一眼,嘴里仍在含含糊糊骂着脏话。

就这么又过了不知多久,直到继准觉得谭璟扬稍微缓过些劲儿了,他才尝试着开口问:"房子看得怎么样?"

谭璟扬蹲坐在地上,埋着头摇了摇。

继准也俯身蹲在了他身边,叹了口气。

"比较下来,就上一家还算是合适,就是环境……"谭璟扬眼前又浮现出了老头和按摩店女人对骂的场景。

"不过也管不了这么多了。"他苦笑了下,"我和小乐必须得尽快搬出去。"

继准点点头又问:"那今天怎么办?"顿了顿道,"不然先去我家吧?我家有客房,你跟小乐也能好好休息下……"

"还是先开间宾馆吧,这么晚了打扰到你家人也不太好。"

"行吧。"继准点点头,"那我晚上也不回去了,省得又要被娇姐念叨。"

谭璟扬抬头看向继准:"你去哪儿?"

继准乐了下:"废话,当然是宾馆。房费AA。"

凌晨一点多,继准带着谭璟扬和谭乐打车到了学校附近的一家快捷酒店。袁成文回了自己家,到最后双方也没再多说一句话。

谭乐一进酒店房间就爬上了床,倒头便睡着了。谭璟扬知道谭乐今天是接连受了惊吓,也没忍心叫他起来洗澡。

继准将大灯关上,只留了台灯。谭璟扬扯过被子给谭乐盖好,回头低声对继准说:"你先去洗澡吧。"

"没事儿。"继准用充电器给手机充上电,"你先去吧,我玩会儿手机。"

谭璟扬沉默了一下,问:"你现在困吗?"

继准耸耸肩:"还好吧,不怎么困。"

"咱俩要不下楼吃点东西?"

继准被他这么一说也觉得有些饿了,站起身冲门外一扬下巴:"走着。"

两人穿过一条小街,最后在个公厕旁边找到了个露天的小脏串摊。虽说环境是差了点,不过小串的味道还是挺好的。

继准点了一把牛肉、一把羊肉、两份炒方便面和一盘炒蛤蜊,结果几乎全被他一人给吃完了。

正想着问谭璟扬要不要再点些别的,谭璟扬却突然很没来由地冒出了句:"我其实真挺讨厌自己的。"

继准抿抿唇没打断,又伸手拿了根烤牛肉串。

"我在人前努力活成了自己最想成为的那个样子,可这里……"谭璟扬用手点了点自己的胸口,"其实住着个最阴暗丑陋的灵魂。"

"不至于吧哥。"继准笑了声,试图帮对方缓和心情,打趣道,"这又是演哪出?《英雄本色》?"

谭璟扬抿唇沉默了下:"我妈还在的时候其实最疼我小舅,还说小舅这人虽然糊里糊涂,但其实心眼不坏……可我呢,不止一次地想要他死。"

谭璟扬抬眼看着继准:"就在刚刚,我甚至想要亲手把他……这才是我,其他那些全是在演戏,演我渴望拥有的人生……你懂吗?"

继准眸色沉了沉,手里的烤串半天也没放进嘴里。

他很想说些什么来宽慰对方,可又觉得让谭璟扬把心里藏的这些东西倾诉出来或许会更好。

"所以继准,我真挺羡慕你。"谭璟扬指了指继准心脏的位置,"你这里很干净,比我认识的那些人都要干净……"

"啊,有吗?"继准张张嘴,也不知道该怎么回话。

他明白很多事根本不是一句"看开"就能轻易化解的,更何况他们本就处在一个看不开的年纪。

谭璟扬终于还是带着谭乐从小舅家正式搬了出来。

华子开了辆金杯车,几个人进进出出地搬着东西。袁成文坐在沙发上喝啤酒,把电视声音开得老大,看着众人的目光里满是嘲讽。

趁着华子他们往车上装东西,袁成文冷冷地对谭璟扬说:"你以为搬走这事儿就完了?'眼镜'他们咬定了你才能还钱,最后还不是得找到你头上。"

"那就走着看吧。"谭璟扬头也不回地冷冷笑了下,"你保重。"

袁成文咬牙,重重将啤酒罐砸向墙角,酒花四溅泛起白沫。

金杯车驶向谭璟扬新租的房子,挤在行李堆里的谭乐晃着脚,显得特别兴奋。

华子嚼着牙签从后视镜看向谭乐,问副驾驶的谭璟扬:"晚上在你儿吃火锅?庆祝扬哥乔迁之喜。"

谭璟扬点点头:"成啊,过会儿安顿好了,我就去趟超市。"

"喝的就甭买了。"华子转动方向盘,"我车上还有半箱红牛呢。"

"行。"谭璟扬笑了下,"正好我问问继准有空过来没。"

"继准？就你上次带去房顶那哥们儿？"

"嗯。"

华子"哦"了声，继续开车没再说话。

谭璟扬扭脸看了他一眼，好笑道："怎么，酸了？"

华子挥手骂了句，顿了顿又说："其实还挺替你开心的，上一个让你主动拿画笔的，还是程罪吧。"

闻言，谭璟扬的眼底微微一沉。

华子并未发觉，接着道："我记得他该出来了，也不知道今后怎么打算的……到时一起去接他啊？"

"嗯。"谭璟扬应了声，垂在腿间的拇指不由得摩挲了下腕上的疤。

过了许久，他才又轻声说："他们不一样。"

"谁？"

谭璟扬沉默了下："没什么。"

金杯车转了个弯，进入了那条开着殡葬用品店铺的向阳街。

华子皱皱眉，压低声音问谭璟扬："怎么选了这么个地儿啊？"

"不是选了这地儿。"谭璟扬目视窗外，"是根本没得选。"

"我倒不担心你，就是小乐他……"

"小乐。"谭璟扬喊了句，"你怕吗？"

坐在后座的谭乐使劲摇摇头："跟哥在一起，我什么都不怕！"

"好小子。"华子夸了句接着说，"不过其实也真没什么可怕的，谁没这么一天不是？等到了下头，巴不得有人记得给你多烧些。"

"封建迷信要不得。"谭璟扬捶了下华子的肩头。

"啧，别闹，开车呢！"

隔着老远，谭璟扬便看见了楼下按摩店破旧隐蔽的小招牌。没了夜里暧昧的红灯，此时的按摩店除了破旧些，看着倒也还挺正常。

今天是个晴天，但阳光不算刺眼，铺在巷子里，照在那些矮小错落的店铺上。

路旁台阶上的小野猫懒散地打着哈欠，扬起脖子让人给它挠痒，眯起眼一副满足的样子。

谭璟扬一愣，觉得给猫挠痒痒的那人身影十分眼熟。他戴着一顶白色太阳帽——就那么蹲在太阳底下，时不时还仰头笑眯眯地跟按摩店里的女人聊上几句。

那女人正是谭璟扬上次见到的那位，不过此时的她像是刚起床没多久，未施粉黛的脸上有些雀斑，只穿了件松垮的碎花睡裙，头发绾在脑后，嘴里还叼着根牙刷。

"你怎么把店开在这里？"继准边玩猫边说，"这么偏僻，生意能好吗？"

女人吐掉嘴里的泡沫笑道："来的都是回头客，倒也还行。再说了，别的地方房租那么贵，我也租不起不是？"

像是被猫影响了，继准也跟着打了个哈欠，懒洋洋地接话道："也是啊，不过这房子是你自己的，除了日常生活应该也没什么大开销了吧？"

"这倒是，反正就我一人在这儿，上不用养老下不用顾小的，乐得自在。"女人漱完口用毛巾擦了擦嘴，冲继准身后扬扬下巴，"你朋友来了。"

继准应声回头，在看到谭璟扬后露出了得意的笑容。

华子忍不住"啧"了声："这地儿还真邪，说曹操曹操就到。"

谭璟扬垂眼问继准："你怎么在这儿？"

"你猜？"

"准哥你来啦！"谭乐从谭璟扬身后钻了出来，"我哥刚还说叫你晚上一起吃火锅呢！"

谭璟扬瞬间便知晓是谭乐把地址告诉了继准。

他看着继准，又疑惑地看了按摩店的女人一眼，试探性地问："你们……认识？"

"就刚刚认识的。"继准站起身拍了拍手，"这是慧姨，你日后的新邻居。"

"我们见过。"谭璟扬冲女人轻点了下头，而后把继准拉到一旁，低声道，"你……不知道她是做什么的吗？"

继准冲店前写有"按摩"二字的招牌递递下巴："按摩呗。"

谭璟扬有些无奈："我说你是真傻还是假傻？她……"

"等下。"继准打断了谭璟扬的话，"我知道你想说什么。"他回头看了慧姨一眼，再次问谭璟扬，"你亲眼见到了吗？"

谭璟扬沉默了下，摇摇头。

"那不就是了。"他说完转身跳上车，帮忙搬起了行李。

"慧姨，劳烦搭把手。"继准冲按摩店的女人喊。

女人叼着细烟笑笑："小兔崽子还挺会指派人。"说着还是走上前去从继准手里接过了一个背包。

看着阳光下继准的背影，谭璟扬皱起的眉头轻轻舒展开。

到底该说这人活得干净，还是天真呢。

出租屋内，继准、谭璟扬、华子和谭乐围着沸腾的火锅，等着新煮的肉和菜烫熟。

头顶的钨丝灯摇摇晃晃，像是但凡来一阵风，它就得掉进锅里。

屋子已经基本收拾出来了，还剩些七七八八的杂物等之后谭璟扬自己慢慢整理就行。

华子夹了一筷子羊肉，边吹边抬头看了眼吊灯道："这灯你怕是还得换下，这种特容易坏。"

"嗯。"谭璟扬给谭乐夹了颗牛肉丸放进碗里，"我这两天得空就去趟二手家具城，看能不能淘个像样的回来。"

华子点点头，摸出烟打算点，结果想起谭乐还在，又把烟放回去，换了根新牙签叼在嘴里。

"吃完我就先回了啊，店里晚上到了批新货，我得检查下。"华子说。

"好，今天谢了啊。"谭璟扬用可乐跟华子碰了下。

"我也得早点撤。"继准抽了两张纸巾擦擦嘴说，"娇姐前两天跟我急眼了，说再敢半夜不回家就打断我狗腿。"

华子："娇姐是谁？"

"他妈。"谭璟扬搅着芝麻酱，好笑地看着继准，"小准可是个听话的乖宝宝。"

"滚啊！"继准笑骂着将手里的纸巾团成团儿扔到了谭璟扬身上。谭璟扬稳稳接过纸团，随手丢进了垃圾桶。

Chapter 09
·蝴蝶

饭后，华子开着金杯车先走了。继准帮谭璟扬把碗筷放进水池，等他洗完后才扣上帽子准备离开。

谭璟扬在围裙上擦擦手，又从门边取过房门钥匙，跟谭乐交代了声让他留在家好好写作业，便跟着继准一起下了楼。

楼下的按摩店到了晚上，再次亮起粉色的灯。

隔着随风晃动的珠帘，继准看到慧姨换了身宝蓝色的天鹅绒旗袍，坐在一张床上夹着细烟。而她身后，一个肥头大耳的男人脖子上搭着毛巾，躺在了按摩床上。

像是注意到了门外的目光，慧姨抬眼隔着珠帘扫了继准和谭璟扬一眼，鲜红的嘴唇上扬，用目光跟两人打了个招呼，而后便在烟缸里捻灭烟头，转身走到了按摩床边。

"您今儿又是哪儿不舒服啊？"慧姨的声音带着股酥人的媚劲儿，与白日里随便的样子截然不同，一双白净的手按上了男人的腰。

"人靠衣装啊。"继准感慨了句，便要往前走。

"所以，你还认为这只是家普通的按摩店？"谭璟扬饶有兴致地看着继准。

继准回头眨眨眼："它不是吗？"

谭璟扬沉默了片刻，低声笑了下，点点头道："你说是就是吧。"

两人并肩走在老街里，头顶是冷冰冰的街灯。

路边的小店多数已经关门了，一家殡葬用品店的老板正将卷闸门拉下。他的身后还跟着个五六岁的小女孩儿，看样子应该是他的女儿。

一阵风吹过，将路上的黄纸吹得到处都是，在昏暗的街巷中显得很是吓人。

小女孩儿打了个哆嗦，小心翼翼地问店老板："爸爸，那些黄色的纸是什么呀？"

老板愣了愣，而后回头和蔼地摸了摸小女孩儿的头，说："是蝴蝶呀。"

"蝴蝶？"小女孩儿懵懂地眨眨眼，"是幼儿园里老师教我们拿蜡光纸剪的那种黄蝴蝶吗？"

老板笑着点点头，牵着小女孩儿的手朝巷口边走边说："对呀，你看它们多自由呀。"

"真好看！"

"扬哥。"

身旁突然响起继准清亮的声音，谭璟扬有些恍惚地看向继准，对上了继准黑亮的双眸。

谭璟扬把继准送到了街口，看到对方上车后才返身朝着出租房走去。再次路过楼下的按摩店时，他又扭头朝里面看去。

那个肥头大耳的客人已经离开了，慧姨正用抹布清理着店里的家具。

谭璟扬抬头注视着那块闪着暧昧粉光的招牌，深沉的目光里透露出一种迷茫。

继准回到家时又快十一点了，可今日的屋中仍是灯火通明。他有些好奇地打开门，瞬间就被陈建业热情的大嗓门吓了一跳。

"闹闹回来啦！"陈建业见继准回来，忙起身招呼。

继准边换鞋边隔着陈建业的肩膀看向餐厅，随口问："家里来客人了？"

"是啊是啊！"陈建业满面红光，显然是喝了不少。他大大咧咧地跟继准介绍说，"是我的生意伙伴，哦不，现在已经是拜把兄弟了！"

他又冲着坐在餐桌旁的人喊："小吕，这是我儿子继准。"

"你好，继……"那人的声音在看到继准的脸后微微一顿。

继准有些好奇，抬头望向对方，也是一愣。

这人他见过，之前在黑子的店里。

不过现下坐在自家餐桌前的人一改那晚的失魂落魄，穿着一看就价格不菲的高定西装，额发梳在脑后，露出光洁的额头和立体的五官，一副上流精英人士的派头。

"你好，继准。"男人的神情只是短暂一滞，很快便恢复如常。

"嗯。"继准眯了下眼，"吕总好。"

"嗐，叫什么吕总啊，喊小叔就行！"陈建业毫无察觉地拍着男人的肩膀，大着舌头道，"他现在是我亲弟弟了！"

"小叔。"

"你小吕叔还给你带了礼物，放你房间了！"陈建业乐呵呵地说。

"谢谢小叔。"继准舔了下虎牙问陈建业，"娇姐呢？"

"跟她小姐妹去做什么医美了，完了说要聚餐，还没回呢。"

继准点点头："那我先上楼了啊。"

"不是，你不再吃点儿了？"

继准笑笑说："不了，不是说有礼物的吗。"

"哈哈哈，也是！那你上楼去看看，保准儿喜欢！"陈建业又重新坐回餐桌边笑道。

"嗯。"继准打开冰箱门拿了瓶冰牛奶，转身上了楼。

姓吕的送继准的礼物是双限量版球鞋，就是他之前定了闹钟半夜爬起来抢都没抢到的那款。

继准将鞋收到床下，便拿了换洗衣服去洗澡。包包站起身，用爪子啪地压下了继准房间的门把手，而后鬼鬼祟祟地溜进来，又刨开浴室门，蹲在门口看继准洗澡。

继准往包包脸上甩了点水，没好气道："你盯我干什么，下楼看好陌生人。"

包包舔舔鼻子不为所动，继准翻了个白眼嘟囔了句："傻狗。"

大概是因为之前在游戏厅见到这个姓吕的和他黑哥争吵，继准对他除了有些好奇外，也多出了几分防备之心。

洗完澡，继准将自己陷进懒人沙发里边擦头发边打开了投影，打算重温一下黑泽明的《七武士》。

楼下还在时不时传出陈建业的大笑，继准默默将音量关小了些，试图听听他和姓吕的在聊什么。

听不到。

整部电影的时长加起来得有三个多小时，但因为情节和画面都太经典了，看起来丝毫不觉得乏味。继准开始还在偷听，后来干脆就放弃了，全身心投入在了光影的世界中。

他其实不是没考虑过未来的事，比如他还挺想去电影学院读导演专业的。

但这事儿他跟谁都没提，毕竟生活散漫惯了，真要是被人成天撵着上编导班、学艺术概论，也就不舒坦了。像现在这样自己拉拉片，披着"马甲"在豆瓣上写写影评也挺好。

房门被人用不轻不重的力度礼貌地叩了三下，一听就不是陈建业或娇姐。

继准皱了下眉,按下暂停键,起身将门打开。

"打扰到你了吗?"那人启唇,礼貌地问。

是姓吕的。

二楼的廊灯投映在他身上,把人照得更加高大。

继准心说你门都敲了还怕打扰吗?但他也没直接回答,耸耸肩说:"小叔有事吗?"

姓吕的看向继准房间内硕大的投影屏,扬唇一笑:"《七武士》?"

"嗯。"

"你喜欢黑泽明?"

"啊。"

"那我可以推荐你看一本他的自传,叫《蛤蟆的油》。"

"哦。"

姓吕的看着继准沉默了下,再次低声开口:"你和黑子很熟吗?"

继准心里笑了声,可算说到重点了。

他侧侧身给姓吕的让出个道儿:"进来说吧。"

继准伸手打开了台灯,突然亮起的光线让两个人都不禁眯了眯眼。

姓吕的走进继准的房间,四下看了看,最终选择在书桌前的靠椅上坐下,习惯性地将两手交叠在膝前。

"先前见面唐突了些,我正式介绍下自己。"姓吕的冲继准颔颔首,"吕修霖,修养的修,久旱逢甘霖的霖。"

继准拉开抽屉拆了盒新糖,搁在嘴里慢慢化着,等姓吕的继续往下说。

"那晚我去找黑子,是想问他些关于苏皓的事……你应该也听说过苏皓吧?"

吕修霖的双眸像是潜藏在平静海面下的黑色漩涡,带着股捉摸不透的压迫感。

"我从小在鹭鸶街长大,你觉得呢?"继准索性也不再卖关子,抱着手臂直接问,"那天晚上你和黑哥聊的话我也听到了一些,你是苏皓的什么人?"

"我是他朋友。"吕修霖顿了顿,"最好的朋友。"

继准抿抿唇,这话他是不信的。苏皓最好的朋友明明该是黑子才对,但他也没有出言打断吕修霖。

吕修霖接着说:"黑子要和他女朋友结婚,没钱的话他女朋友的爸妈是不会同意的。他也老大不小了,守着那家游戏厅总也不是个办法。"

继准扬了扬眉:"小叔跟我说这些干吗?游戏厅又不是我开的。"

吕修霖调整了下坐姿,缓声说道:"那我就直说了。我想你替我开导下黑子,让他把游戏厅卖给我,条件、价格任由他开。你很聪明,应该知道这样做对黑子更好。"

"可你为什么非要买那家游戏厅不可?"继准疑惑地问,"你应该知道它对黑哥有着特殊意义。当初那游戏厅是他和苏皓两个人一起开的,也是苏皓留给他最后的念想。"

"你知道苏皓当初为什么会想开一家游戏厅吗?"吕修霖没有直面继准的问题,反问道。

继准愣了下:"为什么?"

"因为他想活得开心点。"吕修霖垂下眼,眸底划过一缕怅然,"他也想我们都活得开心点。"

继准有些蒙,吕修霖的这个回答未免太过抽象,他刚想再问,房门突然砰砰响起。

只见陈建业一脸醉相地走进来,笑眯眯地问:"聊什么呢你俩?"他拍了拍继准的后背,大大咧咧道,"咋样,小吕叔送的礼物你喜不喜欢啊?"

"嗯,挺喜欢的。"继准说完再次回头看向吕修霖,发现对方此时也已变得神色如常。

他淡笑着冲陈建业点点头站起身,刚刚的失落仿佛从来不曾存在过。

"我也是上来问问小准喜不喜欢我送的礼物。"吕修霖说着看了下表,而后对陈建业抱歉道,"居然已经这么晚了,老兄,我就先告辞了。"

"要不你今晚别走了吧,我让张姐把客房收拾出来。"陈建业道。

"不了,明天一早公司还有会。"

"这样啊,那我让小王开车送你。"

"那就辛苦老兄了。"

趁着陈建业出去给小王打电话,继准对吕修霖道:"虽然我还是不知道你和苏皓还有黑哥之间到底发生过什么,但从黑哥那晚说的话来看,他对你绝不是只有一点怨言那么简单。"

继准顿了顿又说:"我会替你跟他再提一下,至于黑哥最终怎么决定,就不是你我能够左右的了……还有,你以后没事也别总去烦他,黑哥他真挺不容易的。"

吕修霖神色微微滞了下,末了颔首轻声说了句:"谢谢。"

次日大课间,谭璟扬的座位旁围了一圈人。他被挤在中间,正拿笔边在草稿纸上推算,边耐心地给前来请教的同学讲题。

这次的月考题出得怪变态的,全班考得都不太理想。比起去问数学老师顺便再收获一波嘲讽,不如好好利用谭璟扬这个有效资源。毕竟,谁不喜欢赏心悦目还与人为善的人呢。

上课铃打响,同学们各自回到了座位上。谭璟扬翻开书本,余光看向身旁的空位。

继准今天不知为何没来上课,发消息也不见回。谭璟扬担心他是遇到了什么事,又觉得自己多心了,转了下笔收回思绪,回归于老师正在讲解的那道重点题。

与此同时,鸳鸯巷的游戏厅里满地狼藉。继准正拦着比他高出一头半的黑子,脸上还带着方才劝架时,被楚舒兰不小心误伤的抓痕。

楚舒兰双目通红,身体剧烈颤抖地逼视着黑子。游戏厅外围了不少人,多数眼中都带着事不关己与幸灾乐祸。

"都看什么看!"黑子怒吼一声,抄起个笤帚便扔了出去,大骂道,"自个儿家过得太如意了是吧!"

围观人群默契地往后退了几步,不忍将戏看到一半就退场,三步两回头地四散开了。

黑子的脸上、胳膊上几乎都被楚舒兰挠花了,可他并没还手。毕竟他是真的很爱他这女朋友,且不对女人动手一直是底线。

但他也是真要被气疯了,整个人都像头受伤的黑熊,瞪着眼"呼哧呼哧"喘着粗气。

继准给黑子递了根烟,又拖来个板凳让他坐在上面,回头对楚舒兰道:"兰姐,你要不先回去吧。等你们都冷静了再一起想办法。"

"想什么办法?我做错什么了?"楚舒兰怒气冲冲地瞪着黑子,"我想结婚,不想爸妈一天到晚逼在你屁股后头说风凉话!我知道你要面子,他们那么说你我心里也不好受!结果呢?到最后我反倒落了个里外不是人!"

话说到后面,她越来越委屈,用手指着黑子大骂:"没良心的王八蛋,我这么做到底为了谁?你、你还敢冲我发火了!狗咬吕洞宾,不识好人心的畜生、孬种!"

"那你就背着我答应把游戏厅卖给姓吕的?"黑子噌地从板凳上蹿起来,粗声吼,"我都说了我会想办法赚钱,会让你爸妈满意,你还要我怎样?啊?"

"我就答应卖了怎么着吧!放着结婚钱不要,你是不是连我也不想要了?"

"你知道个屁！"黑子攥紧双拳，极力压抑着委屈，"你知道我有多爱惜这些机器，你一上来就把它们砸成这样，有没有考虑过我的心情？"

"那也是你先找的碴！本来明明是件好事……"楚舒兰怒极反笑，"是，苏皓是你铁磁儿亲兄弟，可我又是什么？"

楚舒兰说完将包往肩上一挎，冷冷道："我就是想活得舒服些，你要是还想继续跟我过日子，就把游戏厅卖了，不然我们俩一拍两散！"

话毕，她头也不回地离开了游戏厅，朝巷外走去。

直到楚舒兰走远，黑子才像个被拔了气门芯的轮胎轰然泄在了地上。

他握拳的手狠狠砸向那些碎玻璃碴。

一时间鲜血飞溅，在阳光下绽放着刺眼的红。

空气里上扬着浮尘，楚舒兰走后，黑子又这么呆坐了许久，而后站起身，沉默地把面前碎屏的街机一一扶起来，手上的血蹭了些在上面也浑然不觉。

继准从药店买完碘酒和绷带返回店里，将人强按在板凳上。

碘酒涂在伤口上泛起白沫，继准一言不发地埋头帮黑子包扎。

一滴液体突然落在继准缠绷带的手上，还是热的。

他有些意外地抬眼看向黑子，只见从对方通红眼眶中漫出的水珠还凝聚在硬朗的下巴上。

这是继准第一次见黑子落泪，没有想象中那么滑稽。

见继准看着他，黑子用没受伤的胳膊撸了把脸，又使劲吸吸鼻子。

他咧咧嘴，想挤出个笑来，结果比哭还难看。

"不用勉强的哥。"继准熟练地缠着纱布，"谁还没个绷不住的时候了。"

"嘁！"黑子羞臊地扭过头，又使劲抹抹脸。

给黑子包扎完，继准捞起倒在地上的扫帚，清扫着店里的碎玻璃。

玻璃的碰撞声在这沉默的气氛中显得格外突出。

时间一分一秒地流逝，屋外白色的日光越来越红，拉长了鹭鸶巷，也拉长了二人的影子。

一声沙哑的嗓音轻轻打破了长久的宁静。

"苏皓他……"

黑子健硕宽大的身形半边陷在余晖的阴影里，眼神晃动。

他点燃一根烟，陷入了某段遥远的回忆。

"苏皓他从小就学习好，一路当班长，从小学到高中永远坐在教室第三排的正中间。"

111

继准默默停下动作。

"我开始挺瞧不上他的，总觉得那小子忒装，总爱拿班长的架势来管我。"黑子闷笑了声，"连老师都懒得管我，就他要管。

"当时我爹妈正闹离婚，家里也没人给做饭。每天茶几下头给压几块钱，有时连钱都忘了压，我就只能饿着。"

黑子的眼被烟熏得眯起来，弹了下烟灰接着道："那天我正想法子寻摸东西吃，屋外突然有人敲门。我开门一看，苏皓拎着一袋羊蝎子站在门口。

"他说他爸妈也在家打架呢，来借厨房用用。之后我俩一起吃了饭，苏皓做的。羊蝎子咸了些，但那味道我现在都还记得……后来他便经常来我家吃饭，吃完就盯着我写作业，不让我瞎跑。我也是渐渐才发现，我俩其实有些地方还挺像的，就比如都是爹不疼娘不爱的倒霉蛋。"

他话语一转："只是苏皓，他永远品学兼优，除了他父母，几乎所有人都喜欢他。而我呢，就只是个狗嫌猫不待见的浑不懔。"

继准听着，不知为何脑海中竟浮现出了另一个身影——

他站在窗边安静地眺望着暮色，沉默又孤单。

"高中的时候，我翘课去游戏厅，跟几个职高的发生了口角。具体什么原因记不清了，但当时他们非要我跟他们PK，输了就给对方舔鞋。"黑子用裹纱布的手轻抚一旁损坏的游戏机，笑了下，"《拳皇97》。"

"职高那几个使阴招，眼见我就要输了。舔鞋是不可能的，我那时已经打算输了就跟他们鱼死网破。"黑子顿了顿，"接着苏皓就来了，说是抓我回去上课的。见我遇上了麻烦，他不慌不忙地跟人家说，最后一局他替我来，赢了，放我们走，输了，他跟我一起舔。"

话及此处，黑子的嗓音又哑了。

他舔舔干裂的嘴角，压抑着情绪："他可是站在主席台上被校长颁发奖状的人，居然要跟我一起给人舔鞋？"

"后来呢？"继准问。

"我当时人都傻了，喊他快滚。可苏皓把我往后一推，直接坐在了机器前。"黑子抿唇，受伤的手紧紧攥拳，末了低笑了声，"苏皓，小班长，他是我见过的游戏打得最好的人。

"从游戏厅出来的时候天已经黑了。我俩坐在石阶上，苏皓问我以后要怎么办,还继续这么瞎混？我说我不是学习那块料，将来打算开家游戏厅。他很高兴地说好啊，到时他投资入股，这样总算能有个家回，还有不花钱就能得的游戏币。

"再后来，苏皓就到外地上大学去了，很好的大学。我高中毕了业就开始四处给人打工,做小生意,想着法子赚钱,终于算是将游戏厅开了起来。苏皓放假回来的时候也带了一笔钱,说是入伙费。我当时骂他见外,苏皓却说一码归一码……看着游戏厅开张,苏皓很开心,恨不得天天都住在店里。他说他的那个家回不去,也不喜欢,只要游戏厅在,他就算有个归处了。"

天色彻底暗淡,游戏厅里没点灯,只能看到烟头微弱的火星在黑子指间跳动。

他将脸埋进掌心,就这样不知又过了多久,方才哑声开口:"我总得让他回来时,能找得见门啊……"

继准垂下眼,空气里浓烈的烟草味道有些呛鼻。直到现在,他才真正明白了黑子多年来一直坚守在此的原因。

他是想在这漫长的黑夜里,为一个恋家的灵魂留一盏灯、留一扇门。

游戏厅的门突然被人猛地推开,继准下意识朝屋外看去。

昏暗街灯下,谭璟扬喘着气站在门口,手里还攥着根钢管。

他冷冷地扫了那些损坏的游戏机一眼,沉声问继准:"没事吧?"

继准有些意外:"你怎么来了?"

谭璟扬快步走到继准面前,借着投进来的灯光,上下打量着继准。在确定继准的确无碍后,他才稍稍舒了口气,握钢管的手也跟着松了些。

"我发信息你没回,打电话也不接。我就问路虎知不知道你在哪儿,他说你有可能来了这边。"

继准朝谭璟扬手上的钢管看了眼:"来就来吧,带什么家伙?"

谭璟扬侧头瞟了眼黑子,犹豫道:"我在巷口听到有人说这里刚有人打架,我就……"他顿了下,轻叹口气,"没事就好。"

知道谭璟扬是关心自己,继准心里一暖。他不禁放软些语气:"谢了啊,不是故意不接你电话的。"

谭璟扬点点头,用眼神询问继准发生了什么事。

没等继准回答,暗处的黑子先开口了。

"闹儿,你们先回去吧,别又晚了让爹妈操心。"黑子说完,又冲谭璟扬示意了一下,"不好意思啊兄弟,没多大事。"

"你去哪儿?"继准没动,问黑子。

黑子:"我再自个儿待会儿。"说罢挥挥手,催促继准和谭璟扬离开。

继准心知黑子是想一个人静静,也就不再多言。

他回头对谭璟扬道:"那咱先撤吧。"

"嗯。"谭璟扬点了下头。

两人转身离开游戏厅,沿着一排路灯缓步走向巷口。

一阵风刮过,吹起少年的发。

有那么一瞬间,黑子像是又看见了——

许多年前的某天夜里,两个少年坐在台阶上,胡乱聊着些未来的事。

街口,继准停下脚步,朝马路对面的一家拉面馆递递下巴:"饿了。你吃饭没?"

"走啊,我也饿了。"

两人过了马路,走到拉面馆门口。

"你先进去吧,我到隔壁超市买饮料,面馆要贵好几块呢。"谭璟扬说。

"哦。"继准掀开门帘,"你吃什么,我先点上。"

"跟你一样就行。"

谭璟扬进了超市,从冰柜里拿出两听可乐,出来时看到继准就坐在靠窗的位置。

他还是习惯性用手托着下巴,懒洋洋地垂着眸子,只是眼神呆呆地看向一处,显然是在出神。

从今天见到他开始,继准似乎就一直不在状态。刚刚一路过来,他也是沉默多过调侃。

直到冰凉的可乐罐贴在脸上时,继准的眸光才收了回来。

"哟——"他抽口气,瞥了眼谭璟扬,"你什么时候画风变了?阳光小淘气?"

"啧,贫不贫。"谭璟扬在他对面坐下。

此时已过了用餐高峰期,店里坐着的多是些下班晚了的夜归人。老板无聊地坐在柜台里,一下下切换着电视频道。

牛肉拉面冒着热气被端上桌,继准吹开辣椒油,喝了口汤,一抬眼就发现谭璟扬正看着他,碗里的面还没有动。

"不是饿了吗?再不吃坨了。"

"吃你的。"谭璟扬递了张餐巾纸给继准。

继准不再搭理谭璟扬,自顾自吸溜完一整碗面,又将可乐喝光。

他往座椅背上一靠,叹了声:"哥活过来了。"

"饱了?"

"嗯。"

谭璟扬点点头，起身去付账，继准赶忙将人拦住先扫了码。

两人吃完面出门，谭璟扬从书包里翻出一本笔记递给继准："今天的随堂笔记。解题思路我用不同颜色标记出来了，红色大概率会是考试重点。"

继准看看笔记本，正是自己随手扔进柜斗里的那个。

他接过本子对谭璟扬乐了下："合着你是来督促我学习的？"

"不然呢？"谭璟扬反笑道，"真当我是来帮你打架的。"

"谢了啊，班长。"继准咧嘴笑了下，"老班都不管我了，就你还惦记着……放心，尽量不辜负您厚望。"

他突然愣住了，原是随口开了个玩笑，可突然就又想起了那个叫苏皓的人。

想起如此鲜活的一个生命最后却动也不动地躺在腐烂潮湿的泥里，僵硬冰冷。

"呵。"继准讪笑了下，觉得无法再继续开这个玩笑了。

谭璟扬沉默地凝视着继准，他不说，他便也不问。

继准闭上眼轻叹口气，再睁开时眸底已带着无奈。

他回头看着谭璟扬："你可真沉得住气啊。"

谭璟扬知道继准在指什么，嘴角淡淡向上轻牵。

"你想说自然就会说的。"他声音不大，也没带明显的情绪，但还是让继准觉得有种莫名的安全感。

"边走边说吧。"继准朝小街扬扬下巴。

"好。"

街上这会儿没什么人，空气里有股树叶混着泥土的味道。

两人并肩走着，影子随着一盏一盏街灯晃动。

"我有个朋友……"继准的眸光跳动了下，笑着改口，"也不算朋友吧，就是个熟人。"

他又沉默片刻，轻声开口道："他自杀了。"

谭璟扬停住了脚步。

继准："不是现在，已经死了很多年了。"

谭璟扬的表情这才放松了些。

"黑哥跟他是兄弟，那家游戏厅也算是他们两人一起开的。黑哥很看重游戏厅，毕竟是对方留给他唯一的念想了，可是游戏厅就要被别人买走了。"继准叹了口气，"是黑哥的女朋友擅自答应对方要卖的，她想让黑哥拿这笔钱结婚。"

"黑哥很爱他女朋友,但也不愿意卖游戏厅。他女朋友说要是还想结婚,就必须得卖游戏厅。"继准兀自踢着脚下的石子说,"就因为这事,两人今天还大闹了一场,最后也没拿出个结果来。"

"嗯。"

"其实要买游戏厅的那人也是苏皓的朋友,但是黑哥似乎对他怨念很深。"继准眉间夹着思索,"从黑哥的只言片语里听出,苏皓的死像是跟那人有关。"

"去世的人叫苏皓?"

继准点头:"脾气很好一人,每天都笑眯眯的,也很热爱生活。"

谭璟扬闻言,垂眸低笑了声:"笑眯眯就代表热爱生活?"

"你说什么?"继准没听清。

"没什么。"谭璟扬抿了抿唇,"时候不早了,赶紧回去吧。"

"嗯,我打车顺便送你?"

"不用了。"谭璟扬道,"到家记得把作业写了。"

继准"啧"了声:"烦不烦。"

谭璟扬回到向阳街的时候已经是深夜了。大概最近又到了什么烧纸的日子,空气里残存着股新鲜的香灰味儿。

按摩店的慧姨正坐在门口,边夹着根女士细烟,边快速点着一沓钱。

"喏,这是英子的。

"小翠的。

"兰兰的。

"王姐……"她瞟了眼面前穿着朴素的妇女,又多抽出两张一百,一并递给对方,"你的。"

"谢谢老板!"妇女接过钱,摩挲着点了点,而后讶异地问,"是不是给多了啊?"

"给你就拿着呗。"慧姨吐着烟圈随口道。

妇女连连感谢,小心翼翼地将钱塞进大衣口袋。细看之下,她的眼睛竟全程都只看向一处,没有一丝变化,其他人也是——除慧姨外全是盲的。

"快走吧,回去路上慢点啊。"慧姨发完钱,返回店里取了瓶指甲油,头也不回地嘱咐着店员们。

"小慧姐再见!"

众人跟慧姨打了招呼,有说有笑地相伴朝巷口走去。

116

慧姨拧开指甲油，把脚跷在椅子上，不慌不忙地染着脚指甲。

烟灰积攒得多了，就用手弹一下。褪色的指甲再次被鲜艳的红色覆盖。

"你得在那儿杵了有二十分钟了吧？"慧姨也不抬头，漫不经心地问向阴影处的身影。

谭璟扬头顶路灯电压不稳，灯光照在他脸上忽明忽暗。他顿了顿说："我在看你做生意。"

"好看吗？"慧姨继续往脚上涂指甲油。

"挺意外的。"谭璟扬笑了下，"起先我朋友说你这儿是家正规按摩店的时候我还不信。"

"不然是什么？"慧姨嗤笑了声，"小朋友，现在是法治社会，像我这种小老百姓可不敢干那些乱七八糟的事儿。"

谭璟扬沉默片刻，低声道："抱歉。"

慧姨用手给脚指甲扇风，拖着细软的调子说："你说的朋友是小准吧？啧，那可是个小机灵鬼，怎么这两天没见他来？"

"住西城的，没事老往这儿跑干吗？"

"也是，这破地方正常人谁稀得来。"慧姨涂完指甲，将指甲油的盖子拧好，"哦，对了，你家今天来亲戚了。"

谭璟扬闻言眸色一沉。

慧姨："一瘦高个儿的男人，说是你舅舅。这会儿八成还没走呢，我没见他出来。"

"谢谢。"谭璟扬短促地道了声谢，三步并作两步地上了楼。

还没将钥匙插进锁孔，门就从里面被人打开了。

"哥！"谭乐见谭璟扬回来，总算松了口气，怯怯地冲他朝屋里使了个眼色。

"我不是告诉过你不要随便给人开门！"

谭璟扬严厉的语气吓得谭乐打了个哆嗦，像只鹌鹑似的低着头："可是小舅他……"

"这就是你不对了。"身后传来袁成文拖长的调子，"我是你亲舅，又不是什么坏人。"

谭璟扬皱眉闭了下眼，在他心里袁成文这个名字大于等于多数坏人。

袁成文两只脚搭在茶几上，一下下抖着。茶几原本就四角不平，被他抖得咚咚直响。谭璟扬的耐心也随着这响动迅速消失，冷声道："你来干什么？"

117

"想你们了，过来看看。"袁成文咧嘴一笑，"好歹你也是我亲外甥，我总得知道你们住哪儿了不是？"

他说着又给谭乐递递下巴："去，把你获奖的画拿给你哥看看！谭璟扬你还不知道吧，小乐美术课的画获奖了，叫《幸福一家人》！"

谭乐站着没动，咬着唇两手抓着衣角。

袁成文："快去呀，那画上还有我呢！"他话虽是跟谭乐说的，眼神却始终似笑非笑地盯着谭璟扬，"都是一家人，对吧外甥？现在舅舅手头上有困难，你难道真就不管了？"

谭璟扬仍是不语。

袁成文被他盯得有些瘆，再次搬出看家本领往沙发上一瘫耍起了赖："行吧，你要真不管了那我也没辙。反正我那儿暂时是回不去了，最近我就在这儿跟你们挤挤！"

"袁成文，我数三个数，你要是再不滚我就把你从楼上扔下去。"

"你小子敢！"

"一。"

"谭璟扬你个没心肝的畜生！"

"二。"

"我！"

谭璟扬挽起袖子上前就去拎袁成文的衣领。

袁成文一下从沙发上弹了起来，指着自己的脑袋："来呀来呀，你把我打死算了，反正我惹了'眼镜儿'那伙人，也是活不了了！刚好死了拉你当垫背的！"

谭璟扬懒得再跟他废话，拽着袁成文的领子就把他拖到门边，一开门扔了出去。

袁成文站在楼梯口破口大骂，整个楼里都能听到他的污言秽语。谭乐害怕地躲在谭璟扬身后，谭璟扬默默用手捂住了他的耳朵。

"行，你有种！你不管我，我就去找你那个有钱的同学要！"袁成文梗着脖子扯了扯领口，狞笑道，"我都打听过了，那小子住西城的大别墅，老子有的是办法让他……"

门被谭璟扬猛地打开了，袁成文重心不稳差点撞在他身上。

谭璟扬睨着袁成文，一字一句："你要敢去找他麻烦，我就弄死你。"

袁成文刚想回呛，却在看到谭璟扬眼睛的时候，将满口的叫嚣生生咽了回去。

谭璟扬的眼底沾染着杀意，怕是动真格了。

118

"楼上干吗呢!再吵报警了啊!"按摩院的慧姨尖着嗓门仰头喊。

随着一声闷响,谭璟扬摔门把袁成文再次关在了外头。

袁成文气得狠狠一跺脚,朝地上吐了口唾沫:"呸,走着瞧!"

Chapter 10
· 离夏

暑假来临，继准跟陈建业、娇姐一起去了趟香港。

站在太平山顶的时候，他给谭璟扬打了通视频，对面过了很久才接。

谭璟扬的脸出现在屏幕里，穿着服务员的工作服，后面是嘈杂的后厨，手机内外的景象瞬间就被分割成了两个截然不同的世界。

陈建业正在帮娇姐拍照，继准冲谭璟扬笑了下："在忙？还说给你看看香港的夜景来着。"

他话音刚落，电话那头的谭璟扬就又被人喊了声，回头应了句什么，再次转过来。

"你先忙，晚点再聊。"

"别挂。"谭璟扬四下找了找，将手机立起来。

镜头拉远，继准看到他正站在洗碗池边，水池里堆着成摞的碗碟。

"让我看看，我没去过香港。"谭璟扬说。

继准将摄像头掉转，对准那连片的高楼和璀璨霓虹："那边，看到了吗？那边就是维港！"

谭璟扬边洗碗边掀起眼皮："坐天星小轮的地方。"

"对！"

谭璟扬牵了下嘴角，片刻后轻声说了句："真好。"

继准的心随着这句"真好"微颤了颤，忽然觉得胸口有些发涩，甚至觉得自己这通自作聪明的视频其实打得相当不合时宜。

他吸了吸鼻子："那什么，你还是先忙吧，我到时买礼物给你和谭乐。"

"好。"谭璟扬点点头，"玩得开心。"

"必须的。"

谭璟扬笑笑，用沾满洗洁精的手指挂断视频，将洗净的碗擦干放入消毒柜，又等着下一批到来。

人在忙碌或快乐的时候，时间都会过得飞快，这大概也是他和继准的暑假，唯一相似的一点。

当某一天晚上，谭璟扬从餐馆走出时，忽然感到了一丝久违的清凉。

蓦地发现，夏季竟在悄无声息中渐渐走远了……

转眼间，又一个月过去了。

暑假后的一个周末，华子的金杯车行驶在去往落霞山的公路上，在一个高速分岔路口转弯，深入那片茂密的森林。

阳光斑驳间，林中露出了排红顶白墙的洋楼，还有灰色的铁丝网。

正值黄昏，火烧云翻滚在天际，华子和谭璟扬从金杯车上下来，找了块有树荫的地方站着。

华子翻出手机看了眼时间，对谭璟扬说："刚好，应该就快出来了。"

他话音刚落，"刑中"的大铁门便传来了沉重的响声，被两名教官一左一右地打开。

谭璟扬顺势看去，只见一个身影从里面缓步走了出来。

他黑了，也瘦了，可似乎比记忆中要长高了许多。

头发被剃成板寸，穿件灰色的单衣。手里拎着包袱，似乎正在跟教官说着什么。

"来了。"华子嚼着牙签，冲着那人笑了下。

对方像是也注意到了他们，逆着光朝这边看来。在看到谭璟扬后，他微微一愣，随后露出了个大大的笑容。

华子拍了下谭璟扬的肩膀："走吧，上去迎迎。"

说着，二人便朝那人迈步走去。

"华哥！"

待大铁门关上后，那人将手一松，包袱落在了地上。

华子使劲拍拍对方的后背："不错，看着还挺精神的。"

那人笑着挠挠头，目光转向一旁的谭璟扬，浅色的眸子里瞬间跳跃起生动的光点。

"扬哥。"他轻声喊了句。

谭璟扬点了下头，也上前拍拍对方的肩膀："都过去了。"

对方"嗯"了声，点点头问："你还好吗？"

"还好。"

"嗐，干吗非要在这儿寒暄？走，先离开这地方再说！"华子抖了下车钥匙问，"程罪，晚上想吃什么？"

程罪:"福记涮锅?我想这口都想好多年了!"
华子和谭璟扬互看了眼,眼底深处都隐匿着一丝心疼。
谭璟扬温声说:"福记已经没了。"
"啊?"程罪眸色一恍,沉默一会儿后才又轻轻扯了下嘴角,"我果然在里面待得时间太久了……"
"不过有家烤鱼的味道不错,你不是爱吃辣嘛。"谭璟扬不动声色地转了话题。
华子马上接话:"对对,那鱼味道真挺不错的!特下饭!"
"嗯,好啊。"程罪恢复神色,点点头。
华子一拉车门:"上车!"

烟熏火燎与灯火斑斓将人一下子带回了市井间。
烤鱼冒着滚油被端上桌,华子先夹了块最肥美的鱼肚肉给了程罪。
"快,尝尝!"
"谢谢华哥!"程罪几乎是条件反射般唰地就站起身,惹得周围的人都好奇地回头朝他看来。
华子和谭璟扬先是愣了下,在反应过来这是程罪这些年养成的习惯后,心里止不住又有些发沉。
"嗐,你干吗呀。"华子吸了下鼻子,笑笑,"快坐下。"
程罪也不好意思地抓抓头,有些局促地重新坐下。
"快吃吧。"谭璟扬说。
程罪点头,用筷子夹了点鱼肉放进嘴里,顿时就被呛得咳嗽起来,泪花都泛出来了。
"不行了,不行了。"他赶紧喝了口水,笑道,"在里面基本不吃辣,舌头都退化了。"
"吃着吃着就回来了。"华子跟程罪碰了个杯,末了又补了句,"真能回来。"
谭璟扬也夹了块鱼,将花椒和辣椒全部细心地剥掉后才放进程罪的盘子里:"早知道就不带你吃这个了。"
程罪双手端着盘子要去接,目光一不小心又停在了谭璟扬手腕的疤上,原先的笑意瞬间敛去。他的嘴唇微微翕动了下,最终还是没多说什么。
烤鱼店的门帘被人掀起,接着便传来了个耳熟的声音。
"我的妈,那司机大哥以前是开战斗机的吧,我脑浆都被他晃散了!"路虎拍着胸口走进店里,冲身后的人道,"这家烤鱼要是没你说的那么好吃，奴家可是会生气的！"

"又不让你掏钱，叽歪个屁啊。"继准双手插兜懒懒地回撑，眼睛一瞟刚好跟谭璟扬对上。

"哟，好巧。"继准冲他招了下手。

"这不是继准嘛！"华子叼着牙签跟继准打招呼，"过来一起拼个桌啊？"

继准一点头，跟路虎各自拖了把椅子到桌前坐下。继准习惯性地搭上谭璟扬的肩："吃烤鱼也不叫我一声，挺够意思的哈！"

谭璟扬早习惯了继准的没个正行，给他递了个杯子："怎么不说你俩约饭让我撞个正着了呢。"

"哎哟，这话酸得！"路虎咂舌。

程罪看着三人打趣，眼底隐隐闪过一丝意外。

他记忆中的谭璟扬从来就不是个能随便跟人开玩笑的人，即使在人前装得随和，实际上防备心极强，像这样被揽着肆无忌惮地插科打诨，在过去几乎没有过。

华子跟程罪碰了下杯："你看扬子变化大吧。"

程罪点头说了声"是"。

华子言语间带着些感慨："有一说一，是开朗了不少，心里有事儿也不总闷着了。多亏了继准。"

"继准……"程罪喃喃，看向继准的眼神里更多了几分探究。

恰好此时，继准也看向了他，冲谭璟扬示意："不介绍一下啊？"

"程罪，我以前的好朋友。"谭璟扬说完又对程罪道，"这是继准，我现在的同桌。"

他的介绍再自然不过，也全然没有多想。只是程罪在听到这个"以前"和"现在"的划分后，心里不免还是梗了下，但他没表现出来。

程罪牵了牵嘴角："你好啊，继准。"

继准伸手跟他一握："程醉？朋友你是不是特能喝呀？"

程罪的笑容僵了下："不是醉酒的醉，是……罪过的罪。"

"这名儿真有个性！"路虎竖起大拇指。

谭璟扬看了眼程罪的表情，就知道这名字多半又让他想起了些不好的事，当即转移话题道："继准，你们看想吃什么就再点一些，鱼都凉了。"

继准一点头，接过菜单跟路虎一起研究起来。

吃完饭，众人在烤鱼店门口分开了。华子的理发店里堆了太多货，程罪便暂时住在谭璟扬家。

两人步入向阳街，程罪看着这阴森破败的街道，便知谭璟扬这些年应该没少受苦。他翻来覆去地在心里琢磨着该说点什么，才能既宽慰到谭璟扬，又不会伤了对方的自尊。

他了解谭璟扬，知道对方和自己一样都是心思敏感的人，他需要小心翼翼才不至于刺痛对方。

一张纸钱被风刮到程罪脸上，他将纸钱揭掉，多少感到晦气，只听谭璟扬突然开口说："你觉得这东西像蝴蝶吗？"

"什么？"程罪微愣了下。

谭璟扬兀自笑笑："有人说这些纸钱长得像蝴蝶。"他顿了顿，"我真是一点儿也看不出来，但自从我跟小乐也这么说了之后，他就彻底不怕走这条路了，哪怕是晚上。"

程罪"哦"了声："那很好啊，小孩子就这点好，只需要一个故事就能改变对这个世界的看法了。"

谭璟扬闻言沉默了下，没说话。

程罪静了会儿，问："扬哥，你现在和继准关系很好吗？"

"挺好，怎么了？"

程罪摇摇头："没有，听华子哥说他家是住西城别墅的，总觉得跟我们不像是一类人。"

"的确不是一类人。"谭璟扬顿了顿，"也不希望他是。"

"嗯，那就好。"程罪轻声说，"看得出来他被家人保护得很好，他的世界单纯又干净。希望他永远不要变得像我们这样，浑身沾满脏泥，洗都洗不掉。"

这之后一直到家，两人的话都变得很少。程罪侧头看向街灯下的谭璟扬，只见他的嘴唇抿成一条细线，一双幽深的眸子陷在阴影里。

他知道自己刚才所言对谭璟扬起了作用，他们的相处向来是这样，很多东西根本不用说透，对方自然就会懂。

这是一种独属于同类人之间的默契，虽然知道谭璟扬现在的心情不好，但从他的身上又看到了那股属于过去的气息时，程罪莫名感到了安心。

这世界没有变，谭璟扬也没有。

他也没有。

继准到家附近的那条巷子时，天空淅淅沥沥地飘起了雨。雨滴拍打在梧桐树叶上，越来越密。

正当他准备进小区时，一只手突然在他背后拍了下，继准条件反射地就去折那人的手肘，对方叫了声，接着又赶忙压低嗓音："继同学，是我！"

继准借着光微眯起眼打量着对方，反应了会儿才想起他是谭璟扬的小舅袁成文。

袁成文满脸堆笑地搓着手："下雨啦，咱们换个地方说话？"

继准知道这人是个浑蛋，自然不会请他跟自己回家，于是冲他一勾唇，道："下雨了，有话就抓紧在这儿说吧。"

袁成文探头探脑地四下看看，见也没什么人经过，忙不迭地点头说："也行！我就是怕你淋着。"他顿了顿说，"是这样的继同学，我知道你跟我家璟扬是好哥们儿，对小乐自然也没得说。小乐的画获奖了，他们学校老师说想让他到北京参赛，但你也清楚我们家的情况。这一来一回的路费和报名费吧真不少，璟扬也不好意思跟你开口提，但我觉得既然有这个机会，还是得让小乐去一趟，不说别的，起码见见世面，你说对吧？"

话及此处，袁成文佯作惋惜地叹了口气："不瞒你说，璟扬小时候画画特别好，就是因为家里的这些破事儿给耽误了，我是真不忍心看着小乐再被耽误，所以我……"

"所以你就编了个瞎话找我要钱？"

"对对。"袁成文一咬舌头，"啊呸，这哪是瞎话！我对天发誓！"

雨下得更大了，继准和袁成文的身上都已经被打湿。

继准点点头："行，我知道了。明天到学校我去问问谭璟扬，要是真的，我也想小乐能出去见见世面。"

"嗐，我这次来找你不就是怕伤了谭璟扬的面子嘛！你问他，他是不会说的。"袁成文拿出自己摔碎屏的手机，"这样，你问谭乐的老师吧！我现在就给她打电话！"

"不用了。"继准打断，"我自己会去弄清楚的。"他自是明白，即便袁成文说的是真的，他也绝不能把这笔钱交到对方手上。

不远处的保安室里亮了灯，小区保安见继准一直站在外面不进门，好奇地出来看。

袁成文见继准压根儿不打算掏钱，也有些不耐烦："继同学，做兄弟的，这种时候难道不该表达表达你的诚意？做人得讲义气，懂吗？"

"是，舅舅说得对。"继准屈指敲了敲自己的额角，"做人不光得有义气，还得有脑子。"

袁成文愣了愣，半天才反应过来继准是在恶心他。

"嘿，你说谁没脑子！"

保安打着手电筒朝这边一晃，袁成文做贼心虚赶忙缩了缩脖子，翻起领口遮住脸。

继准冲他挥了下手："雨下大了，快回吧您！"

话毕，他转身朝小区里跑去。

这场连绵不断的秋雨，将夏天最后一缕温热也给带走了。

窗户上凝结着一层薄薄的雾气，衬得教室里的光有种毛茸茸的蒙胧感。

继准今早一起床就觉得有些头重脚轻，鼻子好像也堵了。

起初他没怎么在意，只当是昨晚被袁成文拖着淋了雨，有些着凉，结果下午趴在课桌上睡了一觉后，症状非但不减，反倒更厉害了。

第一节晚自习的课间，教室里很是嘈杂，嗡嗡的吵闹声扰得继准头晕。

他戴着耳机倒出粒薄荷糖含在嘴里，任由糖在发烫的口腔中融化，带来些许清凉。

难受死了，干脆翘课回去睡觉吧……

继准怏怏地斜挎着书包起身，刚走到教室外就被人唤住了。

"继准？"

继准回头，见到说话的人后短暂地思索了会儿，但很快就想起来了。

"程……罪？"继准扬起嘴角，尽量让自己看起来精神些。

他冲学生处那边示意："找谭璟扬啊？他刚被主任叫走了。"

"嗯，没事，让他先忙。"程罪笑笑，"你怎么现在就要走啊？扬哥不是说你们要十点多才下课吗？"

"我……学习好呗！学霸有特权早点回家睡觉的。"继准转身背对程罪挥挥手，"记得让你家扬哥多向我学习啊。"他说完便朝后门的方向走去，轻车熟路地爬上塑料雨棚，纵身一跃。

看着打车软件上"正在为你调遣周围的车辆……"，继准严重怀疑自己的单是被人给故意屏蔽了。

头这会儿疼得更厉害了，继准甚至觉得眼前的景物都开始跟着变得模糊，还是打电话给陈建业，让他来接自己一趟吧。

继准关闭打车软件，改拨陈建业的手机号码。

183……621……4……

他甩甩脑袋，看着屏幕上的数字表演起了分身术。

一个熟悉到不能再熟悉的电话，在此时居然横竖都想不起后四位来。

继准的呼吸越来越急促。

最后一刻，他的脑子里居然蹦出了一个一休哥在冲他眨眼睛，笑嘻嘻地说:"休息,休息一下!"

而后眼前一黑,被身后及时出现的身影托住。

雨一直都没停彻底,忽大忽小的,像是要把天完全下透。

输液室窗外的灯下有只大肥蛾子,一直拼了命地想往屋里钻,挥着翅膀,撞击玻璃时会发出啪啪的响声。

液体瓶中的透明药剂顺着导管缓缓流入体内,浑身的不适感也随之一点点在减缓。

隔壁大婶正吃着女儿递的苹果,还不时朝他这边看上两眼。

当继准又能感受到这一切的时候,第二瓶液已经输了一半了。

娇姐一看继准醒了,赶紧伸手过去摸他的额头,而后拍着胸口连声说:"哎哟老天爷,可算退烧了!我的闹儿啊,我的乖,你现在觉得好点没?"

陈建业从门口进来一见继准醒了,也连忙凑到他面前,按着娇姐的肩长出了口气,擦擦额上还没消掉的汗,道:"没事就好,没事就好,接到你同学电话的时候可把我俩给吓坏了!"

同学……

谁?程罪?

"我那同学呢?"继准开口,嗓音因咽喉水肿而变得沙哑,弄得他自己都愣了愣。

啧,还挺性感。

"我让他们先回去了。"娇姐拧开保温杯送到继准跟前,"来,把药吃了先。"

"他们?"合着谭璟扬也来了?

"对,有个应该就是你们班那班长吧。小伙子人不错,忙前忙后一直等到我们来才走。"提到谭璟扬,陈建业颇为赞赏地频频点头,"是个当领导的好苗子!"

"输完这瓶就能回去了。"娇姐抬头看了看液体的刻度,"这两天就在家歇着吧,等病好全了再去学校,别再把班上同学给传染了。"

继准眯着眼望向天花板,他这会儿身体舒服些了,就又开始想着该怎么找机会问谭乐关于画画比赛的事。

袁成文有句话倒没说错,谭璟扬是绝不可能要自己的钱的,所以不能直接问他。但他也觉得就这么让谭乐放弃去北京的机会很可惜,心里盘算着等找谭乐确定以后,就把这笔钱交给谭乐他老师,总之不能落到袁成文手上。

有了主意后，继准放松地吐了口气，嘴角不由得翘起。娇姐见状赶忙又摸摸继准的额头，跟自己的比对了下，莫名其妙道："这孩子自个儿在那儿傻乐啥呢？别是发烧把脑子烧傻了吧？"

陈建业："没事啊闹儿，就是傻了爹也养你。"

继准失笑道："那可真就成地主家的傻儿子了。"

"行了，别唠了。"娇姐起身，"我去叫护士拔针，老陈你去把车开到门口，不敢再让闹闹淋雨了。"

"好嘞。"陈建业跟着站起来，和娇姐一起出了输液室。

等拔针的间隙，继准百无聊赖地翻看着聊天记录。

结果一不小心手抖了下，他居然给谭璟扬发了个"，"过去。

继准一激灵，低骂了句，连忙撤回。

谁知那边居然直接秒回了。

谭璟扬：醒了？好点没？

继准正要打字，谭璟扬直接一个电话打了过来。

继准按下接听："有话快说，我这儿等着拔针呢。"

那边愣了下："你嗓子怎么搞的？"

"扁桃体发炎。"继准清清嗓子说，"没事，输两天液就好了。"

"下次发烧别再强撑了，真挺危险的。"谭璟扬责备道，"要是我没跟上，你一个人死路边上了怎么办？"

继准气笑了："我可真谢谢您，盼我点儿好吧！"

谭璟扬见继准底气还挺足，总算放了点心："不耽误你休息了，早点回家好好睡一觉，估计就缓过来劲儿了。"

"嗯，知道了。挂了啊！"继准说完便撂了电话。

听着手机里传来"嘟——嘟——"的声音，谭璟扬摇摇头将手机放到一边，重新将视线调回笔记本上。

程罪切了盘苹果放在谭璟扬边上："继准没事了吧？"

"听着精神还行。"

程罪点点头："那就好。"

他说着也在谭璟扬跟前坐下，目光看向笔记本上的字迹时微微皱了下眉，上面歪歪扭扭、横七竖八的"鬼画符"绝不可能是出自谭璟扬之手。

"继准的。"谭璟扬头也不抬地补着随堂笔记，笔尖划过一个"挥着翅膀的王八"时直接破防了，"你说这小玩意儿一天天都在想些什么？"

程罪看着谭璟扬笑，也跟着扯了下嘴角，却不由衷。

128

他很少见到谭璟扬这样发自内心地笑,以前的谭璟扬总是怀揣心事,笑不达眼底。那种谭璟扬与他的距离越拉越远的不安感又涌了上来。

程罪垂下眼皮,随手翻看着书桌上堆着的复习资料。在最下面的文件夹里,他发现了一沓画纸。

哭泣的孩子、荒凉的风景、咆哮的动物、损坏的静物……清一色的暗色调,有着说不出的压抑感,却丝毫无法掩盖绘画者的才华。

这些纸张多数都已经泛黄,一看就不是最近才画的。

其中有不少程罪以前就见过,他有些出神地一张张翻看着,轻声开口:"你没有坚持画下去真的可惜了。"

谭璟扬握笔的手顿了顿,原先的笑意敛在唇边。

程罪又掀开一张,眸色随之微微一颤。

不难看出,这张画的是向阳街,但又不全是。相较于之前所有的画来说,这张的用色十分明亮——

阳光洒在老旧的街道上,坐在按摩店外的慧姨手里夹着根烟,正跟蹲在地上和猫玩的少年说着什么。少年抬着头,眼里带着浅浅笑意。一旁窗台上的海棠花上,还落着一只黄色的蝴蝶。

"还没画完。"谭璟扬将笔放下,倚着座椅靠背掰了掰指关节。

程罪扭头看向他,目光有些游离。可以说,以前从没有哪个时候,谭璟扬会流露出这样的神情——明媚、生动、富有温度……像是要挥别过去,奔赴前往阳光普照的新世界。

可……凭什么呢?

在过去那些灰暗的时光中,明明一直都是自己陪伴在谭璟扬身边,一起互舔伤口,共同面对来自生活的种种不堪与恶意。怎么自己只是走了几年,他就要丢下自己擅自离开了呢?

程罪垂在腿上的手悄悄握成拳,指甲陷入掌心。

他的确希望谭璟扬能够站在阳光下,可他也绝不愿看到太阳底下没有自己。

与其如此,倒不如拉着他重回阴影中。

起码他程罪,还是谭璟扬在漫长黑夜里最需要的同路人……

被雨连带着送走的,还有继准的重感冒。他仰靠在床头长长地伸了个懒腰,被阳光晒得浑身酥软。

门噌噌响了几下开了道缝隙,包包毛茸茸的脑袋从外面钻了进来,两条前爪扒着床沿,可怜巴巴地望着继准,发出呜呜的叫声。

"傻狗，真不让人安生。"继准拍了下包包的脑袋，从床上爬起来打算带它出去遛弯。

他才刚给包包拴上狗绳，就听院子里张姐在喊："哎哟，小朋友你怎么来啦？"

接着就传来个脆生生的声音："我哥说准哥病了，今天是周末，我来看看他。"

继准一愣，谭乐？

包包像是也认出了谭乐的声音，没等狗绳拴好就已经冲出房门。

谭乐一见包包，顿时发出了兴奋的叫声，跟它来了个大大的拥抱。

这傻狗……

继准笑骂了句，带着一脸无奈，也快步朝院子里走去。

"小乐！"

"准哥！"谭乐松开包包，跑到了继准面前，瞪着乌溜溜的大眼睛关切地问，"你好些了吗？"

"哎哟，这小朋友真懂事！"张姐从一见到谭乐起就打心眼里喜欢这孩子，站在一旁不住地夸赞。

继准摸摸谭乐的头，忍不住四下看了看，有些疑惑道："怎么就你自己啊？"

谭乐得意地扬起下巴："我一个人坐公交车来的！厉害吧？"

继准一愣，下意识问："你哥呢？"

"他陪程罪哥看汽修学校去了。"

"哦，这样啊。"

"准哥，这个鸡汤是慧姨让我给你带来的！"谭乐将手里的饭盒递给继准，"她说让你有空就去店里找她聊天来着。你快尝尝，我之前喝过几次，可香了！"

继准接过鸡汤，冲谭乐笑了下："你们现在关系不错呀？"

谭乐使劲点点头："嗯嗯，慧姨人特别好，我哥现在也不总拦着我去找她了。"

"行，那你跟我先一块儿遛下包包，等会儿再一起喝鸡汤？"

"哇，我也有份吗？"

继准无所谓地耸耸肩："反正我也喝不完。"

"好！"谭乐从继准手里接过狗绳，朝小院外一指，"包包，我们走！"

中午，继准直接留了谭乐在家吃饭。

看着他乖巧懂事的样子，娇姐夸奖的同时忍不住又把继准一顿数落。

130

"你呀你,看看别人小时候多听话呀!再看看你,跟个溜竿猴儿似的从来不让人省心,我咋就生出你这么个小王八蛋来……啧,别说,你这小王八蛋一眨眼都长这么大了。"到后来,娇姐竟还有些骄傲起来。

"有一说一,这鸡汤味道是真好!"娇姐又喝了几口,问谭乐,"这是你妈妈做的呀?手艺真棒!"

谭乐夹菜的手顿了下,继准赶忙给娇姐使眼色。

娇姐不明所以。

"不是的,我妈妈不在了。"谭乐冲娇姐笑了下,"汤是楼下按摩店的慧姨做的。"

谭乐这一笑可把娇姐心疼到了骨子里。她赶紧给谭乐又夹了个大鸡腿,连声哄道:"吃吧宝贝,吃吧乖乖。以后常来阿姨这儿玩,想吃什么就跟张姨姨说!"

谭乐的眼睛弯成了小月牙,礼貌地点点头:"谢谢阿姨!"

"吃吧孩子,好孩子!"娇姐看着谭乐把饭吃完,起身到一旁偷偷抹眼泪去了。

午饭后,娇姐去上瑜伽课了。张姐切了盘水果,继准招呼着谭乐过来吃。

见客厅里就只有他们两人,继准摸着包包的头看向谭乐:"小乐,我问你个事儿啊。"

谭乐用牙签插了块杧果肉,闻言瞪着水汪汪的大眼睛望着继准。

继准顿了下:"听说你美术课画的画获奖了?老师是不是想让你去北京参加比赛呀?"

"准哥怎么知道?"谭乐惊奇地问,眸光在太阳下一跳一跳的,可紧接着就又微微暗了下去,"不过我已经跟老师说过我不去了。"

继准蹙了下眉:"不去了?这是个好机会啊。"

谭乐低头抠着指甲,缓缓摇了摇头。

继准自然知道谭乐是怕给谭璟扬添负担,于是抬手揉了揉谭乐的脑袋,也没再多说,心想着明天就去趟谭乐的学校,把路费和报名费一并给他老师。

傍晚,继准把谭乐送回了向阳街,谭璟扬还没回来,他本想等等对方跟他打个照面,却被路虎一通电话给叫走了。路虎带来了一个消息,王达也要转学了,而且是外省。

继准匆匆赶到王达家开的餐馆时,发现他已经等在店门口了。

看到继准气喘吁吁地朝他跑来,王达扬扬唇笑了下:"嘿,准哥。"

131

"不是，你几个意思啊？"继准开口时气息都还有些不稳。

王达递了瓶可乐给他，继准没接。

王达轻叹了口气："抱歉啊，的确是挺突然的。"他垂下眼无奈地弯弯嘴角，"但这是我爸妈的意思，你懂的，我也没办法。"

"为什么？这生意不是做得挺好的吗？"继准问。

"我大伯年初的时候诊断出癌症，现在干不动了，就想把在那边的店转给我爸。你知道的，我爸跟我大伯感情特别好，就说干脆直接过去，也好多些时间照顾他。我大伯……可能没多久了。"

听到这儿，继准的表情才缓和下来，毕竟所有事在生老病死面前都会变得不值一提。

"什么时候走？"他问。

"下周。"

继准点点头，片刻后佯作无所谓地笑了下，一拍王达的后背道："嘁，矫情了，又不是以后见不着了！改明儿放假我跟二虎子一起去找你玩，烟城我还没去过呢！"

"嗯。"

"棒，到时候海鲜必须吃够本！"

"我——去——"

此时，马路对面突然传来一声号叫。

两人循声看去，就见路虎脚下生风地朝他们跑来。

"我的弟弟！"路虎一把上前搂住王达就开始鬼哭狼嚎，"你说你这一走，哥哥们可怎么办哟！"

这回继准没骂路虎，因为他太清楚路虎的性格。

虽然这小子平时看着不着四六，但其实是个心思挺敏感的人，而且很温柔。看似是在哗众取宠，实际只是为了以此来遮掩自己的难受，同时更不想让朋友伤心。

这晚三人一直聊到了凌晨。路虎起先还是那个带话题的，可聊着聊着就蔫了下去，坐在一旁闷闷不吭声。

继准本想去开两句玩笑，结果看到他一脸心碎的样子也不忍心。

王达揽着路虎笑着安慰："虎哥，别这样。"

路虎扯过王达的袖子擦了擦鼻涕："对不起啊小达子，我、我真不是故意的……我也想开开心心给你饯行……可，唉！这下班上就剩我一人了。"

继准："行了二虎，赶紧回去查查烟城的旅游攻略，过段时间咱就去一趟。"

王达也跟着接话道:"是啊是啊,我先去踩踩点,等你们去了就给你们当导游!"

路虎一把捧住王达的脸,直勾勾地盯着他道:"到那边了要跟人处好关系。"顿了顿又说,"不过真要是处不好也不用强处,最重要的是再别像以前那么好欺负了,听到没?"

"嗯,放心吧。"王达轻声说。

路虎又自顾自地笑了下,点点头:"也是,毕竟是敢把整盘鱼香肉丝盖到别人脸上的人,早不是以前的小达子了。"

再后来,路虎敌不过他爸的"夺命连环 call",只得先走。王达和继准知道路虎他爸的暴脾气,怕路虎的腿被敲折,陪他一起回了家,又跟路虎他爸说了半天好话,这才离开。

此时已接近后半夜了。

"走吧,把你送回店里我也回家了。"继准扭头对王达说。

"着急回去吗?"王达停下脚步问继准。

"倒不急。"继准笑了下,"反正也晚了。"

"那……要不我俩再去河边走走?"

继准点点头:"行啊。"

两人在前方的转角拐了弯,朝着河边缓步走去。

凌晨的河堤上空无一人,有窸窸窣窣的虫鸣着,河水在路灯的照射下,泛起微微的涟漪。

桂花开了,空气里满是香甜的气息,地面上铺了浅浅一层碎花瓣,风一吹就轻轻扫向一边。

"路虎说得没错,去到新环境别再受欺负了。"继准和王达并排走着,开口交代,"毕竟我俩都不在你身边。"

"嗯。"王达应了声,抬头看他,"准哥。"

"说?"

"如果那天不是你告诉我说有你在,我是绝不敢把菜扣在那人脸上的。"王达眸色颤了颤,神色变得坚定。

"我从小就一直在转学,还没融入到一个集体马上就要换下一个,在你出现以前,我甚至从来没有朋友,更不知道该怎么交朋友……是你告诉我要不惹事、不怕事,也是你把路虎他们带给我认识,主动拉我进你们的圈子。你明不明白对我来说,你到底是怎样的存在?"

"这是在表白吗?"继准打趣道,"弄得我还怪不好意思的。"

"你其实不明白。"王达摇头,兀自叹笑了下,"我以前一直觉得自己就像一朵蘑菇,只配生长在阴暗潮湿的角落里,直到你出现了,我才明白这世上其实没有一个生命不需要太阳。"

他深吸了口气,放缓语气说:"谢谢你啊准哥,但你也要记得保护好自己。温暖他人原是你不自知的本能,但并不是你必须要承担的责任。"

继准稍稍愣了下,那时的他其实并没有太听懂王达临走前的话。

直到不久之后,他突然听到一个故事——

一个关于太阳西沉的故事。

Chapter 11
· 现实与童话

周一，谭乐刚到学校便收到了一个让他欢欣雀跃的好消息——
美术老师说他可以去北京参加画画比赛了，是免费的！
于是，这一整天他都陷在抑制不住的激动里，放学的时候第一时间冲出校门，迫不及待地想要把这个消息带给谭璟扬。
结果推开家门的瞬间，他的小脸就垮了下去。
只见小舅袁成文正瘫在沙发上，脑袋和肩膀之间还夹着个电话，正旁若无人地跟电话那头的人打情骂俏。
谭璟扬黑着脸，屈指不耐烦地叩着膝盖，终于忍不住上前直接夺走袁成文的电话按了挂断，扔在茶几上。
"干吗呀你！"袁成文不满地大叫，抓过手机反复检查有没有坏。
谭璟扬声音冷到吓人："袁成文，你这行为够得上入室盗窃了懂吗？"
谭乐随着谭璟扬的话看了看他家被打开一半的窗户，又看看屋里被翻得乱七八糟的衣物，求助地望向墙边站着的程罪。
程罪冲他轻轻摇摇头，示意谭乐别说话。
袁成文不以为意地一挥手："什么入室盗窃，都是一家人！再说，我这不是也没找到钱嘛！"
谭璟扬闭眼深吸口气缓了缓，有时候他是当真猜不透袁成文的底线到底在哪儿。今天，袁成文居然踩着楼下按摩院的房顶从窗户翻了进来，若不是程罪提早回家发现，这会儿屋里估计得被他翻个底儿朝天了。
"哟，小乐回来了？"袁成文冲谭乐招招手，"过来，看舅舅给你买了什么？"他说着从兜里翻出了个金币巧克力。
谭乐向后退了一小步，不敢上前拿。
"程罪，你先带小乐回屋。"谭璟扬淡声交代了句，仍冷冷盯着袁成文。

135

程罪点点头,搭着小乐的肩膀进到卧室里。关门的瞬间,屋外传来一声物品被摔碎的尖锐响声。

"谭璟扬!你找死是吧!"袁成文破口大骂,朝着谭璟扬扑了上去。

接着就是扭打在一起的声音,以及家具摩擦碰撞的声响。

谭乐咬紧嘴唇,默默放下书包。程罪看着他本想安慰几句,但谭乐却像是早已习惯了这样的生活,撕下一条卫生纸团成两个团儿,塞进了左右耳朵,随后搬来小凳子,踩在上面伸手去够衣柜上放的行李箱。

程罪怕他摔了,连忙帮他把行李箱拿下来,摘掉他耳朵一侧的纸团不放心地问:"你拿行李箱干吗?"

"我要去北京。"谭乐蹲在地上把行李箱打开,又从抽屉里找出几件他的换洗衣物。

门外发出"咚"的一声,接着卧室的门被谭璟扬一把推开:"程罪,报警。"

"报什么警!"袁成文又从他身后冲了上来,两人又要开战,却在看到收拾东西的谭乐时,齐齐停下了动作。

"哥!我……"像是怕谭璟扬误会自己要离家出走,谭乐赶忙起身摆手解释,"我之前的画获奖了,老师说要我去北京参加比赛!一等奖有一万块钱呢!"

谭璟扬没说话,仍是深深地注视着谭乐。

谭璟扬的脸上被划破了一道口子,此时还在不断往外冒血,嘴角也被袁成文打破皮了。

谭乐见他哥不说话,更慌了,多少有些语无伦次:"老师说比赛不需要花钱,路费和报名费都不要……之前要,我就没跟你说,但今天又不要了!"

袁成文闻言微微眯起眼,眼珠子骨碌碌一转,低声骂了句:"那个小兔崽子,还真把钱给掏了?太狡猾了!"

谭璟扬眼底一寒,回头盯着袁成文:"你说什么?"

袁成文的衣服扣子也被谭璟扬扯掉了,此时胸口大敞,显得很狼狈。他拽了拽领口,冲谭璟扬嗤笑了声:"没怎么,就是找你那有钱同学帮我的宝贝外甥要了点报名费罢了!我可不像你,一点也不在乎小乐的前途,我还指望着我们家日后能出个大画家呢……"

袁成文话还没说完,就被谭璟扬直接拎起来顶在了墙上。

"袁成文!"谭璟扬怒喝一声,挥起拳头便朝他狠狠砸去。

袁成文一缩脖子一闭眼,拳头却蹭着他的脸砸向了墙壁,发出结结实实的闷响。

他吓坏了,谭乐和程罪也吓坏了,屋子里一时间陷入令人窒息的死寂。

谭璟扬一字一句:"袁成文,你但凡再敢找继准要一分钱,我就跟你拼了,然后去自首。"

袁成文的眼珠往一旁斜了下,又赶紧收了回去。虽然他和他这个冤种外甥总这么吵吵闹闹、喊打喊杀的,但还当真没从这外甥的眼中看到过这么恐怖的神情。

像是有无数把锋利的刀要把他剔骨剜心,剁馅喂狗。

大门被人拉开,袁成文再次被扔了出去。

这回他没敢再叫嚣,灰溜溜地走了。

谭璟扬返回卧室,将行李箱里的衣服裤子一股脑倒在了床上,又把箱子往衣柜上重重一放,回头面无表情地对谭乐说:"袁成文找继准要钱的事,你知不知道?"

谭乐摇摇头,眼泪一下从眼眶里泛了出来,却不敢哭出声。

"扬哥,你吓着他了。"程罪看不下去,轻声提醒道。

谭璟扬看着吓得直打嗝的谭乐顿了顿,眼底的戾气才渐渐散去。

"对不起。"谭璟扬蹲下身将谭乐紧紧搂在怀里,低声不断喃喃,"对不起……对不起……"

谭乐撇撇嘴,"哇"一下哭了出来。

天色一点点转暗,程罪简单做了点饭,推门叫谭璟扬出去吃时,就见他一动不动地守在谭乐的床边。

床头开了盏橘色的小台灯,谭乐闭着眼被哄睡着了,只是眼角还带着泪痕。谭璟扬沉默地看着他,眸色幽深。

程罪默默上前,压低声音:"扬哥,去吃点东西吧。"他顿了下,"还有你脸上的伤,也得消下毒才行。"

谭璟扬没回话,目不转睛地盯着谭乐,又兀自静了会儿。

"明天我去趟小乐学校,把钱要回来还给继准。"

程罪点点头:"你做得对,我们不该把不相干的人牵扯进来。"

谭璟扬的眸光暗了暗。

的确,就算他和继准的关系再好,对方也不该为自己的不幸买单。

程罪将手搭在谭璟扬的肩上:"扬哥,有句话我不知道该不该说……但你知道的,继准跟我们本就不是一路人。他有家人和朋友的精心呵护,被保护在象牙塔里,只要他想,就什么都能得到,所以在他的世界里纸钱也可以变成蝴蝶……可我们呢？"

程罪戏谑地笑笑："你每天都还在为下一顿饭的钱该从哪儿来而发愁，每天都随时可能面对你舅舅和那些讨债的人的骚扰，待过最脏最烂的贫民窟，见过最丑恶的人性和最不堪的事……而我呢？原本学习那么好，到头来还不是成了今天这副样子？"他抬眼注视着谭璟扬，语气不重声音却无比清晰，"扬哥啊，这才是我们。在我们的世界里，纸钱永远只能是纸钱。"

谭璟扬坐在床边的身子随着程罪的话，一点点变得僵直。

不得不说，程罪说出的每一个字都精准落在了他心中最脆弱的位置。

带着刀、凛着寒，快准稳狠地一个劲儿往他骨血里钻。

"就算继准愿意为了义气替你分担，你又真的愿意吗？"程罪用不大不小的声音质问着谭璟扬的内心，"你也希望他好对吧？起码不想他因为你变得糟糕，不想让他因为你被迫去明白，纸钱其实变不成蝴蝶。"

"扬哥啊……"程罪蹲下身，牵起谭璟扬的手，垂眼看着他腕上那道显眼的伤疤，"那些都是童话，而这才是生活。"

谭璟扬持续沉默着，目光穿过程罪的肩，落在书桌上的画夹上。

那里还有他未画完的向阳街。

程罪环抱住谭璟扬，使劲拍了拍他的后背："没关系扬哥，我会一直陪着你的，就算这个世界再烂，你也还有我陪在你身边。"

屋外雷声滚滚，闪电划破夜空。

次日，谭璟扬将一个信封递还给了继准。

继准一看就认出来了，那正是他交给谭乐老师的"报名费"。

"下次别听袁成文胡说，他要是再找你，你就告诉我或者直接报警。"谭璟扬边将书包放好，把课本掏出来，边头也不抬地说。

继准"哦"了下，将信封又推了回去："不过他这次真没说谎，我也觉得你该让小乐去趟北京。机会多难得啊！要是我画画获奖了，娇姐跟陈建业八成做梦都能笑醒。"

"他应该好好学习，不能为了这些爱好分心。"谭璟扬打断，"毕竟高考才是我们以后最好的出路。"

继准皱了皱眉，总觉得谭璟扬今天心情似乎不太好，但还是说："也不见得啊，未来的出路又不是只有一条，况且你画画不是也挺……"

"我已经不画了。"

继准语塞，脑子里迅速过了下，恍然大悟："我说咱俩应该够熟了吧？真要这么客气？"

谭璟扬抿起唇。

继准又把信封往他面前送了送："赶紧的，又不是以后不让你还。这不是江湖救急吗！"

"不用了。"谭璟扬闭了闭眼，再次睁开，"听没听过一句话，叫救急不救穷。"

继准张张嘴，还欲再劝。谭璟扬却淡淡开口说："还有，我家的事你以后还是少管吧。"

"谭璟扬。"继准的语气也冷了下来，盯着谭璟扬微微眯起眼，"几个意思啊你？"

这句话对方之前也说过，在他们刚认识的时候。

谭璟扬握笔的手微顿了下，避开继准的视线："继准，很多事真的不像你想的那么简单。我和你也不一样，你可以就这么毫无顾忌地一天天混下去，想干什么就干什么，反正将来也有家人给你兜底。但我不行。"

继准当真是让对方突然转变的态度整蒙了，也感到有些生气。

什么叫把问题想简单了？

什么叫我和你不一样？

"谭璟扬，是我耽误到你学习了吗？"继准磨磨后槽牙，"你觉得我影响到你了？"

谭璟扬沉默不语，重新把注意力放到了课本上的那道重点题上。

继准等了会儿见对方跟个闷葫芦似的，彻底没耐心了，一把抽过他的课本。

谭璟扬叹了口气，直接起身出了教室。

继准看着对方离开的背影，又在原地愣了半天，随即将信封愤愤地塞进书包，嘟囔了句："这孙子今天别是被狗咬了吧。"

之后直到大课间，两人都没再怎么说话。

继准一肚子哑火憋得慌，本想去天台吹吹风，结果刚走到一班门口就迎面撞上了吴桐。

吴桐今天穿了件带白色毛毛领的外套，看向继准时眼睛黑亮亮的，鼻头冻得有点红，像只腼腆的兔子。

"我正要去找你来着。"吴桐说话时又露出了颊边浅浅的梨涡，"周六放学有空吗？那天是我生日。"

"啊，生日快乐！"

吴桐又笑了下："不着急说，这不还没到嘛。"她眨眨眼，"那天一

139

起去农家乐玩吧?周六晚上到,周日一早回。"

"都有谁去啊?"继准问。

"我和宋姗姗她们。哦,姗姗你见过的,上次你生日的时候她也去了。"吴桐说道,"其实大家原就计划着要去放松一下,只是碰巧赶上我过生日罢了。"

"你们都是女生,我去多尴尬啊。"继准笑笑,"不过我会记得给你准备生日礼物的。"

"不不不,也有其他男生,不过都是姗姗她们叫的,我也不太熟。你要是觉得尴尬的话也可以叫上你的朋友一起呀!"话及此处,吴桐咬咬嘴唇,声音不由得低了下去,真诚道,"我真挺想你能一起来的。"

继准看着吴桐恳切的样子陷入了犹豫。

其实他周末的确没什么事,原先约了路虎和王达看电影,结果现在王达要走,还得留在店里收拾东西,路虎那晚违反他老爹的晚归门禁怕是想出来也难了。本还能叫上谭璟扬一起,可现在……

想起谭璟扬,他就又是一恼。

末了,继准终是轻叹口气。罢了,出去玩玩换个心情也还不错。

他冲吴桐点了下头:"行吧。"

吴桐瞬间便露出惊喜的表情:"那就说定喽!"

"嗯,你把位置发给我,我到时打个车过去。"

"嗯嗯!"吴桐唇边的梨涡更深了,看着继准弯起了月牙似的眼睛,"谢谢你啊,继准。"

转眼到了周末,继准从商场买了个粉色兔子背包给吴桐当礼物。这包他最近总见有女生背,想必应该还挺受欢迎的。

出了商场,他便打了个车按照吴桐发给自己的位置,前往郊区的农家乐。

今天天气不错,晚霞在天际蔓延。

继准摇开车窗,看着外面的景色由高楼逐渐变成金色的麦田,这些时日来的浮躁心情总算得到了一丝缓解。

快抵达农家乐门口的时候,他就看到了守在外面的吴桐。

随着距离越来越近,继准的神色微微变了下,他发现吴桐的表情看起来似乎有些慌张。

"谢谢师傅。"继准拉开车门,快步朝吴桐走去。

吴桐一看到继准赶忙也朝他跑来。

"继准，我、我是真的不知道！"吴桐神色慌张，说话都有些结巴。

"怎么了？"继准皱眉，"别急，慢慢说。"

吴桐吞咽了口唾沫："姗姗叫了刘帅他们一起来也没告诉我！她说是刘帅跟她说这次食宿通通由他来买单，她才叫他们来的！"吴桐说到这儿简直快哭出来了，捂着脸道，"都是我不好……你、你要不还是先回去吧，对不起，继准，真对不起！"

继准的脸色沉了沉，看吴桐这副样子她应该是真不知道。

至于买单的事，打死继准都不相信刘帅能有这么大方，还不是身边最近又多出刘峥这么个有钱的冤大头？

"哟，我看这是谁来了呀？"身后传来了刘帅令人生厌的声音，紧接着就看到宋姗姗跟他一个劲狂使眼色，低声提醒："刘帅，别忘了你跟我保证过的啊！"

"放心，我今儿不是来惹事的。"刘帅笑了下，看向继准高声道，"我是来跟哥们儿讲和的呀！"

他说完还冲继准假模假式地抱抱拳："先前的事，您请多担待呀准哥？"

继准不禁眯了下眼，唇上勾起抹轻笑："这又是唱哪出啊？"

刘帅走近，将身后低着头畏畏缩缩的刘峥一把揪到前头，使劲拍了拍他的肩："这回一切食宿都由我这兄弟包了！权当为我们之前的不对赔个错，还望准哥赏脸啊。"

说着，他又朝吴桐偷偷瞄了眼，就要上来揽继准。

继准敏捷地侧身避开，眼底闪过一丝厌恶。

刘帅悻悻收手，倒也没表现出生气。他冲众人道："进屋啊，菜都上桌了！咱边吃边聊呗！"而后用挑衅般的嘴脸冲继准一笑，"你这……别是刚来就要走吧？"

"嗐，准哥，刘帅来之前都跟我说过了，他就是想为之前的事跟你道个歉，要不也不会这么大方，你说对吧？"宋姗姗见继准还是没动，又进一步劝说，"况且今天还是桐桐的生日，大家都是同学，什么仇什么怨还要一直记着呢，你说对吧？"

继准舔了下虎牙，觉得这话简直就是在放屁。

同学怎么了，谁说同学干了缺德事就必须得原谅？

不过他转念一想，今天的确是吴桐生日，自己若真二话不说这么甩头走了，她这性格怕是得活活内疚死，生日想过好都难。

况且，让吴桐跟刘帅这伙人在一起他也不太放心。

看着吴桐苍白的脸和死死揪着衣角的手，继准终是轻叹口气，放软了目光。

他拍了下吴桐的肩，低声说了句："没事的，别介意。"

"继准，我……"吴桐红着眼眶，嘴唇动了动不知该说些什么好。

"你今天生日，开心点。"继准淡淡一笑，"走吧，先进去了。"

"嗯！"吴桐咬着嘴唇冲继准使劲点点头。

这顿晚饭起初吃得还算和平，毕竟吴桐是今天的主角，刘帅他们多少都得碍着她些面子。可当时过半程，夜色更浓，众人也就逐渐放开，放肆了起来。

刘帅给刘峥使了个眼色，刘峥会意离开，不一会儿就从外面拎了两个瓷坛子回来。

刘帅接过往桌上一放，冲宋姗姗她们道："我来之前专门查了下，这醪糟是当地的特产，农民自己做的，口感正得很。"

宋姗姗拎起瓷坛看了看："你确定是醪糟？怎么看着跟酒似的！"

刘帅一拔盖子："千真万确！来来，都尝尝……刘峥！"

刘峥闻言赶忙屁颠颠给众人盛醪糟。

盛到吴桐的时候，他故意抖了下坛子，贱嗖嗖地嚷嚷："哎哟，手抖手抖手抖！"

吴桐赶忙去推："我喝不了太多，这也有度数的吧！"

"嘁，就是饮料！喝不醉的！"刘帅笑着说，"况且你今天可是寿星，别扫大家兴呀！"

"我也要，我也要，桐桐喝不完我喝！"宋姗姗见状赶忙和稀泥，比起吴桐，她明显更擅长跟男生打成一片。

她抢过吴桐的碗尝了口，两眼一亮："是醪糟，真香啊！"

"哎！这还没干杯呢，你咋就自己干了？"刘帅装作懊恼，摇头再次让刘峥给吴桐盛了一碗，嚷嚷着，"刚那碗不算啊！"

继准的脸色沉下来，冷冷地盯着刘帅："过分了吧，没听人家都说了喝不下吗？"

"哎，难得出来玩一趟！"刘帅明显早就想好了一套说辞，"再说天这么凉，刚好喝点热醪糟暖暖身子，大家说呢？"

其他来的人基本都不知道刘帅跟继准先前的过节，纷纷附和道："是啊是啊，难得出来玩，不尝点特产亏了！"

"这就对了嘛！"刘帅把碗递给吴桐，又举起自己的，"来，我敬寿星！宋姗姗你别再捣乱啊！"

吴桐看着面前的醪糟，一时间端也不是不端也不是。

她是真不能招酒精，之前在堂哥婚礼上喝过一小口红酒，差点原地晕倒。但看到大家都跟着端起了碗，她又怕再这么别扭下去，别人觉得她事多矫情。

正在进退两难之际，继准从她面前端走了那碗醪糟，话不多说仰头全喝了。

醪糟入口的瞬间，他就知道这东西绝对发酵了很久，怕是后劲儿不小。

"这是干吗？英雄救美啊？"刘帅嗤笑了声，心里顿时醋意滔天，不禁咬牙对继准点点头道，"行，你想逗英雄我也不拦着。刘峥，给准哥倒满！"

"得嘞！"

随着他的话，众人也纷纷开始起哄。除了那些不明所以跟着瞎咋呼的，也不乏看热闹不嫌事儿大的。

继准不动声色，心里却在快速掂量着此时若是掀桌就地把刘帅按头狠狠暴揍一顿，而后转身就走的利弊。

权衡之后，他还是决定暂且再忍一忍，毕竟当着这么多人的面闹得太难看着实挺让吴桐下不来台，况且这里不明真相的人居多，自己贸然去闹倒像是玩不起的那个了。

"继准……"吴桐小声唤了他一句，面露担忧。

继准回头冲她笑了下，凑到吴桐耳边低声道："放心，这破玩意儿我在家都当糖水喝的。"

刘帅冷冷打量着继准和吴桐，这"足劲儿"的醪糟是他费尽心思才让刘峥搞来的，这回高低得让继准"竖着进，横着出"！不叫这小子把苦胆水吐出来，那都不算完。

"好，来继准，咱俩走一个！"刘帅眼珠一转，打定了主意。

继准懒得跟他废话，直接端起自己面前的醪糟又喝尽了。

边上的人开始跟着起哄，一群半大小子开始你来我往地"推杯换盏"。

到最后，几乎全都流向了继准，毕竟他一开始就已经成为全场的焦点。

"继准，一点儿米酒你就不行了是吧？不行赶紧滚回去睡觉！"刘帅半真半假地玩笑道。

此时的继准也有些上头，只觉得胃里又馊又烧，但骨子里的那股不服输的劲儿随着刘帅的话一下子又攀升上来。继准冷冷一笑，从齿间挤出两个字："扯淡！"

刘帅的笑僵在脸上，随即嘴咧得更大，他冲继准竖起大拇指道："行，你牛！"说着又把另一坛醪糟"砰"地打开，给自己和继准的碗重新倒满。

继准不动声色地扫了周围一眼，只见除刘帅、刘峥，还有几个喝可乐

143

的女生外,其他人这会儿差不多都被灌蒙了。他在心里冷笑了声,说这醪糟没加料他都不信。

继准轻晃了下头,尽量让重影的视线聚焦,而后再次端起了碗。

刚刚跟吴桐说什么"把这破玩意儿当糖水喝"是他吹牛的,自己平日里根本不怎么吃醪糟。向来嗜甜的他不喜欢酒味,连酒心巧克力都不爱吃。

这会儿他只觉得舌根子都是麻的,胃里翻江倒海一个劲儿向上顶。但在刘帅面前,他绝不能倒下,不然也太丢人了。

又一碗醪糟下肚,继准忍着恶心闷声打了个嗝。在亲眼看到刘帅明显也对手中的碗露出惧色后,他才撑着桌子缓慢转身,朝院内的洗手间走去。

"继准!"吴桐见状,赶忙上前搀扶。

继准挥开了她的手:"不用,我去厕所你跟着干吗。"

洗手间隔间里,继准扶着墙吐得昏天黑地,到后来像是连胆汁都给吐出来了,嘴里先是甜后是苦,别提多难受了!

此时的他也顾不得干不干净,将整个身子都靠在了隔间的墙壁上。他微微仰头看向头顶的灯,只见许多飞虫正围绕着光迅速地飞行盘绕,也不知是不是幻觉。

继准皱着眉,从兜里摸出手机,想搜索个附近的药店买点胃药。结果一不小心碰到了最近来电,拨了出去。

电话那头响了几声,接通了。

"喂,继准。"

继准瞬间回神。

怎么拨到谭璟扬那儿去了?

他这一慌,胃里瞬时就又跟着剧烈一绞,一阵恶心汹涌地翻上来,他猛皱了下眉,"哇"地又开始吐。

手上还不忘赶紧挂断了电话。

听着"嘟嘟"声,谭璟扬攥手机的手垂到腿边握紧,脸色变得阴沉。

他先前本就想联系继准,再叮嘱继准几句,让继准不要搭理袁成文,可对方一直没接,这会儿又接了这么个电话,当即更担心了。

程罪正在看电视,一回头见到谭璟扬这副样子顿时吓了一跳,试探地轻声问:"怎么了扬哥?"

他话音刚落,谭璟扬就倏地起身,捞过外套便快步出了门。

电话在响了无数次后终于再次被接听。

谭璟扬上来就问:"你在哪儿?"

电话那边继准的声音带着鼻音,听起来明显是在竭力保持清醒。

继准："没事儿，刚不小心打错了。"

谭璟扬皱紧了眉，加重语气重复道："问你在哪儿？"

"你不是不稀得搭理我了吗？"继准也显得有些烦躁，但这会儿明显中气不足。

"我已经出门了。"谭璟扬直接打断，"地址。"

电话那边沉默了会儿，继准终是含含糊糊地报了个地址给他。

谭璟扬轻促地说了句"知道了"便撂了电话，随即招手拦下辆出租车。

车子卷着尘飞速驶向夜色。

继准这会儿吐完觉得稍微舒服了些，可依旧还是头重脚轻。

眼前的景物都在旋转，脚像踩在棉花上似的发软。

他来到路灯下，呼吸着新鲜空气。

夜凉如水，再加上郊外的气温本就比市区里要低。路面在灯光的照射下，竟铺了层薄薄的霜。

继准将兜帽扣在头上，晃了晃脑袋。

"准哥，怎么自个儿跑出来躲着了？"身后再次传来刘帅令人生厌的声音。

继准听着他说话就烦，懒得搭理他。

刘帅的笑容更加挑衅："怎么样？屋里还有大半坛呢！"

继准看着刘帅同样晃荡的身条，冷哼了声，随即双手往兜里一揣，朝屋里扬扬下巴。

他的手心此时还在冒虚汗，一想起那醪糟就犯恶心，但脸上仍是一如既往的漫不经心。

刘峥见他们回来了，赶忙将醪糟坛子又抱了起来。

刘帅接过给自己倒了一碗，冲继准亮了亮，而后喝水似的仰头喝完。

"该你了。"刘帅一笑。

继准垂眼看了下碗里白色的液体，心说不就是喝嘛，老子今天跟你拼了。

他刚要仰头，一只手突然出现从他手中夺过碗，"咕咚"一口将其饮尽。

瓷碗往桌上一放，发出清脆的碰撞声。

继准耳边响起低沉冰冷的声音，不带任何情绪地对刘帅道："继续？"

刘帅脸色一变："谭璟扬，你怎么在这儿？"

谭璟扬也不直面刘帅的问题，睨着他问："还喝吗？"

刘帅全然没想到谭璟扬此时会突然出现在这里，想起先前对方看向他的眼神还有些心有余悸。

但他仍梗着脖子恶狠狠道:"你们两个人喝我一个,这是作弊。"

谭璟扬闻言勾唇一笑,目光顺着刘帅看向他身后的刘峥:"那不还有一个?"

"我……我不喝啊!"刘峥瞬间怂了,红着脸连连摆手。他最是晓得这醪糟非比寻常,毕竟是他亲自找来的。

刘帅攥紧拳头,逼视谭璟扬:"我真搞不懂,我和继准的恩怨跟你有什么关系,犯得着每次这么强出头吗?"

"别废话。"谭璟扬的眼底划过一丝不耐烦,敛去伪装后的语气显得十分嚣张。

继准忍不住"啧"了声,这波又让他装到了。

"喝就喝!谁怕谁!"刘帅一拍桌子,端起碗就要喝。

"等等。"谭璟扬眯眼看了下他手中的碗,脸上露出了轻蔑的笑意,"你这汤都泄了,兑了多少水?"

刘帅闻言一怔,脸唰地就红了。

继准这才发现刘帅的那碗醪糟稀得跟白水似的,嗤笑了声。

谭璟扬鄙夷地看了缩在角落里的刘峥一眼,立刻就反应过来绝对是这小子做的手脚。

刘帅见自己"兑水"的事被发现了,心里只庆幸着还好其他人这会儿都趴下了,不然他这张老脸日后往哪儿放。

他黑着脸往后退了半步,强作镇定道:"这事儿我不知道,都是刘峥干的!"

"我我……不是我的错!"刘峥被吓惨了,"扑通"一下坐到了地上。

"困了,回去睡觉了!"刘帅说完就要开溜,结果被谭璟扬一把拽着胳膊又给扔了回来。

刘帅倒吸口凉气,只觉得被对方拉着的胳膊,骨头都快让他给捏碎了。

"醪糟而已,饮料罢了。是不是刘帅?"谭璟扬边说边重新将两只碗盛满醪糟,一碗强行塞进了刘帅手里,淡淡地道,"喝。"

这场"持久战"最终以刘帅的原地一声"哕"宣告结束。他扶着桌子,癞皮狗似的瘫倒在地,都快哭出来了。

谭璟扬面色如常地将碗往桌上一放,拉着继准转头就走。

路过吴桐身边时,谭璟扬停了下来,又变成了那个温文尔雅的班长:"抱歉啊,来得匆忙也没准备礼物,改天补上。"

吴桐愧疚地摇摇头:"你赶紧带继准回去吧,原本就是我不好。"

谭璟扬点点头,将继准的胳膊往脖子上一架,离开了农家乐。

Chapter 12
· 夜行动物

回程的路上还算运气好，有辆出租车恰好到附近送人被谭璟扬拦下。
他将继准塞进车里，自己也跟着钻了进去。
司机像是闻到了两人身上的酒味，从后视镜里反复打量着他们。
"你俩这是干吗去了？大半夜跑这么偏。"司机问。
继准这会儿头疼得很，实在没精力回话。他降下车窗想透透气，却被谭璟扬又给升了回去。
"别吹风了，不然更难受。"谭璟扬制止继准，接着对司机师傅礼貌地点点头，"同学过生日，我们在附近的农家乐吃饭。"
司机应了声："瞧你这朋友这样子，注意点儿别吐我车上了啊，我这刚洗的车。"
"您放心吧，他就是醪糟吃多了，撑着了。"
继准眉梢挑了挑，觉得有些臊。
谭璟扬又换回了招牌的好学生面孔，不得不说挺好使，司机这一路倒没再说什么。
车窗外的景色渐渐又有了人烟，谭璟扬侧头看向继准，只见他皱着眉偏头靠在座椅后背上，嘴唇抿成一条线。城市霓虹透过窗映在他脸上，跳动着彩色的光斑。
"去哪儿啊？"继准闭着眼问。
"你家。"谭璟扬顿了顿，"或者我家。"
"去你家干吗，那么多人又住不下。"继准眼皮动了动，浅浅睁开，"师傅，停车。"
结果车刚一停好，他就猛地拉开门跳下去，倚着棵树"哇"地又吐了起来。

"哎哟，你看看，差点儿就把我这车给弄脏了。"司机连连摇头，对谭璟扬说，"小伙子，我这赶着去交班呢，你们要不重新打辆车吧？"

谭璟扬知道这司机是怕继准还会吐，才随便找了个说辞，这个点交什么班？

但他也没戳破，看了树下的继准一眼，便迅速给司机付完钱下了车。

继准胃里的东西这会儿其实早就吐干净了，现在只是干呕。

谭璟扬帮他顺着背，感觉他整个人的体温都变得很高。

"你还行吗？"

"没事儿，王八蛋刘帅绝对在那破醪糟里下猛料了！"继准背对着谭璟扬摆摆手，蹭掉眼角泛出的泪水，吸了下鼻子说，"帮我就近找家宾馆，现在这熊样儿回家，娇姐得打断我狗腿。"

谭璟扬点了下头，用手机搜索着附近的宾馆，期间他还走到一旁给程罪打了通电话。

"找到继准了吗？"电话那边传来程罪平静的声音。

"嗯。"谭璟扬应了声，偏头看了继准一眼，"我今儿晚上不回去了。继准胃不舒服，放他自个儿我不放心。"

程罪沉默了一会儿，才轻声开口道："我知道了。"

这之后，两人接连又搜了好几家宾馆，可大概是周末的缘故，无论是高档的还是一般的都已经满房了。

好不容易在条相对偏僻的巷子里找了家名叫"野"的快捷酒店，也只剩下最后一间大床房了。

"就这儿吧，走不动了。"

继准疲惫地给前台递了身份证，做好客房登记，回头一看谭璟扬居然还在，皱眉问："你还杵这儿干吗呢？"

"太晚了，我也不回了。"谭璟扬淡淡道。

继准知道对方大抵是在担心自己，轻轻挑了下眼皮："你不是懒得搭理我了嘛。"

谭璟扬没说话，接过房卡后按下了电梯的按键。

电梯"叮"的一声到了，谭璟扬这才回头对继准道："上楼吧。"

继准舔舔腮帮子，心说这人怎么一阵阵的。但他此时实在困得不行，只想往床上一躺好好睡一觉再说。

两人走到房间门口，谭璟扬用房卡刷开了门，插入取电槽。

房间里隐隐有股潮湿难闻的气味，地毯连着墙的位置也生出了不少霉斑，但继准现在已经顾不了这么多了，他将自己往床上一扔，瞬间就又是一阵天旋地转。

"你今儿晚上还洗吗？"谭璟扬将窗户打开通风，回头问。

"洗，不洗怎么睡。"继准抬起胳膊挡住头顶的光线，缓了下神后重新提起一口气坐起身来，撑墙进了卫生间。

听见里面传来的流水声后，谭璟扬才在窗前的椅子上缓缓坐了下来。他掏出手机，发现有好几条未读信息。

程罪：袁成文今晚又来了，喝多了酒一个劲地砸门，小乐被吓得不轻，不过他现在已经睡着了。

程罪：多半还是钱的事儿，扬哥你银行卡什么的一定要随身携带，也不要在家里留现金。

袁成文："眼镜儿"他们知道你住哪儿了，那龟儿子居然跟踪我！你记得给家里换把结实的锁，别&＊％￥……

后面是一串乱码，应该是袁成文喝多了乱按的。

谭璟扬回复完程罪后，闭目一下下揉着眉心，思考着不然还是回去吧，别自己不在又出什么事儿，但转念一想现在已经很晚了，谭乐好不容易才睡着，自己再把他给吵醒了也不好。

正犹豫着，只听卫生间里传来"咚"的一声闷响和短促的惊呼。

谭璟扬倏地起身就冲了过去，一把推开门。

只见布满雾气的浴室里，继准正背靠着墙坐在地上，面色痛苦地捂着自己的脑袋。

淋浴喷头还在一个劲往他身上浇水。

谭璟扬连忙蹚着积水上前去扶。

"疼疼疼——"继准这会儿声音都打战了，却还是挥开谭璟扬的手，自己尝试着站起来，抽着气说，"这儿排水是坏的！我嫌脏就穿着一次性拖鞋洗澡，打滑了！"

"你是不认字儿还是怎么着？墙上那么大一个'不要穿一次性拖鞋洗澡'都看不见？"谭璟扬见继准皱着一张脸，虽然生气也还是放缓了些语气，"我看下，磕哪儿了？"

"后脑勺。"继准用手撑着谭璟扬的肩，"大哥您先甭骂了成吗？快扶我把身上的沫儿冲干净再说。"

"还洗个屁！"谭璟扬架着他就要往外走，"赶紧擦干净了上医院，别再磕出个脑震荡来。"

"倒也没那么严重。"继准揉了揉后脑勺，觉得似乎没刚才那么疼了，冲谭璟扬扯了下嘴角，"怎么一撞还给撞清醒了呢，这会儿头也不晕了。"

"你……"谭璟扬咬咬牙,"真行!"

把继准扛回床上后,谭璟扬仍不放心:"不然还是去拍个片子吧。"

继准翻了个身,捂着自己的后腰:"头不疼了,就是尾巴骨刚才估计是给震了下。没事儿,睡一觉应该就好了。"

谭璟扬又打量了他一会儿,兀自将外套拉链拉上,一声不吭地离开了房间。

这一走就是好半天,正当继准以为对方是不是回家了的时候,谭璟扬拎着一个塑料袋走了进来,从里面掏出了一瓶药酒。

"转过去。"

继准怔了下,但还是听话地翻了个身,拿背对着谭璟扬。

谭璟扬单腿跪在床边,把药酒倒了些在掌心搓热,将手贴在了继准的脊椎上施力按揉起来。

"力度可以吗?"

"嗯,不错。"继准将头埋在枕头里,舒服地叹了口气,"10号技师的服务很到位,待会儿给你个五星好评啊。"

谭璟扬没接继准的梗。经继准整了这么一出,此时的他也暂时顾不上去思考袁成文那些腌臜事儿了。

这之后两人也都没再怎么说话,房间里一时安静下来,只能听到厕所传出"滴答滴答"的水声。

"谭璟扬。"继准忽然喊了句,侧过头的眼底敛去了平日里的漫不经心,却仍是澄澈从容,"你知不知道你跟你形容中的自己一点儿都不一样。"

谭璟扬按摩的手微微一停。

继准接着说:"你其实是个特温柔的人,对亲人是,对朋友也是……就连对袁成文都是。你就是太爱把所有责任都揽到自己身上了。"

他顿了下:"但你这样下去不行的。知道骆驼怎么死的吗?被最后一根稻草压死的。"

"可我该怎么做……"谭璟扬垂下眼,许久后轻轻牵了牵嘴角,"我又能怎么做?我要是真撒手不管了让谭乐怎么办?"

"不是不管,是不要自己一个人什么都大包大揽。"

"这原本就是我的事,没有人有义务替我分担。"

"扬哥。"继准轻叹了口气,"你嘴上说着让我少管你家的事儿,但当我遇上事儿了,你不也是二话不说马上就来了?怎么,就许你管我的闲事儿,不许我管你呗?兄弟不带这么当的。你是觉得自个儿仗义了,可有没有想过我的感受?我是多不值得你信任?"

"继准，我说过你的心很干净。你跟我遇到过的大多数人都不一样。"谭璟扬缓缓道，"你就像一缕阳光，但夜行动物的世界是不需要阳光的。它们只需要在漫长的黑夜里学会如何捕猎、生存，如何趋利避害……它们永远生活在阳光的背面。把夜行性动物带到太阳下，或是将昼行性动物拖进黑夜里，对于彼此而言都是一种伤害。"

"世上没有一个生命不需要太阳……这话不是我说的，是我一个朋友。"继准的眸中倒映着头顶的灯光。此刻，他又想起了王达。

"只要还活着，昼夜就在不停地轮转，白天会迎来黑夜，黑夜也会迎来白天，一切都不是永远静止的。而你其实也相信这一点，就算暂时活在阳光背面，也依然期待着白天的到来，因为你不是一般的夜行动物。"

"继准。"

"扬哥，不然你说我们为什么还会成为朋友？"

一夜过去，当继准再睁开眼时天已大亮。

谭璟扬不知何时已经离开了，屋外的鸟聒噪个没完，楼下传来阵阵嘈杂的人声。

继准盯着天花板兀自醒了会儿神，昨晚他和谭璟扬的对话其实挺没头没尾的，他甚至都有些记不清最后到底是用哪句收的尾，自己又是怎么就睡着了。

床头柜上的手机忽然响动了下，继准躺着用一只手摸索着去够。

屏幕上显示有几条未读消息和一通未接来电。

最新一条消息来自谭璟扬，内容很平常，只是说他先回去了，给继准留了早餐。继准抬头看去，果然见桌上端正地摞着两个饭盒。

另外连着几条都是吴桐发的，问继准有没有好些，还一个劲地道歉。

继准揉了揉惺忪的眼睛，还是先给吴桐回复了过去。

未接来电是黑子打的，继准回拨，那边很快就接听了。

"喂，闹闹，才起啊？"

"唔，这周末嘛。"继准爬起身拉开窗帘，顷刻间被明媚的阳光晃得眯起了眼。

"我这会儿在高速上，堵车。想麻烦你个事儿。"

"嗯，你说。"继准穿上鞋走进洗手间洗漱。

"你能不能帮我去齐坊斋买点山药枣泥酥？我过会儿到了找你拿，主要是怕去晚了又卖光了。"

山药枣泥酥……

继准的神色先是恍惚了下，片刻后才牵了牵嘴角说："又到这天了啊。"

电话那边顿了顿，传来黑子一声干笑："可不嘛，又到这天了。"

"行，我这儿刚好离齐坊斋不远，买完后直接鹭鸶巷见吧。"继准夹着电话，将一次性牙刷叼进嘴里。

"你在南城？"黑子问，"干吗呢？"

"跟朋友玩呢。"继准边刷牙边含糊道，"先不跟你说了啊，好好开车。"说完便撂了电话。

果不其然，齐坊斋门口又是大排长龙，继准戴着耳机站在太阳下，才从店员手里接过枣泥酥，身后便传来几声车喇叭响。

继准应声回头，只见黑子降下车窗，冲他招了招手。

继准快步走到路边拉开车门钻进了副驾驶，将枣泥酥往边上一放，取下一侧耳机："这么快？不是堵车吗？"

黑子咧嘴笑笑："跟你打完电话路就通了。"他边开车边瞟了继准手里拎的早餐一眼，"嚯，这么体贴？还知道给哥带早餐呢。"说着便去捏饭盒里的包子。

继准将饭盒往他面前递了递，自己则是用吸管插入豆浆中小口嘬着，这些都是谭璟扬早上买的。

黑子边嚼包子边问："怎么着，送你回家还是？"

"一起去岭山吧，反正我下午也没什么事儿。"

提到岭山，黑子的神色就又恍惚了下。他咽下包子抹了把嘴，点点头道："得嘞。"

岭山是个景区，但比起位于北坡的墓园来说，名气就弱了许多。

午后的阳光洒落在山坡上，漫山遍野的野菊花，被风吹着倒向一边，发出"哗哗"的草浪声。

黑子来的路上都还有说有笑，一到这里就突然安静了下来。他和继准一前一后地爬上北坡，穿过一排排整齐的墓碑，在其中一座墓碑的跟前停了下来。

继准看向墓碑上的人，他仍穿着记忆中的那件白衬衫，唇边带着轻浅笑意。

黑子从继准手里接过山药枣泥酥，整齐地码进盘子里，放在了墓碑前。

"苏皓，来了啊。"黑子抬手握住墓碑，紧了紧，"继准也一起来了呢，你看这小子都长多高了。"

他说完自顾自地笑笑，眼神里是掩饰不住的落寞。

黑子从兜里翻出烟盒，点燃一根叼在嘴里，又点了一根放在墓碑上。

风将燃烧的烟丝吹得明灭了下，渐渐积了层烟灰掉落，就像真的有人在抽。

继准不愿多打扰黑子，对墓碑上的人点了下头后，便转身去到一边，留黑子独自坐在墓碑前陪苏皓说话。

继准找了棵树，在树下坐着，远眺着满山的杂草野花发呆。

这一待，就待了整整一下午。

当夕阳开始落山，天边卷起晚霞时，黑子才终于撑着发麻的腿站起身来。

他走到继准身边，将手搭在他的肩上："走吧。"

继准点点头，也跟着起身。

两人迎着暮色朝山下走去，结果还没迈出两步就突然停了下来。

只见一个高大挺拔的身影正逆光站着，手里捧着束淡蓝色的鸢尾花。

继准微眯了下眼，是吕修霖。

太阳彻底沉没了，在西边的天际留下条血色的光带。

吕修霖的神色在短暂的意外后迅速恢复如常，挺拔的身躯避开黑子和继准，缓步走到苏皓的墓碑前。吕修霖弯腰蹲下将那束鸢尾花小心翼翼地放下，而后久久静默，一言不发。

"到底让你给找到了。"黑子在吕修霖身后冷哼了声，"看守墓园那老张头说的吧？亏我白送了他两瓶好酒。"

吕修霖仍没说话，只抬手一寸寸摩挲着冰冷的石碑。

他的目光拉长，像是在凝望着什么，又像是正挣扎于某段残酷的回忆之中。

"怎么样啊吕总？苏皓看起来还和以前一样吗？"黑子冰冷粗粝的嗓音被卷进风里，仿佛生了刀子。

吕修霖难以自控地蹙了下眉，抚摸墓碑的手蓦地顿住，下一秒又突然狠狠握紧石碑边缘，像是要强行抓住什么。

他闭眼深吸口气，待到呼吸平静，才又睁开了眼睛："黑子，我知道你有话要跟我说，但我今天没心情。"

黑子闻言嗤笑了声，咬牙点头道："你是该好好看看他，看看曾经一大活人，怎么就搬来这儿住了。"他将后槽牙咬得"咯咯"响，眼底的怒火像是要迸出来，"是你！是你害死了他，是你亲手给他做了翅膀！那上边的每一片羽毛，都是你跟他一起贴的！"

话及此处，黑子双目猩红地将手向墓碑狠狠一指："你现在满意了！"

继准的心里"咯噔"一声。

所以说苏皓跳楼时戴的那个翅膀，是吕修霖跟他一起做的？

"呵。"

夜幕中忽然传出吕修霖的一声低笑。

他扶着墓碑缓缓站起来，转身睨着黑子，布满血丝的眼中尽是戾气。

"你真觉得他的死就跟你们这些人没关系吗？"吕修霖唇边扬起一丝戏谑的弧度，"因为他是你们眼中最玩得起、看得开、内心强大的人，所以你们就把所有的期待、所有的梦想、所有你们自己未达成的远大抱负，还有你们所有对生活的抱怨，通通强加在了他的身上！丝毫不管他到底能不能消化、能不能承受得了……苏皓的爸妈，明明没有尽到过一丁点为人父母的责任，却总希望苏皓能成为他们的骄傲和依靠……而你！自以为了解他，一口一个为了他好，什么'小事儿罢了'，什么'都会过去'，什么'你一定行'，什么'别想太多'……你到底知不知道你这些自作聪明的鼓励关心，只会对他造成伤害！黑子，你还觉得自己无辜吗？你凭什么站在这里指责我？"

话说到后来，吕修霖的嗓音已经嘶哑。

他红着眼在寂静无人的墓园里摇头叹笑着："我们每个人都在苏皓的身上插过一把刀，用我们自以为是的正确……"

"放屁！"黑子一把揪过吕修霖的衬衣领子，将他拎了起来，暴喝道，"就是因为你！就是你把他害了！你在他精神状态最差的时候将他抛下，让他独自面对一切！面对……"

"面对什么？说下去啊。"被拎着领子的吕修霖恶狠狠地盯着黑子，"你心里是真不清楚，还是你根本就不敢面对，最后将所有过错全部推到我身上，好求个心安？"

"你！"

"是……我承认是我害了他，可你又敢承认吗？你们，还有他们！你们又敢承认吗！"

吕修霖猛地挥起一拳狠狠砸在了黑子的脸上。

黑子闷哼一声，捂着脸蹲下身去，鼻血顷刻间顺着手指缝隙流了出来。

吕修霖彻底疯了，像头困兽一般在陵园里放肆地咆哮。

"你、我，我们都是凶手！一刀刀将苏皓生剥活剐，还说这是爱他……我们都该死！该死！"

突然，他的声音戛然而止，而后整个人像脱线木偶似的一下垮了下去。

"……对了，游戏厅的手续你还是要抓紧时间办下的。"吕修霖的神情从癫狂瞬间跨越成为诡异的冷静，"楚舒兰的爸妈最近总逼着她和一个机关子弟相亲，她在等你。"

"吕修霖！"黑子粗喘着，恨不得分分钟冲上去把吕修霖大卸八块。

吕修霖又回头看了眼墓碑上的苏皓，放轻嗓音："过两天我再来看你。"

话毕，他拍了拍西装上的尘土，头也不回地冲黑子挥了下手："等你消息。"

"疯子，你做梦！"话被黑子从齿间一字一句逼出。

吕修霖的背影顿了下，而后径直朝着山下走去。

"我有的是办法，不信就试试看。"

回程的车上，继准和黑子谁都没心情先开口说话。

继准瞥了眼黑子鼻子里堵的纸团，从兜里又翻出包卫生纸，抽出一张卷了卷递给他："换一张吧，你那张都透了。"

黑子将鼻子里的纸团取出来扔到一边，目视前方："没事儿，已经干了。"他又说道，"闹闹，给哥点根烟抽。"

继准点点头，磕出根烟塞进黑子嘴里，又取过打火机帮他点着火，这才舔舔嘴唇开口："你……还好吧？"

黑子握方向盘的手紧了紧，"嗯"了声。

车里开了暖气，玻璃窗上生了层白雾，被雨刷一下下扫净又重新凝结。

两人这一沉默，录音机的声音一下就又大了起来：

"天是王大，我是王二。伸手五支令，全手就要命……"

黑子直接关了收音机，降下些车窗。烟头积攒的一小截灰被风吹散了。

"他说得没错……我们都是凶手，只是不敢承认罢了。"黑子使劲咬了下烟嘴，在上面留下齿痕，苦笑了下，"现在想想，苏皓最难挨的那段日子里，我对他说得最多的一句话就是'坚强点儿'……呵，坚强点儿，多自以为是啊。"

继准的心随着黑子的话一点点地跟着下沉，因为在此刻他又想起了谭璟扬。

自己确乎也经常对他说起类似的话，而这样的关心和安慰会不会也在无形之中伤害到他了？就像一头昼行动物教导夜行动物该如何在黑夜里生存一般。

然后，他还想起了王达，临走前对方对自己说"温暖他人是一种本能而非责任"，当时自己并没太听懂，现在想来，苏皓大概就是这样一个把温暖他人当成己任的人，致使最终不堪重负，自我燃烧殆尽……

"想什么呢？"黑子的话打断了继准的思绪。

继准摇摇头。

黑子："晚上想吃什么？火锅？川菜？"

"不吃了，得先回家报个到去。"继准开了些车窗，微微皱眉道，"你这破车的窗户该修了，卡。"

"哎，本来你兰姐打算去修来着。"提到楚舒兰，黑子不免又叹了口气，而后自暴自弃地哼笑了声，"算了吧，不就一破窗户，又不影响开。"

黑子带着继准一路朝着西城走，路上还绕道去了家卖拌凉菜的店里给娇姐捎了些她最爱吃的凉菜。

车子停在继准家门口，黑子把凉菜递给继准："我就不进去了，跟娇姐和你后爸说，我改天再来看他们。"

"嗯。"继准拉开车门，"那我先撤了啊。"

黑子挥挥手，待继准转身进了院子里后才又发动车子，朝鹭鸶巷驶去。

继准打开家门，娇姐和陈建业正坐在沙发上看一档明星综艺。

娇姐这人平生最大的乐趣之一就是看综艺，然后拿里面的"小鲜肉"跟继准比较，完了还总要咂咂嘴感慨一句：我儿子不去当明星真可惜了。

陈建业坐在一旁给她剥夏威夷果，明显觉得撬果壳的差事要比看电视有意思多了。见继准进屋，他乐呵呵地冲继准喊："闹儿回来啦！咋样，跟同学玩得开心不？"

娇姐从陈建业手里摸过一颗夏威夷果肉放进嘴里，白了继准一眼："一天到晚不务正业，我看是指望不了他考上好大学了。"

"那刚好送去娱乐圈发展啊？"陈建业接话道，"就上次来咱家的那吕老弟，吕总，就认识好几个大制片人呢！到时候咱闹儿直接带资进组，然后……"

"快闭嘴吧你！"娇姐将陈建业的两片嘴唇捏成了鸭子嘴的形状，"你当现在娱乐圈好混啊？就电视里这个看到没，人家北影的！还有那个，中戏的！而且我跟你说，这些小孩儿一个个都跟人精似的，八哥嘴、兔子腿，就你家继准这天王老子第一、他第二的臭德行，放在娱乐圈里不得罪人才怪呢。"

"哎，我还就喜欢闹儿这性格！不主动惹事，但真出了事咱也不怕事。"陈建业说完又扭头看着继准道，"是不是，闹儿？"

"我后爸懂我。"继准这会儿心事重重，换完拖鞋走到沙发前，把凉菜往娇姐面前一递,强笑道,"黑哥专门给你买的,求您歇歇嘴少说两句吧。"

娇姐作势要揍,继准侧身躲了下。

娇姐:"你又见着黑子了?没事儿叫他带着舒兰常来家里坐坐。"

说到这儿,娇姐又忍不住跟继准打听道:"他有没有跟你说啥时候跟舒兰把事儿办了?"

"什么事儿啊?"

"当然是结婚的大事儿啊!"娇姐脸上露出八卦的笑,"要我说,黑子那小子是真有福气,娶了这么漂亮一媳妇儿!哦,对了,他俩现在已经和好了吧?"

"不知道,没关心。"继准不太想回答,从零食袋里摸出颗夏威夷果直接拿虎牙去嗑。

"哎,别给你那牙再崩断了!"娇姐大叫,"臭小子,一天到晚不让人省心!"

"行了老佛爷,您就少操些闲心,多顾好自己成不?"继准懒懒地说。

娇姐白了继准一眼:"得,我不管你!日后让你媳妇儿管吧!"

继准"啧"了声:"我哪儿来的媳妇儿。"

"总会有的!"提到这个话题,娇姐不由得又兴奋了起来,"到时也不知道又是哪家的好白菜让你这小山猪给啃了。"

她说着,拎着凉菜去厨房装盘去了。

陈建业笑呵呵地看着娇姐进入厨房,而后回头拍了拍继准的肩膀:"你妈一提这话题就上头,其实她心里就是又盼着你长大,又舍不得你长大。"

"我知道。"继准牵了下嘴角。

陈建业拍拍他的肩:"不过我支持你!好男儿志在四方,也可以先立业后成家嘛!你看人家小吕,年轻有为,喜欢他的人海了去了,现在还不是一门心思全扑在事业上?"

"吕修霖?"

"对,就是送你球鞋的小吕叔。"陈建业趁娇姐在厨房,偷偷换了个电视频道,"你可别小瞧他,那可是个狠角色。"

继准扬了下眉:"怎么个狠法?"

"就我刚创业那会儿,咱们这儿最大的商贸集团,容鑫百货,记得吧?那就是他们家的产业。"

"容鑫百货不是去年就倒闭了吗?"

陈建业煞有介事地压低声音:"就是你小吕叔干的!"

看继准一脸不解,陈建业接着道:"吕修霖是老吕总的大儿子,和前

157

妻生的。他弟弟是众所周知的扶不起,于是老吕总就把所有希望都寄托在了这大儿子身上。"陈建业喝了口茶,"可后来也不知怎么的,小吕在妈妈去世后不久,就跟老吕总彻底翻脸了。他一气之下不带分文地离开了吕家,孤身一人从底层开始打拼,一路摸爬滚打,逐渐形成了今天的气候……啧,当真是个沉得住气的……他得势后做的第一件事,就是收购老吕总的集团,而第一枪就是搞垮了他弟弟接管的容鑫百货。中间具体的手段,你小孩子家家的我就不跟你多说了。"

"吕修霖他……为什么要这么做?"继准怔怔道。

陈建业摇了下头:"这我可就不知道了,但多半是有什么解不开的结吧,不然也不至于跟整个家族翻脸不是。"

"你们在聊啥电视剧呢?豪门恩怨?"娇姐端着凉菜走过来,摆在茶几上,"听着还挺好看!"

陈建业一见娇姐,瞬间就又变成了那副老婆奴的样子,巴巴地讨好道:"怎么着媳妇儿,这是要我陪你喝两杯啊?"

"去。"娇姐轻轻一踹陈建业,"把你那好酒给我拿来。"

"得嘞!"陈建业麻溜地站起身,对继准道,"闹闹也一起来点儿?"

"不了,我上楼洗个澡,明儿还上课呢。"

"就是,你可别带着他混了!"娇姐接话道。

继准拎着包回到房间,火速将身上的脏衣服脱了扔到衣篓里,把兜里的手机放在床头。

看着手机,他的动作突然顿了下,而后有些犹豫地坐在了懒人沙发上,打开微信通讯录翻查着,最后停在了吕修霖的头像上。

他的朋友圈只有今天更新的一条,就是那束蓝色的鸢尾花。

就一张图,其他什么都没写。

陈建业方才的话还循环在继准脑海里,他总觉得有一块拼图正在逐渐被拼凑完全。

继准打开聊天框,反复斟酌了许久后终是下定决心,发出了个"我想跟你聊聊"。

他握手机的手紧了紧,随即起身进到了浴室。

这晚,继准做了个极为混乱的梦。

先是一个穿白衬衣的身影站在楼顶,肩上背着一只硕大的翅膀。继准想去拉他,脚却动都没办法动,想喊也喊不出声。

对方回过头来,继准赫然发现那并不是苏皓,而是谭璟扬。

最后,他再次听到了吕修霖绝望而疯狂的声音:"你、我,我们都是凶手!"

继准大汗淋漓地从梦中惊醒时,发现自己的枕头居然是湿的。

他沉默地起身走到窗边看着无边夜色,目光中全然是噩梦初醒后的心有余悸。

此时,他的手机屏幕突然亮了下。上面是一个定位,写着"明晚八点见"。

来自:吕修霖。

Chapter 13 ·追梦人

此时，向阳街深处的破败老楼里还亮着一盏孤灯。

程罪半夜起来上厕所时，透过门缝看到谭璟扬的房间里隐隐有光透出来，于是轻手轻脚地推开门，迈进房间。

只见谭璟扬正伏在桌前，全身心投入在绘画中，一时竟没注意到身后的人。

他手里拿着沾着颜料的笔，半眯着眼立起画板，反复端详——

是那幅未画完的向阳街。

桌上摆放着刀片、笔筒和颜料，他的衣服上还被蹭上了一点红。

程罪眼底暗了暗，从他的角度刚好能看到那刺眼的蝴蝶。于是，他蓦地又开始恐慌，垂于身侧的手紧握，指甲陷进掌心。

"扬哥……"开口时，程罪的声音还是一如既往的平静。

谭璟扬却是周身一凛，下意识要把画往抽屉里塞。

程罪将他的反应尽收眼底，顿了顿问："还不睡啊？"

谭璟扬沉了下呼吸，转身看到是程罪，眼中的防备才渐渐褪去。他轻轻勾唇笑了下："睡不着。"

"睡不着，还是不想睡？"程罪朝谭璟扬怀里的画板扬扬下巴，"小心呢，颜料都还没干呢，别再弄到衣服上。"

谭璟扬愣了下，而后有些不太好意思地将画板重新放好，把笔扔进装了水的八宝粥瓶里泡着。

"就是突然又想把它画完。"谭璟扬道，"结果一不小心忘了时间，吵到你了？"

"没有。"程罪摇摇头，目光自始至终停留在那幅画上，只觉得虽然不安却怎么也移不开视线。

长久的一段沉默后，程罪终是轻叹了口气，开口道："扬哥，你不是都明白了吗，他和你，还有我们……"

"我明白。"谭璟扬打断了程罪的话，手指摩挲着那幅画，被蝴蝶翅膀上未干的颜料染上一抹色彩，"程罪，你知道当一个人在黑夜里走了很长时间，突然看到一缕光时的感觉吗？

程罪不语，只是一动不动地注视着谭璟扬。

谭璟扬捻揉着指间那团颜料，看向程罪的眼底隐隐跳动着一丝复燃的微光："我们虽然身处黑夜，可并不代表我们就不该憧憬光。"

"但这可能会让我们粉身碎骨。"程罪向来平和的语气此时有些不稳，"扬哥，你现在也许会觉得在黑夜里看到一束光是幸运，但你有没有想过万一又失去了呢？与其在看到光明后重蹈覆辙，还不如永远活在暗处。毕竟后者带来的只是麻木，前者却是绝望。"

这之后，两人又陷入了一阵漫长的寂静。

程罪在这样的沉默中越发焦躁，他急于看到谭璟扬被自己说服，进而放弃那该死的憧憬。可谭璟扬这次却什么都没有说，程罪觉得对方一定是被蝴蝶遮住了眼睛。

"扬哥，你现实一点吧。"程罪深吸口气让自己尽量显得别那么激动，轻声道，"很晚了，早点休息。"

说完，他转身离开了谭璟扬的房间，带上了门。

屋里再度回归安静，谭璟扬保持着同一个姿势又坐了会儿，才重新拿起画笔挑了些颜色调匀。

不知何时，清晨的阳光已经从窗外照了进来，映在谭璟扬的脸上。

他在晨曦中将画笔轻轻插回笔筒，起身到洗手间冲了把脸。

画板上，一缕晨光普照着向阳街。

"继准，传球！"

孙沛朝继准鼓了下掌，继准一个闪身连过了两个隔壁班的人。

"防防，防孙沛！"隔壁班的大洋马急得大叫。

眼见对方的火力集中盯住了孙沛，继准当即运球快步朝篮板冲去。

起跳，投篮，落地，动作干净漂亮。

篮球正入篮圈，在地上发出规律的响声。

球场边围观的人群在短暂的沉默过后，瞬间爆发出激烈的喊叫声。

论尖叫这事，女生明显更占优势，一时间整个操场都充斥着："继准——继准——啊啊啊啊啊啊！"

继准向来不怕高调,也挺享受这样的目光。

灿烂的阳光下,他接过孙沛抛来的矿泉水,拧开仰头一口气喝下去半瓶,而后极为随意地撩起衣服,用衣摆擦了把额上的汗。

"可以啊,哥们儿。"隔壁班的大洋马拍了下继准的肩膀,"之前不怎么见你打球,以后常约呗!"

继准点点头:"成啊。"

其实继准以前在六中的时候还挺爱跟路虎他们一起打球的,而且打得相当不错。只不过刚来到这里就跟刘帅他们有了过节,对方又都是球场老鸟,一天到晚赖在这儿,继准索性就不怎么打了。

今天之所以会跟孙沛他们一起来球场,一是看刘帅那伙人不在,二是自己的确也想找些事儿来做。他最近实在是烦得很,一不小心就会想起墓碑上的苏皓,进而又联想到谭璟扬和那个混乱的梦境。

继准呼出口气,篮球在他手里一下下运着,结果一不留神,球还是落空滚向了一边。

"班长!帮忙递下球呗!"孙沛见谭璟扬刚好从不远处走来,又着腰冲他喊。

谭璟扬弯腰将球捡起来,等着继准小跑到他面前。

"球。"继准冲谭璟扬抬抬下巴。

谭璟扬松开手,让继准把球抱走,看着他顿了顿道:"打球的时候别吃糖了,小心呛气管里。"

继准下意识用虎牙磨了磨嘴里含着的柠檬糖,"哦"了声,又问:"你干吗去?"

"到政教处送资料。"

继准点点头,见谭璟扬转身要走,嘴唇动了下又将人喊住。

谭璟扬回头看着他,见继准一副欲言又止的样子,扬了扬眉:"怎么?"

继准用舌头顶着糖,目光移向一边:"没事儿……就,你最近心情还好吧?"

谭璟扬不明所以地扬了下眉,继准连忙摆摆手道:"没事儿了,你走你的!马上上课了,我们就先回教室了哈。"话毕便朝着孙沛他们跑去,钩住对方的脖子,一群人有说有笑地离开了。

夜幕降临,一辆车穿过中央商务区,停在了临湖而建的皓晖集团楼下。

继准打开车门,翻出手机看了眼时间,晚上七点五十分了。

在仰头又一次确认地址无误后,他给吕修霖发了条消息:我在你公司楼下了。

片刻后,他收到对方回复:*等我五分钟,我让人去接你。*

继准握着手机,找了个相对显眼的地方站着。

陈建业说得没错,若吕修霖真是白手起家,短短几年就能扳倒整个吕家基业,干到现在这个规模,那他无疑是个相当有手段的狠角色。

只是这样一个人,在大学和苏皓初遇的时候,又会是怎样的呢?

"你好,请问是继准吗?"

一个清亮的声音打断了继准的思索,还带着点播音腔。

继准看向来者,冲她点了下头。

那人礼貌地笑笑:"我是吕总的秘书,艾瓦。吕总他刚应酬完,喝了些酒这会儿在房间休息,让我带你上去。"

"哦,好啊,谢谢。"

艾瓦微微一愣,接着捂嘴乐道:"吕总说得果然没错,你可真是不难找。往人堆里一站,我一眼就瞧见了,出挑得很呢!"

继准扯扯嘴角:"你们吕总挺会夸人的。"

"来,这边。"艾瓦又是一笑,伸手替继准按下电梯。

随着视野越来越宽阔,五彩斑斓的灯光也逐渐变成了点点星辰。

电梯来到皓晖集团的顶层,"叮"地停了下来。

明亮的落地窗外,万家灯火。

玻璃反射出室内的景象,一个高大挺拔的身影正穿着笔挺的西装,倚靠在一张真皮沙发上。

面前的茶几上摊着两份合同,上面不久前才盖好双方的鲜章。

他抬手将袖口的扣子解开,又松了松领带,合着眼一下下揉按着自己的太阳穴。

听到敲门声,他微微抬起眼,用低沉的嗓音不急不缓地道了句:"请进。"

艾瓦:"吕总,人我给带到了。"

她伸手做了个"请进"的手势示意继准进去。

"辛苦了。"吕修霖轻点了下头,在看到继准后,唇边勾起了一抹笑意,"闹闹,过来坐。"

继准微皱了下眉,有些不习惯对方这么亲昵地称呼自己。但他也并未表现在脸上,毕竟是自己约吕修霖在先。

"小吕叔。"继准抬脚朝他走去。

门被艾瓦从身后轻轻关上了,继准迅速打量了下吕修霖的私人休息室。不得不说,比陈建业那"金蟾送宝"的品位可是好了太多。

他的目光在一款老旧录音机上停了下来，饶有兴致地说："好久没看到过这玩意儿了。"

"坐吧。"吕修霖笑着站起身，"喝什么茶？"

继准往沙发上一坐："不用啦，我不爱喝茶。"

吕修霖原地站着，随即点头笑了下："也对，小朋友喝什么茶啊。"他转身走到小冰箱前，从里面拿出瓶玻璃瓶装的矿泉水递给继准，"我这里没有饮料，将就喝水吧。"

"谢谢小叔。"继准接过矿泉水握在手里，也不着急喝。他垂眼扫了桌上的合同一眼说，"你这是刚谈完生意？"

"嗯。"吕修霖将合同收走放进办公桌的抽屉里，"特能喝的几个人，差点被他们直接撂翻。"

"闻到了。"继准一牵唇，"红的兑白的，小心明早起来头疼。"

"已经在头疼了。"吕修霖在沙发的另一侧坐下，"鼻子还挺灵。"

"陈建业也总是这味道。"继准耸耸肩，"不过你比他香些。"

吕修霖笑着将额前的碎发捋到脑后，换个姿势坐着："先前几次见面，回回都让你看到我最难看的样子，真的很抱歉。"

"在我家那次还好。"继准顿了顿道，"咱要不还是直接聊正题吧？"

吕修霖伸手示意继准先请。

继准："我听黑哥讲了一些关于你和苏皓的事，但说实话我总觉得故事我只听了一半。"他抬眼看向吕修霖的眼睛，"我想知道剩下的那一半。"

"原因呢？"

继准沉默了下，不得不说他是因为谭璟扬。总觉得这两代人的事其实有着极为相似的发展，他不希望结局也是相同的。

但他又不想跟吕修霖说得太明确，于是只道："这事关系到我去做黑哥的思想工作，你之前不是也拜托过我吗？"继准顿了下，抬起下巴，"黑哥的性格你知道，真跟人拼起命来是不会给自己留后路的。硬的怕横的，横的怕不要命的，就算你再有手段，也不见得就真能捞着便宜。"

他话刚说完，就见吕修霖用拳抵着下巴发出串低沉的笑声。

继准有些不悦地皱了下眉，吕修霖止住笑意，摇头对继准道："你真觉得有用吗？在黑子眼里，我早就是个连骨头缝里都坏透了的人渣，即便是你传的话，他又会信吗？"

继准一时语塞。

不可否认，吕修霖这话很在理。

两人陷入了短暂的沉默中。

就在继准盘算着找个新的理由时，吕修霖往茶盏里倒了些茶，端起轻啜了口。

"我知道你今天来找我就是想问这个。"他握茶盏的手停顿了下，"算了，理由我也不问了，只当你是好奇吧……既然选择见你，我就没打算要瞒着。"

话毕，吕修霖缓缓起身走到落地窗前，透过窗看向夜幕中的斑斓灯火。

他的目光变得悠远，深不见底的双眸中像是有一张化不开的网。

"第一次注意到苏皓是在大一新生军训的时候。我那时刚进学生会，每天都要去记录考勤。当时他们正在原地休息，教官说要找人表演节目，苏皓一入校就是风云人物，自然而然就被推了出来……还记得他当时穿着件迷彩服，手里抱着把吉他坐在人群正中间，唱的是凤飞飞的《追梦人》……太阳底下，大家都是一身臭汗，就他全身上下都是清爽的。苏皓这人有一种魔力，无论你当时再怎么焦躁，只要看到他的一瞬间就都会被安抚到。"

话及此处，吕修霖的目光不由得变得柔和了起来。

"而后，再见到他是在实验楼的楼顶。他穿着白衬衫站在夕阳下，手里夹着根烟不紧不慢地抽着。和先前阳光的样子截然相反，他的眼神有些颓废，好像站在高处就一下从这个世界抽离出来了一样……他看到我，笑了下，叼着烟问我要不要一起来一根，我跟他说我们是一届的，以后有什么事可以随时找我。"

听到这儿，继准的心不免颤了下。

他对苏皓的记忆已经有些模糊了，因而在吕修霖构建的画面里，那个站在夕阳下的人，就自然而然变成了谭璟扬的脸。

"黑子应该跟你讲过，别看苏皓一副乖乖仔的样子，其实很会打游戏。那时我们宿舍里的电视机还是显像管的，大家一起集资买了台游戏机。后来，苏皓跟我混熟了，我俩没事就会在屋里打《拳皇97》。有一天苏皓突然问我：'你为什么这么喜欢打游戏？'我说：'无聊吧。'我问他：'你呢？'苏皓说，他就是想要开心一点。"

吕修霖苦笑了下："我当时不理解，还以为他只是喜欢胜利带来的喜悦。直到很久以后才明白，他是在极力寻找着能够调动起情绪，让他活下去的方法……大四那年，我跟家里吵架，一气之下搬了出去。苏皓因为睡眠不好，大二开始就住在校外了。我的银行卡当时全被冻结，就干脆搬去和他一起住，靠他养活。当时我就发现，苏皓一直在吃抗抑郁类的药物，他还骗我说是维生素。"

"你是说……苏皓有抑郁症？"继准皱眉。

"是。"吕修霖的眼底暗了暗，"整宿整宿睡不着觉，平时看着开朗合群，总是在安慰别人，实际上自己却相当地悲观厌世……"

吕修霖掏出烟盒，磕了一根出来叼进嘴里，"咔嗒"点燃。

烟雾徐徐飘散，遮住了他深不见底的双眸。

"大四的时候，苏皓突然很高兴地跟我说，他被一个音乐制作人赏识了。对方要跟他签约，还要给他出专辑。那段时间他变得很自律，每天早睡早起、锻炼身体，往返于学校和唱片公司之间，甚至还主动问起我关于未来的打算。要知道，苏皓这人非常健谈，天南海北的什么都能聊，唯独从不聊未来。我当时甚至觉得他的抑郁症已经好了……我跟苏皓说，不然毕业后就一起开个音乐公司吧，这样他就不用寄人篱下、任人摆布了。苏皓开始还以为我在说笑，毕竟这个决定相当草率，但其实我是认真的。"

"后来呢？"继准问。

"后来……后来我就真的开始研究起开音乐公司的事，还利用家里的关系想方设法接触行业内的资源。那时候正好鼓励大学生创业，我们也都年轻，居然还真就借着东风让我把公司给开起来了。那一年，苏皓的首张专辑也录制完成，我跟他一起去了他和黑子开的游戏厅庆祝，苏皓告诉我说，那儿就是他的家，也是他的归处。那晚我们都喝多了，苏皓说谢谢我为他做了这么多。我告诉他这不仅仅是为了他，也是为我终于能够逃离家庭的掌控。再不需要被人安排着走每一步，也不论我到底喜不喜欢。那一刻，我觉得自己无比自由，就像是拥有了一只巨大的翅膀。那是我人生中最快乐的一段时光。"

继准握矿泉水瓶的手默默用力。

这一刻，他其实很想开口叫停，毕竟谁都喜欢故事的结尾是皆大欢喜。

可他终是没有，任凭吕修霖继续。

"但我还是把事情想得太简单了……我的父亲一心希望我能接手家里的生意，也就理所应当地认为其他不相关的事都是'不务正业'。音乐公司在他看来，更成了旁生的枝节，不得不砍。"吕修霖弹了弹烟灰，闭眼深吸口气，"也是我跟他的矛盾积累得太深，在那一刻彻底爆发了。我开始对他的专制发起反击，却高估了自己当时的能力。知道我是铁了心想要脱离他，我的父亲便将目标转移到了苏皓身上。"

话及此处，吕修霖像是回忆到了什么令他痛苦的事，整个身体都跟着绷直。

"他先是动用手段，直指苏皓的专辑涉嫌抄袭。一时间网络上铺天盖地的都是对苏皓的声讨谩骂，甚至连学校都专门把他找去过问此事。苏皓不堪重负，不得已休了学。要知道那些歌每一首都是他经历了无数个昼夜才创作出的心血，他怎么能够容忍自己背负上抄袭者的罪名！苏皓的精神状态一度陷入崩溃，每天大把大把地往嘴里塞安眠药……可就算是这样，他也还是要我坚持下去，为了我所谓的自由。"

吕修霖捻灭烟头。

因为用力，烟身直接被他在烟灰缸里搓成了碎末。

"苏皓的父母知道他退学的事后，不仅没有安慰他，还为此感到丢人，觉得有这样一个儿子让他们在人前抬不起头。他们发现了苏皓的药，便不由分说地把他送进黑诊所治疗……"吕修霖将头埋进掌心，嗓音沙哑，"我简直不敢回忆我将他从那里面带出来时，他的样子……那双眼睛没有一丁点生气，直到现在还会出现在我的噩梦里。"

话及此处，他苦笑了下："而就在这个时候，我的父亲再次找到了我。他说他给我一分钟的时间来决定到底要不要放弃我那愚蠢的坚持。如果选择正确，那么现在一切的烂摊子他都会负责处理好，他会洗清苏皓的抄袭污点，并扶持他，给他大好前程。"

"所以，你就妥协了。"

"啊……我妥协了。"吕修霖缓缓抬起头，唇边仍带着一抹苦涩的弧度，"我按照他的要求关闭了音乐公司，从苏皓的出租屋搬出来重新回到家里，又一个月后，就动身去了英国。我以为这样事情便会就此结束，苏皓也能因此实现他的梦想。"

"可是事情都已经发生了，对于苏皓的伤害根本就抹不平……"继准垂下眼，"而你的不坚持则是让他连最后一点信念也没有了。"

"你说得没错。"吕修霖看向落地窗上反射出的面容，"去英国的前一周，我想方设法又跟他见了一面。他看起来很平和，也可能是为了让我放心。他的手里正在制作一只翅膀，说是戏剧社的朋友拜托他做的，让我帮他一起……那个下午，我们都没怎么开口说话，只是一片一片将羽毛贴在翅膀上。他告诉我，最近他总是会做一个关于飞行的梦。他的身体变得很轻，穿过钢筋水泥、飞过高山湖泊，是那么快乐自在，以至于每次醒来他都是笑着的……我当时并没有意识到什么，仍沉浸在自己的痛苦中，我跟他说：'要是真能飞去远方就好了。'我……我当时为什么要这么说……那只翅膀是我帮他做的，是我鼓励他飞去远方，我以为我已经做出了最好的选择，到头来却是亲手把他推下了悬崖！"

吕修霖哑声大笑："这些年里，没有一个人告诉我关于苏皓的消息，我就这么自以为是了很多年，在终于拥有了现在的一切，准备去找他时才知道，我永远都找不回了……连他埋在哪儿了我都是才知道不久！是我……是我亲手杀了苏皓……"

偌大明亮的房间里，从各方面评判都无疑是位上流成功人士的男人，此刻哭得就像个找不到回家的路的孩子。

断断续续的呜咽声传递到继准的耳朵里，让他的喉头也跟着一个劲地发紧。

他想上前安慰，可又自知根本无法安慰。毕竟这件事发生在谁的身上，都将会是一辈子无法治愈的伤痕。

继准缓缓站起身，过了许久后才轻声开口："不论如何，还是谢谢你愿意告诉我这些。"他顿了顿，又抿唇道，"如果可以，也希望你能将这些都告诉黑哥。即便他不信，也还是应该试试……毕竟苏皓他也绝不希望看到自己最好的两个朋友，为了他闹成现在这样。"

吕修霖没回话，就这么颓然地站着，宛若一具没有了生气的躯壳。

继准看着他的背影，又犹豫了很长一段时间，才有些迷茫地再次问道："你现在后悔吗？你的一生都无法逃脱这份阴霾……你，后悔认识他吗？"

在这之后，就又是一阵难挨的沉默。

吕修霖最终也没能直面他的问题，只背对着他用沙哑的嗓音说了句："早些回去吧，路上小心。"

已然心知答案的继准，睫毛微颤了下，点点头道："好吧。"他又冲吕修霖颔了下首，"很抱歉，又让你想起这些伤心的事。"

话毕，他最后深深看了吕修霖一眼，转身离开休息室，进入了皓晖的电梯。

而自始至终，吕修霖都保持着同一个姿势一动不动地僵站在那里。

直到一切回归静默，直到窗外的灯光一盏盏熄灭，整个世界都暗了下来，他才缓缓走到那台录音机前，抬手按下了播放键。

一阵"刺啦"的声响后。

"吕哥，帮我把吉他拿过来！"
"等下，我先把录音机打开。"
"好了吗？"
"好了。"
伴着一段抒情的前奏，录音机里传出了苏皓清澈的声音：

让青春吹动了你的长发让它牵引你的梦
不知不觉这城市的历史已记取了你的笑容
红红心中蓝蓝的天是个生命的开始
春雨不眠隔夜的你曾空独眠的日子
让青春娇艳的花朵绽开了深藏的红颜
飞去飞来的满天的飞絮是幻想你的笑脸
秋来春去红尘中谁在宿命里安排
冰雪不语寒夜的你那难隐藏的光彩
…………

"咔哒！"
磁带在此时停止了转动。

Chapter 14
· 无脚鸟

　　天的确是越来越冷了，北风带走枝丫上最后一片枯叶的同时，也迎来了今年的第一片雪花。

　　继准走过天桥，看过行人或是匆匆经过，或是停下拍照。他朝掌心呵了口气，扫了眼打车软件上堵到发紫的路况，无精打采地将手机重新揣回了兜里。

　　今晚的他的确如愿拼凑出了完整的故事，却并没有为此而感到释怀。

　　吕修霖的沉默便是最后的答案，他后悔这场因相识而纵容出的不得善终的因缘。

　　继准吸了下鼻子，又将外套的拉锁向上拉了拉。此时，一对情侣恰好从出租车里下来，继准赶忙快步跑上前去。

　　车内暖风扑到面上的一瞬间，他突然觉得很困，只想回家蒙头睡上一大觉，直睡到来年春暖花开的时节。

　　但车子还是在继准家附近的路口停下了。

　　不是因为堵车也不是司机拒载，而是继准突然在转角的位置看到了一张熟悉的脸。

　　对方只穿了一件灰色的单衣，整个身子都显得有些瑟缩，在冷白色的街灯下不停搓着手，呵出白色的雾气。

　　"程罪？"继准付完钱推开车门，试探性地叫了声。

　　程罪一抬眼看到继准，冻到有些发紫的嘴唇扯出了个有些僵硬的弧度。

　　继准皱眉环顾四周：“这个点儿了你怎么一个人在这儿？”

　　"等你。"程罪咧嘴笑了下，"是小乐告诉我你家就住在这附近，我下午就来了。"

　　"等我？"

程罪点点头，随后指向不远处的一家小咖啡馆："我刚问过，那里是营业到凌晨的。咱换个地方说话吧。"

继准去过那家咖啡馆，老板是个远嫁来的意大利女人。他微不可闻地泄了口气，心道事儿永远是赶着事儿来，自己早点回家睡觉的计划怕是得泡汤了。

但他还是客气地对程罪扬扬下巴道："走啊，你难得来一趟，我请客。这家的热巧克力还挺好喝的。"

此时，房檐上居然已经积了薄薄一层碎雪，随着继准推门的动作，簌簌落了些在他头上。

屋内一片温暖，空气里充斥着黄油与咖啡的香气。

意大利女人明显对继准还有印象，见他进屋后热情地跟他打了个招呼。在她眼里，这个中国男孩儿长得相当漂亮，完全符合他对东方帅哥的定义。

"我要杯榛果热巧克力。"继准将饮品单推给程罪，"你要什么？"

"热水就好。"程罪显得有些局促，舔舔嘴唇也不看继准递给他的饮品单。

"那就热的柠檬红茶好了。"继准看出程罪的拘谨，替他点了杯比较不会踩雷的热饮。

他们找了个靠角落的位置坐下，正好能透过窗看到屋外的雪花。

此时店里除了他们俩和老板外便再没有第四个人，意大利老板的中文也讲得不好，因而很适合说话。

冒着热气的巧克力和柠檬红茶被一起端上了桌。

继准拿过巧克力啜了口上面浮着的奶油，待身体回暖了些后方才开口问："说吧，谭璟扬怎么了？"

程罪先是一愣，继准见状挑眉笑了下："不然你专程等我是为什么？真找我吃饭啊？"

程罪闻言低头轻笑了声，用吸管一下下搅着柠檬茶："扬哥说你机灵，果然是这样。"

继准眉梢一挑，心说今儿晚上这些人一个两个的，还都挺爱评价自己。

程罪用柠檬红茶暖着手，垂眸看向杯子里面的柠檬片，手指有些不安地转动着杯身。

终于，他再次抬头看向继准，出声道："继准，我就直说了啊……可不可以请你和扬哥尽量保持距离？"

继准拿杯子的手一顿，里面的热巧克力晃荡了几下。他兀自静了一会儿,说:"这是谭璟扬的意思吗?"

"不,他不知道我来找你。"程罪连忙否认,握茶杯的手微微收紧,"只是他最近的情绪挺混乱的,我担心这样下去会影响到他高考。"

"你认为这和我有关?"

程罪看着他,片刻后轻轻叹了口气:"继准,你知不知道,有时候你以为的对他好,其实是在害他。你说出的每一句自以为体贴的话,或是一个漫不经心的举动,都是在往他的身上插刀子。"

继准抿唇不语。

或许在今天之前,他都不会如此深切地意识到这件事。但自从知晓了苏皓的死亡,他开始真真正正地反思自己。

他真的懂谭璟扬吗?他帮得了他吗?

他是不是也会像黑子那样毫不自知地成为一名"加害者",是不是也正在像吕修霖一样亲自为对方编织一双飞入深渊的翅膀?

"我小时候有段时间住在南城的临时安置房里,家门口就是垃圾中转站。"程罪说,"有一天放学,我在那儿遇到了一只浑身是伤的流浪猫,它正在喝排水沟里的脏水。我当时看它可怜,就从家里偷拿了一袋牛奶喂给它,看它吃得香我也很高兴。

"后来我就经常给它带吃的,它也从一开始瘦骨嶙峋的可怜样子变得胖了不少。直到我搬家了,没办法再去喂它……我心里一直都放心不下,接连几天放学都会坐很长时间的公交车回到以前的家那边去找它,但都没有找到。先前欺负它的那些野猫都在,唯独没有再见过它……"

程罪话音一停:"你知道它怎么了吗?"

继准抬起眼。

"它死了。因为习惯了我的投喂,它开始依赖人类,不再去抓麻雀,也不再喝脏水。因为丧失了基本的野外生存技能,它被同类驱逐,最后误食了掺杂了老鼠药的火腿肠,死了……听垃圾中转站的人说,它死得很痛苦,浑身的毛都参着,翻进了臭水沟里被老鼠啃。"

程罪牵起嘴角,语气虽然平和但眸底却一片幽沉:"继准,我和谭璟扬都像是生活在垃圾站的流浪猫,时常需要为了一口吃的跟同类拼命厮杀,弄得遍体鳞伤。可也正因如此,我们练就了一套适应这种环境的生存技能,好让我们在这样的世界里活下去……而你的出现就像是当年给流浪猫送牛奶的我。的确,因为我的存在它不再需要捕猎,也拥有了充足的食物和关爱。可你有没有想过,它其实是在一点一点地退化,变得不再能适应曾经的生活。如果有一天你不得不离开它,那它又将会面对什么?喝脏水并不可怕,起码能活着。真正可怕的是,身为一只流浪猫却偏偏习惯了喝牛奶,这迟早会令它走向灭亡,你说对吗?"

两人从咖啡馆出来的时候,地面已经彻底白了。

冬天就这么猝不及防地到来,可继准总觉得昨天都还在打着夏季的闷雷。

程罪冲他点点头,谢过他请的柠檬红茶,而后转身朝着公交车站匆匆走去。

看着对方的背影消失在雪夜里,继准久久望着巷口。

不知过了多久,继准才转身拖着脚步缓缓往家走。

最终,他那披巾盖被蒙头大睡的美好愿景到底还是破灭了。

继准半睁着眼枕着胳膊,目不转睛地看向天花板,先前的睡意荡然无存。

床头柜上的手机忽然振了下,在看到谭璟扬的名字时,继准的眸光微微一颤。

谭璟扬:晚自习老马问你了,我说你要去见个艺考班的老师,你注意明天别说漏了。

继准勾勾唇。

还艺考,编得倒挺像模像样的。

继准:谢了啊。

对方静了一会儿。

谭璟扬:所以你到底去干吗了?

继准:你不是说了嘛,去艺考啊。[狗头.jpg]

谭璟扬:。

那边没再回了,继准下床打开投影仪,想着把先前只看了个开头的伯格曼的《野草莓》看完。结果这片子本来就是意识流,他又全程集中不了注意力,一个多小时下来,最后就只记得有个老绅士开着辆老爷车说要去哪儿。

投影幕布上荧荧的光在卧室里起伏跃动着,被降低音量的旋律从音响中若有似无地流泻出来。

继准呆呆地盯着银幕,脑海里却在播放着另一部片子。一会儿是死去的流浪猫,一会儿是向阳街的老房子,一会儿又是硕大的翅膀⋯⋯直到意识逐渐陷入混沌,他在恍惚间看到了一只飘扬的黄色纸钱样的蝴蝶拍了拍翅膀,向着一道亮光飞去,消失不见了。

雪下到清早短暂地停了会儿，但天依然没见放晴，仍是阴阴沉沉。

熙攘打闹的学生们身着的蓝白校服，明显要比天暖的时候看着厚重了许多。谈笑间最为高频出现的一个问题是——你今天穿没穿秋裤？

"啪！"

老马将教案重重往讲台上一拍，抱起了双臂，又开始进行她招牌式的睥睨全场。

待教室里安静下来，她才轻轻地叹了口气，但教室里所有人都能听到她长长的出气声。

"开心是吧？都开心哈？马上放寒假了。"她从左至右，又从右至左地用目光扫遍教室，在和每一个能跟她对上眼儿的同学都打了个照面后才又开口道，"同学们，高考迫在眉睫。这是千钧一发、生死关头的时刻，能不能成功就只差这一步……当然，我也不是说高考就是你们人生唯一的出路，但毕竟这条路是你们努力了这么长时间走过来的，最后被卡在大门口不可惜吗？"

老马重重拍了两下讲台，继续："各路神仙你们都给我醒醒吧，别再一天天地仰着个傻脸，只顾乐呵了！多把心思放在学习上，每天早起一小时，多看一小时的书不香吗？古人云，业精于勤，荒于嬉！你们看谭璟扬！人家……"

教室里突然响起一阵哄笑声。

老马正在慷慨激昂地进行演说，被这突如其来的骚动整得一愣，随即顺着大家的视线，朝教室门口看去。

"咳！"站在门口的人摸摸鼻子，冲老马不好意思地举举手，"报、报告。"

谭璟扬写题的动作跟着停下，也抬头看向来者。

老马："哟，睡醒了准哥？"

班里又是一阵看热闹不嫌事儿大的笑声。继准也跟着好脾气地笑笑："老师，昨儿晚上失眠了，不好意思啊。"

正所谓伸手不打笑脸人，继准面带笑容，态度诚恳。

老马无奈地摇摇头，叹声问："你那编导课上得怎么样了？"

"哦，还成吧。"继准舔了下虎牙，信口胡诌，"就看了部片子，分析分析视听语言，再写个影评什么的。"

"也好，走艺考倒也是条路。"老马颔首让继准进来，看向其他人道，"咱们班其他同学要是有想走艺考的，也可以问问继准。像表演、空乘、播音主持这些，文化课分数要求会比普通考试低些，现在努力应该也还来得及。"

她说完又看向继准，用手点了点他："但你那编导专业据我所知可也是要高分的啊！不要掉以轻心！"

继准："谢谢老师。"

老马又用目光环视了遍教室，而后打开讲义转过身去："上节课我们讲到……"

继准坐回位置上，把书拿出来摊开后便又往课桌上懒懒一趴，也不打扰人，也不听课，戴上耳机播放起了电影原声专辑。

在单簧管吹奏出的曲调里，他的目光不由得偷摸瞄向谭璟扬。

只见对方正专心致志地盯着黑板，时不时埋头在笔记本上记录着重点。

他再看自己的笔记本，最后一页还是谭璟扬之前帮他记的。

谭璟扬写的字跟他这个人一样棱角分明，清隽干净。不像自己的，宛若狗爬。

手机振了下，路虎发来一条消息。

路虎：宝！周末晚上八点半，资料馆重映《阿飞正传》！

继准：走着？

路虎：我去不了！我爹又给我请了个家教……我这儿统共两张票都给你吧！你跟谭璟扬一起去看呀！

继准回复的指尖顿住了。

若是搁在以前，他肯定二话不说就拉着谭璟扬去了，可这两天先后经历了这些事儿后，特别是听完了程罪对他说的那番话后，他也意识到了先前的自己实在太过任性。

谭璟扬有句话其实说得没错，他们俩的确不一样。自己可以一天天这么混着，对未来的种种漠不关心，但谭璟扬不可以。

谭璟扬要学习，要精准判断每一步路究竟该怎么走，走得谨小慎微，不能有一丝一毫的偏差。

他要忙于生活，精打细算着每一笔花销，防备着桩桩件件可能对他和谭乐造成伤害的事。

时间于他而言无疑是宝贵的、是耗不起的，自己不该打着让他"开心""放松"的旗号影响他。

是啊，他不该再这么影响谭璟扬，用他自以为是的关心。

路虎：人呢？手机被收了？

继准：没，我中午去找你拿票吧，顺便一起约个饭？

路虎：成啊，等你！

中午放学后，继准迅速收拾书包出了教室。

看着继准的背影，谭璟扬眼底沉了沉，总觉得继准似乎开始有意在躲他，想了想大概是自己之前说的那些话起了作用。

念及此处，他垂眸自嘲地笑笑，心说这不正是他想要的结果吗？如此一来，继准便再不会被他周遭的人或事所牵连，永远活在只有漫天蝴蝶的童话里。

而他，也将回归他的世界，活在开满殡葬用品店的向阳街。

只是为何……又心有不甘了呢？

另一边，继准刚出校门就碰上了等宋姗姗买奶茶的吴桐。

见到继准，吴桐忙快步朝他走来。

"你去哪儿啊？"吴桐问。

"去六中找路虎。"继准说，"他弄到了资料馆《阿飞正传》的票，让我去拿。"

"哇！"吴桐瞬间睁大了眼，"那票超难搞的！我托了好多人都没有买到。"

继准有些意外："你也喜欢这片？"

吴桐使劲点点头："喜欢啊！无论是色调、影像还是人物塑造，简直绝了好吗！关键是张国荣太迷人了啊！"

继准是真没想到吴桐居然对老港片感兴趣，毕竟身边同学聊的多数话题不是现下那些他不了解的当红"鲜肉"就是体育明星，能遇到个有共同审美喜好的人实属不易。

"路虎那儿刚好有两张票，他周日有事去不了。"继准顿了顿，"要不要一起？"

"可以吗？"吴桐的眼睛都亮了，"要要要，我想去！"

继准点点头："行，那到时候直接展厅门口见吧。"

"嗯，好！"

"先走了啊。"继准跟吴桐又打了声招呼，便钻进了出租车，朝六中奔去。

时间一晃就到了周日晚上，吴桐早早便等在了展厅门口。

今天她出门前还特地打扮了下，嘴唇粉粉地泛着光泽，头发用卷发棒弄成了小羊毛卷，配上和裙子同一色系的发带。

"哎，你好早啊。"

继准从另一侧走来，举手跟她打了个招呼。

吴桐拎包的手不由得紧了紧。她深吸口气，回头冲继准露出了个早在镜子前排练过无数次的笑容。

岂料招呼都还没打全，继准的手机突然响了起来。

他看了眼来电显示，径自转身走到路边。

见继准背过身后，吴桐这才轻呼出口气，而后有些尴尬地撩了下额前的鬓发。

看来对方完全没有注意到她有精心打扮过，吴桐一时也不知是该高兴自己妆容自然，还是该感到失落。

电话是路虎打来的，问继准有没有出发。在得知继准把票给了吴桐后，瞬间发出一声怪叫："不是吧大哥，好一手借花献佛！"

继准"啧"了声："你不是来不了？"

路虎夸张地叹了口气："谭璟扬就这么被你抛弃了，果然兄弟如蜈蚣之手足啊！"

提到谭璟扬，继准的表情又是一恍，笑笑道："人家要学习呢，别影响他。"

"呵，借口！你就是想约人家妹子看电影，我找谭璟扬打小报告去！"

"你去，看他理你不。"继准看了眼手机上的时间，"行了不说了，该进场了。"

"成，刚好我的家教也快到了，祝你们观影愉快啊！"路虎说完便撂了电话。

放映厅里的灯光暗下来，伴着阵阵火车轰鸣，响起了那段经典的独白——

"我听人讲过，这个世界有种鸟是没有脚的，它只可以一直飞啊飞，飞到累的时候就在风里睡觉……这种鸟一生只可以落地一次，那就是它死的时候。"

吴桐凑到继准身边小声问："你觉得旭仔到底喜没喜欢过苏丽珍？"

见继准半天没回话，她有些疑惑地侧头看去，就见继准正微微蹙着眉，目不转睛地盯着屏幕。看似是在认真观影，可眼底的恍惚还是暴露了他在走神。

也正如吴桐所想的那样，继准的思绪从听到这段独白后，就久久无法从中抽离。

这个世界上真就存在着像无脚鸟一样的人，不知休止地向前飞，从不能停下。因为只有这样，他们才能永远只想着"飞"这一件事，不念过往、不期未来。

　　此时,在城市的另一隅,已经过了饭点的餐馆里只剩下寥寥几桌客人。
　　谭璟扬洗完了最后一摞盘子,在围裙上擦擦手走到前台,把今日的账目熟练地在电脑上录入登记。
　　他回头看了眼墙上的时钟,解下围裙,而后去往员工换衣间,把身上的工作服脱掉,换回了自己的。
　　"来,小谭,把这个带回去,晚上给你弟热热吃。"
　　一个饭盒递到了谭璟扬面前,随即传来个风风火火的声音。
　　谭璟扬接过饭盒一看,是一整份新做的焦炸糖丸子。
　　他不好意思地笑了下,却并没有立刻用手接:"谢谢了王伯,我把钱给您吧。"
　　"臭小子!跟我见外不是?"
　　说话的人是这家饭店的主厨王师傅,跟老板好像还是亲戚。听说早些年在广东做生意做得风生水起,但后来厌倦了商场的那套尔虞我诈,就干脆跑来餐馆当厨子了。
　　王师傅是除了老板外,第一个在谭璟扬来店里帮忙后主动跟他打招呼的人。
　　他挺喜欢谭璟扬这小伙子的,觉得谭璟扬懂礼貌还勤快,为人处世也活泛。在或多或少得知了些谭璟扬家的情况后,平日里对他就多有照顾。
　　"那就谢谢您了啊!"谭璟扬也不再推拒,接过饭盒冲王师傅点点头道,"改明儿有机会也让我给您露一手。"
　　"行啊!"王师傅拍了拍谭璟扬的肩,突然像想起什么似的提醒道,"哦对了,今儿你在后厨忙的时候,有个瘦瘦高高的男的来找你……我瞧着像你那舅!"
　　谭璟扬的脸立时便沉了下去:"他来做什么?"
　　"我哪知道。"王师傅信手拧开瓶老白干喝了口,"但上来就跟人打听你拿多少工资,绝对没安好心。我就叫人跟他说你今天没来,把人打发走了。"
　　"行,我知道了。"谭璟扬冲王师傅点点头,"谢谢啊王伯。"
　　"不谢。"王师傅咂了下嘴,"那种人尽量还是避着点儿吧,狗皮膏药似的一黏上就不好撕,就是撕了也得留黑印。"顿了顿又道,"不过话说得轻巧,毕竟沾亲带故的……难为你了,孩子。"
　　谭璟扬摇头笑了下:"没事儿,习惯了。"他说着又冲王师傅扬扬装

178

饭盒的袋子,"我就先回去了啊。"

"快走吧,路上车别总骑那么快。"

"好。"

谭璟扬转身离开了餐馆,打开自行车锁朝着向阳街骑去。

冬天的风刮在脸上跟刀子割肉似的,谭璟扬握车把的手也被冻得通红。可他并没打算因此减慢车速,甚至还险些闯了红灯,被呼啸而过的车狠狠"嘀"了两声。

今晚的向阳街从头到尾一片黑暗,就连慧姨的按摩店都关了门。

谭璟扬这才想起,慧姨跟他说了最近附近的电路修整,这一带随时都可能停电。

他将自行车锁好,摸黑朝着楼道里走。就在一楼转弯的位置,一只手突然从黑暗里钻出来,搭在了他的肩膀上。

谭璟扬目光一凛,反手就用胳膊肘朝对方的腰窝狠捣下去。

楼道里登时响起一声惨叫:"哎哟,是我!"

谭璟扬眉头一皱:"袁成文?"

来者正是多日未见的袁成文,只见他捂着腰眼冲谭璟扬局促地笑了下:"我这不又挺久没见你了,想你了嘛。"

谭璟扬朝二楼看了眼,随后半拖半拽地将袁成文拎出了楼道。

借着冰冷的月光,他看到袁成文的半张脸都肿了起来,身上还有股散不开的浓重酒气。

"怎么这么晚才回来啊,外甥?"袁成文咧咧破了的嘴角,殷勤道。

见谭璟扬不搭理他,他又要上前拉对方:"走走走,先回家再说,我还没吃晚饭呢!"

谭璟扬侧身避开了袁成文的手,压根儿没打算放他进屋。

袁成文见状撇了下嘴:"大外甥,我是你舅舅,除了谭乐就是你在这世上最亲的人了。咋的?真打算跟舅舅我老死不相往来了?"

谭璟扬仍不作声,往墙上一倚,双手抱臂,指尖一下下不耐烦地叩着。

袁成文心知交流无望,便自顾自地说:"是这样啊,我那儿吧,最近就又有点儿不太平,所以我……"

"你休想。"谭璟扬冷声打断,"你自个儿在外面惹了一身脏不够,还要跑来拖累我跟小乐。袁成文,你做个人吧。"

袁成文张了张嘴,索性也不再套近乎,敛去笑意没好气道:"我想着你就又要这么说!你个小畜生,你妈要是还活着,知道你这么对我,铁定跟你没完!"

"你少跟我提我妈！"

"行，你行！"袁成文磨了磨牙，忽然眼珠子一转又开始拿出看家本领犯起浑来，"让我走也可以……我看你帮忙的那家餐馆还挺高档，应该挣了不少吧？"

他说着伸出手冲谭璟扬比了个"要钱"的手势："拿来，我一准马上就走！"

谭璟扬见他显然就是彻底不要脸了，也懒得再跟他废话，挽袖准备直接动手。

袁成文扯开嗓子："你今儿但凡敢动老子一下，老子明天就到你学校去，让你们全校人都知道你这没良心的王八羔子到底是怎么虐待自己亲舅的！"

"随你便。"

袁成文眼见威胁谭璟扬不成，当即大喝一声纵身朝他扑了上来，一把用胳膊狠狠勒住了谭璟扬的脖子。

"银行卡在你书包里吧？啊？"他红着眼去抢谭璟扬肩上的包，"密码是什么？你妈生日？"

谭璟扬只觉得大脑嗡嗡作响，张口便狠狠咬向了袁成文的胳膊。

"啊啊啊——"袁成文吃痛，手上一时放松。谭璟扬趁机将他的胳膊往下一压，反手便将袁成文狠狠按在了地上。

就在此时，路口处突然又走出了三个身影。

带头的"眼镜儿"看到眼前这幕，露出了抹戏谑的笑："哟，这又是演哪出啊？舅舅和外甥为了点儿钱反目成仇？"

他将目光移向谭璟扬，故作安慰道："没必要啊，这事儿真没必要。"

话毕，"眼镜儿"朝身后跟着的两个男人使了个眼色。

二人会意，立即上前将谭璟扬和袁成文强行分开。

此时，袁成文已经明显被这突然出现的三人吓软了腿，哆哆嗦嗦地杵在一边，一动也不敢动。

"眼镜儿"脸上仍带着笑意，缓步走到谭璟扬面前："谭璟扬，我真挺喜欢你这脾气的。要不是为了这点儿钱，咱俩没准还能交个朋友呢。"

谭璟扬嗤笑了声："免了吧。"

"眼镜儿"倒也不恼，仍好声好气地劝说："你应该也知道了，袁成文又从我这儿借了些钱。其实不多，统共也就三万多块钱。咱俩对脾气，我可以给你抹个零头，就三万，你给我个时间咱赶紧把这笔账清了，往后再见面也不至于说太尴尬不是？"

袁成文一听就蒙了："不、不是？咋就又突然变三万了呢？我不是已经还了你们两万多了！"

"眼镜儿"脸色一沉，袁成文立马又怂了。

"眼镜儿"："不该你说话的时候就闭嘴，不然老子现在就替你开瓢，请你喝豆腐脑。"

袁成文瞬间就被吓得没了声，状如捣筛。

"眼镜儿"再次将目光调向谭璟扬，冲他抬抬下巴："我知道你们舅甥之间一直有矛盾，可他毕竟是你亲舅，真要放着不管啊？"

谭璟扬睨着"眼镜儿"勾起嘴角："你没听他说吗？已经还了两万多。你现在又找我要三万是几个意思？"

"眼镜儿"佯装懊恼地叹了口气："哎，这不是还有人工成本费、精神损失费、乱七八糟的加在一起，也就差不多了嘛。"

"你们，你们不要欺人太甚！"袁成文斗了毕生之狗胆，叫唤了句。

"啧。""眼镜儿"转身快步走到袁成文面前，一把拎起了他的领子，"让你闭嘴，听不懂吗？啊？"

"外甥、外甥——"袁成文吓得喊了起来。

就在这千钧一发之际，巷口突然传来了警鸣声。

红蓝色的灯光闪烁间，只见一群警察迅速冲进了巷子内："都不许动！"

"眼镜儿"三人见状皆是一蒙，不可置信地看向前方，惊慌道："这小子什么时候报的警？"

谭璟扬的眼底也转过一瞬的意外，将目光调向趴在地上的袁成文。

袁成文同样没料到事态的发展，但自知没事后整个身子都像烂泥似的瘫在了地上。

警察到场，迅速将"眼镜儿"三人制伏，将他们押上了警车。

"哥！"

一个小小的身影迅速朝谭璟扬狂奔了过来。

"谭……乐？"谭璟扬轻唤了声，"是你报的警？"

谭乐哭得鼻涕眼泪糊了一脸，断断续续地说："你一直没、没回来，慧姨、慧姨就带我去吃饭了……呜呜呜，回来的时候看到讨债的欺负你，慧姨就、就报了警！"

谭璟扬的目光直到此时才全然放松下来，他蹲下身想将谭乐抱起来，却只觉得手臂处传来一阵钻心的疼痛。

"哒！"谭璟扬皱眉倒吸口气，也不知到底是被袁成文还是"眼镜儿"他们谁给伤着了。

"谭璟扬！你没事吧？"慧姨也跟着小跑过来，见他按着手臂，一脸惊慌。

"嗯，没事。"谭璟扬冲慧姨勉强笑了下，"今天多亏你了，慧姨。"

"啧，什么没事！"慧姨暗叫了声，"你这手……走，先去医院！"

"我自己去就好。"谭璟扬看了警车一眼，转而对慧姨温声道，"还得辛苦您先去警局一趟说下情况了。我处理完伤马上就过去。"

"行，我知道了。"

"还有，小乐也得麻烦您……"

"我要跟哥在一起！"谭乐赶忙哭着打断，一把死死抱紧了谭璟扬的腿。

"你就让他跟着你吧。"慧姨叹了口气说，"小孩儿这回是吓坏了，这会儿除了跟着你，怕是谁都带不走他。"

谭璟扬抿抿唇："好吧。"他垂眼看了眼谭乐，"走了，小乐。"

"外、外甥？"

此时身后传来袁成文微弱的喊声，谭璟扬站住脚，回头冷冷盯向他。

袁成文的嘴唇还在剧烈抖动着，喉结上下滚动了几回："这、这次是我对不住你……"

谭璟扬的眼中写满了轻视与厌恶，转身便带着谭乐头也不回地离开了向阳街。

双氧水接触到身上的擦伤，泛起一层白色的泡沫。看着医生帮自己清理伤口，谭璟扬愣是连眉头都没有皱一下。

一旁的谭乐可就不行了，眼见医生将沾了血的纱布扔掉，泪串子就又开始一个劲儿往下掉。

"别哭了。"谭璟扬低声制止，"男子汉别一天天的流眼泪。"

"呜呜呜……哥你疼不疼啊？"

"哪能不疼啊？"帮谭璟扬处理伤口的医生闻言搭话道，"瞧着你斯斯文文的，怎么也会跟人打架啊？"

"不是我哥要跟人打架！"谭乐立马反驳，"是那些坏人欺负他！"

医生将伤口消毒包扎完毕，对谭璟扬道："好在胳膊没断，不然多耽误学习……下次可得注意！"

谭璟扬礼貌地对医生笑了下："您说的是。"

医生见这小伙子彬彬有礼的也就没了脾气，缓声叮嘱："伤口这两天可不能沾水，要洗澡的话就找个人帮帮你。我还给你开了盒止痛药，晚上疼的时候可以吃。"

"好，谢谢医生。"谭璟扬起身跟医生道了谢。

取完药后，谭璟扬和谭乐一起走出急诊楼，在门口的长椅上坐下。

看着手机上显示的好几条程罪打来的未接来电，谭璟扬给他回了过去，简单说明了下经过。

"你现在在哪儿？"

"已经没事了。"谭璟扬轻声安慰着说，"小乐现在跟我在一起，你好好在家等我们就行。"

"扬哥！"程罪嗓音颤抖，"抱歉，要不是我今晚出去聚会……"

"没事。你才到新环境，跟同学们处好关系是对的。"他顿了下，"先挂了。"

"哎，扬……"

电话被谭璟扬挂断，他握着手机微微仰头靠在长椅上看向苍茫的夜色。

谭乐小心翼翼地坐在旁边，还是没忍住用手指戳了戳谭璟扬："哥，我们现在去哪儿？"

谭璟扬闭了闭眼，将手机递给谭乐："你先给慧姨打个电话，问她那边怎么样了，要不要我们去接她。"

"好。"谭乐乖乖接过手机，到一旁打电话去了。

Chapter 15
· 来自光

继准和吴桐看完电影出来，就顺便在附近的一家广式茶餐厅里吃晚饭。直到现在，他仍未从影片情节里彻底回过神。

《阿飞正传》的结局是旭仔死了，死在那列逼仄拥挤的火车上。无脚鸟最终落了地，而另一个阿飞也刚收拾齐整，离开了低矮肮脏的棚屋。

"我觉得旭仔是爱苏丽珍的。"吴桐夹起一个虾仁蒸饺，"他记得那一分钟。"

"是啊。"继准心不在焉地搅着面前的艇仔粥。

搁在桌上的手机突然伴着振动亮了起来，继准看向来电显示。

联系人：谭璟扬。

"我去接个电话。"继准拿着手机起身走向一边，按下接通。

"什么事？"

他话音未落，就听电话那边传来了谭乐带着哭腔的声音。

"准、准哥……是我。"

继准的神经立时紧张起来，沉声问："出什么事了？小乐你先别哭。"

"呜呜呜，是我哥，我哥他……"谭乐吸了下鼻子，努力组织着语言，"今天舅舅来我家，讨债的人也跟着来了……我哥的手被他们、被他们打伤了，我很怕，又不知道该怎么办呜呜呜……准哥，怎么办啊？"

"你们现在在哪儿？"

"呜呜呜……在、在医院，马上就要回去了。"

"知道了，我现在过去。"

电话那头突然窸窣了几声，再说话时已经换成了谭璟扬。

"没事儿，别跑了。"谭璟扬的嗓音听起来有些疲惫，"我让小乐给慧姨打个电话，怎么打你这儿来了。"

"你别废话！"继准这会儿心里急，忍不住大骂，"你是'脑残'吗谭璟扬？那么多人对你一个，干不过不知道跑啊？"

见谭璟扬半天不出声，他深吸口气闭了下眼："我到之前你哪儿都甭去，听到没有。"

谭璟扬又沉默了一会儿，方才轻声应道："我已经包扎完了，待会儿直接在我家见吧。"

继准匆匆"嗯"了声，便撂了电话，只觉得手心直冒冷汗。

"谭璟扬他……怎么了？"吴桐见继准脸色不好，担忧地问。

继准边迅速扫码买了单，边急声道："不好意思啊吴桐，我有点急事得先走，就不送你了。你慢慢吃，到家记得给我来个消息。"

吴桐皱皱眉："出什么事了？需不需要我……继准！"

她话还没说完，继准便转身冲出了餐厅。

另一边，慧姨已经处理完事情离开了派出所，谭璟扬知道后便直接带着谭乐回了家。

程罪一看到谭璟扬的手，急白了脸，问："扬哥！你的伤医生怎么说？严重吗？"

谭璟扬微微侧脸避开，对他笑了下："没大事，医生都已经处理过了。"

程罪一咬牙，眼底生出恨意："袁成文真是狗改不了吃屎。"

谭璟扬没搭话，转而道："你怎么样？跟新同学相处得都好吧？"

程罪点点头，但注意力仍全放在谭璟扬的伤势上。

谭璟扬："我记得你明天就要进行封闭式学习了吧？生活用品那些都已经准备好了吗？"

"不去了。"程罪果断道，"你现在这个样子不能没人照顾。"

"不行。"谭璟扬打断，"职高那边好不容易才同意你入学，哪能一开始就搞特殊？"

"可……"

"我真没事儿。"谭璟扬放缓语气，温声安慰道，"你只管好好去参加培训，这不还有华子他们在呢。"

"我也能帮忙照顾哥哥！"谭乐在一旁挺起胸脯，"最近慧姨还教了我做饭呢！"

程罪一言不发地看着谭璟扬，欲言又止，可见对方一副不容商量的样子，最终还是无奈地叹了口气："好吧，但你要真有什么事的话一定得告诉我！"

谭璟扬点点头："一定。"

程罪又盯着谭璟扬审视片刻，这才返身回到茶几前拿过手机，搜索着附近还在营业的商场，好买齐明天培训需要准备的东西。

"这个点儿估计大部分商场已经关门了。"谭璟扬抿了下唇，"步行街那块有家24小时营业的超市，我以前打工回来常去那儿买东西，那儿东西倒还挺全的。"

"嗯，那我这就去一趟。"程罪说完又有些顾虑地转头问，"你在家没问题吧？"

谭璟扬笑笑："又不是瘫痪在床，有什么行不行的？快去吧。"

"那家超市我知道，我带程罪哥去！"谭乐自告奋勇地说。

"也好。"谭璟扬应了句，又对程罪道，"那边变化还挺大的，我也怕你不好找，让小乐跟你一起去吧。"

"我们走吧，程罪哥！"谭乐跑到程罪面前，拉住了他的手。

程罪的身子在原地被谭乐拽得晃了晃，眸底闪烁，也不知在思考着什么。

"程罪哥，快点呀！"谭乐在一旁催促道。

谭璟扬冲程罪朝楼梯口递递下巴："快去吧，路上注意安全。"

"嗯。"程罪含糊地应了声，带着谭乐转身下了楼。

谭璟扬目送着二人离开，用脚将门轻轻带上。他在沙发上坐下来，目光扫向客厅墙上悬挂的时钟……

不一会儿，门外便响起了急促的脚步声。

虚掩着的房门被人"砰"地撞开，只见继准满头大汗地站在屋外，身体还在随着急促的喘息剧烈起伏。

"来了。"谭璟扬冲继准淡淡地牵了下嘴角。

"呵，挺悠闲啊。"继准沉着脸摔上屋门，快步朝谭璟扬走去，在看到他被裹得跟粽子似的胳膊后，眉头皱得更深，"怎么就你自己？程罪跟小乐呢？"

"去超市了。程罪明天要外出培训，得准备些东西。"谭璟扬靠在沙发上，仰头看着继准，"我怕他不认路，让小乐一道跟着去了。"

"啧，你可真信得过自己啊'残疾人'。"

"渴不？渴了自个儿倒水喝。"谭璟扬冲电热水壶递了递下巴，一不小心又牵扯到伤口，疼得咧了下嘴。

继准心里一紧："疼？止痛药医生给你开了没？"

"开了。"谭璟扬的目光移向进门口立柜上的袋子,"那里面呢。"

"等着。"继准叹了口气,返身去给谭璟扬端水拿药。

"不急,药睡觉前再吃。"谭璟扬说着站起身,缓步朝卫生间走去。

继准见状赶忙去搀:"您老又是要干吗?"

"没见我一身脏吗,"谭璟扬叹了口气,"好赖还是得洗洗。"

继准眼见谭璟扬真开始笨拙地脱衣服,发自真心地感叹了句:"你可真是身残志坚啊兄弟!都什么时候了还犯洁癖?"

闻言,谭璟扬勾了下唇:"你说我?某些人上次尾巴骨都要摔断了还洗呢。"

继准无语。

不一会儿,楼道里传来谭乐和程罪说话的声音。

看到继准出现在家中,程罪的眸色微微一暗,但很快就又恢复如常。

"准哥!"谭乐倒是兴奋得很,快步跑到了继准面前,仰着脸看他,"你什么时候来的?"

"有一会儿了。"继准冲谭乐笑了下,随即扣上帽子一拍谭璟扬的肩,"那什么,我今儿就先回去了啊,你注意别再沾了水。"

"知道了。"谭璟扬冲他牵了牵嘴角,"谢谢。"

"嗯,明天学校见。"

谭璟扬又冲门边的衣架递了递下巴:"把我外套穿走,外头风大。"

"你就别操心我了大哥,好好养伤!"继准一笑,便转身下了楼,钻进出租车。

谭璟扬目送着继准离开后,才重新回到沙发前坐下,抬头问程罪:"东西都买齐了吧?"

程罪"嗯"了声,欲言又止。

谭璟扬知道他想说什么,淡淡道:"是小乐叫继准来的。"

程罪抿了下唇,他知道即便是谭乐把继准叫来的,谭璟扬也同样默许了这件事。

他就像是一只扑火的飞蛾,控制不住地想去接触光亮,然后逃离这个世界,留下自己一个人……

"快去洗澡,明天还得早起呢。"

"扬哥。"

"快去吧。"

程罪又在原地沉默地站了会儿,这才安静地转身进了卫生间。

187

关上门的那刻，他的掌心被指甲划出了几道分明的小口。

冬日里的天亮得晚，早上五点半左右的时候天空还是一片墨蓝。谭璟扬是被程罪轻手轻脚的关门声弄醒的。他微微睁开眼，看向那台从二手市场花了两百来块钱买的电暖气片，上面的小红灯一跳一跳，像是要极力证明自己有在认真工作，然而的确没多大作用。

今天似乎比昨天更冷了些，谭乐在暗淡的天光里把半张脸埋进被子睡得很熟。谭璟扬轻轻蹭起身靠着床头，伸手将台灯调到最暗，开始慢慢穿衣。

"砰砰——"

屋外响起了敲门声，谭璟扬蹙了下眉，心说是不是程罪忘带东西了回来拿。他应声走到门边将锁一开，在看到来者后明显愣了下。

"社区送温暖。"继准拎着豆浆油条站在门口，身上还带着清晨的冷空气。

他侧身从谭璟扬边上闪进屋里，把早餐往桌上一放，回头冲谭璟扬递递下巴："别愣着了，叫小乐起床吃饭。"

谭璟扬眼底的意外之色褪去，嘴角不禁淡淡上扬。

"这么贴心？"他用左手关上了门，返身到窗边拉开了窗帘。

"不然怎么办，让你一'伤残人士'用脚做饭吗？"继准耸耸肩，"就是你做，人家小乐也不见得吃啊。"

谭璟扬走到谭乐的小床边上用脚踹了踹他的屁股："小狗儿，起来吃饭了。"

"唔……"谭乐困难地应了句，揉了揉惺忪的睡眼，在看到坐在餐桌前的继准后，瞬间便有了精神。

"准哥，你又来啦？"

继准失笑："什么叫'又'？"他冲谭乐勾勾手指，"快点穿衣服洗漱，油条是刚炸的，还热乎着呢。"

"嗯嗯！"谭乐麻溜地从床上蹦起来，把衣服穿好，趿拉着拖鞋跑进卫生间。

豆浆在碗里冒着热气，谭乐拿着油条吃得满嘴油光。

继准伸手撕了根油条递给谭璟扬，又把豆浆往他面前推了推。

吃完早饭，两人先将谭乐送去学校，走进教室时早自习的铃声恰好打响。

继准向来不把这铃声放在眼里，可今天为了不让谭璟扬迟到，他还是加快了些脚步。

不仅如此，上午接连两节课他都没有顾得上睡觉，而是盯着黑板帮谭璟扬做课堂笔记，把老师都给吓了一跳。

待到大课间，继准将笔一扔趴在了课桌上，半眯着的眼里充斥着疲惫与困倦。

"你的字真挺难看的。"谭璟扬扫了眼笔记本上狗爬似的黑点，淡声道。

"知足吧事儿精。"继准闭着眼一下下揉着眉心，有气无力地说，"我发誓这辈子都没像刚才那两节课那么认真地听过课。"

"早该这样了。"谭璟扬笑了下，"说不定经此一遭，你的高考成绩能提高五十多分呢。"

"呵，谢了啊。"继准懒懒睁眼，起身打算往教室外走。

"干吗去？"

"静静。"

"天台的锁修好了，上不去。"

继准停下脚步，谭璟扬看了他片刻，也跟着站起身来："我带你换个地儿。"

继准以前没发现，三中居然还有这么个地方。

那是间废弃的体育器材室，就藏在教学楼顶层的楼梯拐角处。

谭璟扬："钥匙在我裤兜里。"

继准把手伸到谭璟扬的裤兜里摸出了一枚钥匙。

锁"咔嗒"开了，两人走入器材室。谭璟扬用脚踢上了身后的门，继准顺手将门闩插上。

这间器材室还保持着建校时的样子，已经泛黄的白色墙壁下半部分刷着层过时的绿漆。两排铁柜上已经覆盖了一层厚厚的灰尘。

木头框的窗户外摆着盆已经枯萎了不知道多久的吊兰，从穿了个小孔的玻璃往外看，能俯视整个三中的全貌。

继准见窗台上还放着个八宝粥瓶子，里面七七八八摁着不少烟头，扬了下眉道："别跟我说这都是你造的啊。"

"不是。"谭璟扬说，"应该是之前管器材的那校工抽的。"

"你钥匙哪儿搞来的？"

"老校工留下来的。他是我家隔壁的邻居，后来生病了就从学校辞职了。"

"哦。"继准点了下头，"所以你经常跑来这儿待着？"

"以前是，心烦的时候就过来自个儿待一会儿，最近倒是很少来了。"

继准点点头，顿了下说："哎，谭璟扬，你抽过烟吗？"

"抽过。"

继准没想到谭璟扬会回答得这么坦然。

"什么时候啊？"

谭璟扬抿唇沉默了下："我爸妈走的那天。"

继准的眸光微微一恍，空气突然就安静了下来。

又过了好半天，他才舔了舔有些发干的嘴唇，强行扯了下嘴角："啊，哦……"继准垂下眼，轻声道，"抱歉啊，扬哥。"

阳光里的浮尘上下跃动着，老旧破败的器材室里，弥漫着一股冷空气混杂着腐朽木头的潮湿气味。

有些怀旧，有些绵长。

谭璟扬忽然发现，继准似乎已经有段时间没喊过他"扬哥"了。

这一刻，他产生了种什么东西一下就"回来"了的感觉，就像是阴雨连绵后，重新从云层中透出的那一缕阳光……

最后一堂课是老马的，距离中午放学还有不到十分钟，教室外头突然出现了个瘦削的身影，透过窗玻璃，探头探脑地朝里张望。

老马停下讲课，走到门口："您找哪位？"

来者十分自来熟地冲老马咧嘴笑了下，点头哈腰道："哟，老师好，老师好，耽误您讲课了吧？没事儿，您甭管我，回去上你的。"

老马皱了下眉，疑惑地询问："您是……学生家长？"

"我外甥在你们班上，他叫谭璟扬。"

继准正辛勤埋头帮谭璟扬做苦力，记着课堂笔记，忽然听到外面人的声音，觉得有些耳熟，刚要抬头看，边上的谭璟扬已经倏地站起身，沉着脸就要往外走。

继准赶忙一把拽住了他的衣角，摇了下头，压低嗓音道："别上头谭璟扬，这还在学校里呢。"

谭璟扬皱眉僵在原地，眼底是压抑不住的戾气。

继准起身按了下他的肩膀，示意谭璟扬先坐下。此时班上已经有不少同学都将目光调向了二人。

"快下课了，有什么事一会儿再说。"继准迅速扫了班上同学一眼，凑到谭璟扬耳朵边上小声说，"你再这样可就真崩人设了。"

190

谭璟扬闭了闭眼，在继准的持续施力下终于重新坐了回去，可老马口中的易考点他再也没听进去半个字。

好不容易挨到下课铃响，谭璟扬快步朝着教室外走去。继准见状也来不及收拾东西，忙跟着他来到了袁成文面前。

袁成文手里拎着个饭盒，见到谭璟扬后脸上露出了热情洋溢的笑容。他嘴角扯得老高，像是全然忘记了不久前才发生过的不快。

"外甥！胳膊好点儿没？"他晃了晃饭盒，炫耀道，"舅舅我一大早就到菜市场，选了最好的大骨头给你熬了排骨汤。这俗话说得好，缺啥就得补啥，这个汤啊它——"

"换个地方说话。"谭璟扬促声打断，带着袁成文就往校外走。

"得嘞。"袁成文将饭盒盖又拧了拧，颠颠儿地跟在谭璟扬身后。

看着二人离开的背影，继准迅速思索了下自己到底要不要跟着，最终还是放心不下，迈步朝谭璟扬疾走而去……

三中附近的偏僻巷道里，错综缠绕着许多电线。有不怕死的人将湿漉漉的衣服、被套晾在电线上，"滴滴答答"地往下滴水。

谭璟扬在巷道的尽头站住，回头冰冷地注视着袁成文："谁让你来我学校的？"

袁成文眨眨眼，继而委屈巴巴地道："我这不是担心你的伤势嘛！想着中午食堂里那么多人，怕你抢不着饭，才想炖点儿骨头汤给你改善下伙食。"

"呵。"谭璟扬用一副看笑话的眼神上下打量着袁成文。

袁成文被他盯得有些心虚，嘴里怯怯地嘟囔了两句，手伸到裤兜里去摸烟盒。

谭璟扬冷声道："你人也看了，汤也送到了，没事的话就赶紧回去吧。"话毕，转身欲走。

"璟扬！"袁成文见状赶忙唤道，"你等等先！"

谭璟扬站住，随即嘴角勾起抹戏谑的弧度。

想也知道，袁成文无事献殷勤有万般可能，唯独不会是关心。

"哎，不瞒你说啊外甥，我这次来找你除了看看你的伤外，还有件事想跟你商量……"袁成文垂着头，眼皮悄悄向上抬观察着谭璟扬的表情，小心翼翼地说，"还记得我去年交的那女朋友燕子不？上个月体检的时候，医生说她身体里长了个瘤子，情况不大乐观……"

袁成文咽了口唾沫，臊眉耷眼地说："手术需要花钱，数目还不少。她家里一次性拿不出这么多，这才找到了我。你说我要是这时候撒手不管，跟她撇清关系，也太不是男人了吧……可你也知道我这情况，欠的债才刚还清，眼下手里真拿不出那么多钱了。"

谭璟扬挑了下眉，将身子倚在墙上，不慌不忙地任由袁成文在他面前声情并茂地表演。

"我现在统共就只剩下这么一套破房，总不能真给卖了睡大街吧？"袁成文舔了舔嘴唇，像是极为艰难地开口试探道，"我就想说，我姐，也就是你妈在眉城那边不是还有套老房子吗？反正你以后也不回去，能不能……"

谭璟扬低下头，蓦地嗤笑出声。

他阴沉的笑令袁成文不由自主地感到浑身寒意，心下一急大喊道："你放心，这笔钱我只拿手术费需要的部分，剩下全归你……我、我还能立字据，日后一准儿通通还你，保证一毛不少！"

谭璟扬笑得更厉害了，以至于嗓音都变得有些沙哑。

他挑唇看向袁成文，由衷地感慨："连自己女朋友得肿瘤的谎都能扯出来？袁成文，你还是人吗？"

"老子对天发誓！要是说谎让我生儿子没屁眼儿！"袁成文双目通红，向天发誓道。

"别说你现在没有儿子，要他真像你说的那样，你也会二话不说把自己亲儿子扔马桶里给冲了吧？"

"谭璟扬你！"袁成文冲过来，扬手就又要甩谭璟扬耳光。

谭璟扬用左手一把稳稳接住，将袁成文的胳膊朝反方向一寸寸地扭。

"哎呀呀呀——"袁成文被掰手连声呼痛。

谭璟扬死死咬紧后槽牙，从齿间低沉地逼出了一句："滚！"

袁成文的眼神忽地一寒，突然用另一只手挥拳狠狠朝谭璟扬的右臂砸了上去。

谭璟扬见状赶忙向后撤身，可此时已来不及。他只觉得手臂瞬时传来一阵钝痛，然后整个身子都弯了下去，用左手使劲按着右臂，额上渗出了一层虚汗。

"是、是你先动的手！"袁成文也自知这一下肯定是下手太重了，一步步向后倒退着大叫道，"是你逼我的！"

继准正在附近找寻谭璟扬的身影，突然就听到巷子里传来袁成文的声音。他心下一沉，急忙朝着巷道深处跑去。

在看到谭璟扬按着胳膊，脸色煞白地倚墙靠着时，继准只觉得脑子一蒙，一把推开挡路的袁成文冲了上去，将人扶住。

"扬哥！"继准惊慌地喊了声，下意识就要去摸谭璟扬的右臂。

"没事。"谭璟扬的声音因疼痛而显得有些发颤，但面对继准时，他仍将语气尽量控制得平和一些。

继准抬眼看向一旁的袁成文，向来漫不经心的眼神此时已是暗沉一片。

袁成文被这狼崽子似的目光整得心里有些发毛，一下踢翻了脚下的饭盒。

骨头汤瞬间洒了一地，蒸腾起缕缕热气。

"我说舅舅，"继准用虎牙硌了下嘴唇，"你这是打算不把他逼死就不算完了是吧？"

"我……我也不是成心的呀！"袁成文此时虽然心虚，但自觉面对个半大小子还是不能失了长辈的面子。

他梗着脖子道："你自己问他，那房子留着也没用，卖了对他、对我、对燕子都好！再说那钱我又不是不还！这不是赶着救急吗！"

"那是你们家的事我管不着。"继准眯了下眼，话锋陡然一转，"但你再敢碰谭璟扬一下试试。"

袁成文闻言，蓦地一愣。

"你是他舅舅，所以他不会把你怎么着。"继准顿了顿，抬头看着袁成文一字一句道，"但这并不代表，我不会。"

说完这句话后，继准再不多看袁成文一眼。他扶起谭璟扬，两人一起出了深巷。

巷外阳光刺眼，继准走在前面正打算拦车，被谭璟扬从身后叫住。

"干吗去？"

继准头也不回地闷声道："医院，看看你的胳膊。"

"不用。"谭璟扬走到继准面前，语气和缓，"这会儿已经不怎么疼了。"

继准皱眉盯着谭璟扬，狐疑地问："你确定？"

"嗯。"谭璟扬点点头。

见继准仍站在原地不动，他稍稍犹豫了下，而后用左手拍了下继准的肩："走吧，去食堂吃点东西，下午还要上课呢。"

继准被谭璟扬揽着，这才拖着脚步跟他一起朝食堂走去。

当晚，谭璟扬本打算去超市里买些速冻饺子回来煮，结果继准没经他同意就直接点了一大堆饭菜让人送到了他家。

"'残疾人'就老实边上待着吧。"继准打开餐盒，冲正在写作业的

193

谭乐喊了声,"小乐,洗手吃饭。"

谭乐闻着满屋子饭香,早就坐不住了,但因为忌惮着一旁的谭璟扬,又不敢把屁股从凳子上移开。此时听到继准的声音,他如获大赦,撒丫子跑去卫生间洗手去了。

三人吃完饭,继准便开始帮谭璟扬翻译起他今天写的笔记。

"沃……沃……沃……"看着扭在纸上的一团乱麻,继准咬着笔杆凑近,费力地辨识着自己开创的字体,"哎!这写的什么玩意儿?"

"沃克环流的影响。"

"哦,对!沃克环流……"

于是这样的战况持续了半小时之久,后半程关于继准向谭璟扬普及文化知识的革命工作果断变为了谭璟扬慢条斯理地把今天上课的全部内容又重新给继准讲了一遍。

继准合上书,挑眉看向谭璟扬,说道:"我说你明明都会,还用得着记笔记?"

谭璟扬勾了下唇淡淡道:"不记会一个,记了兴许能会俩。"

继准哼笑了声:"班长真体贴。"

"其实你成绩不差,就是偏科偏得太厉害了。"谭璟扬用左手轻叩书本,调侃着说,"怎么样,考不考虑让谭老师帮你补补课?"

"再说吧。"

继准懒懒地打了个哈欠,半抬着的眸子突然落在了电视机下方的影碟机上。

"VCD机?这玩意儿我可好久没见过了。"他回头问谭璟扬,"房东留下的?"

"自己带来的。"谭璟扬顿了顿,"我爸以前买的。"

提及谭璟扬他爸,继准的心不免又沉了沉。他装作漫不经心地点点头道:"哦……那家里有碟吗?"

"有。"

两人放的是部前苏联电影。谭乐不爱看,跟着凑热闹还没凑一会儿,就头一栽一栽地打起了瞌睡。

谭璟扬将谭乐撵回床上,又把客厅的大灯关了,调低电视音量。

他打开冰箱拿出两罐可乐,将其中一罐抛给了继准。

昏暗的房间里一时就只剩下电视机这一处光源,投射出的光影在两人的脸上闪烁跳动。

他们坐在沙发上边喝可乐边看电影，也不怎么说话。

而像现在这样安稳舒适的感觉，谭璟扬已经记不起上次体会到底是在什么时候了。

一罐可乐下肚，继准打了个哆嗦："你这儿的暖气片不给力啊。"

"老化了，早知道不给你喝凉的。"谭璟扬说着就要起身，"我进屋给你抱个毯子。"

继准一把将他拉住，说："不用，你手不方便，还是我去吧……是在衣柜里？"

他说着推开里屋的门，缓步走了进去。

谭璟扬家的被子和他身上的味道一样，也是阳光混合着白兰洗衣粉。

继准将被子从柜子里抱出来，正要关门，突然就发现柜子最下层的位置倒扣着一幅画。

他的眸光晃动了下，鬼使神差地伸手过去，将画框翻了过来，跟着就愣住了。

——画上是阳光下的向阳街。他戴着棒球帽，眼中带着几分疏懒，正伸手摸一只大橘猫的下巴。在他身后，是慧姨那家虽然老旧却打理整洁的按摩院。

继准抱着被子，注意力全然被这幅画所吸引。他虽然不懂，却也能从画上的每一笔线条、每一抹色彩共情到画画的人在创作时的心境。

他的目光突然停在了画中窗台上的那盆海棠花上，含苞待放的花瓣顶端悄然落着一只淡黄色的蝴蝶。

翅膀不像是用笔画的，倒更像作画的时候太入神，被沾了颜料的拇指摩挲出的一抹颜色。

生动传神，带着烧不尽的希望。

所以，谭璟扬真的不是一只普通的夜行动物，他无时无刻不在眷恋着太阳。

继准轻轻触碰着画纸，眼底有些失神，以至于谭璟扬不知何时已经站在了他身后，他都没有发觉。

"还差一点没画完。"

耳边突然响起对方的声音，继准吓了一跳，有些慌乱地回过头去。

"不是，大哥你走路用飘的？"

谭璟扬没接话，也沉默地看向继准手里的画框。

"这是，什么时候画的？"继准问。

"有阵子了。"谭璟扬说，"之前不是答应会画张更好的给你，本来没想提前让你看见的。"

"咳，不好意思啊。"继准讪笑了下，"那什么，我权当没看见！等你画完我再重新惊喜一次成吗？"

谭璟扬又不说话了。

窗外此时刮起了风，敲打得玻璃"砰砰"作响。

有冷空气从密封得不太严实的缝隙里钻了进来，墙上的旧挂历微微掀起一个角，露出下面褪色的日期。

"扬哥。"过了许久，继准闭眼深吸了口气又缓缓吐出，"我们聊聊吧。"

这晚继准留在了谭璟扬家。

陈建业和娇姐一听他是跟班长待在一起，也就放心下来，让他们不要睡太晚，免得明天迟到。

夜更深的时候，屋外又开始下起雪来。今年冬天的雪不仅来得早，也比往年下得频繁很多。

两人躺在老旧的木板床上，稍微一翻身就会发出"吱吱呀呀"的响动，仿佛动作再大点，床就能立马散架。

说是要聊聊，可继准跟谭璟扬并排躺了得有半个多小时了，仍不知道从哪里开始。

谭璟扬见他挺为难，于是淡淡开口说："要不然睡吧。"

"对不起扬哥。"

两人同时出声，谭璟扬微微一愣："干吗突然道歉？"

继准咽了口唾沫，垂下眼皮："还记得我跟你说过的苏皓吗？"

谭璟扬"嗯"了声："黑哥的朋友。"

"他生前得了很严重的抑郁症，但是黑哥他们当时都不知道。"继准顿了下，"大家都觉得他人好又开朗，所以有什么想不开的事、想发的牢骚就都去找他倾诉，也不管他能不能消化得了，他就这么成了大家的情绪垃圾桶。"

谭璟扬安静地听着，并没有打断。

"不仅如此，因为他的优秀，大家也就自然而然地把所有期望、自己做不到的事全都放在了他身上，希望他能替自己实现。却没想过这些对于苏皓而言通通变成了压力，压得他喘不过气来。"继准的神情藏在黑暗里，声音也融于夜色，"后来他果然成为那个践行者，背着翅膀从楼顶飞了下来……我在想，也许苏皓也曾尝试着向身边的人求救，只是大家都没意识到。那些人用自己以为对的方式，不断告诉他要勇敢、要强大、别多想、别太脆弱，直到他最后放弃了挣扎。"

"继准。"

"这么想来，我也对你做过同样的事。"继准苦涩地牵了下嘴角，"想要你把世界看得干净点，把人性看得简单点，却忽略了这么做你可能根本就无法生存。"

谭璟扬抿起唇，他知道应该是自己先前的行为让继准误会了。他从没有怪过继准，只是不想继准因为自己被拖入泥潭。他渴望保护对方，保护那被阳光洒满的向阳街。

"后来有人跟我说，不该让野生动物习惯依赖人类，这会使它们的本能退化无法生存。我觉得他说得对，所以这些天我也一直在想是不是我的到来真的影响到你……直到刚刚我看到了你画的那幅画。"

继准的眸色沉了沉："扬哥，你根本就不属于黑夜。"

所以你无须追逐光，因为你本就是从光里走来……

谭璟扬闭上眼，许久之后才又浅浅地睁开。只是这次，他的眸底深处多了几分不易察觉的坚定。

"继准，我没有怪过你。比起自己深陷泥沼中，我其实更怕你的身上被溅满污点，因为你的眼里有我最向往的世界……"谭璟扬的声音在黑暗中显得格外清晰，"但我明白我错了，我该相信你的。"

若心中有光，就永不会被黑暗浸染。

或许我们都不够勇敢，但会为了彼此变得勇敢！

厚密的云层不知何时悄然散开，露出天际那颗水蓝色的星星。

明天会是好天气。

Chapter 16
· 故乡

老旧器材室的窗户上凝结着一层白霜，将阳光挡在了外头，以至于室内还是一片昏暗朦胧的样子。

继准嘴里嚼着泡泡糖，随便找了张废报纸在玻璃上擦出个圈，朝外看去。

此时正值午间休息，操场上没什么人。高中毕竟学业紧、压力大，几乎所有人都处于一种长期缺觉的状态。

这会儿，大部分同学都抓紧时间吃完了饭趴在教室里补眠。

当然也有些精力旺盛的，就比如孙沛他们几个，但凡能钻一点空子，也得抱着球去外头跑两下。

"你还喝吗？"身后的谭璟扬倚在斑驳褪色的木架前，左手拿着继准刚才买的咖啡冲他晃了晃。

"不了，嗓子眼都是苦的。"继准打了个哈欠转过身，轻轻一跃便坐在了桌子上，晃着长腿，眯眼从他擦出的那一块痕迹里晒着一缕阳光，像只甩着尾巴的餍足的猫。

谭璟扬垂下眼，也懒得怪他浪费，就着咖啡杯轻啜了口，瞬时皱起眉道："哪儿苦了，被你弄得跟奶茶似的。"

继准没回话，向后用手撑着桌面，看着谭璟扬被咖啡齁得难受又舍不得扔的样子，吹了个泡泡。

"你周日生日怎么也不说？"继准散漫的语气里多少带着些不满。

正看书的谭璟扬闻言微微一愣："你怎么知道？"

"放学那会儿你不是在整咱班的信息表吗？"继准半抬着眼淡淡说，"瞄着了呗。"

"哦。"谭璟扬点头笑了下，又将目光调回到手上夹着的书本上。

"啧，问你话呢。"继准皱皱眉，顺势抽走了书本，盯着他道，"干吗不说？"

谭璟扬看着继准沉默了下，才好声好气地解释道："我不怎么过生日，所以就没太当回事儿。"

见继准还冷着一张脸，谭璟扬放缓声音揽上对方的肩："成，我不对。所以闹闹同学打算送什么礼物给我？"

继准避开谭璟扬的手，轻佻地扬扬眉，渣男味十足地说："那就要看小扬扬你想要什么了呀？来，给哥乐一个！哥都给得起。"

两人闹了会儿，谭璟扬换了话题道："周末我原计划是要带着小乐回趟眉城的，看看爸妈，顺道再把老屋收拾一下。"他顿了下，然后问继准，"你到时有空吗？"

"没空也得安排出空啊。"继准用舌尖顶着泡泡糖，"不然让你一个'残疾人'干活吗？"

谭璟扬点点头："好，那周六下午放学后咱们就出发，刚好能赶上长途末班车。"

继准应了声，目光不经意间转向窗外，忽然微微一颤。

随着他的视线，只见篮球架下冲出了个臃肿肥大的身影，朝着刚上完厕所出来的邹一鸣狠狠撞了上去，将人掀翻在地。

"刘峥？"继准眯了下眼，心说这货今天是吃了哪家的熊心豹子胆了。

谭璟扬也跟着从窗户向外望去，同样感到有些意外。

此时的篮球场上，刘峥正红着脸死死掐着邹一鸣的脖子，五官皱成了一团。

他的嗓音因为愤怒变得嘶哑，整个身子都骑在对方身上拼力往下压。

"浑蛋！浑蛋！"刘峥浑身的横肉都在跟着颤动。

邹一鸣被刘峥卡着脖子上不来气，可也还是拼了命地猛烈反击，指甲使劲掐进刘峥的手臂，脖颈上暴出根根青筋。

当真就应了那句"仇人相见，分外眼红"。

要说刘峥这人平时哪怕被针扎一下都要哼哼半天，可今天也不知是被哪路妖魔鬼怪附身了，铁了心要跟邹一鸣算账。

打球的孙沛他们几个被这突如其来的阵仗整蒙了，好一会儿才反应过来，赶忙冲上去拉架。

刘峥一拎脖子，指着邹一鸣歇斯底里地喊："说！你都跟点点说什么了，为什么她突然不理我了？"

"什么点点圆圆圈圈的，老子都不知道你在说什么！"邹一鸣红着眼吼道。

刘峥脸上此时糊满了鼻涕眼泪,看起来既滑稽又惊悚。

"你再敢说你不认识——"刘峥哭得浑身颤抖,"她妈跟你妈在同一家月嫂中介所,不是你跟她说我坏话,她怎么可能不理我?"

继准跟着谭璟扬从楼梯这头快步跑来,听到这段对话后颇为意外地挑了下眉。

见谭璟扬要上前劝架,继准赶忙一把将人给扯了回来,舔舔虎牙低声说:"您老动动口得了啊,没看他俩这会儿都跟疯狗似的,再把你另一条胳膊咬折了。"

"刚刚不是你让我下来的吗,这会儿又想着看戏了?"谭璟扬边说边默默踢开了周围的碎石枯枝,防止谁一个激动捡起来伤人。

"放心,看这样子多半也打不起来了。"继准勾了下唇,"反正就只剩下文戏,看看又不要钱。"

另一边,只听刘峥接着道:"你们所有人都欺负我,就点点对我好!你凭什么跟她说我坏话!呜呜呜……"他越说越委屈,最后一屁股坐在地上,撒起泼来。

"你要没做亏心事,会怕我说?"邹一鸣咬得牙"咯嘣"作响,猩红着眼恶狠狠道,"你们家那么对我妈,我这做儿子的不该找你讨回来吗?你们仗着有钱,把我当奴才一样使唤。她做一份工拿一份工钱,凭什么要成天受你们的气?"

"那你有什么事儿冲我来啊!在背后使阴招,卑鄙!"

"我卑鄙?我卑鄙得过你?"邹一鸣怒极反笑,用手指着刘峥一字一句道,"我告诉你刘峥,老子行得端坐得正,是我做的我认,不是我干的你也休想往老子身上赖!"

"那、那你说点点怎么会知道你妈的事?"提及邹一鸣他妈,刘峥的气势明显变弱了不少,分明心中有鬼。

"知道这事的不止我一个。"邹一鸣颇感畅快地咧了下嘴,"不过我倒还真想好好谢谢他。"

继准闻言,淡淡地瞥了谭璟扬一眼。

谭璟扬目视前方,抬手压了下继准的脑袋,轻声说:"别看,不是我。"

"那你说,还有谁知道?"刘峥的鼻涕此时已经快干了,留了两道痕迹趴在脸上,远看跟两条大蚯蚓似的。

邹一鸣咬牙喘着粗气,突然用布满红血丝的眼睛直勾勾锁向谭璟扬。

谭璟扬并没有主动避开,反倒平静地将视线迎了上去。

"他要是敢赖你，我就揍他。"继准摸摸鼻子，小声说了句。

下一秒，只见邹一鸣的瞳孔迅速晃动了下，而后再次看向刘峥。

"行啊，你不是想知道谁说的吗……"他的嘴角扯起一抹冰冷的笑意，点点头道，"我可以告诉你。"

"是、是谁？"刘峥立刻竖起了耳朵。

邹一鸣微微仰头，阴沉地吐出了两个字："刘帅。"

"不、不可能！"刘峥刚要爬起来的屁股一下子又坐回去了，笨重地边向后挪边摇头道，"刘帅是、是我哥们儿！他不可能害我的！"

"你把他当哥们儿，他又把你当什么？"邹一鸣鄙夷地瞥了刘峥一眼，毫不留情地公布答案，"一条狗罢了。"

"你胡说！"刘峥的嗓子都快喊劈了，"不是刘帅！绝对不是刘帅！他是我最好的朋友，唯一的朋友！"

"到底是不是朋友你自己心里不清楚吗？"邹一鸣冷笑了声，"还有，你到底是真的信得过他，还是在听到那个人是刘帅后就怂了呢？"

话毕，他狠狠朝地上啐了口唾沫："呸，孬种。"

这句话再次成功地刺激到了刘峥，只见他像个从驴车上猛然弹出的南瓜，腾地站起来朝邹一鸣飞扑了过去。

而这回的邹一鸣也已然做好了准备，一个闪身避开刘峥，回身就是一脚将他踹翻在地。

继准目光一暗，心道这再不管怕是又得开打，于是赶忙朝邹一鸣冲了上去，一把接住了他挥向刘峥的拳头，向下一按，劝道："差不多得了啊，不然真闹大了。"

谭璟扬也快步上前，用身体隔开了二人，回头冲孙沛他们几个沉声道："醒醒了各位，快把他们先拆开。"

"哦哦哦！"

孙沛几人的反射弧这会儿才又重新回到了地球，赶忙分头站在了刘峥和邹一鸣两边，将他们控制起来。

随着清脆的上课铃声响起，一场闹剧总算暂且落下了帷幕。

之后的大半个下午，刘峥和邹一鸣都没能回教室里上课。

据说教导主任让他们两人叫家长，刘峥二话不说就给他妈打电话了，可邹一鸣自始至终都犟得跟头驴似的，死活不愿意。最后配合从宽的刘峥只需要写个检查，而抗拒从严的邹一鸣则被记了大过。

继准之前有听谭璟扬讲过关于邹一鸣的事，心知他多半是不想给他妈添麻烦。这人平时浑是浑了些，可也当真是个孝顺儿子。加之先前刘峥陷害自己时，邹一鸣其实也并没有参与，这么一看他倒的确要比刘峥有种得多。

晚自习下课，继准照例跟着谭璟扬回家帮他整理笔记。近段时间一直是慧姨在帮谭璟扬接谭乐，说是不想他受伤了还总这么奔波，反正按摩店也是到了晚上才营业，刚好趁空当替他分担了。

谭璟扬原先是想着要给钱的，但慧姨直接一个白眼翻了过去，说比起谭璟扬，谭乐简直要可爱太多。谭璟扬见拗不过，也只得答应，于是平日里靠着帮慧姨算算账、做做杂活，来答谢她。

"我记得你刚搬去向阳街的时候，还对人家慧姨特有看法来着。"继准走在谭璟扬边上，"现在改观了吧？"

"嗯。"谭璟扬有些惭愧地笑笑，"当初是不得已才选择住那儿，看什么都不顺眼。后来发现其实我那房东还有慧姨都是挺好的人，只是他俩常年楼上楼下地住着不免生出些矛盾。老爷子现在生病住院，慧姨还专门拎了东西去看过他，回来跟我感慨了半天。"

"其实这样的邻里关系真挺难得的。"继准揉揉鼻子，被谭璟扬的话勾起了些关于儿时的记忆，"以前我还在巷子里住平房的时候，从街口到街尾这么一忽溜地疯跑过去，叫你'慢点儿，留神'的人得有十来个。不像现在，隔壁住的人姓什么我都不知道。"

他顿了顿又笑道："不过有什么秘密也是真藏不住，当初娇姐跟我亲爸闹离婚的时候，街坊邻居一个二个的比两个当事人还上头呢，不管劝和劝离，都要重在参与。"

谭璟扬停下脚步，有些意外地转头看向继准，像是没想到对方会在此时这么轻易地就把他的过去讲给自己听。

他虽然知道陈建业不是继准的亲爹，毕竟他们一个姓继一个姓陈，继准也不是跟妈妈姓。可关于对方之前的那些生活仍是第一次听闻。不过这么想想也对，若不是以前住在巷子里，又怎么会是被黑子看着长大的。

"以前没听你说过这些。"谭璟扬喉结动了动，有些小心地轻声问，"他们是在你多大的时候分开的？"

"挺早了吧。"继准无所谓地嚼着泡泡糖，吹了个泡，"我亲爸原来在水电厂工作，跟娇姐是同事，后来下岗了就随便做点小买卖。可他那人懒还爱喝酒，干什么都干不长。最后非但钱没挣着，还领了个女人回家，说什么两人过也是过，三人过也是过……你说就我家娇姐那脾气能忍得了？二话不说直接把我亲爹蹬了，带着我搬回了姥姥家。再后来，我那土大款后爸陈建业就强势上线了。"

继准在说这段话的时候语气全程上扬，听起来丝毫不像单亲家庭的小孩在对原生家庭以及父亲的背叛进行控诉，倒更像是茶余饭后在聊一出每晚八点两集连播的电视连续剧。

谭璟扬不语，蹙眉看着继准，像是想说什么，却又有所顾忌而不敢开口。

继准被他这副欲言又止的样子逗笑了，一勾嘴角道："大哥，你这是在憋尿吗？"

"你难过吗？那个时候。"谭璟扬抿唇问，眼中不由得燃起一丝心疼。

"开始的确有点。"继准不可否认地点点头，"特别是当那些街坊邻居在你面前有意无意谈论起的时候……什么'闹闹真可怜''他爸跟小三在外头好像还有个小孩儿'，说心里不难受那是假的。"他顿了下，"不过也没觉着就是什么特别了不得的事儿，尤其是我后来发现陈建业对我妈和我是真的好。用娇姐的话说，就是因为有老陈，母麻雀才能带着她的小雀崽子住进了凤凰窝，一住还是一辈子。说真的，自从跟了陈建业，娇姐脸上的笑都比过去要灿烂多了。"

"那你现在和你亲爸还有联系吗？"

"有，不过不多。"继准说，"其实我亲爸对我还行，娇姐和陈建业也没阻止我跟他接触。不过他跟他后来老婆好像一直生不出孩子，近些年一直在东奔西走地四处寻医问药，也不怎么回来了。"

大概是觉得冷，继准将兜帽往脑袋上一扣，搓着手一下下呵着热气，抬眼笑着说："说真的，我挺感激我后爸的。就因为他的爱，之前那些事都显得微不足道了。"

谭璟扬静静注视着继准，眼睛在街灯的映衬下跳动着熠熠的光。

他突然发现今晚自己又对眼前这个人有了新的认识。起初自己只当继准是个含着金汤匙出生的富家少爷，被爱包裹着，因为不经世故才会毫不世故。可现在看来，他并非不曾经历，而是以一种洒脱、豁达取代了尖锐、敏感。这其中不光有陈建业的功劳，还有他那双和那店老板一样能将纸钱看作是蝴蝶的眼睛。

如此想来，自己先前对他的想法到底还是太过片面。

"嗯？下雪了。"一丝冰凉落在了继准的鼻尖上，他仰头看向路灯下簌簌飘落的雪花，从兜里摸出手机打开了摄像功能。

"扬哥，看我。"

谭璟扬收回思绪，抬头就见继准正拿着手机对着他边拍边挪动脚步找寻着最佳构图。

"啧，别垮着个脸，笑一个？"继准将手机凑近谭璟扬，给他来了个特写。

谭璟扬向来不习惯拍照，但凡镜头朝他面前一杵，绝对要僵。

他伸手要去遮继准的镜头，被对方挥手拍走，只得叹了口气说："搞什么？"

"把你的帅脸记录下来。"继准盯着手机屏幕露出了虎牙，冲谭璟扬抬抬下巴，"来，说点儿什么。"

"说什么？"

"随便。"

谭璟扬一动不动地站在原地，被继准没来由的一通操作整得有些无措。

见对方半天没说话，继准只能尝试着引导谭璟扬开口。

"冷吗扬哥？"他问。

"不冷。"

"咱待会儿回去吃什么？"

"煮面吧。"谭璟扬顿了顿，"或者你想吃什么？"

"我……都行，最好热乎点的。"

"哦。"

继准举着手机，两人边朝着向阳街的方向慢慢走，边你一言我一语地瞎胡扯。

"你录这个到底要干什么？"

"你猜？"

"算了。"

"扬哥你老家就是眉城的？"

"嗯。"

"说说，眉城都有什么好吃的。"

"醪糟鸭、红烧鱼籽……没了。"

"你跟谁学的画画？"

"我妈。"

"她是美术老师？"

"嗯。"

"那你以后想当美术老师吗？"

"不想。"

"那当什么？"

"先考上大学再说吧。"

"哎,绝了。"继准移开手机,有些无奈地看着谭璟扬,皱眉道,"我说你能不能别总跟懒驴拉磨似的,我问一句你说一句啊。"

没有回应。

"算了收工。"

"谢谢你。"

两个声音叠在了一起。

当晚,继准从谭璟扬家回去后,打开了电脑上的剪辑软件,将这段素材拖进了轨道。

今天上课的时候,他把自己擅长的技能从里到外地细细剖析了下,最后发现可能只有拍片子这一项还算能勉强拿得出手。于是,他决定赶在谭璟扬生日当天,做个视频给他,一来不会撞款,二来也还算是别出心裁。

不得不说,谭璟扬这张脸很适合上镜。并不是那种单纯的好看,而是有质感。以继准自觉还算丰富的阅片量来看,这张脸无疑更适合大银幕。

可惜了,却是个见到镜头就僵硬的面瘫。

鼠标选中素材一帧帧拉着,继准顺手便将有用的部分给剪了出来。

耳机里的音量被他调得挺大,好检查哪些地方是需要降噪的。台灯上自带的时钟指向凌晨一点,继准揉揉眼,端过边上的热牛奶喝了一口。

随着屏幕上的画面忽然晃动了两下,耳机里又传来了谭璟扬的那句"谢谢"。

继准愣了下,随即嘴角微微上扬,按下保存。

接下来的几天,谭璟扬发现继准有事没事就会举着手机对他一通拍。他纵然不知道对方到底想搞什么名堂,但也大致猜测出多半与自己的生日有关。

他虽然面对镜头仍是面瘫,但心里多少又有些期待。而在这之前,他从未对生日抱有过任何期待,常常都是华子端了碗长寿面祝他又长大一岁时,他才猛然想起,哦,可不是嘛。

周六是个阴天,灰色的云层厚重地压过头顶。

电线杆上落了几只麻雀,一个个毛蓬成了一朵球,交头接耳的样子像极了那些活在老城里的街坊四邻。

两人提前请了晚自习的假,下午的课一上完便直接接了谭乐,然后赶往客运站。

大巴车开离市区的时候，天色已彻底暗了。谭乐上车没一会儿便打起了小呼噜，他被谭璟扬安排在靠窗的位置，整张脸埋进一条毛绒围巾里。

"你不睡会儿吗？"谭璟扬看了下时间，"还得将近三个小时呢。"

"不困，上课的时候补过觉了。"继准嘴里塞着个棒棒糖，一侧的腮帮微微鼓起，垂着眼边回答边翻看着手机里的素材。

谭璟扬见他这副样子，忍不住伸手扯他嘴里的棒棒糖。

继准皱眉"啧"了声："包里还有，要吃自己拿。"

"还上课补过觉了，你说这话的时候就没有半点心虚吗？"

继准将糖从嘴里拿出来也跟着乐了下："这不是您老先给放的假吗，说今天的笔记不用记。"

"我那是让你专心听讲！"

"算了吧扬哥，我上课那会儿满脑子全是你说的那什么红烧鱼籽、醪糟鸭了，看表格上乱动的二次函数都觉得像渔民捕鱼用的网。你说咱到眉城的时候那些馆子还营业吗？"

"说不好。"谭璟扬摇摇头，"眉城不比这儿，一个五线开外的小破城市，一到夜里基本就都关门了。"

"哎，实在不行就等明天吧。"继准突然一拍脑门，"那蛋糕店是不是也都关了啊？早知道提前买一个带着了。"

"明天再说吧，我也不怎么爱吃蛋糕。"谭璟扬顿了顿，唇边轻轻勾起一抹弧度。其实继准这次能陪他一起来，他就已经很高兴了。

车窗外的村寨灯火飞速掠过，载着他们奔赴远方。

抵达眉城的时候已是深夜。

此时的眉城正在下雨。在谭璟扬的记忆中，眉城似乎就总在下雨。

空气里永远有股驱不散的潮湿味道，再加上小城里随处可见的上坡下坡，让这座北方小城平白沾惹了些南方城镇的气息。

三人从汽车站走出来，谭璟扬怕谭乐刚睡醒，再吹风会着凉，便又给他加了件羽绒服。打远一看，就像是两个男人加一只小熊。

"继准，你撑着伞跟小乐在这儿等我，我去拦车。"

"车站离你家远吗？"继准问。

"倒是不远。"谭璟扬顿了顿，"不过这不是在下雨吗？"

"那就走走呗，顺便找找看吃饭的地方。"继准新奇地打量着四周，低头问谭乐，"你觉得呢？"

"我也想走走！"谭乐才睡了一路，这会儿也是精神得很，赶忙出声附和。

谭璟扬点点头:"行吧,那就边走边看。"

雨水落在房顶上激起飞溅的水花,又顺着房檐落下来,敲打在路两旁的石阶上。

正如谭璟扬所说,眉城到了这会儿街上基本已经没人了。别说是人,走了半天连辆车都没看到。

稀稀拉拉的路灯因为年久失修,每个看起来甚至都还没手机自带的电筒亮。比起向阳街的复古,这里更像是被岁月遗忘了的地方。

但继准并不讨厌眉城给他的感受。大概是许久都没有旅行过了,又或许是这个地方和谭璟扬有关,他甚至还觉得有一种莫名的熟悉和亲切感。

在路过一条老街时,继准突然闻到了股热腾腾的香气。

身边的谭璟扬站住脚步,低叹了声:"啊,那家店居然还在吗?"

"什么店?"继准直觉有东西吃了,眼睛顿时一亮。

"跟我来。"谭璟扬说完,带着继准和谭乐快步朝一条更为逼仄狭窄的巷子里走去……

香味的尽头是一间平房,门口悬挂着一盏老式钨丝灯。大门虚掩着,里面隐隐传来电视节目的闹腾声。

谭璟扬掀开门帘,示意继准和谭乐进去。只见靠窗的灶上支着口大锅,蒸腾着缕缕热气。旁边的作料台上依次摆着酱油、盐、葱花,一个穿围裙的中年女人正边看电视边在案板上和面。

像是没料到这个时候还有客人,女人微微一愣,随即不好意思地对谭璟扬说:"不好意思啊,已经关门了。"

"小茹姐。"谭璟扬看着女人牵起嘴角,"不记得我了吗?"

女人有些疑惑地打量着谭璟扬,像是在努力回忆。一个小男孩儿从里屋冲了出来,一把抱着女人的脚来回摇晃着耍赖。

"我是谭璟扬,小时候经常跟我妈来你家吃面。"

"啊!你是袁老师的儿子!"女人想起来了,眼里顿时有了光,赶忙上前拉着谭璟扬他们坐下,热情道,"你都长这么大了呀!我刚一看两个大帅小伙推门进来,心说别是明星跑眉城来拍戏了吧……哎哟,你这手怎么搞的?"

"没事,摔了一下。"谭璟扬笑笑,看向女人腿上的小孩儿说,"你都有孩子了?我记得那时候你还在上学。"

"可不，得有多少年没见了。"女人拿过抹布麻利地擦干净了桌子，"等着啊，我现在就给你们煮面。"

"麻烦了小茹姐。"谭璟扬不好意思地点点头，"对了，刘奶奶呢？"

女人愣了下，随后背对着谭璟扬他们淡淡地笑着说："我妈过世了，都是早些年的事情了。"

她边说边掀开锅盖，将擀好的面下到锅里，又取过三只碗往里面各放上一小块猪油，转头问："袁老师现在还好吧？"

继准心里一紧，悄悄抬眼看了下谭璟扬，只见他脸上并没有出现太大的情绪波动，他嘴角仍带着丝轻浅的弧度，温声应了句："嗯，都好。"

"当年袁老师在我们学校可是出了名的大美女，又好看又会画画，当时听说她结婚了，不少男同学私底下哭成了一片。"女人将面盛了起来，又在碗里舀了勺清汤把猪油化开，最后撒上层翠绿的葱花，端到了继准他们面前。

"趁热吃。"谭璟扬给继准递了双筷子。

继准接过，喉头动了动想说些什么，但话到嘴边转了几转最终也只是说了句："谢谢。"

比起谭璟扬的平静，谭乐到底还是小孩子，在听到女人不经意间问到自己妈妈的时候，嘴巴撇了撇，泪珠子便"啪嗒啪嗒"地落进了碗里。

女人见状吓了一跳，赶忙上前去哄道："怎么了，怎么了，是不是烫到了啊？"

结果不哄还好，一哄谭乐更委屈了，他抬起胳膊不住地擦着眼睛，哽咽地说："我妈妈……我妈妈也过世了呜呜呜……跟爸爸一起走了……"

谭璟扬夹面的手微微一滞，也不由得皱起了眉。继准默默咽了口唾沫，此时已经有些后悔自己要来吃饭的提议。

但谭璟扬还是很快就又重新调整好了情绪，他冲谭乐笑了下，哄慰道："跟你说了多少次，已经是男子汉了，不能老哭鼻子。"

"对、对不起……"谭乐拼命憋住眼泪，红着眼睛打了两个嗝。

"快吃，不然凉了。"谭璟扬又把面往他面前推了推，谭乐拿着筷子埋头下去，一抽一抽地喝着汤。

耳边女人的儿子还在跟他妈一个劲儿地撒娇，趁女人坐下来洗碗时还在她脸上"吧唧"亲了一口。

继准看谭乐的头埋得更低了，心知他是又被这样的画面刺激到，忙想法子转移他的注意力。

"咳，那是什么花儿啊？"继准指着冰箱上一盆开得苟延残喘的花问。

"凤仙花。"身边的谭璟扬轻声回答,"又叫指甲草,加点明矾或者盐可以染指甲。"

"是啊是啊,比指甲油健康多了,就是颜色少。"女人也赶忙接话道。

继准佯作新鲜:"是吗?改明儿让慧姨也养两盆……小乐,你注意过慧姨都用什么颜色的指甲油染指甲吗?"

"唔……好像就是红色。"

果不其然,谭乐的注意力渐渐被指甲草分散,认真地思索着。

谭璟扬淡淡地看了谭乐一眼,低声对继准说了声:"谢谢。"

吃完面,三人告别女人离开了巷子。走出几步后,谭璟扬停下脚步,垂眼看向谭乐。

"小乐。"他喊了句。

谭乐像是害怕谭璟扬因为刚才的事训斥他,有些胆怯地向后挪了一小步,一下下抠着自己的手指甲。

继准见状,忙上前将谭乐护在了自己身后,冲谭璟扬摇了摇头。

谭璟扬沉默地盯着谭乐看了会儿,缓缓蹲下身张开一只手,将他轻轻环住。

谭乐的小身板蓦地一僵,嘴唇上下动了动:"哥?"

谭璟扬闭了闭眼,随即默默收紧手上的力度:"哥抱下。"

Chapter 17
·春草

雨势更大了,以至于三人虽然打了伞,可到谭璟扬家的时候身上还是被淋湿了大半。

谭璟扬翻出浴巾递给谭乐,让他先自己擦干,又跑去厨房烧热水,趁着空当拿起扫帚一下下扫着地上的浮尘。

继准倚在门边上,冲他吹了个口哨:"'残疾人',放着我来吧。"

"不用。"谭璟扬边扫地边头也不抬地对继准说,"你也快去把湿衣服换了,当心着凉。"

继准没接话,仍半抬着眸子默默看着谭璟扬干活。见他半天不动,谭璟扬忍不住蹙了下眉:"还杵在那儿干吗?"

继准借着墙壁的力直起身,迈步朝谭璟扬走去,随即抬手在他后背上拍了拍。

谭璟扬先是愣了下,没太反应过来,接着垂下头,片刻后哼出声短促的轻笑声。

窗外雨声阵阵,夹杂着偶尔响起的几声闷雷。逼仄老旧的厨房中一片寂静,只能听到水烧开后"咕噜噜"的响声,这响声取代了太多语言。

转眼间,距离十二点还有半个小时。

继准打开笔记本电脑,赶着在十二点之前将视频输出完成。看着渲染的进度条一点一点填满,继准紧张地屈指叩击着桌面。终于在零点到来的前一秒,这条视频准时发送到了谭璟扬的手机上。

而此时的谭璟扬仍待在厨房里,一动不动地看着那壶烧开的水兀自出神,只觉得头发上湿冷的雨水也被身体所散发出来的热气煮沸了。

放在旁边的手机突然振了一下,他这才收回思绪,看向了屏幕。

210

是继准发来的一条视频。

谭璟扬将手指移到屏幕上，好几次想要点开视频又都停了下来。如此反复了许多遍，他才怀着一种近乎于虔诚的心态按下了播放。

视频里的每一帧都是被精挑细选后留下的，有些他知道是在什么时候拍的，有些不知道。

从纷纷飘落的雪花到余晖笼罩下的学校天台，从清晨冬雾弥漫的向阳街再到午后老旧的器材室，谭璟扬第一次如此认真地面对自己。

最后一个画面是在前往眉城的路上，他托着下巴看向车窗外迅速倒退的灯火。谭璟扬之前从未发现，原来自己的眼里也可以是有光的。

这段视频他翻来覆去看了不知多少遍，前几回只顾着激动，后来慢慢拉回了些理智，才发现继准其实相当具有视听审美。他学过美术所以大抵知道些色彩和构图，这条视频虽然是拿手机拍的，但从运镜到画面设计都显得十分成熟。

"我说你能不能半夜躲被窝里自个儿偷偷看啊。"继准不知何时站在了厨房门口，有些不自在地摸摸鼻子说，"都循环播放无数遍了，我在外头听得脚趾头都在抠地。"

"嗯。"

继准清了下嗓子，调整了下吊儿郎当的站姿："生日快乐啊。"

"谢谢，我过会儿就发条朋友圈。"

"啊？"继准吓了一跳，"不了吧大哥，那你等我再精修下！"

"呵。"谭璟扬笑了声。

雨仍在下，汇聚在屋外墙角的水沟里，向着坡下的水塘流去。不远处的人家栽种着一棵蜡梅，被雨水浸润过后释放着若有似无的凛冽香气，从窗户的缝隙中飘了进来。

继准用热水简单地擦洗完后换了件干爽的衣服，在不大的屋中漫无目的地瞎晃荡。侧卧的门缝虚掩着，从里面透出柔和的光。

谭璟扬斜靠在谭乐的小床边，正戴着眼镜，聚精会神地翻看一本泛黄的旧书——是他随便从他爸的书柜里翻出来的。

"小乐睡着了吗？"继准蹑手蹑脚地推门进来，压低嗓音问谭璟扬。

谭璟扬将目光从书本上移开，看了谭乐一眼点点头说："刚睡着。"

他合上书本又帮谭乐往上牵了牵被角，而后小心翼翼地从床上蹭起身，关了台灯，带着继准走出侧卧，掩上了房门。

"要不还是我睡小屋，你跟小乐去主卧吧。"继准抬头对谭璟扬道，"外面打雷，别再半夜吓着他。"

"算了吧,好不容易才哄睡着,再把他叫醒挪地方又得折腾半天。"谭璟扬取下眼镜揉了揉眉心。

"哎,也是。"

两人回到主卧,谭璟扬从柜子里翻出了一床厚被子换上。讲真的,那被子有点潮了,盖在身上凉凉的半天也焐不暖,好在闻起来倒还干干净净。

谭璟扬拧开台灯,一只手垫在脑后倚在床背上,目光移向了对面桌子上那台盖着天鹅绒罩布的老式录音机。回忆如同潮水,又渐渐涌现了上来……

继准恰好此时翻了个身,在看到谭璟扬悠远的目光后微微一怔,随即也跟着他朝录音机看去。

"刚趁你在小屋,偷偷掀开看了眼。"继准抬起身,冲谭璟扬眨眨眼说,"日立老原装了吧?我家以前也有一台,现在少说能卖个一万多块钱呢。"

"嗯。"谭璟扬回过神淡淡笑了下,"以前我爸在广州买的,说我妈当时一见了就走不动道,最后愣是花了他好几个月工资才带回来。"

"家里有磁带没,试试还能用不?"

谭璟扬点点头,掀开被子下床走到桌前,轻轻拉开了抽屉。借着微弱的灯光,只见里面整整齐齐地摆放了许多磁带,被分门别类地贴好了标签。

谭璟扬的指尖逐一扫过那些磁带,在其中一盘上蓦地停顿了下,随即将其抽出。黑色的卡带封面上印着白色的印刷字体,被反复取用后已显得有些褪色。

"西蒙和加芬克尔?嗯,好听。"耳边传来继准的声音。

谭璟扬弯腰将磁带装进了磁带仓,兀自捣鼓了会儿。

"好像坏了。"他依次按着录音机上的按键,摇了摇头说。

"我看看。"继准让谭璟扬挪开点位置,重新打开录音机磁带仓,用手机照着里面,"好像是积灰了,不过现在黑灯瞎火,怎么也得等明天再说。"

他叹了口气,将天鹅绒布重新盖了回去,转头看谭璟扬:"散了散了,睡觉。"

两人重新回到床上,谭璟扬发现此前心里泛起的酸楚被刚刚一番折腾冲淡了不少。

他将台灯熄灭,躺了下去。

"西蒙和加芬克尔唱过一首特经典的歌,后来好多电影都用过,叫 The Sound of Silence,听过吗?"继准的眼睛在夜色中放着亮光,仍是

212

兴致勃勃地在谭璟扬耳边说。

"听过。"

继准翻了个身仰面躺着："哼来听听，你这声音唱歌绝对棒。"

四周短暂地安静了会儿，正当继准以为谭璟扬害羞了，打算转头再催促调侃两句时，耳边突然响起了极轻极浅的口哨声。

是那首 *The Sound of Silence*。

"让你哼歌你吹口哨……"继准舔舔腮帮子，倒也没继续打断，手在被子上跟着一下下划拉着拍子。

等谭璟扬吹到了新的一小节，他便以同样的方式加入了进去。

两个口哨声在老房子里徐徐萦绕回荡，伴随着潮湿的气息与蜡梅香气，一起融入了今夜的风雨中……

次日，三人在街口的早点摊吃完早餐后，雨总算停了，但天上仍是乌云密布，随时都有可能再下雨。

眉城这地方当真是不大，也的确没怎么发展。隔着两排平房的屋顶，能够直接看到远处零星伫立着的几栋高楼，那便是新区的房子，再往外就要出城了。

可眉城又是真的挺有生活气息和独属于老城的底蕴的。

空气里随处都弥漫着菜籽油的味道，路很窄还好过往的汽车也不多。人们多是步行或是骑自行车穿梭在小街与巷道之间，车篮和车把上多半还会挂着几袋新鲜的瓜果蔬菜。

比起大城市，这里无疑更多出了几分"人气儿"。而继准，恰恰就很喜欢这样的"人气儿"。

"花店还得过会儿才开门。"谭璟扬摸出手机看了眼时间说，"我订了束满天星要去拿。"

"嗯，那就等会儿吧，反正现在还早。"继准点点头，他知道这束花是谭璟扬买给妈妈袁茵的。

"哥，我们现在去哪儿？"谭乐仰头问谭璟扬。

谭璟扬朝一处抬抬下巴道："我记得从这个坡下去有家卖奶茶的，老板是内蒙人，奶茶也是现煮的，不知道这会儿出摊没。"

"行啊，刚好找个地方暖和暖和先。"继准搓搓手，只觉得潮湿多雨的冬天当真是不好过。

幸而奶茶铺是开着的，隔了老远继准便闻到了空气中那股香甜的味道。砖红色的奶茶被用滤网筛掉了茶叶，倒入瓷碗中。继准搬了个小板凳坐在雨棚下头，端碗刚喝了一口就竖起了大拇指。

"牛啊！"

谭璟扬没要奶茶，只让老板给他倒了杯热的没加糖的红茶，小口轻啜。

继准边喝边问谭璟扬："你是怎么发现这家宝藏小店的？"

"眉城本身也不大。"

"可不，眉城统共就指甲盖那么点大，凡是做得久点的店又有哪个不知道？"老板拿着铜壶出来，笑着跟谭璟扬说，"不过我记得当时应该是小文带你来的吧？他那时候还在这边上师专呢，屁颠屁颠地跟我说你是他外甥。"

谭璟扬的神情微微一滞，但还是礼貌地冲老板颔首笑了下："我记不清了。"

"错不了，那小子当时可是我店里的常客。"老板朗声说，"怎么，你们现在不住一起了吗？前段时间我还见他回来了，就住对面那家快捷酒店。"

谭璟扬握杯子的手顿了下，抬头问老板："您说袁成文最近回来过？"

"啊，回来啦。还到我店里来跟我一通聊，打听眉城现在的房价。"老板说完便拎着铜壶离开了。

继准见谭璟扬蹙着眉，食指在杯子上烦躁地一下下叩击着，便知他应当是心情不好了。

于是，继准抬手在他肩上轻轻拍了下，低声说："你让他只管问，反正房子在你手上，只要你不卖谁也不能逼你。"

谭璟扬沉默片刻，舒出口气："我就是觉得硌硬。"

这话继准不否认，俗话说得好，不怕贼偷就怕贼惦记。试想一下有一只苍蝇天天明里暗里地在你跟前乱转悠，张口闭口不是要钱就是要打你房子的主意，脾气再好的人怕是也受不了。

此时谭璟扬的电话响起，他看了眼来电显示，起身扫码付了钱，回头对继准和谭乐说："走吧，花店开门了。"

从老城中心的花店打车到郊区也就八块钱。

到底是小城，便是墓园修建的也远不如岭山北坡的气派。两排稀疏的松柏，在寒风中瑟瑟摇晃，抖落针叶上的水珠混入泥土。

大概是未至清明，整个园中除继准他们三个外就再没见到其他人。路两旁覆盖着荒草，脚踩在上面发出簌簌的响声。

他们在一座并排而立的墓碑前停下，继准看到碑前已经被人放上了一大束满天星。这种花耐寒耐旱,沾了雨水后仍保持着新鲜的样子。

"有人在咱们之前来看望过叔叔阿姨。"继准边说边看向谭璟扬,就见他盯着那束满天星的眼底晦暗一片。接着,他弯腰将花捡起,直接转身走到身后的垃圾桶前,将其倒扣着插了进去。

"喂,扬哥!"

继准下意识要出言阻拦,可谭璟扬却先他一步低声道:"他不配。"

继准抿抿唇泄了口气,不禁放缓声音说:"也不见得就是他吧,兴许是阿姨或者叔叔的学生或者同事呢?"

谭璟扬没有回话,兀自静了一会儿,这才又轻轻推了下谭乐的后背,示意他将手里抱着的花放到爸妈的墓碑前。

"你先陪爸妈说说话,我把杂草清清。"谭璟扬说着,便开始低头一声不吭地拔着周围焦黄的枯草。

谭乐点点头,乖巧地照做。他从自己的小书包里翻出了最近考试的成绩单,码得整整齐齐地摆在面前,又找了块石头将其压住,认真地对着墓碑说:"爸爸、妈妈,这是我最近的考试成绩,数学进步了。还有,我画的画也获奖啦,还代表学校去参赛呢……哦,对了,我们从小舅家搬出来了,住我们楼下的慧姨人特别好,经常做好吃的给我吃……"

谭乐一开始聊就像被打开了话匣子,学校里的趣事,谁又扯了班长楚甜甜的辫子,被老师罚站……仿佛爸妈就站在另一边,耐心地听着他小嘴叭叭地说个没完。

今天他没有哭,甚至没有表现出一丝软弱的样子。因为来前谭璟扬告诉过他,他们是来看爸妈的,总要让爸妈知道自己过得很好才会放心。

在谭乐的滔滔不绝中,继准看向了墓碑上的人。

谭璟扬其实长得更像他爸爸,特别是那双狭长的眼睛。谭乐则更像妈妈袁茵,眼睛乌溜溜的,让人想不待见都难。

继准在心里默默跟他们问了声好,便再次转头看向一旁的谭璟扬。

此时的天空又开始飘起雨丝,只见他弯着腰,正将那些杂草连根拔起堆在边上。大概是因为手上动作不便,他显得有些吃力,碎发贴在额前,也不知是雨水还是渗出的汗。

继准眯了下眼,抬脚走到谭璟扬边上也跟着一起清理起枯草。他看到谭璟扬的手上被割出了几条小细口,从里面渗出红色的血珠,但对方仍像是察觉不到疼痛般地拔着。

"歇会儿吧'残疾人'。"继准上前用手肘顶开谭璟扬,替他拔掉了眼前的杂草，"我来就成。"

"你别动了，割手。"

"你还知道割手呢？"继准冲谭璟扬递递下巴，"我包里有创可贴，你自个儿去拿。"

谭璟扬站着没动，随便把口子里的血挤出来后就又重新弯下了腰。

继准知道他其实是想以这样的方式缓解情绪，便也没再多说什么。两个人像插秧农民似的各自清理着面前的枯草，彼此也不多作交流。

寂静的墓园里一时便只能听到不远处谭乐的喋喋不休，还有间或的几声鸦噪。

就这样不知又过了多久，谭璟扬才又淡淡开了口："他们那天是一起走的。"

他声音不大，以至于瞬间就被吹散进了风雨中。

继准手上的动作微微一停，抬眼朝谭璟扬看去。只见他面色依旧，看不出任何明显的情绪，唯有那眼底的光稍显暗淡。

"也是在冬天，国道上结冰打滑，一辆货车超速行驶，从路口直接冲了上来……"谭璟扬的喉结滚动了下，继续埋头拔着草，"谭乐还小，电话打到家里的时候袁成文正在跟他玩骑大马，闹哄哄的。起初我跟袁成文都以为是诈骗电话，直到第二天才觉得不对劲，跑去交警大队问。人家说他们早就已经在医院里，冻着了。"

谭璟扬的语气不急不缓、不轻不重，却让继准的心被狠狠剜了下。

说什么谭乐还小，他谭璟扬那时也不过是个孩子罢了。突如其来的灾祸降临，他成了剩下的三个人里唯一靠得住，必须支撑起这个家的那个人。

继准吞了口唾沫，咽下了喉头翻涌着的酸楚。

"后来我偶然看到了一则周国平的寓言故事……"谭璟扬舔了下发干的嘴唇，"说是有个王子生性多愁善感，每次听到那些悲天悯人的故事时都会感慨说，这事儿要是落在他头上，他绝对受不了。"

"然后呢？"继准问。

谭璟扬顿了顿，接着说："然后有一天，他的国家就被敌人攻占了。父亲被杀，母亲受辱而死，他成为俘虏好不容易跑了出来，最后流落异乡靠行乞为生……许多年后有个作家遇到他，知道了他的过去。作家也发出了和他同样的感慨，但王子这次却平静地告诉作家说，凡是人间的灾难，无论落到谁头上，就都得受着，而且都受得了——只要他不死……而至于死，就更是一件容易的事了。"

继准呼出口气，闭了闭眼，枯草绕在指间，手指勒出红痕。

没错，就是这样的谭璟扬让他一次次见证了哪怕身陷泥潭，头顶也不见日月，但只要不死就还是会拼了命地往上爬。仿佛一根从墙缝中钻出的荆棘，每一根尖锐的刺都是他顽强生长的铁证。

一片云飘过，雨再次停了。

天色较先前来说通透了不少，隐隐有了一丝放晴的迹象。

继准从包里翻出创可贴扔给谭璟扬，抱着那些清理完的杂草扔进垃圾箱，突然就看到墓碑前一处不显眼的角落，有棵嫩芽正悄悄舒展开翠绿的叶片，在这萧瑟凛冽的冬季里，被冰冷的石碑衬托得生动跳脱。

"扬哥。"继准轻唤一声，冲那嫩芽扬了扬下巴，两人一起朝它看去。

花开花谢，潮起潮落，或许从来就不是终结，而是新的开始。

重新回到南城客运站的时候，太阳刚刚落山。

继准他们中午着急赶车就没吃饭，这会儿从眉城回来都饿得够呛。

路过超市的时候，谭璟扬跟继准说："你要不去我家吃完饭再回去吧，我买点羊肉和菜，晚上在家煮火锅。"

继准点点头："成啊，刚好赶着晚高峰了，去你那儿还方便些。"

于是，三人拎着一堆煮火锅的食材，继准还抱着两大桶可乐，一起踏着夕阳的余晖朝向阳街缓步走去。

慧姨按摩院的粉灯才刚亮起，她照例穿着那件宝蓝色的旗袍，正拿酒精给那些拔罐用的器具一一消毒。

"慧姨！"

谭乐隔着老远便大声喊了一句，随后快步朝她跑了过去。

慧姨看见谭乐，眼角瞬间笑出细纹。她揉着谭乐的脑袋，撇嘴说："小崽子，一天多不见还怪想你的。"说完抬眼看向谭璟扬，冲他朝楼道里努努嘴，"你朋友下午就回来了，一直搁门口等着呢。"

她话音刚落，就见楼道里的程罪闻声走了出来。

"扬哥！"他笑着喊了句，突然看到谭璟扬身边的继准，脸上的笑容微微僵了下。

"集训结束了？"谭璟扬也有点意外，但细想了下可不嘛，刚好是到今天。

"嗯。"程罪轻点了下头，有些不好意思地抓抓头发，"那天早上走得急，忘记带钥匙了。慧姨说你带着小乐回了老家，我还担心你们今晚不回来了呢。"他说完再次将目光移向继准，礼貌地问，"怎么，你们是在

217

路上碰到的吗？"

"他跟我一起去的眉城。"谭璟扬说。

"是吗？"程罪垂下眼看着自己的球鞋，轻轻弯了弯嘴角。

"走吧，先上楼。"谭璟扬从兜里掏出钥匙，"东西太多了。"

继准将手上的塑料袋又往上拎了拎，只觉得一道复杂的目光正从旁侧朝他投射过来。

"眉城不比这儿，挺小的哈。"见继准看向自己，程罪对他笑了笑，"别说像西城那样的高档别墅区了，连几栋像样的高楼都没有。"

"挺好的，比这里有烟火气。"继准没打算去理解程罪这句话隐藏的含义，于是就回答了字面意思。他现在只想吃口火锅，再猛灌几口冰可乐。

厨房里，程罪熟练地将白萝卜和土豆切片摆盘。谭璟扬因为手不方便，就退居二线调蘸料。

客厅里，继准拉开电视柜下的抽屉，从里头挑了张葛大爷主演的《甲方乙方》的光盘推进了影碟机。

1997年的贺岁喜剧，他还挺喜欢的。

桌上的火锅冒着热气，"咕噜噜"地翻滚着。继准边聚精会神地看电影，边将筷子和碗分了，一只手突然在他脑袋上按了下，吓了他一跳。

"干吗？"继准"嗷"了声。

谭璟扬好笑地看着他说："怎么跟狗似的。"

继准闻言，舔舔虎牙哼笑了声："知道了就别犯毛病，当心把你手指头咬掉。"

火锅煮开，谭璟扬往几个人的碗里分别添了蘸料，然后用筷子扎了下锅里的鱼丸。

"丸子能吃了。"他说着往沙发上一坐，拧开瓶可乐给继准倒满说，"你这么喜欢看电影，怎么不真去学个编导，考个电影学院啊？"

继准夹了个丸子吹了吹，头也不抬地嚼着说："拉倒吧，看看还行，真要把我圈在那儿背什么艺术概论，我得烦死。"

"最好的电影学院是在北京？"

"嗯，做影视行当还得是去北京。"继准随口接话，突然像想起什么似的转头问谭璟扬，"对了，之前一直没问过，你大学打算考哪儿？"

"还没想好。"谭璟扬笑笑，"之前考虑的是就找个本地的。"

继准一脸意外："大哥你学习这么好，待在本地干什么？"

谭璟扬没接话，用一副"你说呢？"的表情看着继准。

继准瞬间反应过来，他是在担心谭乐。毕竟这世上能让谭乐依赖的人如今就只剩下谭璟扬一个，不然真把他交给袁成文吗？

程罪一直在旁边默默吃饭，也不说话，却将一切尽收眼底。

此时，他轻轻搁下筷子，看似漫不经心地说了句："继准，扬哥跟你不一样，他有太多现实的事需要考虑。"

"但现在觉得，要是能找到好办法，我也还是想要试着考更好的学校的。"谭璟扬突然道。

程罪一愣，有些意外地看着他。

谭璟扬兀自又夹了一筷子菜："反正还有时间，再想想办法吧。"

"哥，你不要担心我！"一旁的谭乐早就想表态了，信誓旦旦地说，"哥，你一定得考上B大……我到时候可以住校，等放假了就去北京看你！"

"你想考B大？"继准看向谭璟扬。

谭璟扬牵唇，片刻后"嗯"了声，再次抬眼问继准："所以你真的不考虑一下电影学院吗？"

"是呀，准哥，这样你们就又在一起了！"谭乐接话道。

继准失笑："你当是想就能上的啊？就我这点三脚猫的野路子功夫。"

"我觉得你行。"谭璟扬说，"你有天赋。"

"谢了啊。"继准勾勾唇，将面前的可乐一口气喝完，又顿了下说，"知道了，你让我想想。"

饭后，继准离开了谭璟扬家。原以为过了晚高峰应该挺好打车的，没想到沿街走了快两公里，愣是一辆空车也没看到。

兴许是之前可乐喝猛了，冷热一激又走得太快，继准这会儿犯起了胃病，只觉得胃里就跟被人下死手拧着似的，疼得厉害。

他在公交站牌边的椅子上坐下，想着就在这儿守株待兔得了，这时身后却驶来一辆黑色保时捷朝他闪了两下灯，按了声喇叭。

继准回头眯了下眼，就见驾驶座的车窗降了下来，露出了吕修霖那张斯文精英的面孔。

"顺风车搭吗？"吕修霖勾起嘴角，藏在镜片后的目光在发现继准苍白的脸色后，微微一沉。

继准点了下头，拉开副驾驶的车门钻了进去，系好安全带。

吕修霖发动车子，侧目看了眼继准问："去哪儿啊？"

"回家。"继准疲惫地又往后靠了靠，"谢谢小吕叔。"

"确定不先去趟医院？"吕修霖切换了下导航，"你脸色看着可不大好。"

继准扬了扬唇，懒懒道："不用了，就是胃有点不舒服。"

吕修霖闻言单手把着方向盘,另一只手从车门的储物格里够出了盒药扔给继准。

"快吃了。"

继准拆了一粒搁进嘴里嚼碎,淡淡的薄荷味充斥口腔。

"你也有胃病啊?"

"嗯。"吕修霖打了个转向,"我经常有应酬,就习惯备盒药在车上。"

继准"哦"了声:"还是得注意点儿。"

吕修霖笑笑:"还说我?你才多大点儿啊就虚成这样。"

继准皱皱眉:"别乱讲。胃疼是胃疼,虚是虚,两码事儿。"

"行行。"吕修霖勾勾唇,不再跟他打嘴仗。

此时车里开着暖气,吕修霖只穿了件衬衫,可继准还裹着厚外套。

空调出风口不断朝他喷着热气,继准的脸有些发红。他稍微降下了些车窗,透过凝结在玻璃上的雾气看着路旁斑斓的灯火。

"对了,前两天黑子来找我。"吕修霖慢条斯理地说,"还主动问起我和苏皓的事,是你跟他说了什么?"

"没有啊。"继准先是愣了下,接着嚼着饼干补充道,"上次从你那儿走后,我就一直没见过他了。"

"是吗?"

继准顿了顿,还是忍不住问吕修霖:"所以你都跟他说了吗?"

"说了。"吕修霖推了下眼镜,"听从你的建议,我把之前那些事都告诉了他。"

"他怎么说?"

"这你还是自己去问他吧,总之关于游戏厅最后的处理结果,我决定跟黑子共同经营。他继续负责日常运营,我作为资金扶持,份额一人一半。"吕修霖牵了牵嘴角,"合同今天已经签过了,我们双方都还挺满意。"

"是吗?"继准僵硬的肩膀此刻终于稍微放松地往下沉了沉,舒了口气道,"真好,恭喜了啊。"

吕修霖低头笑了下,而后再次抬眼看向继准。

"来说说你吧,怎么看着一脸心事?"

"考试没考好,怕挨骂呗。"

吕修霖挑挑眉,显然知道继准是在信口胡诌。

继准斜了吕修霖一眼:"什么表情,不信啊?"

吕修霖摇头笑笑道:"随你吧,不想说就算了。"

继准的眉梢微微跳了下。

要说吕修霖看人是准，这一整个晚上继准其实都在想那些关于"未来"的事。而这些，在遇到谭璟扬之前，他从来都懒得去考虑的。

车子在继准家门口停了下来，吕修霖从后备厢里拎了瓶刚从私人酒庄带回来的红酒，和继准一起进了屋。

陈建业见吕修霖突然造访很是开心，硬拉着他又喝酒聊天到很晚。继准陪了会儿就先回了房间。

他洗完澡趴在床上打开了电脑，QQ上路虎问他明晚上有没有空，许久不见了要请继准吃大餐。

两人定好见面地点后，继准关掉了聊天框，接着鬼使神差地点开了浏览器，手指在键盘上停了一会儿，敲下了"电影学院招生简章"几个字，这一浏览就不知过了多久。

楼下开始变得有些吵，应该是吕修霖要走，喝醉的陈建业非要留人住下。继准收回神合上电脑，这才撑起身子，下床打开屋门走下了楼。

娇姐正竭力控制着张牙舞爪的陈建业，见继准下来了赶忙跟他交代说："闹闹，你后爸喝醉了，你帮忙去送下吕总吧。"

"嫂子，别麻烦了。我刚叫了代驾，这会儿已经在门口等着了。"

相较于陈建业的烂醉如泥，吕修霖此时明显要逻辑清晰、云淡风轻了许多。

"我还是送你到门口吧。"继准边说边从衣架上取过外套穿上。

吕修霖闻言淡淡点了下头："也好。"

两人沿着石子路走出继准家的小花园，周围一下子便安静了下来。

看着吕修霖上了车，继准又跟代驾交代了几句，便朝吕修霖挥了下手说："路上小心。"

刚转身准备离开时，身后的玻璃车窗突然被人降了下来。

"你等等。"吕修霖沉声唤了句。

继准站住，回头朝他看去。

吕修霖顿了顿，而后拉开车门下来，缓步走到继准面前，垂眼看着他说："还记得你那天问我的问题吗？"

继准眼神暗了暗："嗯。"

"当时没能及时回答你，是因为连我自己都没想清楚，准确来说，是一直都在回避去想关于苏皓的事。不过现在，我想我应该可以给你个答案了。"吕修霖抿了下唇，缓声道，"对于他的离开，我至今还是会感到懊悔万分。如你所说，我大概一辈子也无法放下这件事了……但我从不后悔认识他，如果再来一次我还是会跟他成为朋友。"

吕修霖的声音融入冬夜："因为我相信，在和我一同度过的那些日子里，苏皓总有一刻是发自真心感到快乐的。那是他和我都在追寻的东西，我们都曾得到过。"

此时向阳街二楼的出租屋内，谭璟扬正认真清洗着水池里的碗，眉目间若有所思。

"啪！"

一声尖锐的响声令他神色一恍，回过神时手上已被碎瓷片划出了一道血口，正顺着手指涓涓往下滴血。

"扬哥！"闻声而来的程罪见状吓了一跳，忙去柜子里翻找碘伏和创可贴。

谭璟扬拧开水龙头，面无表情地看着手上的血被水冲淡，又再次冒出来。

"程罪，你为什么一定要不断强调我们和继准之间的界限呢？"他侧身避开程罪给他消毒的手，抬眼沉声问。

程罪先是一愣，接着闭眼稳了下气息，直视着谭璟扬轻声道："难道不是吗？"他的唇边勾起一抹凄然的弧度，"扬哥，你是知道我的。我希望你好……这难道也错了吗？"

谭璟扬沉默地看着他，片刻后才又重新转过身，继续冲手上的伤口。

程罪就站在一边，拿着碘酒和创可贴，眼睁睁看着对方拧上水管，将混了血与洗涤剂的手随便往围裙上抹了抹，而后解下围裙团成一团，扔在了一边。

"我下楼扔垃圾。"谭璟扬拎起厨房里的垃圾袋向外走去。

"还是我……"

不等程罪说完，谭璟扬已经快步出了屋，关上房门。

深夜，慧姨的按摩店已经熄灯了，拉着卷闸门。

除了那几盏压根儿就没起多大作用的街灯外，四下再没了其他光源。

谭璟扬倒完垃圾，在楼道口的台阶上坐了下来，独自思考着今后的打算。

突然，从两座楼的夹道里钻出了个身影，隔着不远探头朝他小声唤了句："外甥？是你吗？"

谭璟扬抬起头，眼底的思索转瞬即逝，迅速被阴沉的戾气所覆盖。

"哟，真是你啊！"袁成文搓着手颠颠儿地朝他小跑过来，在看到谭璟扬手上的血口后惊叹了声，"这、这是哪个王八蛋干的？"

谭璟扬懒得跟他废话，转身就要往二楼走。

袁成文见状急忙将他揽住，煞有介事道："哎，你别走先！我在这儿守了半天了，不想惹你生气也不敢上楼敲门。先前看到姓继那小子从你家出来……哦！你俩这是吵架啦？说，是不是他给你弄的！老子明儿就找他算账去！"

谭璟扬此刻只觉得乏累，揉揉太阳穴淡声道："我今天没心情，不管你找我有什么事儿都等过几天再说。"

"好嘞！"袁成文嘴上连连答应，可还是忍不住继续叨叨说着，"听说你最近回眉城了？怎么样，去看我姐跟姐夫了吧？"

谭璟扬回头盯着袁成文："你听不懂人话吗？"

"哎，我这不是有急事儿吗！"袁成文边说边从兜里翻出了张宣传页，兴奋地说，"你看看这个！就老屋那片马上就要盖百货商场了，到时候那儿可就是黄金地段，房价怎么着也得翻一倍呢……我已经打听过了啊，这个最迟明年年初，商场啊它就……"

"滚！"

或许是谭璟扬的眼神太过吓人，袁成文不禁缩了缩头，连着向后退了两步。

他吸了下鼻子，而后悻悻地将那页宣传单又重新塞回兜里，僵笑了下："你看，我就说你们吵架了吧……好好好，我今天先不吵你，改明儿了再来哈！"

袁成文边说边三步一回头地冲谭璟扬挥手说："回吧回吧，你那手还是记得贴个创可贴啊……"

看着袁成文的身影渐渐消失在夜色深处，谭璟扬只觉得头更疼了。

他又在楼下逗留了一会儿，任由北风透过薄薄的衣服料子钻进皮肤，好适当冷却下他烦乱的心情……

第二天，继准和路虎约完饭回家时，在一条地下通道里看到了个熟悉的身影。

他正边打电话，边拎着瓶矿泉水匆匆穿行。

继准眯了下眼，是程罪。

就在他犹豫着到底是该装作没看见，还是叫住对方打个招呼时，突然，他察觉到程罪身后数米外的距离，有个穿黑色冲锋衣的人正埋头缓步跟着。

此时接近午夜，地下通道里除了他们，就只剩个流浪歌手抱着把破吉他，有气无力地扫着弦，昏昏欲睡。

惨白的光照在地面的水磨石上，隐隐反射出冰冷的光泽。一滴水从墙体的缝隙渗落到程罪头上,他抬头朝上方那块水迹看了眼,仍在讲电话。

"嗯,已经在回去的路上了。原本吃完饭就想赶紧回去的,结果几个同学说要去唱歌就又耽误了会儿……"程罪边说边走出地下通道,略犹豫了下后离开大路,拐入了一条昏暗的夹道,想抄去另一条街上赶乘夜路公交车。

凛冽的北风呼呼刮着,卷起了路旁的枯叶,发出细碎的响声。

这附近最近在施工,因而夹道里随处可见一些被人丢弃了的建筑垃圾,脚下的路也因此变得泥泞湿滑。

一只肥硕的耗子正溜着墙边迅速从程罪面前经过,"叽叽"叫着钻进了肮脏的垃圾桶。

哪怕是在这如此繁华高档的西城,也依然还是存在着像这样光照不到的地方。就好比那些卫生死角,总夹杂在缝隙之间。

"扬哥,我手机快没电了。你早点休息,给我留个门就行……"程罪正说着,一抬头就见夹道的尽头突然闪出了个人影。

街灯恰好迎面照过来,晃得才从黑暗中走出来的他不禁眯了下眼。

"继准?"

手机在此时恰好电量耗尽,变成黑屏。下一秒,继准一把攥住了他的手腕,低促地喊了声:"走!"

程罪微微愣了下,本能地就要甩开继准的手。他一向不喜欢被人触碰,更别提是眼前这个人。

继准看向他的眸色蓦地一颤,程罪这才发现他看的似乎并不是自己,而是后方。

与此同时,伴着急促的脚步声,一股强劲的力道裹挟着阴风猛地朝他袭来。

程罪讶异回头,迎上的是一张曾无数次出现在他噩梦里的陌生又熟悉的脸!

继准:"闪开——"

Chapter 18
·岁末

一道光隔着眼皮照了过来。

继准强撑了好几次，才勉强睁开眼。

随着视线渐渐清晰，最先映入眼帘的是头顶那盏白灿灿的日光灯。

空气里弥漫着消毒水的味道，耳边的娇姐正咬牙切齿地放着狠话，陈建业则在旁小声地安抚，让她别太大声，当心吵着儿子。

"啷——"继准尝试着想翻动下压麻了的身子，却顿感后腰一阵尖锐的刺痛，他不禁蹙眉倒抽了口气。

娇姐见继准醒了，方才还凶神恶煞的脸上顿时红了眼眶。她抓住继准的手无比心疼地说："怎么样啊儿子，是不是伤口疼啊？"

继准咽了口唾沫，冲娇姐勾勾嘴角，疲惫地笑了下："对不起啊，老佛爷，这次你儿子是真的见义勇为去了……"

"臭小子！腰子差点都给人捅穿了还在这儿贫！"娇姐伸手要拍继准，但又舍不得地收回手，吸吸鼻子说，"妈知道，你同学都跟警察说了，你后爸当时也在呢。"

继准点点头，再次小心挪动了下身子问："我肾……还在吧？"

"放心，没事儿啊。"娇姐轻捋着继准额前的碎发，"我儿子还是个完整的男人，不耽误日后娶媳妇儿。"

陈建业捏捏娇姐的肩膀，半安慰半责怪地看了她一眼，而后对继准道："医生说伤口不深，也没伤到内脏，就是血出得有点儿多，估计得在医院住上几天，再观察观察。"

"好在马上放寒假了，你也能好好在家休息休息。"娇姐端过桌上放着的保温杯，插上吸管递到继准嘴边，"来，喝点儿水。"

继准乖乖地张嘴就着吸管喝水，娇姐边看他喝边继续咬牙骂道："警察已经立案了！放心啊，你后爸也找了人在帮着一起查，不信找不到那个伤你的王八蛋！"

"行了媳妇儿，你让咱闹闹好好休息先，这些事用不着他操心。"

"对对！"娇姐意识到后赶忙放缓了声音，"闹儿啊，你想吃啥不？妈回去给你做，再带些换洗衣服过来。"

继准喝完水舔了下嘴角："爆炒个腰花成不，给我补补。"

"嘻，不说别的，改明儿我真得找个大师先替你算算，看今年怎么总是在生病受伤，再画几道符给你冲水喝。"娇姐说着，在继准的鼻子上轻轻刮了下，而后拎着包站起身对陈建业道，"我回去一趟给他收拾收拾东西，你在这儿陪着儿子。"

陈建业点点头："成，你开车注意安全啊。"

"知道。"

娇姐说完，便匆匆离开了病房。

陈建业抬头看了眼架子上快输完的液体，低头对继准说："我记得应该还有一瓶，你在这儿等着啊，我叫护士给你换药。"

"嗯。"继准应了声，在陈建业打算出门时又将他唤住问，"那啥，跟我一起的那人呢？"

"哦，他这会儿应该还在派出所做笔录呢。"陈建业顿了顿，犹豫着说，"那孩子……好像跟伤你那歹徒以前就认识。"

继准闻言眯了下眼，又想起程罪当时见到那人后惊恐的样子，以及他嘴里不断喊着的"是他……"，眼神不由得暗了暗。

待陈建业将病房门轻轻关上后，屋里重新恢复了安静。

这是间独立病房，应该是陈建业为了能让他住得舒服些专门花心思安排的。继准仰望着天花板，腰上的伤口仍在不停地跳着疼，许是麻药劲快过去了。

他呼出口气，手指在被子下轻绞着被单。这样的疼痛令他感到疲惫，却也让脑子变得异常清醒。

他不可避免地又想起在自己视线逐渐模糊，陷入昏迷以前，脑海中本能想起的事，居然是今年的编导考试他应该赶不上了。

直到意识回笼，继准忽然发现那个一直笼罩在心底的迷雾似乎正在一点点地消散，进而逐渐呈现出一个无比清晰的答案——

人这辈子，总该为了什么放手拼一把的。

"砰！"

一道烟花在夜空中骤然亮起。

继准侧头看向窗外，新年真的快来了。

一个身影匆匆推开急诊大门，神色慌张地拦住一名值班医生，说话的声音都在颤抖。

"大夫，请问这里之前有没有送来一个后背受刀伤的人，叫继准！"

医生显然已经见惯了这种场面，看着眼前这个脸色苍白、情绪慌乱的年轻人放缓了语气道："你先别急，那病人我有印象，伤口已经处理过了没有生命危险，人不久前刚转去住院部，他父母都陪着呢。"

直到此刻，谭璟扬才敢稍稍松口气。他额角挂着汗，胸口急促起伏着冲医生微微颔了下首："谢谢您大夫。"

话毕，他转身疾步出了急诊大楼。

守在门口的程罪见谭璟扬出来，赶忙上前询问情况，可谭璟扬此时满脑子想的都是继准目前的情况，他也顾不上仔细回答，只道："在住院部。"

结果两人刚冲进住院部大楼，就被门口值班的保安给拦了下来。

"这会儿不允许探视，你们明早再来吧。"保安说。

谭璟扬闭眼深吸口气，尽量让自己的语气听起来和缓些，耐心跟保安解释："我朋友今晚受伤了，现在在楼上住院。麻烦您让我上去看看他，我保证不会耽误太久，也不会影响到其他病人。"

"那也不成啊。"保安态度坚决，"这是医院的规定，我说了也不算。再说，陪护家属都要有陪护证的，你们又没证件我怎么放你们进去？"

谭璟扬抿紧唇，仍执拗地站在原地一动不动。

保安见拿他没办法，只能看向他身后的程罪道："要我说也不耽误这一会儿对吧，你看天不都快亮了吗？你们等白天再来。"

程罪默默看了谭璟扬一眼，嘴唇动了动没敢开口。他太了解谭璟扬的脾气，平日里看着挺好说话，可真到这种时候就连天王老子来了也劝不动。

就在双方陷入僵持之际，身后的门突然被人推开，灌入了一阵冷风。

"小班长？你怎么来了？"娇姐拎着饭盒和换洗衣物站在门口，有些意外地看向谭璟扬。

谭璟扬一回头见是娇姐，暗沉的眼神瞬间跳动了下，慌忙道："阿姨，我来看继准。"

娇姐对这位班长一直挺有好感，知道他勤工俭学，独自挑起家庭的重担，带着弟弟生活。继准跟他在一块玩后，学习成绩似乎也提高不少。还有他那弟弟谭乐，聪明乖巧招人疼，一看家教就很好。

"怎么现在来了啊？"娇姐上前两步，递出陪护证对保安说，"这是我儿子他们班班长和同学，过来看看他。"

"这个点儿别说班长，就是校长也不行啊！"保安一脸为难道，"我都跟他说了半天了，现在没到探视时间，您别为难我成吗？"

娇姐想想也是，人家保安也是秉着负责任的态度照规矩办事，便回头对谭璟扬说："放心啊，闹——啊不，继准他没啥大事儿，就是血流多了这会儿还有点虚。你让他今晚先好好休息，你明早再来吧。"

一听继准流了很多血，谭璟扬的眉头蹙得更紧。

娇姐拍拍他的后背："听阿姨的，先回去吧啊，家里不是还有弟弟呢。"

"对不起阿姨。"边上的程罪垂下眼，咬着嘴唇说，"继准是为了救我才……"

"我知道。"

娇姐看了程罪一眼。说实话，她心里难免对这孩子有些成见，毕竟自己的宝贝疙瘩是为了救他才受的伤，而且听陈建业说这人似乎还有案底在身，跟行凶者之前就有牵连。

可理智告诉她在不了解真相的情况下不能这样，更不能戴着有色眼镜去看待人家。说到底，这孩子本身也是受害者。

"你叔叔都跟我说了。"娇姐冲程罪点点头，"没事就好，快先回去吧。"她顿了顿忍不住又多问了句，"警察那边都已经说清楚了吗？"

"嗯。"程罪轻声道。

"那就好。"娇姐微抬起下巴又看了程罪几眼，那神态和继准还有几分像。

最后，她再次把目光调向谭璟扬，冲他笑了下说："放心，我跟你叔叔都在呢，一会儿要是小准还没睡，我就跟他说你们来过了。"

谭璟扬喉头滚动了几下，终是轻叹了口气点点头道："我知道了。抱歉阿姨，给您添麻烦了。"

"傻孩子说什么呢，我家小准平时才总给你添麻烦呢。"娇姐眼尾绽起细纹，随手替谭璟扬整了整皱了的衣领，"看你脸色像是也不太好，平时得多注意休息。改天带着弟弟来家里玩。"

"嗯，谢谢阿姨。"

"好孩子，都快回去吧！"

娇姐说完，又将包往肩上挎了挎，转身走了。

程罪抬头，轻声问谭璟扬："那我们……"

谭璟扬一声不吭，转身走出了住院部大门。

冬夜总是显得那么漫长。

后半夜空气中起了薄薄一层雾，路灯在雾气中晕散出橙黄色的微光。

空气湿度很大，谭璟扬的衣服都有些微微泛潮。他倚在医院门口的灯杆下，回头看向零星亮着几盏灯的住院部大楼，目光停留在其中一间的位置时便不再动了。

程罪坐在临近的一处花坛旁，整个身子仍在止不住地发抖。他的眼底是遏制不住的后怕，抬头用微乎其微的声音喊了声谭璟扬，说："扬哥……是……瓢虫。"

谭璟扬收回视线："不是，瓢虫已经死了。"

"死了……对，大武子他们打了瓢虫，他突然就倒在地上浑身抽搐，还撒了泡尿，棉裤都湿了……"程罪将身子蜷缩成一团，目光空洞地抱着头。

"瓢虫有先天性心脏病。"谭璟扬说。

"大武子说他是为了替我出头……"

"放屁，他们两伙人早就不对付，拉上你也只是想把你当幌子。"

"扬哥……"程罪眼底通红，嗓音明显带了哭腔，"幸好那天你不在……"

谭璟扬闭了闭眼，出事那天他跟袁成文吵了一架，连夜独自跑去了眉城。再回来的时候，整条街都在传言瓢虫和大武子两伙人斗殴，程罪也参与其中。

要知道大武子和瓢虫原本就不是什么好货色，谭璟扬绝不相信大武子是为了替程罪打抱不平。

"我要是在，说什么也不会让你去的。"谭璟扬闷声道。

"那人长得跟瓢虫一样。"程罪呢喃着说，"不是瓢虫，那是他哥。大武子还在里面，他觉得是我害死了瓢虫，来找我报仇……"

"这些你都跟警察说了吗？"

"嗯。"程罪攥紧自己的裤角，咬唇点点头。

谭璟扬深吸口气，揽过程罪的肩膀收紧，低声道："都过去了。"

"过去了……"程罪的唇边染上一抹自嘲的笑意，转头看向谭璟扬说，"扬哥，你知道在我进少管所的那天，我的姑姑、姑父做了什么吗？"

他顿了顿，轻笑了下："他们长长地出了一口气，别提多如释重负了。或许这就像我的名字，生来带'罪'，哪个不想离得远远的？这样，他们自然也就不会落人闲话了吧，问起来，就说是程罪自己不是东西。"

提及程罪的姑姑、姑父，谭璟扬下意识握住了自己手腕上的那道疤。

程罪明显也注意到了谭璟扬的小动作，看着对方的手腕，失焦的眼中荡起了暗光。

"那天要不是你，我的手指头怕是真就被我姑父给砍下来了吧……"

229

随着程罪的话，记忆像是又回到了许多年前的那个夏日的午后——

程罪的姑父总在喝酒，甚至很少有时间能看到他是清醒着的。

那天下午，谭璟扬隔着平房的门便听到程罪撕心裂肺的哭喊声。原来是他姑父发现自己丢了两百块钱，而程罪恰巧又刚买了一套《百科全书》。

谭璟扬自是知道那套书是程罪拿他捡瓶子一点点攒出来的钱买的，可他姑父却坚持说是程罪偷了自家的钱，还从厨房里拿了把水果刀出来，将程罪的手死死摁在桌上，厉声威胁再不承认就剁了他的手指头。

跟一个喝得烂醉的人自是没有任何道理可讲，眼见红着脸的男人举起了水果刀，谭璟扬赶忙上前将程罪护在了自己身后。

推搡间，那把刀在谭璟扬的手腕上留下了一道深深的伤口，也正是在这一刻，这个叫谭璟扬的人出现在了程罪的世界里，让他知道，原来这世上还有一个人是会站在他这边的。

这份感恩依赖的心思支撑了程罪很多年，让他哪怕是身处在最无望的境地也还能抓住一丝盼头。可是一别数年，当他终于再次见到谭璟扬时，却发现对方已经一脚踏离了他们的世界。

他唯一的伙伴，要弃他而去了。

于是，他打着不允许任何人伤害谭璟扬的由头，阻止继准将对方带走。与此同时，他也选择了自我麻痹，无视掉了这层理由下更为真实的原因。

他其实嫉妒继准，凭什么继准的世界就可以拥有漫天蝴蝶！

这个问题从他见到继准的那一天起就开始不断困扰着他，直到此时此刻，他似乎才真正明白了原因。

如果今晚之事换成是他看到有人要伤害继准，他应该不会像继准那样不顾伤害为他挡刀，拼死保护对方。

甚至，他还可能会像姑姑、姑父当年那样，发出声长长的、如释重负的叹息，而后转头告诉谭璟扬，一切都是继准的问题。

"扬哥……"程罪轻声开口，抬眼深深地注视着谭璟扬，"那幅画，你画完了吗？"

这一次，程罪再没有藏匿任何私心。如果可以，就让他离开吧，走向那阳光明媚的向阳街。

启明星在东方的天际，一闪一闪。

雾渐渐散了，医院外的街灯下转眼只剩下谭璟扬一人。

半个小时前，程罪默默听完了谭璟扬跟他讲的那些关于继准和向阳街的事，兀自沉默了良久，然后抬眼问谭璟扬要不要一起回家。

谭璟扬冲他摇了摇头，程罪看着对方走到马路边，替他拦下了一辆出租车，而后温声再三叮嘱司机务必将人送到楼下。

程罪低头牵了下嘴角，也不再多说什么。他将自己脖子上的围巾解下来替谭璟扬戴上，而后打开车门钻了进去。

"谭璟扬。"程罪摇下车窗，再次凝视了对方片刻，看着昔日的少年如今已褪去了当年狠厉的模样，变得隐忍成熟。

最后，程罪淡淡笑了下，认真地对谭璟扬说："要好好的！"

天色越来越淡，街道上已经有清洁工人拿着扫帚清扫着路边的残枝枯叶，看到谭璟扬后不禁皱了皱眉，只当是哪个贪玩的学生刚刚散了场。

谭璟扬将空了的矿泉水瓶丢进垃圾桶，而后转身看向医院大门，迈步走了进去。

他在花园里的一张长椅上坐下，打算就这么挨到天亮，等探视时间一到就去见继准。

手机发出了声电量不足的警告，谭璟扬摸出手机打算趁现在给老班发一条消息请个早自习的假，突然就发现几个小时前，他收到了一条来自继准的短信。

谭璟扬用被冻得有些僵了的手指划开手机。

继准：扬哥，一起去北京吧！

医院里人渐渐多了起来。

卫生间里，谭璟扬拧开水管狠狠搓了把脸。镜子里的人头发湿漉漉地贴在额前，正往下一滴滴淌水。一双彻夜未眠的眼睛里布满红血丝，脸上是遮掩不住的疲态。

谭璟扬将额前的碎发捋到脑后，又抻了抻衣领，接着跑去楼下的小卖部里买了把最便宜的牙刷，刷了刷牙。直到自觉没那么狼狈了，他才又重新回到住院部。

晨雾彻底散了，阳光从云层间探出头来，枝丫上的麻雀又开始叽叽喳喳唠起了闲话。

陈建业一早就被警察叫走，说是行凶的人黎明前来自首了。那人说自己听说程罪出来了心里一直窝火，加上昨晚上打牌输了钱又跑去喝多了酒，刚好就见程罪跟几个人在隔壁饭店吃饭，于是就想要给他弟报仇，后来发现自己真伤着人瞬间就后悔了，这才主动来警局自首。

当然，事情是否真如他所说仍在调查。

听说人已经抓着了，娇姐这才松了口气。看着病床上的继准还没醒，她起身轻手轻脚地梳洗了下，而后拎着饭盒出了病房，去给继准买早餐。

娇姐前脚刚走，谭璟扬后脚就赶到了楼层。从护士站问过继准住在哪个房间后，他深吸口气定了定心神，朝着继准所在的病房迈步走去。

听到门"吱呀"一声被轻轻推开，继准的睫毛动了动，以为是娇姐。

他懒得睁眼地拖着鼻音喊了声："妈，喝水——"

床头柜上的保温杯被人拧开，细致地插上吸管后放到他嘴边。

继准张嘴将其叼住，边喝边不情不愿地睁开了惺忪的睡眼。

他的神情从懒散到迷茫再到震惊，而后猛地将吸管吐了出来。因为动作太大牵动了后腰的伤口，疼得他连呛带喘气，眼泪都要泛出来了。

"咳咳咳！你什么时候来的？"

"你叫'妈'的时候。"谭璟扬边说边将杯子放回床头柜。

看着谭璟扬通红的眼睛，继准皱起眉："你这是……昨晚没睡觉？"

"睡了。"谭璟扬说。

"我妈说你昨晚跟程罪一起来医院看我来着。"继准显然不信，冲谭璟扬眯了眯眼，"你可别告诉我你昨晚压根儿就没回家啊。"

没有回应。

"不是，大哥你不要命了？这是冬天！真要给冻成傻了，老子可不负责啊！"

"没事儿，我没你这么虚。"

"27床该换药了。"门被推开，护士推着治疗车来到病床边问继准，"你妈妈呢？"

"不知道啊。"继准冲护士笑了下，"估计是出去买早餐了吧。没事儿不等她，咱们先换药吧。"

护士看着继准露出的小虎牙，心头一软。今早她来上班的时候就听昨天值夜班的同事一直在说，27床来了个长得特好看的小孩儿。

果不其然！真是美好的一天。

"可我需要家属帮你翻下身。"小护士为难地说。

"我来吧。"身旁响起一道悦耳的声音，礼貌地问，"您告诉我该怎么做？"

"不是，你行不行啊？"继准狐疑地打量着谭璟扬，"你那胳膊也还没好全吧？"

谭璟扬没回话，听从护士的指示弯下腰："你抱着我的脖子。"

继准又扫了谭璟扬两眼,这才半信半疑地伸手环过了谭璟扬的脖颈。

谭璟扬匀着力道将继准的身子翻向一侧,一系列动作都做得稳稳当当,继准一点都没觉着疼。

纱布被一层层揭开,继准后腰上的伤口暴露在谭璟扬眼前。沾了碘伏的棉球被镊子夹着涂抹在伤口处,继准"嘶"了声,不禁揪住了被单。谭璟扬的心也跟着一紧,不禁叮嘱消毒的护士说:"麻烦您轻点儿。"

小护士咂了下舌,对继准道:"你哥对你可真好。"

"小姐姐你误会了,他不是我哥。"继准这时候还不忘耍贫嘴,"是我'儿子'。"

护士"扑哧"乐了,说:"我看你伤口长得不错,也没红肿,记得早饭后把消炎药吃了。"

话毕,她帮继准重新包上新纱布,推车转身出了病房。

待护士走后,谭璟扬又以同样的方式帮继准调整了个舒服的姿势,替他盖好被子,一抬眼正好对上了继准若有所思的视线。

谭璟扬:"你那什么表情?"

继准半眯着眼从谭璟扬的脸扫向他那条受伤的胳膊,说:"你这恢复得可真够快的啊!别人胳膊断了都是伤筋动骨一百天,你是有内功还是怎么的?"

"下次教你?"

"好嘞!"

谭璟扬摇头笑笑,继而重新敛去笑容,冲继准一递下巴:"说说,怎么就一下想通了?"

继准愣了下,反应过来谭璟扬是在问他那条短信的事,垂下眼兀自勾了勾嘴角:"其实也就是一瞬间的事儿。不想在自己死前过人生走马灯的时候,发现这辈子白活了。"

他顿了顿刚想再说,病房的门"咔嗒"一声再次被人推开。

"闹闹,快让哥看看怎么样了!"黑子急匆匆地迈步进来,身后跟着楚舒兰和拎着早餐的娇姐。

"你小点儿声,这是医院。"楚舒兰推了把黑子的胳膊,将买的零食水果放在一旁,跟继准说,"刚刚你黑子哥给你妈妈打电话,听说你受伤可把他吓坏了。"

"可不,还没问清楚怎么回事儿呢就说要去跟人拼命,跟以前一个坏毛病。"娇姐边说边把饭盒打开,一股皮蛋瘦肉粥的味道飘了出来。

"小谭,这么早就来啦?"娇姐将粥盛进碗里,帮继准将病床摇了起来。

233

谭璟扬笑笑："是，放心不下，就想着早点过来看看。"

"听见没有继准，看人家小谭对你多好！"娇姐将碗塞到继准手里，转头问谭璟扬，"你也还没吃饭吧？我买得多，你也一起来吃点儿。"

"不了阿姨，我不饿。"

"这小老弟仗义得很，上次我们就打过照面了。"黑子拍了拍谭璟扬的肩膀问，"你们已经放假了？"

"还没，我跟班主任请了假。"

"对了，那伤人的浑蛋已经自首了。"娇姐对谭璟扬道，"小准他爸这会儿正在派出所呢，你朋友应该也在。"

"嗯，他之前给我打过电话了。"

"这下大家总算都能放心了。"娇姐从黑子带来的果篮里拿了一个橘子剥着，抬腕看了看表说，"哟，都这个点儿了？你是不是得赶紧去学校了啊？"

谭璟扬点点头，对继准说："我改天再来。你好好养伤，注意不要剧烈活动。"

"知道了。"继准边应声边看了黑子他们两口子一眼，见二人姿势亲密应当是已经和好了，总算松了口气，于是冲谭璟扬挥了下手，"快走吧，路上注意安全。"

谭璟扬离开后，继准又问了问黑子关于游戏厅的事，得知他的确已经和吕修霖达成了共识，心里不免为他们感到高兴。毕竟，这应当也是苏皓希望看到的吧。

今天天气很好，阳光照在身上暖洋洋得让人犯困。待黑子和楚舒兰走后，继准又往上扯了扯被子打算睡个回笼觉，便匀着劲儿调整了下姿势对一旁的娇姐道："我眯会儿，你该忙就去忙你的，我又不是半身不遂瘫痪在床了。"

"就你现在这样子，跟瘫痪在床也差不多了。"娇姐随手撸了把继准的头发，"不过我傍晚还真有个应酬得出去一趟，待会儿我给黑子打个电话，让他送完舒兰后过来陪你吧。"

"可别了，人家小两口才刚和好，让他们好好在家待着别折腾了。"继准懒洋洋地说，"我叫谭璟扬过来就成。"

"你当别人都像你这么闲啊？"

"这不是晚上才叫他过来吗，再说我俩本来也约好了他过来帮我复习。"

"我跟你说啊，你可别总欺负别个！人家是好孩子。"

呵,好孩子?这您可就天真了。

娇姐给继准转了一千块钱,跟他说:"你记得请人家吃点好的啊!真别说,人家小谭这孩子对你是挺够意思,这种朋友你一定得珍惜,知道不?"

"我知道着呢。"继准打了个哈欠,懒懒道,"睡了。"

他蒙上被子,又在被窝里给谭璟扬发了条消息叫他晚上放学了过来,便把手机塞到枕头上边,迷迷糊糊地睡去了。

这一觉,继准直睡到太阳落山才苏醒,看着房间里最后残留的一缕余晖,一时间竟有种恍若隔世的错觉。

继准将手机从枕头底下摸出来,发现上面多出了好几条新消息。

一条是娇姐说她怕吵到他睡觉,走前就没叫他,饭盒里有张姐送来的饭菜,要是还想吃什么其他的就叫外卖。

一条是路虎上课在开小差,问他寒假什么安排。

剩下的几条都是谭璟扬发的。

谭璟扬:好,我晚自习请假。刚好小乐要上画画课,慧姨去接他。

谭璟扬:想吃什么?

谭璟扬:睡着了?

谭璟扬:继准?

谭璟扬:你先睡吧。

谭璟扬:下课了,我现在过来。

继准撂下手机扫了眼时间,估摸着谭璟扬差不多应该也快到医院了,于是小心翼翼地蹭起身,打开灯,想趁着谭璟扬来之前去上个厕所,顺便洗把脸刷刷牙。

病房的卫生间是独立的,从床到卫生间的距离也不远。继准趿拉着拖鞋下地,起初倒也觉得还好,便扶着墙一点点地往卫生间挪。

结果问题就来了,明明看着只有几步的距离真正走起来却变得没完没了起来。

尿意越来越急,继准的后背出了一层汗,让他回头改用便盆那是绝不可能的,于是只能咬咬牙继续往卫生间蹭,腿也开始跟着发软。

脑海里突然蹦出了一道题:小准尿急,以每分钟 × 米的速度龟速走向厕所,中途发现憋不住,问小准需要以每分钟多少米的可实施速度移动才不至于在半路尿裤子?

病房的门被推开了,继准一转头见是谭璟扬,眼泪差点没流下来。

谭璟扬也吓了一跳,赶忙上前扶住继准,责问道:"你干吗呢!"

235

"尿……尿尿啊！"继准皱眉急声对谭璟扬说，"快带我去厕所。"

"等着，我给你拿便盆。"

"别！"继准赶忙阻止，"太羞耻了！"

谭璟扬叹了口气，还是扶着继准往卫生间走去。

"你把脸转过去。"

"干吗？"谭璟扬失笑，"你有的我都有。"

继准没好气地凶道："你一直盯着老子看，尿不出来！"

谭璟扬无奈地背过身去，只觉得继准这副气急败坏的样子像极了一只被人惹炸毛了的猫。

等他方便完，谭璟扬又帮继准挪到洗手池前，打开水龙头。

继准边洗手边说："我饿了。"

"想吃什么？"

"火锅。"继准顿了顿，"去店里吃的那种。"

谭璟扬闻言皱皱眉："那还是省省吧，你现在最好别吃辛辣刺激的。"

"菌汤或者番茄的也行啊，我主要是想下楼溜达溜达，都闷了一天了。"继准擦完手，回头看着谭璟扬说，"医院对面就有家火锅店，我下午睡觉的时候就闻着味儿了。"

"不行。"谭璟扬直接拒绝，见继准仍眼睛眨也不眨地盯着他，放缓了语气，"过两天吧，你现在行动又不方便，再说外面那么多护士守着，你也出不去啊。"

继准眯了下眼，眼底闪过一丝狡黠，勾起唇道："这不是还有足智多谋的班长你吗？快，想想法子，带我出去呼吸两口新鲜空气。"

见没有回应，继准垮下脸："谭璟扬，是不是朋友？你受伤的时候我可没亏待过你啊！"

谭璟扬摇头叹了口气。

于是，半个小时后。

继准坐在火锅店的鸳鸯锅前，从番茄锅里夹了一大筷子肥牛塞进嘴里，桌旁边还放着架轮椅。

"这真是……自由的味道！"继准脸上带着得逞后的笑容，边吃边感慨。

"咱们得快点儿，一会儿回去还得给你换件衣服，这里味道太大了。"谭璟扬给继准捞了点蔬菜放进他碗里，看着他吃了会儿后才开口道，"快，你上午的话只说了一半。"

"什么话？"继准眨眨眼。

236

"你决定考电影学院的事儿。"

继准"哦"了声:"你就这么好奇?"

谭璟扬点点头:"我特想知道到底是谁这么有本事,愣是把你给劝明白了。"

继准闻言笑了下,接着又夹了一筷子肥牛卷塞进嘴里,嚼了嚼咽下去后才再次抬眼看向谭璟扬。

"你啊。"

火锅店嘈杂混乱的环境在这一刻仿佛自动被消音静止。

继准吃饱了,抽了张餐巾纸擦了擦嘴,语气不轻不缓,又十分清晰坚定地说:"扬哥,我们一起去创造未来。"

Chapter 19
· 新年

转眼寒假来临。

正式放假那天，继准出院了。他的后腰上到底还是留了条疤，弄得娇姐从她朋友圈的代购那里买了好些除疤的药来，换着让继准抹。

"这不挺帅气的嘛。"继准将牛仔裤换上，在脑袋上扣了顶白色鸭舌帽，勾唇对娇姐说，"男人的伤不是伤，是见证风雨的勋章。"

娇姐在他帽子上拍了下，笑骂道："一天天的从哪儿学了这么多乱七八糟的话。"

"下午我去剪头发，扎眼睛了。"

"上哪儿剪？"

"一朋友那儿，他开理发店的。"继准边穿羽绒服边说，"谭璟扬一块儿呢，完了我们再一起吃个饭，晚上别等我啊。"

"你这都还没好利索呢，又瞎跑什么？"

"这不是你儿子人缘儿好嘛。"继准冲娇姐眨眨眼，"对了，有个事儿想跟你说。"

"好事坏事，坏事不听！"

"算是……好事？"继准顿了顿，收起嬉皮笑脸，认真道，"我打算考电影学院了。"

娇姐闻言，眼睛瞬间就亮了，惊喜地看着继准等他接下来的话。

继准："我本来就喜欢电影，之前没想着考也是不想把爱好当成专业，怕麻烦。这不马上就要到高三了嘛，也不得不考虑下以后的事了。"

"老天爷啊，我儿子这是让人捅着任督二脉了吗？"娇姐伸手使劲掐了把继准的脸，"打算学什么？表演？"

"导演。"

"导演？导演好呀！以后我就是继导他妈了。"

继准失笑："这才哪儿到哪儿？不过考编导前期还是得系统学习下专业课，我又不太想去上外头那些编导班，所以这块想靠自学来着。"

"我记得你后爸那拜把兄弟，小吕？他有不少影视行业的人脉，晚点儿我让你后爸跟他说一下，看能不能给你找个厉害点的老师。"

"吕修霖啊？"

"对对，就他！"

继准点点头："成，我知道了。别麻烦我后爸，我自个儿找他也行。"

"也好，我看你跟人家还挺聊得来的。"娇姐拍拍继准的肩膀，"文化课呢？用不用给你报个补习班或者找个家教？"

"不用，电影学院那边对文化课的要求是只要过线就行，录取按专业课成绩排。"继准走到玄关边换鞋边说，"我跟谭璟扬也约好了，之后他会帮我补课。"

"哎，小谭真是个好孩子。"娇姐听后又开始感慨了，"你说说人家妈到底是怎么生的？哥哥弟弟一个比一个长得好，又听话懂事，成绩优异……你见了小谭记得再跟他说一遍，叫他带小乐来家里吃饭！"

"放心吧，少不了机会。"继准摸了摸包包的头，打开房门，"走了啊。"

"慢点儿，别剧烈运动再抻着你那老腰！"

"哦了！"

继准打了个车前往华子理发店所在的街道，隔着老远便看到了站在巷口的谭璟扬。

谭璟扬今天穿了件黑色的短款羽绒服，高挑的身形即便处在人群中，也依旧相当显眼。

此时，他正低头划拉着手机，时不时朝继准来的方向瞭一眼。

"师傅，靠边儿停车，谢啦。"继准跟司机打了声招呼，在路边推门下车，朝谭璟扬缓步走去。

谭璟扬也一眼就看到了继准，一只手伸进兜里摸出了根棒棒糖。

"冷吗？"谭璟扬将糖递给继准。

"你这是逗小孩儿呢？见面先给糖吃。"继准说着，还是伸手接过，剥开糖纸将棒棒糖塞进了嘴里。

"算赔礼道歉了，年前饭店事儿太多，没能接你出院。"两人边说边转身往巷子里走。

"小乐呢？"继准问。

239

"在华子店里。"

继准"哦"了声又道:"对了,我跟娇姐说过我要考电影学院的事了,她还挺高兴的。"

"我也高兴。"谭璟扬说,"你阅片量广,审美也在线,再找个老师系统学习一下基础理论和视听,了解了解考试规则,应该是没问题的。"

"到时一起去北京,刚好那些学校都集中在北四环附近。"

"嗯。"谭璟扬应了声。

继准看着对方,微微眯了下眼。他知道谭璟扬应该是还在担心谭乐的问题,虽然小乐自己说要去住校,但遇到逢年过节、小长假,万一谭璟扬在外地有事回不来,总不能没个家回。

一只手带着凉意钩在谭璟扬的脖子上。

谭璟扬被冻得一哆嗦,看向继准。

只见继准冲他粲然地笑了下说:"没事儿,再一起想想法子呗。"

谭璟扬的眸色晃了晃,牵唇点点头。

"对了,你跟小乐除夕打算怎么过啊?"继准问。

"往年都是和华子他们一起,今年华子估计要回老家。"

"程罪呢?"

"他最近刚拜了个师父,过年期间都要在师父的汽修厂里当学徒。"谭璟扬顿了顿说,"程罪搬去厂里的宿舍住了。"

"什么时候的事儿?"继准有些意外。

"你住院那几天。"

这话就又要说回程罪搬离向阳街那天——

阳光格外明媚,他边收拾着为数不多的行李,边头也不回地背对着谭璟扬轻声说:"扬哥啊,让我自己先找个新环境好好沉淀下吧……等到可以的时候,我一定会以一个全新的形象回到你们身边。"

告别是以一个拥抱作为结束的。没有过多挽留,亦没有太多感伤,平静得仿佛一片毫无波澜的湖面。

"你要不干脆带小乐一起来我家过年?"继准的声音将谭璟扬从回忆里拉扯回来,"今天出门前娇姐还跟我说,叫我带你们去家里来着。"

"会不会太打扰了?"

继准揽着谭璟扬的脖子向下一压:"啧,又跟我假客气是吧?"

"什么叫假客气。"

"说真的,你跟小乐要是来我家,娇姐跟我后爸一定特开心!那两人都是人来疯！"

谭璟扬点点头："行，我想想。"

"不用想，就这么定了啊！"

华子的理发店才刚装修过，墙比之前白了不少，还增加了好几个座位。

大概是大伙儿都想赶在年前剪个头，继准到店时发现镜子前的座位已经坐满了。

华子腰间别着一溜剪刀，正换着个儿地串着"伺候"。另外两个兄弟一个负责调染发膏，一个在给人烫头，皆是忙得不可开交。

"这么多人？"继准用手肘捣了下谭璟扬，"你怎么不早说店里忙，我就改天再来了。"

"都是才来的，刚还没这么多人。"

"准哥，你来啦！"谭乐见到继准，赶忙放下手里的消毒毛巾朝他跑来，仰脸关切地问，"你的伤好些了吗？还疼不疼？"

"没事了。"继准摸了摸谭乐的头，"不然也不会跑来剪头啊。"

"那就好！我之前说要去医院看你，可我哥怕吵到你休息不让我去。"

此时华子也回头看向继准，冲他扬扬下巴道："哟，来了。"

"来了。"继准抬手示意了下，"没事儿你先忙，反正我下午也闲。"

"成，这边这位美女马上就剪完了，你们在沙发上先坐会儿。"华子想了下，又冲谭璟扬说，"要不你先帮他洗个头？"

继准愣了下。

华子边给人剪发边对着镜子跟继准说："别怯，扬子手法可老练了。之前店里忙的时候，我找他帮忙给客人洗头，结果人家下回来的时候一见我就问给他洗头那小伙子呢。"

"还不是因为扬子长得帅！"边上的花衬衫搭话道，"最后那阿姨还在我们这儿办了个年卡。"

"帅哥，一会儿也给我洗个头呗！"正在染发的穿皮衣的女孩儿跟着一齐起哄，"你要是在这儿长期干，我也办张卡。"

"省省吧姐姐！"华子捏起女孩儿的发丝对着太阳看了看上色情况，"人家是考名牌大学的料，哪能专门跑店里伺候别人洗头啊？话说你们店里最近生意怎么样？"

"别提了,这年头谁没事还跑去店里买衣服？我们那商场都快倒闭了。"女孩儿翻了个白眼，摇头感慨，"你们这儿还招洗头的不？改明儿我要真干不下去了，就来给你打工。"

"可别介,我们这儿庙小,容不下你这么大一尊菩萨。"

谭璟扬从沙发上起身,对继准说:"走吧,我先给你洗头。"

"不用了吧。"继准舔舔嘴角笑了下,"我自个儿洗就行。"

"你方便弯腰吗?"谭璟扬转身从消毒柜里取了条毛巾,而后冲隔扇后的水池一递下巴,"快过来。"

继准见谭璟扬已经站那儿等着了,点点头将帽子取下扔在边上,起身朝水池缓步挪去。

"躺好。"谭璟扬将毛巾垫在继准领子后面,扶他躺在了软椅上。一系列动作小心谨慎,生怕又牵动到继准腰上的伤。

午后的阳光透过上方的复古琉璃窗照在两人身上,形成斑斓的光影。这家店是华子的爷爷留下来的,据说他们家曾经也辉煌过,只是后来落魄了。至今这栋平房都还保留着许多如同这琉璃窗户般显示曾经富贵的痕迹。

"水温合适吗?"谭璟扬站在水池后边打开水龙头,用热水将继准的头发打湿。

"嗯。"继准应了声,被阳光照得很是惬意。

谭璟扬挤了些洗发水揉在掌心,就着温水,力道适中地一下下帮继准按摩搓揉。

继准舒服地眯起眼,懒洋洋地看向那些四散在墙上的光斑,耳边则是"哗啦啦"的流水声。

"你这头发真是该剪了。"谭璟扬说,"不然教导主任都不允许你进学校。"

"嗯,昨儿试了试,后面都能绑小辫儿了。"继准闭着眼疏懒地说,"小谭技师的手法真专业,都被你整困了。"

"那一会儿辛苦您给个五星好评?"

"好说。"

当两人洗完头走出隔间时,华子忍不住笑骂了句:"你俩搁后边是洗头还是洗澡呢?我这都快剪完三个了!"

他说着挪开了个才收拾完的空位,对继准努努嘴道:"过来坐这儿,打算怎么剪啊?"

"要不直接推了?"继准捋了把额前的碎发说,"弄个小寸头。"

"你怎么不说整个卤呢,回去再吓你妈一跳。"谭璟扬在沙发上坐下,透过镜子看着继准,对华子交代说,"照他之前的样子剪就成。"

"啧,管得倒还挺宽。"华子摇头,又习惯性地往嘴里叼了根牙签,"是你剪还是人家继准剪啊?继准你说,真想要寸头我就直接先上推子了。"

"你看着弄吧华哥,相信你的技术。"

"成,那我可看着剪了啊。"华子从腰间摸了把碎发剪,回头跟谭璟扬说,"你那头发年前不也整整?"

谭璟扬随手拿了本杂志翻看着:"我不用,想剪随时能剪。"

华子点点头:"也对,别人都担心正月里剪头死舅舅,你不用。"

谭璟扬闻言哼笑了声。

"花衬衫"又在边上接话说:"这事儿可怪不得扬子,我要是有那么个舅舅,一准专挑正月里剪头,还得剃一大光头!"

他说完,一群人都会意地笑了起来。

毕竟袁成文的浑蛋是大家有目共睹的。

不得不说,华子给继准剪头发是花了些心思的。太阳快下山的时候,他才解开了围布,帮继准扫了扫身上的碎发。

"看看行不。"华子颇为自得地晃了下脑袋。

此时店里已经没有其他顾客了,夕阳的余晖落在继准身上,恰好打出了一道极佳的蝴蝶光。

薄薄的黑色碎发覆在额前,露出了那双透着散漫和灵动的眼睛。

"真绝了嘿!"继准满意地来回照着镜子,回头冲谭璟扬吹了个口哨,"怎么样,哥帅吗?"

"帅!"边上的谭乐相当捧场,话直接抢在了谭璟扬前头。

当晚,华子早早就闭了店。几人在理发店里支起了桌子涮羊肉,明天一早华子就要回老家了,这便算是年前的最后一次聚餐。

"花衬衫"和"小背心"出去买菜的时候突然间心血来潮,拎了一袋子烟花棒回来,说吃完饭以后在门口放,也算增添些过年的气氛。

这可把谭乐激动坏了,刚坐下吃饭的时候两眼不离口袋,被谭璟扬低声呵斥了几句才乖乖专心吃饭。

"来,继准!"华子给继准倒了杯可乐,自己则是开了瓶啤酒,冲继准扬了扬道,"这杯我先敬你,我小兄弟程罪的小命是你救的。"

"哦,来啊。"继准跟华子碰了下。

"扬子跟你说了吧,这杯本来该是小罪亲自来敬你的,但他最近忙着在汽修厂跟师父学本事,我就先代他喝了啊。"华子说。

"见外了啊。"继准笑了下,而后仰头将可乐喝完。

一旁的"花衬衫"和"小背心"见状也都想跟继准干个杯:"咋的继准,

243

马上成年了也不整口真的来喝喝？"

"别让他喝了，伤都没好全呢。"谭璟扬道，"这小子喝个醪糟都会醉。"

"嘻，可别提了！那纯属是意外。"继准有些臊。

华子点头，用筷子将"小背心"和"花衬衫"的手敲打下去："说得对，等以后好利索了再喝，反正日后有的是机会……来继准，吃肉！"

铜锅里的汤"咕噜噜"地滚着，冒着阵阵热气。

屋内的温暖与室外的寒冷形成了强烈的对比，以至于窗户上结了层厚厚的雾。

酒足饭饱后，谭乐总算得了谭璟扬的允许，可以出去放烟花了。他一边拉着继准往外走，一边欢天喜地地让"花衬衫"和"小背心"一起来。那二人对视一眼，而后跟猴子似的一蹦三尺高地冲了出去。

继准回头跟谭璟扬道："走啊！"话音未落便被谭乐给拖了出去。

谭璟扬放下筷子刚打算起身，突然被一旁的华子喊住。

华子点了根烟，抽了口后缓声问："听说你打算考B大了？"

谭璟扬敛去笑意，轻点了下头："嗯。"

华子叼着烟盯了他一会儿，抬手使劲拍了下谭璟扬的后背："好。"他拿起啤酒罐碰了下谭璟扬的杯子，仰头"咕咚咚"一饮而尽，由衷道，"扬子，你会比我们走得更远。"

"谢了，华哥。"

华子点点头："小乐的事儿你不用太担心，哥儿几个都把他当自己亲弟弟的，亏待不了他。"

谭璟扬垂眼笑了下，没有打断。

他自然是很信得过华子和他这帮兄弟，只是他也深知这群人每个都有着各自的不容易，大家都是在底层摸爬滚打的人，照顾谭乐难免给他们造成压力。

华子喝完最后一口酒，将啤酒罐捏扁往桌上一放道："走，出去放炮去！"

谭璟扬点点头，跟着华子一起出了屋。

此时的空气里弥漫着烟花燃尽后的味道，有些呛人，却又有着独属于过年的气息。

继准一回头见到谭璟扬出来，忙冲他招了招手："来啊，再不玩可就没了！"

说着，继准快步走向谭璟扬，将一支烟花棒递到了他手里。

谭璟扬看到那支烟花棒还在燃烧着，不断绽放出绚丽的色彩，跳动在夜空中显得那么生动。

新年真的要来了。

一场纷飞的大雪迎来了除夕。

陈建业特地去买了两盏大红灯笼挂在小院门口,待到天色将晚时将它们点亮,摇曳在一片皑皑白雪中显得格外有年味儿。

继准昨晚看了一通宵电影,再睁眼时天色已经暗了。

窗外间或传来孩子们的嬉闹声,他打了个哈欠掀开被子,光脚踩在木地板上走进浴室,打算洗个热水澡清醒清醒。

继准进入浴室后,楼下门铃便响了起来。

娇姐透过显示屏见是谭璟扬带着谭乐来了,忙大声喊着继准的名字跑去玄关开门。

"新年快乐阿姨,打扰了。"谭璟扬脸上带着礼貌的笑容,冲娇姐颔了颔首。

"哎呀,新年快乐,新年快乐!来,快进来!"娇姐热情地将人招呼进屋,去鞋柜里拿拖鞋。

"娇娇阿姨新年好!"谭乐响亮地给娇姐拜了个年,递上手里的年货。

娇姐是真心喜欢这孩子,见了他简直笑成一朵花,揉了揉谭乐的头连声说:"好好好,我的乖乖,一会儿娇娇姨给你包个大红包好不好呀?"

"不用了阿姨,来打扰你们已经很不好意思了。"谭璟扬笑着道。

"哎哎,别说见外话!闹闹跟我说你们俩要来家里一起跨年,把我和你叔叔都高兴坏了!"娇姐边拉着谭乐的手,边冲厨房里的陈建业喊,"老陈!老陈!小班长和乐乐来啦!"

厨房里正在蒸鱼的陈建业闻言,将头探了出来,挥着手上的锅铲热火朝天地跟谭璟扬打了个招呼:"班长来啦!快快,请坐!一会儿就开饭了!"

谭璟扬点点头,回头问娇姐:"继准呢?"

"嗐!那小兔崽子昨儿晚上熬夜看电影,这会儿估计还在床上赖着呢!快,你上楼掀他被窝去!"

娇姐说着,给谭璟扬和谭乐一人手里塞了瓶饮料,就又哼着歌帮陈建业做饭去了。张姐放假回了老家,娇姐难得亲自下厨。其实她的手艺非常好,尤其是包饺子。

谭璟扬回头看了沙发上的谭乐一眼,见他正喝着饮料和包包玩得不亦乐乎,便将外套脱了规规矩矩地挂在衣架上,朝二楼继准的房间走去。

继准这澡洗得相当舒服，只觉得每一寸毛孔都是舒展的。他隐约听见有人在敲房间门，还以为又是娇姐，便直接隔着浴室的门喊："进就进呗，还知道敲门啦？"

门锁"咔嗒"了下，从外面打开了。

继准不慌不忙地将身上擦干，换上了提前准备好的白色高领毛衣和浅灰色休闲裤，又在镜子前自我欣赏了半天，才以一个极为风骚的姿势拉开浴室门，靠着门框冲外头的人飞了个眼神："快看你儿子迷人不？"

谭璟扬与继准看到彼此，同时愣住了。

继准的脸瞬间红透了，光着的脚趾蜷起，恨不得当场咬舌自尽。

对面的谭璟扬用拳抵着下巴，轻咳了声，末了还是没能忍住发出低笑，点点头故作认真地欣赏道："嗯，是挺迷人的，儿子。"

继准冲他抱抱拳，说："我真是谢了啊，孙子！你不是说要到晚上才来吗？"

谭璟扬闻言，冲窗外扬了扬下巴："好意思说？"

继准一觉睡到现在，是有点心虚，于是舔舔嘴唇问："小乐呢？"

"在楼下跟包包玩呢。"

"哦，那咱也下去吧，应该快开饭了。"

谭璟扬点点头："你先把头发吹干吧。"

继准随便拨拉了几下头发："不用，一会儿就干了。"

两人一块儿下了楼，谭璟扬捋起袖子走进厨房。

"叔叔阿姨，我来帮忙吧。"

陈建业正将剔了虾线的虾装盘打算拿来炒虾仁，见谭璟扬进来后赶忙摆手道："不用不用，你们去玩吧！厨房有我和你阿姨就行。"

"你让他弄呗。"继准倚在门框上，拧开瓶可乐，"我们班长可全能了，之前出去露营的时候所有吃的都是他弄的。"

娇姐捏了片红肠喂到继准嘴里，弹了下他的脑门说："看看人家，再看看你！"

谭璟扬笑笑，从陈建业手里接过虾仁，热锅凉油轻轻煸炒。待火候差不多时，将腰果、青瓜一齐倒进锅里，大火翻炒，还熟练地颠了几下勺。

"哟，可以啊！"陈建业惊呼了声，"大师傅呢！"

"我在饭店里帮过厨。"谭璟扬又往锅里加了些许盐，炒了几下便就着锅把菜装进了盘子里。

"来，我尝尝。"继准挪到谭璟扬跟前，伸手就要捏。

"你小心烫！"娇姐赶忙拿了双干净筷子给继准。

继准一嚼，瞬间冲谭璟扬竖起大拇指："我去！牛！"

娇姐狠狠摁了下继准的头："不许讲脏话！"

"是是是。"继准眉梢一挑，掐着嗓子说，"哇，扬扬哥哥好棒棒。"

"看你那恶心样儿！"娇姐被逗笑了。

厨房里弥漫着饭菜的香气，电视机里传来热闹的春晚预告声。

明亮的客厅里，谭乐拿着包包的玩具，逗着它跑来跑去，发出狗蹄子踩在地板上"哒哒哒"的响动和谭乐的阵阵笑声。

谭璟扬忽然觉得这一切都显得有些不真实。陪伴在身边的人，厨房的烟火气，充斥在耳畔的欢声笑语，一切的一切都在此刻给他带来一种有家了的感觉。

继准喝着可乐，偏头看向谭璟扬的时候微微眯了下眼，随即用胳膊肘撞了下他，说："哎，要不晚上别走了，吃完饭让老陈开车带咱去郊外放烟花。"

"可不是！"陈建业拍了下手，"别走了班长，晚上你跟弟弟睡客房，一家人热热闹闹的多好啊！"

"我双手赞成！"娇姐也举起两条胳膊挥了挥。

"哇，放烟花吗？"谭乐听到厨房里几人的聊天内容，带着包包跑了进来，仰头看着谭璟扬激动地说，"哥，我们留下来放烟花吧！"

"就是嘛。"娇姐冲谭乐眨了眨眼。

谭璟扬有些为难地看着娇姐和陈建业，犹豫道："这样会不会……"

"不会。"继准直接打断了谭璟扬的话，"要说打扰，平时还是我打扰你比较多吧。"

"可不嘛！"娇姐拍了拍谭璟扬的后背，"你就乖乖留下来过年，一年难得能轻松这么几天，就这么定啦！"

谭璟扬抿抿唇，最后点头笑了下："好，谢谢叔叔阿姨。"

时钟指向八点，春节联欢晚会正式开始。

桌上摆满了冒着热气的饭菜，因为过会儿要开车，陈建业今天也没喝酒。继准打开一大瓶可乐，给每个人都倒了一杯。

在电视里主持人热情洋溢的开场白中，一家人共同举起酒杯。

"新年快乐！"

"欢迎小谭班长和乐乐来家过年！"

"以后也要常来！"

"干杯干杯！"

"闹闹，你先把嘴里的糖吐出来！回回一要吃饭你就吃糖！"

"来来，夹菜夹菜！"

屋外的雪下得更大了，窗台上积了厚厚一层，红灯笼也被覆盖了。房檐上结起冰柱，被灯笼的光映照得晶莹剔透。

时不时传来的鞭炮声，震得屋外的车"哔哔叭叭"响着。

吃到一半，陈建业又进到厨房里煮饺子，娇姐抓了把瓜子嗑着等着冯巩的那句："亲爱的观众朋友们，我想死你们啦！"

继准给谭璟扬使了个眼色，冲大门递递下巴："咱外头踩踩雪去？"

谭乐也觉春晚没意思，听继准这么说后赶忙大声应和："好呀，好呀！"

"走了，包包！"继准说着，起身从柜子上取过狗绳。

包包见状，耳朵立时竖了起来，"汪"地叫了一声撒丫子跑到继准面前，围着他的脚团团转。

三人一狗出了大门，踩着没过脚踝的雪，迎着北风向前走着，留下了几排脚印和点点"梅花"。

小区里这时候出来踏雪的多半是孩子，见了包包全都尖叫着围了上来。

继准将狗绳交给谭乐，让他跟小朋友们一起玩，然后偷偷抓了把雪团成团儿，悄摸靠近谭璟扬。

"扬哥？"

谭璟扬应声回头，被继准突然一把拽过领口，将手里的雪球猛地塞了进去，然后拔腿就跑。

谭璟扬猝不及防遭了暗算，笑骂了句，只觉得碎雪顺着滚烫的皮肤一路滑下去，在胸口留下冰凉的水迹。

他抖抖衣服将雪迅速掸出来，随后手上不停地迅速团了个更大的雪团，冲继准点头微笑："很好，你完了。"

话音刚落，继准那边就又一个雪球朝着他砸了过来。

正中胸口，"啪"地散开。

天地一片银色间，穿黑羽绒服的少年追上了穿白色外套的人，钩着他的脖子，在此起彼伏的笑闹与告饶声中，扬起了手里的雪团。

可却又在将要将雪塞进对方领口的时候，因担心他的旧伤以及怕他感冒而放缓了动作，被对方再次袭击，雪盖了一脸。

"爽不爽？"继准乐得眼睛发亮，"冰冰凉，心飞扬！"

"今儿要不是看你腰上有伤，不把你做成冰雕都不算完。"谭璟扬抖着满身的雪道。

"哎——吃饺子啦!"

娇姐嘹亮的声音从不远处传来。

谭璟扬和继准相视一笑,朝着家的方向跑去。

晚饭后,陈建业开车带着一家人前往郊区的河坝下放烟花。

他买的烟花是那种家庭装的礼花炮,一筒二十个,买了五筒。

今夜虽在下雪,可月亮却格外清亮,洒在结冰的河面上,反射出朦胧的光。

空气中弥漫着从不远处飘来的淡淡火药味,岸边除了他们,还有几家人带着孩子出来赏雪,玩烟花棒。

陈建业点燃一支烟,冲继准招招手:"来闹闹、班长,把礼花筒搬下来。"

"哦。"继准应了声,跟谭璟扬一起从车里将礼花炮搬到了河沿上,又顺过炮捻一路拉到了陈建业面前。

陈建业看看继准又看看谭璟扬,将烟往他们面前递了递问:"谁来?"

"我、我想来!"一旁的谭乐羡慕极了,扯扯谭璟扬的衣角小声说,"可以吗?"

"可以呀,来,让小乐来!"娇姐将羊绒大衣又往上拢了拢遮着脖子,"老陈你护着他点儿。"

"好。"陈建业手把手带着谭乐将烟头凑近炮捻。

随着"呲——"的一声,炮捻被点燃迅速朝着烟花筒蔓延而去。

刹那间,五颜六色的烟花腾空而起,绽放在漫天大雪中。

"哇!"谭乐开心地大叫着,拍着手跑向河边。

周围其他来赏雪的人见到烟花盛放也纷纷抬起了头,发出兴奋的赞叹声。

继准接过陈建业手里的烟,接连把剩下几只烟花筒一齐点燃,天空顿时变得色彩斑斓,一时亮如白昼,一时又化作万千流星,而后短暂地归于沉寂直至再次亮起。

在这绚烂的烟花绽放里,继准回头看向了身旁的谭璟扬,见他正微微仰头看着天空,嘴角勾起,一向幽深暗沉的眸子此时被烟花映照得跳动着生动的光影。不自觉地,继准便也觉得心情舒畅。

像是觉察到了对方的视线,谭璟扬也转过头来看着继准。四目相对时,继准的目光触及到了谭璟扬眼底的光。在最后一朵橙红交错的烟花腾起时,他扬起了个粲然的笑脸。

"新年快乐啊，谭璟扬。"

"新年快乐。"

来年，请多关照！

清晨，谭璟扬被一通电话唤醒。

看清来电显示后，他眼底的睡意顷刻褪去。

"怎么了慧姨？"谭璟扬接通电话。

"喂，小谭啊，我早上开门的时候看到店门口躺着个人，还以为冻死了呢，给我吓得够呛。翻了个面发现是你舅舅，喝得烂醉……"

谭璟扬闻言皱了下眉，语气不由得变沉："他现在还在那儿？"

"我先给扛回店里了，外头雪那么厚，别真给他冻死了。"慧姨正说着，电话那头便跟着传来了袁成文不干不净的醉话。

慧姨的语气有些无奈："我等会有事儿还得出去，你这会儿在哪儿呢？"

"我现在回去。"谭璟扬揉了揉眉心，深吸口气说，"您让他自己待着吧，要是发酒疯了就直接拿个烟灰缸给他拍晕。"

他说完挂了电话，将身边的谭乐推醒低声道："小乐，穿衣服回家了。"

"唔……"谭乐明显还迷糊着，翻了个身还想接着睡，就被谭璟扬架着胳膊给拎了起来，开始套衣服裤子。

"怎么了哥？"谭乐揉着眼迷茫地问。

"小舅在慧姨店里，不能让他给慧姨添麻烦。"谭璟扬将毛衣套上，迅速到洗手间里洗漱了下，便打算去敲继准屋的房门给他说一下。

结果发现继准居然起床了。

"怎么这么早？"谭璟扬问。

继准叼着牙刷含糊地跟谭璟扬说："吕修霖给我发消息，让我今天去找他，说要介绍个电影学院的老师给我认识。"他用杯子接了点水漱口，在毛巾上擦了下嘴道，"你跟我一起呗？"

谭璟扬摇头叹了口气："今天不行，我这会儿得赶紧回家一趟。袁成文喝多了，大清早被慧姨发现睡在她按摩店门口。"

"袁成文？"继准的表情瞬间垮了下来，撇撇嘴道，"大年初一就听到这个名字可真不爽。"

谭璟扬一拍继准的肩："你在老师面前好好表现，我要是没什么事了就去找你。"

"没事儿。"继准冲谭璟扬笑了下，"你先忙你的，记住大过年的别

250

发火啊,咱不跟他一般见识。"

"嗯。"

"有事随时给我打电话!"

"好。"

谭璟扬带着谭乐直接打了个车回到向阳街,隔着老远就见慧姨正裹着件藏青色的大袄子站在按摩店外头,朝路口张望。

看见谭璟扬后,她赶忙挥了挥手,冲屋里努努嘴道:"人搁里头呢,一身酒气熏死了。"

"给您添麻烦了慧姨。"谭璟扬冲慧姨歉意地颔了下首,便蹙眉撩开珠帘迈进屋内。

袁成文正躺在靠窗的那张按摩床上,衬衣领子敞着,最上面的两颗扣子已经绷掉了,露出大片胸膛。

他的脸上有块破皮,应当是刚刚蹭了的,还露着红色的血口。

其实袁成文长得不难看,瘦瘦高高,眉清目秀,和姐姐袁茵很像,只是平日里不修边幅惯了,又是个地道的混账无赖,原本还不错的皮囊全然被一把烂骨头掩盖。

"水……快给我水喝!"袁成文焦躁地挥舞着手臂,闭眼冲着空气嚷嚷,"姐、姐!水啊,渴死啦!"

谭璟扬的眉皱得更深了,他根本听不得袁成文这么使唤他妈,更何况袁茵已经去世了。她生前便被父母教育万事都要让着弟弟,以至于后来袁茵觉得迁就袁成文本就是理所应当的事。

可谭璟扬不是袁茵,惯不得袁成文的臭毛病。他抬脚踹了下袁成文的小腿,冰冷道:"起来,你不嫌丢人吗?"

袁成文眯着眼,仔细辨认了半天才认出是谭璟扬。他唇边挂起一抹戏谑的笑,从鼻子里哼出一声:"呵,小兔崽子。"

谭璟扬懒得跟他在这里打嘴仗,直接伸手扯着袁成文的领子将人拽了起来。

袁成文"哎哟"叫了两声,突然从胸腔发出几声闷喘,嘴唇动动"哇"地吐了一地。

"哎哟!"慧姨刚进屋就看到了这一幕,恶心得猛向后连退了几步,一把推开窗没好气道,"我才拖的地!"

谭璟扬此刻只觉得太阳穴突突直跳,他抿唇强行压下了火气,让慧姨带着谭乐先出去,自己来收拾。

袁成文这会儿吐完觉得舒服了,便重新坐回按摩床上,斜眼虚焦地看着谭璟扬取过墙角的拖把,到外头的水龙头底下涮——一副事不关己的样子。

凛冬的水冷得刺骨,水管冻着了,上面还结了根冰条子。

谭璟扬伸手将那冰条子直接掰了,又用老虎钳使劲砸了水管好几下,这才有水缓缓流了出来。

他的手被冷水冲刷得通红,手指都有些僵了。谭璟扬在掌心呵了几口热气,这才又拿着拖把回到屋里,清理地上的呕吐物。

从外面吹来的冷风虽然能在一定程度上掩盖掉那股刺鼻的异味,却也还是不完全。谭璟扬早上没吃饭,被熏得干呕了好几下。

他突然觉得有些可笑,明明不久前还在和继准打雪仗、放烟花,下一秒就又被猝不及防地拉回了现实。

"抬脚。"谭璟扬不耐烦地撂了句。

袁成文抖着腿,将脚跷起,完全没有打算帮谭璟扬的意思,仿佛是已经被伺候惯了,觉得谭璟扬所做的一切都是理所应当。

清理完地板后,谭璟扬顺手又将屋里的桌椅板凳也给擦干净。在确定屋里已经彻底没有异味之后,他才把慧姨叫进屋,又一次郑重地跟她道歉。

做了这么久的邻居,慧姨多少也知道些谭璟扬家的情况,眼下只觉得这位小舅还是百闻不如一见。

她不禁又心疼起了谭璟扬和谭乐,趁袁成文没注意这边偷偷地从钱包里多掏出了几百块钱塞进事先就准备好的红包里,招招手把谭乐叫到一边,将红包塞进他怀里。

"乖乖找个地方藏好,可别让你舅舅发现了。"慧姨压低声音,拍了拍谭乐的后背叮嘱道。

"谢谢慧……"

"嘘。"慧姨比了个噤声的手势,又回头暗暗瞟了袁成文一眼,声音放得更低说,"等他走了,把钱交给你哥。"

"好。"谭乐也小心翼翼地应了声。

"袁成文,你又来干吗?"一旁的谭璟扬睨着袁成文,眼中尽是厌弃。

"来干吗?当然是过年啊。"袁成文跷着二郎腿坐在按摩床上,吊儿郎当地说,"所有人家都在团圆,我来找我两个外甥吃个团年饭有问题吗?"

"呵。"谭璟扬嗤笑了声,"放屁。"

"你!"袁成文刚想恼,但眼珠迅速一转后还是笑着点点头道,"真的,我原本还带了年货呢!结果昨晚上来找你,你们都没在,我就在这里苦苦等了一整晚。这会儿年货也不知道落哪儿去了……"他说着,冲慧姨吆喝了句,"哎,别是你这娘们儿给拿了吧?"

"滚你丫的!"慧姨显然也不是什么好惹的角色,当即便骂了回去。

袁成文缩缩脖子,嘴里又不清不楚地嘟囔了几句浑话,接着回头冲谭璟扬招呼着:"我发烧了!给我买药去。"

谭璟扬心说我给你买个屁,拽着他的胳膊肘就要撵人走。

结果袁成文脚下一软险些又栽在地上,谭璟扬这才发现,他身上居然真的滚烫一片。

"好像真发烧了。"慧姨撇嘴看着袁成文说,"你瞧他嘴唇白得。"

谭璟扬站在原地,将拳握紧又松开,最后终是泄了口气,抬手摸了摸袁成文的额头。

说句"像刚烧开的水"应该不夸张,毕竟也是实打实地在外头冻了一夜。

"看吧,没骗你。"袁成文倒还像个没事人似的噘起嘴。

谭璟扬冷冷盯着袁成文,片刻后将他的胳膊举起挂在了自己脖子上,黑着脸道:"上医院。"

袁成文推开谭璟扬,摆摆手说:"嗐,花那钱干吗?医院都是坑人的!就附近找个药店给我买盒感冒冲剂,再让我去你那儿睡一觉就成!"

"感冒冲剂我这儿好像有。"慧姨说着,拉开抽屉从里面翻找出个药盒,确定还没过保质期后递给谭璟扬,"你先给他喝了看能不能退烧吧,他倒也没说错,别浪费钱。"

谭璟扬点点头,接过感冒药:"给您添麻烦了啊,慧姨。"

"快回家吧,我也该出门了。"慧姨挥挥手,示意谭璟扬上楼。

谭璟扬架着袁成文,带着谭乐打开出租屋的房门,将袁成文往沙发上一撂,又从柜子里给他找了床厚被子盖着,便去厨房给谭乐煎蛋煮牛奶做早餐去了。

客厅里传来嘈杂的电视节目声,应该是昨晚春节联欢会的重播。

热热闹闹的舞蹈音乐现下却只能带给谭璟扬烦躁与头疼。

等谭乐吃完,他便拎过两人的书包,带着谭乐一起钻进里屋复习,把袁成文一个人隔离在外。

手机振动了两下,是继准发来的消息。

继准:还好吧?

谭璟扬:袁成文发烧了,正在我家沙发上瘫着呢。

继准:[微笑.jpg]

谭璟扬的指尖顿了顿，问继准。

谭璟扬：你怎么样？

继准：挺好，在跟吕总、梁老师一起吃饭呢。

谭璟扬笑笑。

谭璟扬：那就好。

继准：这个梁老师，我看过他拍的实验电影，很对我路子！

谭璟扬：嗯，你多跟人家请教。

继准：他应该对我也还挺满意的，说正好最近在休假，可以帮我集中补一下理论。之后就线上辅导。

谭璟扬：好。

那边隔了一会儿，再次传来继准的消息。

继准：感觉离去北京又近了一步！

谭璟扬看着手机的眼神恍了恍，又转头看了眼埋头做作业的谭乐，许久后才回复。

谭璟扬：嗯。

Chapter 20
· 满天星

这之后，谭璟扬也不知道自己是什么时候就又睡着了，再睁眼时太阳已经西沉，只留下床角一块不甘消逝的残光。

他的身上盖着件外套，谭乐则是躺在床上将身子蜷成一团，睡得正香。

吵闹的电视声停了，屋里屋外寂静一片。

谭璟扬按亮手机看了眼时间，用手掰着僵硬的脖子左右活动了下站起身来，打算出去接杯水，再叫谭乐起来吃饭。

客厅里同样也是昏暗的，余晖将简单的家具摆设勾勒出轮廓，光影随着不断暗淡的天色变得越发模糊。

沙发上的袁成文不见了，被子让他睡得乱七八糟，麻花似的拧在一边。谭璟扬按亮头顶的灯，面无表情地捞过被子叠着。

视线不经意间落在了电视柜下方的抽屉上，他的瞳孔蓦地一颤，扔下被子快步上前一把将其拉开。

里面有很明显的被人翻动过的痕迹，拴有眉城老屋的那串备用钥匙不见了！

谭璟扬抓抽屉边沿的指节因用力而变得泛白，手背上突显出淡青色的血管。

他听到自己粗重慌乱的呼吸，耐着所剩无几的性子又来回翻找了一遍。在确认钥匙的确不见后，谭璟扬转身便往屋外走，眼底泛起汹涌的戾气。

此时，手机振动起来。

他本不想接，但看到来电显示是继准后，还是按下了接通键。

"喂。"

只一个字，电话那边的继准就瞬间察觉到了不对劲。

"怎么了？"

对方的声音像是一针镇静剂，令谭璟扬紧张的神经有了片刻的冷静。

他呼出口气，暗声对继准道："袁成文把老屋的钥匙拿走了。"

"老屋？"

"我妈在眉城的那套房子。"谭璟扬咬着后槽牙，握拳的手发出几声关节的响动，"我担心他要卖房子，他这次来的目的应该就是这个。"

"扬哥……"

"我现在去找他，那间房说什么都不能落在这浑蛋手里。"

"扬哥！"继准加重语气又喊了声，深吸口气说，"你先冷静下，这逻辑说不通的。"

谭璟扬正要出门的身影微微一滞。

电话里的继准分析道："你自己想，卖房怎么也要你亲自出面吧？就凭一串钥匙，他顶多也就是能回去进屋住两天，哪有可能把它卖了。"

直到此时谭璟扬的理智才回了笼。可不是嘛，房子如今在他名下，怎么可能袁成文说卖就能卖？他是被对方突然的不告而别以及抽屉被翻整蒙了，现在想想的确是糊涂。

"是我紧张过头了。"谭璟扬坐回到沙发上，一手按着额角，靠在沙发背上闭眼骂道，"都让这王八蛋整出PTSD（创伤后应激障碍）了。"

电话那边沉默了会儿，叹声道："你在家等我，我现在过去。"

"别了，大年初一别到处瞎跑，早点回家多陪陪阿姨。"

"阿姨有叔叔陪呢，不需要我。"

"可……"

"行了别叨叨了，在家等着吧！"继准说完直接撂了电话。

半个小时后，继准准时出现在了谭璟扬家中。

"现在怎么办？先去袁成文那儿看看？"继准问。

"嗯，然后再去问下他那几个牌友，看知不知道他去哪儿了。"谭璟扬说完回头跟谭乐吩咐道，"你在家等着，要是小舅回来了就给我打电话。"

"好！"谭乐重重点了下头。

两人打车先到了南城袁成文家门口，发现深绿色的防盗门上已经积了厚厚的一层灰，像是许久没被人触碰过了。

继准皱了下眉，说："看样子是有段时间没回来过了，那他平时都住在哪儿？"

谭璟扬用拇指蹭了下门框上的灰，而后转身敲响隔壁家的房门。

"谁啊？"屋里传来不客气的回应，片刻后一个脸上贴着黄瓜片的中年女人黑着脸扯开了大门，在看到谭璟扬后微微一愣道，"小谭？"

"婶儿，您最近看见袁成文了吗？"

一提到"袁成文"这三个字，女人瞬间就像是瞧见了脏东西般地翻了个白眼："挺长时间没见他了，是又跑哪儿躲债去了吧。"

谭璟扬微微眯起眼。

"哎，对了，袁成文上次借了我家男人二十块钱买烟还没还呢。"女人说着，冲谭璟扬伸出了手。

"微信成吗？"继准直接掏出手机。

"微信支付宝都行！"女人点点头，"你等我拿手机去啊！"

两人从楼道里出来，站在棵歪脖子老槐树下。

谭璟扬边翻着手机通讯录，边快速分析最近可能会跟袁成文产生交集的人。

就在此时，不远处传来了声招呼："哟，这不小袁的外甥嘛。"

谭璟扬抬眼，只见一个蹬自行车的瘦子朝他们骑了过来——是袁成文的牌友之一。

"你不是跟你舅闹掰了吗？"瘦子脸上挂着副看热闹不嫌事大的笑脸，调侃道，"回来道歉啊？"

谭璟扬抿起唇，眼底划过一丝不耐烦，但还是客客气气地问："袁成文最近是没回家吗？"

"他啊，在医院陪床呢！"

"陪床？"谭璟扬眉梢跳了下。

"他女朋友不是得癌症了嘛，家里人也不管，就袁成文还在照顾她呢。"男人说着，将自行车停在一旁笑道，"要我说小袁这次也是脑子不清楚，那女的统共活不了两个月了，还不考虑换个下家……你说说，光医药费就得花出去多少？他平时连自己都养不活，哪有那个闲钱用来打水漂啊？"

继准转头看向谭璟扬，见他此时也是一脸意外，于是撞了下他的胳膊肘小声问："他跟你提过这事儿吗？"

谭璟扬没说话，其实早在上次袁成文跑去他学校时就跟他提过这件事，当时他还以为袁成文是为了骗钱，才编了这么个丧尽天良的理由来坑他。却不承想，居然是真的？

"他女朋友在哪家医院？"

"就……人民医院肿瘤科吧。"

谭璟扬点点头："谢了。"

两人快步离开了，朝医院赶去。

257

相较于充斥着过年气氛的街头巷尾,医院里明显要冷清了不少。

电梯"叮"的一声到达肿瘤科,更是把一切欢声笑语都隔绝在外。

毕竟,这里几乎没有对生的喜悦,只有对死亡的等待。

继准和谭璟扬很快便找到了袁成文的女朋友燕子所在的病房。

他们隔着门上的半扇玻璃朝里看去,只见寂静的房间里亮着盏扎眼的白色日光灯,释放着强烈而冰冷的光线。

灯下的病床上坐着一个戴毛线帽的女人,正背对着门一动不动地看向窗外。

她实在太瘦了,几乎扁成了一张纸。

垂在膝盖上的手机械性地举起,抓住了毛线帽,顿了下后将其扯掉,露出了个光头。

谭璟扬曾在袁成文家里见过燕子几次。印象中,她总爱穿黑色的皮衣皮裤,画着青色的眼影和苍蝇腿似的睫毛。虽然没什么品位,但看着总是生龙活虎的,特别是那笑声,穿透力极强,总刺得谭璟扬耳膜生疼。

万不像现在。

似乎是觉察到了来自屋外的视线,燕子转头朝继准和谭璟扬看去。继准猝不及防被她的脸吓了一跳,那是一种不似常人的蜡黄,就像他曾经在香港太平山蜡像馆里看到的假人。

燕子的颧骨高高突出,脸颊深深下陷,一双眼向外突着,明明很大却又显得黯淡无光。

知道被发现了,谭璟扬伸手拧动病房的门把手,走了进去。

"你是,谭⋯⋯"燕子想了想,半天也没叫出谭璟扬的名字。

"谭璟扬。"

"哦,对。"燕子笑了下,直接看着二人的身后问,"袁成文呢?"

"他不在这儿吗?"谭璟扬蹙眉问。

燕子愣了愣,缓缓摇摇头说:"昨晚就出去了。"

谭璟扬显然对燕子所说的话存疑,拉开厕所的门朝里面扫了眼。

"他真不在。"燕子也冷下脸说,"我以为他找你团圆去了呢。"

此时,病房的门再次被人推开。护士手里拿着张缴费单,在看到继准和谭璟扬后疑惑地问:"你们是病人家属?"

"不是。"病床上的燕子直接答道。

护士摇头叹了口气,将缴费单放在床边的柜子上说:"医药费真的不能再拖了,医院现在已经是在照顾你了。抓紧时间联系下家人想想办法,你现在这状况真经不起拖。"

燕子听后像是见怪不怪地点点头，麻木道："哦，知道了。"

"你不要总说知道了。"护士皱眉说，"你男朋友呢？待会儿还要带你去做靶向治疗，之后可能会有反应，最好让他过来陪床。"

"我联系不上他。"燕子用手撕着嘴上的死皮说，"没事，那就先不做了吧。"

"这怎么行！"护士严肃道，"我都说了你现在一定要积极配合治疗。"

"积极配合就不会死了吗？"燕子抬头戏谑地看着护士的脸，咧嘴笑了下，"反正都快死了，做不做也都无所谓了不是？"

护士被她呛得词穷，只得无奈地转身出了病房。

燕子这才回过头来再次看向谭璟扬和继准，问："你们还有事吗？"

谭璟扬站在原地不动，似是在思索着什么。

继准默默看了他一眼，冲燕子笑了下道："没事了，你好好休息。"说完便拉着谭璟扬出了病房。

"想不到你小舅对他女朋友还挺够意思的。"继准用舌尖顶了下腮帮子说，"我现在多少对他有了那么0.0001的好感。"

"他之前有跟我讲过这件事。"谭璟扬顿了顿，"我没信。"

继准将手搭在谭璟扬肩上拍了拍："现在找到他是第一位的，小乐那边还没跟你联系吗？"

谭璟扬摇摇头，掏出手机看了眼。

恰好此时，一条新闻推送出现在了屏幕上。

谭璟扬的神情僵住。

继准看对方表情不对劲，也赶忙凑了上去，跟着愣住了。

——向阳街一按摩店突发火灾，疑因维修工疏忽导致电瓶车电池起火。

时间回到半个小时前。

慧姨回向阳街的时候拎了一大袋子蛋肉蔬菜，打算晚上做几个像样点的菜，叫上谭乐和谭璟扬一起吃个年饭。

结果，她进了厨房才发现，燃气灶的火打不着了，于是又急忙给维修工人打了个电话，让他们抓紧时间过来。

她抬头一看谭璟扬家亮着灯，便在楼下大喊："小谭！在家吗？"

谭乐正在屋里写作业，突然就听到了慧姨的声音，赶忙爬上桌子，拉

259

开纱窗冲她挥挥手说:"慧姨,我哥出去找舅舅了。"

"哦!"慧姨将菜从塑料袋里一一分出说,"你还没吃晚饭吧?"

"没有!"谭乐一觉睡到太阳落山,此时肚子早就饿了,对慧姨道,"我中午饭都没吃呢。"

"哎哟,看这小模样可怜的!"慧姨招招手,"来,快下来,我买了点鸡蛋糕你先垫垫,晚上慧姨做点好吃的,叫上你哥咱们一起吃!"

"可我哥让我留在家里等舅舅。"谭乐委屈地撇撇嘴。

"嗐,你在慧姨家来往的人都能看清楚,不耽误!"慧姨晃了晃手里的鸡蛋糕,"快快,还是热的呢。"

谭乐想了想,最后还是使劲点了下头:"好!我现在下来。"

香甜软糯的鸡蛋糕吞入腹中,谭乐满足地打了个嗝,眼睛笑成了小月牙。他嘞嘞手指,又要去拿,被慧姨制止道:"少吃点,晚上还要吃饭呢。"

"唔,我就再吃一个,行吗?"

慧姨看着谭乐可怜巴巴的样子,实在不忍心,点点头说:"就只能吃一个啊!"

"遵命!"

慧姨笑了下,将菜放在水池里洗着。突然,她一拍脑门叫了声:"哎呀,坏了,我买的牛腱好像落收银台了!"

她慌忙翻着塑料袋,嘴上不住抱怨:"你看看你看看,就是忘了……不行,我得回去拿一趟,花不少钱呢!"

"没事慧姨,你去吧,我帮你看着店。"谭乐吃着鸡蛋糕说。

慧姨站起身,将小票塞进大衣兜里,看着谭乐犹豫了下,点点头说:"成,我很快的。待会儿要是修燃气灶的工人先来了,你就叫他直接进屋先弄着。"

"好,放心吧!"

慧姨摸了把谭乐的头,便转身匆匆朝着巷口走去。

谭乐吃完了鸡蛋糕,很乖地没有再去拿。此时恰巧起了阵刺骨的冷风,他缩了缩脖子,回头看看屋里,撩开帘子钻了进去,拿自己留在慧姨按摩店里的蜡笔和纸趴在桌上画画。

不一会儿,屋外便传来了电动车的喇叭声。谭乐闻声跑了出去,见是来修燃气灶的工人,便按照慧姨之前吩咐的话说:"叔叔新年快乐!您直接进店里来修吧。"

维修工从三轮电动车上取下检查设备,探头朝按摩店里看了看问:"你家大人呢?"

"她马上就回来了。"谭乐说。

维修工点点头，有些不好意思地指着电动车对谭乐道："那个，不好意思啊小朋友，我这三轮快没电了，能借你这儿充下电吗？"

谭乐四下找了找，而后跑进屋里扯出了个插线板说："这个行吗？"

"行了！谢了啊小朋友！"

维修工将三轮车接上电，便跟着谭乐一起进了屋。

充电池在夜色中闪烁着红色的指示灯，一明一灭……

"叔叔，过年了您也不休息吗？"谭乐站在厨房门口，边看维修人员检修燃气灶边问。

"给你们家修完我就下班了。"维修工用螺丝刀拆卸着燃气灶说，"没办法啊，不多赚点钱怎么过年。"

"真辛苦啊。"

"呵，这年头有哪门子事是不辛苦的？"维修工乐了下，"坐办公室还会得颈椎病呢！"

两个人正有一搭没一搭地闲聊，谭乐的鼻子突然动了动，歪歪头问维修工："叔叔，您有没有闻到什么味道？"

维修工不以为然地说："没事儿，是燃气灶里的。这点煤气中不了毒，放心吧！"

"哦。"谭乐点点头，随即搬了个小板凳坐在厨房门口。

片刻后，他又仔细闻了下，犹犹豫豫地对维修工道："叔叔……这个味道，好像不是厨房里散发出来的。"

维修工抬起头："你说什——"

他话音未落，只听门口突然爆发出一声震耳欲聋的爆炸声。

"轰——"

顷刻间，大火自门口的电动三轮猛地蹿升起来，上头堆放着的纸箱和废零件顿时被大火吞噬。

又一阵狂风刮过，席卷着凶猛的火舌迅速灌进屋内，门上晃动的珠帘被烧得焦黑，散落一地，发出"噼里啪啦"的声音，在火海中弹跳着。

维修工吓傻了，手里的螺丝刀"当啷"砸在了地上。

他尖叫着逃出厨房，本能地伸手去抱谭乐，想带谭乐一起逃生。可此时火焰已经烧着了屋里的家具，竖着的穿衣架轰然倒塌，硬生生隔在了他和谭乐中间。

维修工看着谭乐惊恐的眼睛，耳边不住传来尖锐的哭喊。他咬咬牙，转身一猛子冲出了按摩店，再回头时大门也已被腾起的烈焰所遮挡。

"啊啊啊叔叔,救我——咳咳咳……呜呜呜呜呜——"

屋里谭乐撕心裂肺的声音还在继续,维修工浑身剧烈颤抖,"扑通"一下跪在了地上,绝望地看着四周,大喊:"来人,快来人!快救火!救火啊——"

附近的居民看见火光,纷纷打开窗户朝按摩院看去,顿时惊恐一片。

尖叫声、无望的哭喊声、大嚷着打119的呼救声,都伴着熊熊大火响彻了整条向阳街。

屋里的谭乐缩在墙角,被滚滚浓烟熏得咳嗽不停。那些珠帘上散落的碎珠滚到他面前,映射出他瞳孔中无边的惊恐。

"救救我!咳咳咳,哥——哥!救我——哥——"

谭乐的眼泪汹涌而出,眼看着往日最熟悉的场景在自己面前燃起了火光,还没画完的画卷了边,冒着火星瞬间便成了黑色的灰烬。想起老师教过的消防知识,他迅速用浸湿的毛巾捂住口鼻,竭力控制着不要吸入大量烟尘,匍匐着躲在未起火的角落,颤抖地试图找到可以逃生的路。

——不能死,哥哥还没回来……冷静,不可以就这么死掉!

此时,向阳街的另一侧传来了断断续续的歌声。

跑着调,带着笑……

"恭喜你发财,财财财财财——恭喜你精彩,彩彩彩彩彩——让好的请过来——不好的请走开——礼多人不怪——怪怪怪怪怪——"

袁成文一只手拎着一袋年货,另一只手上下抛着串钥匙,心情颇好地朝着谭璟扬家缓步走来。

他嘴里叼着烟,一脸兴高采烈,兀自"嘿嘿"笑了声,顺口编着乱七八糟的歌词。

"先把你来哄,我的个乖外甥——还想躲着舅舅我,钥匙都在我手中——开开门啊把门开——礼多人不怪——乖、乖乖!"

他的眼睛登时瞪得溜圆,只见迎面而来的是冲天的火光,几乎把楼房上空的天都照得通红。

袁成文脚下的步子不由得加快,最后开始慌乱地奔跑了起来。随着火光越来越近,只见按摩店此时已经全然被火焰吞没了。

袁成文下意识抬头看了谭璟扬家一眼,好在只有墙和玻璃烧黑了,屋里似乎没事儿。他拍着胸口刚想喘口气,突然就听到按摩店里传出了谭乐声嘶力竭的呼救声。

"谭、谭乐?谭乐——"

他的眼登时涨红,手里的年货"哗啦"散落在地。

袁成文回头看到瘫坐在旁已经吓到呆滞的维修工，怒吼着一把将人拎了起来，暴喝道："怎么回事！啊？我外甥呢？我外甥人呢？"

维修工僵硬地看着袁成文，目光空洞，惨白如纸的嘴唇剧烈地颤抖开合，用气声说着："救、救人……救人……"

袁成文挥起一拳狠狠地砸在了维修工脸上，瞋目而视："你怎么不救！屋里还有孩子呢！你怎么不救他？"

维修工也回过神来，声泪俱下地反揍了袁成文一拳，用同样绝望的语气大喊着："你不要命了就去救啊——"

屋中的谭乐像是听到了袁成文的声音，原本已经微弱的呼救声再次变得激烈起来。

"舅舅——救我！呜呜呜呜呜！舅舅——"

袁成文松开维修工，看看按摩院又回头看看屋外混乱嘈杂的场面，最后在谭乐的又一声呼喊中，狠狠一咬牙。

"别怕外甥，舅舅来了——"说完，他迅速除去身上的大衣，向后退了两步，心一横猛地冲入了火场。

"谭乐，舅舅来了！"

火势熊熊，此时的按摩店里已分不清哪里是床，哪里是桌。

袁成文一脚踹开挡在面前的衣柜，大声呼喊着谭乐的名字。

火苗蹿上他的衬衣，他害怕地大骂着使劲拍打。突然，他眼前一亮，只见谭乐正趴在瓷砖堆砌的墙壁凹槽里，满脸鼻涕眼泪，惊恐地用一个扳手用力敲打着地板，发出响声引起袁成文的注意。

"舅舅——舅舅救我——"

"谭乐！"

袁成文心下一喜，一个箭步上前将谭乐紧紧抱在了怀里。

"咱俩、咱俩都别怕啊！"袁成文说着，带着谭乐转身就往屋外冲。

"舅舅小心——"

随着谭乐一声尖叫，头顶悬着的粉色吊灯猛地坠落下来。

袁成文促然抬头，只见五色的玻璃罩迅速在他的瞳孔里放大。

"走你——"

他用尽全身最大的力气，将谭乐狠狠朝门外推了出去。

"舅舅！"

谭乐猛地摔倒在地，身体因冲击力连滚了好几下，被人群迅速扶了起来。

"舅舅！舅舅！你快出来啊！"

谭乐绝望地喊着，眼底倒映着火光以及无数玻璃碎片中躺着的袁成文。

他推开人群,哭喊挣扎着又要往火里冲,被维修员死死抱在怀里。
"不能去!你不能去——"
彩色的玻璃碴散落在地,铺在袁成文的身上和四周。
五光十色中,他觉得疼痛似乎正在渐渐远去,眼前的景色变得绮丽绚烂,进而绽放成了初春一片望不到边的花田……
他抬头透过大火看向屋外,看到了谭乐的眼睛,长得和袁茵还真像。
蓦地,袁成文的嘴角扬起,露出了个孩子似的笑容。
他看到那片花田里盛开着满天星,袁茵戴着草编的帽子款款而来。微风吹起她的长发,她冲袁成文招了招手,笑颜如花。
"小文……"袁茵走到他面前,朝他伸出了手。
袁成文也将自己的胳膊抬起来,够向了一处。
"姐,你不在我连饭都不会做……"
"姐。"
房梁轰然倒塌了。与此同时,消防车发出响彻天际的长啸……
散落在地的年货里露出一束白色的花——满天星。

袁成文没了。
像是一粒最不起眼的尘埃飘散在了深冬里。纵然没有任何人剪头,他也还是没能逃得过正月。
只有谭乐知道,在玻璃灯砸下来的那一刻,袁成文的身上的确是闪着光的。
冰冷的太平间内,瘸腿的值班老人驼着背,拉开了其中一个冰柜。
这是继准第一次来太平间,没有想象中那么冷,却也没有一丝生气。
他的眼底暗了暗,侧头去看身边的谭璟扬。只见谭璟扬抿着唇,神色平静,可垂在两边的手却冰得厉害,以至于继准想去牵他,却被冻得指尖蓦地蜷缩了下。
谭璟扬垂眼,喉结滚动了一下,伸手沉默地掀开了面前的白布。
"扬哥。"继准轻唤了句,想要上前,被谭璟扬沉声打断。
"别过来。"
继准站在原处,片刻后还是深吸口气再次走近谭璟扬。在看到柜中躺着的人时,他还是不由自主地愣住了。
那的确是袁成文,可又一点也不像。
具体的他不想多去形容,虽然自己和这人是因为谭璟扬才有了短暂的交集,且每一次都很不愉快,可他毕竟也曾见这人那么生动活泼过。

而今，这人静静躺在这里，像是与全世界都没了关联，看着一点都不讨人厌。继准迫切地希望他能够醒来，哪怕再继续让人讨厌下去。

然而，没可能了。

逝者已矣，活着的人生活还得要继续。

"扬哥。"继准伸手在谭璟扬的肩上用力握了握，轻声说，"小乐还在楼上病房呢。"

"我知道。"谭璟扬闭了闭眼，嗓音沙哑且疲惫，"你先出去，让我跟他单独待会儿。"

"可……"

"去吧。"

继准顿了顿，末了还是轻点了下头，按在谭璟扬肩上的手悄然撤离，转身走出了太平间。

冰冷的房间里此时就只剩下了谭璟扬和袁成文，一生一死，相对无言。

谭璟扬背靠着墙缓缓滑坐下去，面无表情地注视着冰柜里的人。

渐渐地，他用双手抱住头，十指插入发间，将头抵在了蜷起的双膝上。肩膀从紧绷到轻微伏动，直至最后剧烈地颤抖起来……

压抑的呜咽声断断续续，隔着冰冷的门传到了另一边的继准耳中。继准的心跟着对方不住地喘息而下沉收紧，迫不及待地想要推门冲进去，给他一个拥抱，尽一切可能地去安慰他。

可继准知道，眼下的不打扰，才是给予谭璟扬最大的尊重。

不知过了多久，谭璟扬再次红着眼撑墙站了起来。他紧握在冰柜边沿的手像是要陷入铁皮一般，死死向内扣着，暴露出一根根青筋。

"袁成文，这又算是怎么回事？"谭璟扬的唇边带着苦笑，沙哑的嗓音回荡在死气沉沉的太平间里。他握紧拳砸向自己的胸口，发出一声声沉闷的钝响。

"真行啊你，折磨完我妈就来折磨我……现在玩腻了，就又换个世界去惹是生非，你活得可真潇洒……"

回答他的，只有万籁俱寂。

谭璟扬低促地笑了声，摇摇头道："要么说你才是高手，一辈子混账，最后却选了个英雄式的收场……好啊，现在如愿了，我连恨都不敢再恨你……

"舅舅，你告诉我，往后我又应该怎么去看待你呢？"

这之后，谭璟扬便陷入了一阵长久的沉默。

久到看管太平间的老人又再次推门催促，让谭璟扬赶紧离开。

最终，他又深深地看了躺着的袁成文一眼，俯下身在离他只有咫尺的距离轻声说道："小舅，谢谢你救了谭乐。"

他抿唇顿了顿："你是个好舅舅。"

袁成文的葬礼办得相当简单，毕竟他生前也的确没留下什么好人缘。

谭乐因为吸入了少量烟尘，现在还在医院里住着，所幸没什么大碍，只是精神一直有些敏感，半夜总是做梦哭醒。陈建业托关系找了最好的心理医生，定期为他做疏导。

为了不让谭乐再受刺激，袁成文下葬那天谭璟扬硬是没让他去。

娇姐在得知此事后心疼得不行，一天三次地往医院跑，什么好吃的好玩的全都买来堆了满满一屋子。

慧姨自然也是每天都来，但回回待的时间都不太长。毕竟这件事对于她的打击无疑也是巨大的。她生怕自己的情绪会一不小心再影响到谭乐，于是只得强颜欢笑，在觉得快崩不住的时候就找个理由匆匆离开。

伤痛一经酿成，就总需要很长一段时间来慢慢恢复的。

好在，冬天的脚步正在一点点地走远……

袁成文最后被葬在了眉城的墓园，和谭璟扬的父母在一起。

下葬那天，天气出奇地好。离开墓园的时候，谭璟扬甚至看到了草丛间的一束早开的迎春花。

继准全程都陪着谭璟扬，谭璟扬不开口，他便也不多说什么。两人处理完一切连夜离开眉城，回去的路上，谭璟扬跟继准说他想把老屋卖了，一部分留着上大学，一部分拿给医院里的燕子，也算是帮袁成文做了他想做的事。

然而都还没等他们细细规划，燕子便在正月十五那天清晨，因并发症抢救无效离开了。

直到最后，谭璟扬都没搞清楚燕子到底爱不爱袁成文。不过听说她离开的时候是笑着的，就好像是知道她与袁成文又将在另一个时空相见了。

也罢，就当是爱的吧。

在收拾袁成文遗物的时候，谭璟扬从他家的抽屉里翻出了个账本。上面密密麻麻地记录了平日里的一些鸡毛蒜皮。

——今天借隔壁老李20块钱买烟，但他上次吃了我的茶叶蛋，我们两清！

——借给谭璟扬6块钱买盐。

——"眼镜儿"结婚随份子200块,以后跟燕子结婚时让他还。
——借了30块给谭乐买蜡笔,谭璟扬还了,还差利息15块。
——麻子吃了我一盘饺子,带人工费15块。
——买鸡蛋,12块。
——小葱2块、韭菜3块5、猪肉31块、豆腐3块2……
——打车22块。
——去眉城路费,120块。
——买年货,400块。

余下还有很多,数目清清楚楚,字里行间尽带着些小市民的狡猾。

正当谭璟扬打算合上账本时,突然从这厚厚的账目中发现了重复出现的几条不一样的痕迹。

——送姐的满天星。
——送姐的满天星。
——满天星。
——满天星。
——满天星。
——姐的满天星。

自始至终,竟没有一处"满天星"是被标了价的。

泛黄的纸张被手指摩擦起皱,一滴滚烫的泪模糊了潦草的字迹,也模糊了袁成文一世的善恶是非……

Chapter 21
·又一季

这晚是慧姨来医院接替谭璟扬的班照顾谭乐。最近她一直在忙着凑钱翻修按摩店,整个人看上去都瘦了一圈,脸色有些暗黄,瞬间就显得老了好几岁。

"慧姨,要不您还是早点回去休息吧。"谭璟扬打完热水回来帮谭乐边擦脸边说,"毕竟店里还有那么多事要管,我看您脸色也不大好。"

"你就别说我了,去镜子前照照自己,再这么下去小乐都还没好全呢你就又倒下了。"慧姨拍了拍谭璟扬后背,从他手里接过毛巾叮嘱说,"好好吃点东西,睡一觉,这儿有我跟娇娇呢。"

这段时间,慧姨和娇姐通过谭乐的事,已经建立起了相当深厚的友谊,甚至还私下商量,等谭璟扬到外地上大学了,谭乐周末就轮流去她们两家住。

"对了,怎么没看到继准?"

"他……"

"这儿呢。"

慧姨话音未落,继准便拿着手机推门进来。他刚去接了个编导梁老师打来的电话,又下单买了几本专业书。

随着考电影学院的目标正式确定下来,继准最近也开始前所未有地发奋用功起来。

其实他一直还算是个挺看重"对不对路"的人。通过几次交往,这位梁老师无论是在对电影的看法还是处事态度上都让继准觉得很是"一路人"。于是,继准自然而然地便沉下心好好跟他从最基础的学起,并渐渐发现其实那些所谓的概论并不像他以为的那般枯燥,其背后构建出的是一套丰富的艺术史。

继准的天赋自然也得到了梁老师的认可，因而更是不遗余力地去教他。

"你俩赶紧走吧，这不马上又要开学了嘛。"慧姨冲继准使了个眼色，让他拉谭璟扬回去休息。

继准会意，上前扯了下谭璟扬的袖子："扬哥，这儿有慧姨照顾小乐，咱俩要不先去吃点东西，大不了你晚点再过来呢。"

谭璟扬犹豫片刻，末了还是轻点了下头，对慧姨低声说："麻烦您了慧姨。"

"都说了别这么客气。"慧姨冲两人挥挥手，而后兀自叹了声，"这件事我也有责任，要不是我把小乐独自留在店里……"

她低下头皱眉一下下抠着手上的指甲油，深吸了口气，疲惫地笑了下说："快去吧。"

两人出了医院，随便在附近找了家川菜馆。老板是地道的自贡人，菜做得又咸又辣，但味道是真的挺不错。

谭璟扬吃饭的时候时不时便抬腕看一次手表，想着赶紧吃完再回医院去。到最后，继准实在瞧不过去了，给他盛了碗豌豆苗煎蛋汤，叹了口气说："扬哥啊，你稍微歇会儿吧。"

从袁成文去世一直到现在，谭璟扬几乎就没合过眼。继准担心再这么下去，即便对方的身子骨再结实也还是会撑不住的。

"回家了也睡不着。"谭璟扬眼神暗了暗，唇边勾起一抹苦涩，"一闭眼就总能看见袁成文。"

继准知道这会儿无论他说什么也很难安慰到谭璟扬，于是就沉默地陪在他身边，给他夹菜，想让他多吃点。

直到碗里的汤凉了，隔壁的食客也换了一桌，继准才将原先的汤倒了，又换了碗热的推给谭璟扬，轻声说："扬哥，我想问你个问题。"

"你说。"谭璟扬抬眼看向继准。

继准抿了抿唇："现在再跟你提起袁成文，你还会恨他吗？"

谭璟扬搅动汤匙的手停了下，幽深的眼底沉了沉，透露出思索。

片刻后，他缓缓摇了摇头。

"那如果当时你及时赶到了，也会不顾一切地冲进火里救他吗？"

谭璟扬又沉默了会儿，低声："会。"

继准轻轻牵了下唇："所以，这个故事的结尾其实是没有恨的。对吧？"

谭璟扬看继准的眸光恍了恍。

继准手托着下巴，透过窗看向屋外的夜色。

枝头最前端的位置已经隐约有了些返青的迹象，春天确乎是要来了……

继准："从今往后，刻在心底的就都是关于那人最好的样子了。"

最后，谭璟扬还是听从了继准的话，回家洗个澡换了身干净衣服。

这晚继准也没走，陪着谭璟扬躺在向阳街的老床上，有一搭没一搭地聊着天。

谭璟扬的话仍是很少，多数时候都是继准在说，他只间或"嗯""呵""是吗"回应几声。

床边的窗户开了一半，楼下大火时的味道似乎还隐隐有着残留。楼上住着的小两口又不知道因为什么吵了起来，污言秽语伴着叮叮当当砸东西的声音不绝于耳，感觉下一秒他们就会踩烂地板从楼上掉下来。

谭璟扬起身关上了窗，但好像并没有什么效果。

他的目光在不经意间，又停留在按摩店烧黑的房顶上，平日里挺拔的身形在此刻微微有些前弓。

一只手突然搭在了谭璟扬的肩上，他转头看向身边的继准。

继准冲他笑了下，接着忽然将窗户一把又给推开了，冲着楼上大喊："大哥大嫂过年好！"

楼上的吵闹声停了，随即传来开窗户的声音。

一个女声大骂道："有病吧！"

继准兀自乐了两声，又冲着楼上喊："大过年的别这么大火气呀，要不我讲个笑话给你听？"

"闭嘴，不听！"楼上大叫。

谭璟扬摇摇头，拉住继准："你干吗呢。"

继准看向谭璟扬，冲他勾了下唇："喊喊，发泄一下。"

"你小心别人待会儿下来揍你。"

"没事儿，咱们两个人呢。"继准探头出去朝楼上看了眼，对谭璟扬说，"快，扬哥，你也喊喊，可爽了！"

"算了吧。"

"喊一下嘛。"继准说完又冲着楼上喊话，"哎，大哥大嫂，晚上吃了吗？"

"我吃你大爷！"楼上的男人也加入骂战了。

"你说吃什么——"继准装没听清。

"他说：'吃你大爷！'"隔壁楼不知道是哪家也传来一声。

继准叉着腰笑了半天："好吃吗——"

"没吃过！改明儿抓一个尝尝！"又一个重在参与的出现了。

楼上的两口子大概也没料到局面居然会演变成这样，反而没声了。

见夫妻俩不吵了，继准又隔着窗户跟其他几个凑热闹的人聊了几句天儿，最后还约好下次一起打扑克。

谭璟扬静静地看着他，敏锐地从继准饱含笑意的眼里捕捉到了一个细节。

对方看似是在玩乐，实则全程都在密切地关注着谭璟扬的情绪。这一系列看似无厘头的行为，其实都是想要替谭璟扬找个可以用来自然发泄的气口。

猜到了继准心思的谭璟扬，内心深处蓦地一暖，嘴角勾起了抹不易察觉的笑容，眼底的阴郁渐渐被软化变淡。

继准聊完天后关上窗户，心满意足地往床上一栽。

"继准。"谭璟扬轻声唤了句，顿了顿说，"谢谢。"

继准微微愣了下，唇边的笑意更深："不存在。"

他的眸光在夜色中跳动着，像是装了星河。

"睡吧扬哥，等到一觉醒来，就又是春暖花开。"

时光荏苒，只是轻轻一晃，他们就正式步入了高三最后的"修罗期"。

开学第一天，连同班主任在内的所有任课老师都发现了一件事——

继准他变了。

且不说上课时再没见他戴过耳机，就是连觉都不睡了。虽然仍是一副手托着下巴、半垂着眼皮的懒散样子，可眸间传递出的信息却当真是在认真听讲。特别是下午的数学课，居然还主动举手问了好几次问题，吓得老周眼镜差点掉下来。

而身为继准同桌的谭璟扬自是知道，通过梁老师对继准的评估，只要文化课能过得了最低提档线，他的专业课想进入自主招生的电影学院应该是不难的。所以眼下最要紧的事，便是突击文化课。

对于这件事，谭璟扬有信心。昨晚他还帮继准仔细做了一次分析。继准的语文和文综成绩都是不成问题的，而英语则有很大的上升空间。所以眼下制定的学习计划便是恶补英语，至于数学就能使多大劲使多大劲，只求高考的时候不拉胯就行。

即便在高二的时候，班上或多或少已经有了些高考的压力，但当真的进入倒计时，班上的学习氛围还是有了明显的差别。

上课说小话、开小差的人肉眼可见地变少。想靠文化课跃龙门的几乎没日没夜地在看书做题，想要曲线救国的则是八仙过海，各显神通，考体育的练体育，考美术的就晚自习跑去画室。还有几个报了编导的平时连电影都不看，如今只想临时抱佛脚，便成天围着继准让他给他们列片单。

终于好不容易找了个理由跟谭璟扬逃到了体育器材室，继准筋疲力尽地靠在墙上，用头一下下抵着墙面，苦笑着说："你说现在哪儿需要这么多导演啊。"

谭璟扬笑了下："想着谋出路罢了。"

继准摇头感慨："合着就我们编导门槛低是吧？零基础入门，一问最喜欢的电影，一水儿背得全是墨镜王和老谋子。"

"所以缺的不是导演，是好导演。"谭璟扬伸手揉了把继准的头发，"影视行业的未来就靠你了啊，继导。"

"先考上电影学院再说吧！"继准挥开谭璟扬的手笑道，"对了，下午的誓师大会是不是还让你上台发言来着？"

"嗯。"谭璟扬点了下头。

"演讲稿准备好了吗？"

"差不多，你要听听吗？"

继准往桌子上一坐，抻着两条长腿冲谭璟扬递递下巴："来来，开始你的表演。"

谭璟扬勾勾唇，而后也随意地倚在墙上，从怀里掏出了张纸抖开，用疏懒的语调缓缓念道："充满信心和斗志，是每一名高三学生最应当具备的精神面貌……"

"等下。"继准失笑，"你就打算这么上台吗班长？好歹精神点儿啊！往那儿一靠，整一个吊儿郎当，跟街溜子念检查似的。"

"哦，呵。"谭璟扬哼笑了声，直起身来清了下嗓子，"唯有这样，才能在接下来的有限时间里激发无限大的可能……"

继准边听边眯着眼静静地注视着阳光下的谭璟扬，嘴角不自觉地微微翘起。

想来，相遇还真是件奇妙的事。如果不是遇到对方，自己可能到现在都还是一条成天混日子的咸鱼，没有目标，没有干劲儿，更不用谈梦想。

"念完了。"谭璟扬合上演讲稿。

"嗯，优秀！"继准连忙拍了几下手。

谭璟扬将演讲稿作势朝继准脑袋上轻轻一挥："优什么秀，你从我刚念到第二行就开始跑神。"

继准不好意思地笑笑："这不是光顾着欣赏你伟岸的身姿了。"

他说着也借着墙的力直起身来,拍了下谭璟扬的肩:"走了,回去还得给我讲错题呢。"

下午两点,全体高三年级的学生都准时聚集在了小礼堂。

先是老校长来了段为时二十分钟的演讲,车轱辘话翻来覆去地嚼了一遍又一遍。好在老校长素来人缘好,在师生中口碑好、声望高,因而在讲话结束后还是收获了热烈的掌声。

然而紧接着的教导主任便没那么大的面子了。

不光是那些平日里跟他打惯游击的学生神游摸鱼不配合,就连所谓的好学生也自顾自地埋下头看起书来。

继准的瞌睡被他搞得一阵接一阵,若不是等着谭璟扬之后的演讲,照他以往的性子早就借故开溜了。

他打了个哈欠,十指交叉地掰了掰关节,突然就听到身后传来一阵"咯嘣咯嘣"的响动。

很微弱,但一下下地又特别有规律。

继准不由得转身看了眼,只见其他人的目光也都朝着声音的发出者投了过去。

是刘峥。

一个寒假过去,他的体态似乎更加肥大臃肿了,屁股下头的椅子腿甚至都被他坐得有些向外撇。

刘峥低着头,也看不清他的表情,就这么埋头将手指头伸进嘴里,"咯嘣咯嘣"地啃着。

他的身上有一股浓重的汗酸味,熏得边上的人不住地往远了挪。

继准看到刘峥的指甲已经被他咬出了不少豁口,有些甚至伤到了甲床,渗出血来。

继准皱皱眉,觉得有些奇怪。

有些同学则是忍不住捂上了鼻子,小声地交头接耳。

"他怎么回事?"

"谁知道!"

"最近怎么不见他跟刘帅待一起了?"

"好像是闹掰了,原本刘帅跟他玩也是图他那点儿钱。"

"也是!"

这些议论声不大不小的都尽数传到了刘峥的耳朵里。

他的脸憋得更加红,咬指甲的声音也随之越来越响,最后整个身子都开始不安地摇摆起来。

"嘿嘿、嘿嘿嘿——"

刘峥突然咧嘴痴笑了几声,将咬劈的指甲连着死皮一起撕了下来,连着口水一起抹在了自己的裤子上。

"刘峥,你干吗呢!"巡查的老师见刘峥发笑,以为是他故意恶作剧,厉声制止道,"专心听主任讲话!"

刘峥眯着小眼睛,猛地回头朝巡逻老师看去。

老师被他瞪得一时间还有些发蒙,可紧接着刘峥便冲老师不好意思地挠挠头说:"不笑了不笑了,嘘、嘘——"

巡查老师狠狠剜了他一眼,而后转身走向后排。刘峥的视线随着老师,看向了不远处正在低头跟其他人说小话的刘帅。

"下面请学生代表高三(3)班谭璟扬同学上台演讲……"

随着谭璟扬的名字通过麦克风传出,台下的同学又全都看向了演讲台。

霎时,掌声和尖叫声席卷了整个小礼堂。

继准把目光从刘峥身上收了回来,听着四周不断传来对谭璟扬或是夸赞或是不忿的议论,莫名其妙地也跟着有些骄傲。

只见谭璟扬穿着一件干净整洁的白衬衣,泰然自若地走到讲台前接过了主持老师手里的麦克风,冲她礼貌地颔了颔首,又面向全体师生鞠了个躬。

台下又爆发出了一阵热烈的掌声。

继准嘴角上扬,眼前意气风发的谭璟扬和中午在器材室里那个倚靠着墙、一脸懒散的他还当真是判若两人。

"老师们、同学们,大家好。我是高三(3)班的班长,谭璟扬。"

"啊啊啊啊啊啊啊,谭璟扬!"

"扬哥!扬哥!扬哥!"

"班长!"

"男神你好棒!"

谭璟扬慢条斯理地等现场从热闹再次变得安静后,才用谦和从容的语气继续演讲。

"充满信心和斗志,是每一名高三学生最应当具备的精神面貌。唯有这样,才能在接下来的有限时间里激发无限大的可能……"

"嘿嘿、嘿嘿嘿嘿……"

身后古怪的笑声又响起了,有人终是忍不住转身出声道:"刘峥,你恶不恶心啊!"

"嘿嘿……对、对不起,不是我的错。"刘峥啃着手,冲制止他的女生咧嘴一笑，"对不起，不是我的错。"

"有病吧！"女生骂了句，气呼呼地掉过头去继续听谭璟扬演讲。

"再来，我们应该合理有效地安排时间，摆正心态。过度的焦虑和压力有时也会影响到正常的发挥……"谭璟扬边熟练地背诵演讲稿，边用眼神看向台下的继准，在与他对视片刻后，才不动声色地将视线移开，环视着众人。

突然，他的目光停留在了一处。

只见刘峥缓缓从座位上爬起，转身朝着身后径直走去。

谭璟扬的眸光暗了下，微微蹙眉，嘴上仍在流利地进行着演讲。

这边的继准显然也发现了异样，回头看向不断朝后排移动着的硕大背影。

刘峥似乎是在很有目的地朝一个方向走，继准隔着身后的同学顺着望去，在看到人群中的刘帅后，本能地觉得情况不大对劲。

"第三点，我们应当为自己制定出合适的学习计划，而不是盲目一味地搞题海战术。就比如会做的、做对的题就不用多做，重点还是要放在错题，特别是总会做错的……"谭璟扬目光一凛，突然道，"小心！"

与谭璟扬话音同步的，是继准噌地从座位上弹了出去。

正一脸贼笑，埋头翻杂志的刘帅听到喊声，也有些发蒙地抬起头来。在看到刘峥那张放大扭曲的脸时，刘帅眼里短暂的错愕化为惊恐！

"刘峥，你干什么！"

这一句瞬间就没入了一片哗然中……

那是继准最后一次在学校里看到刘帅与刘峥这对"好朋友"。

后来听说，刘帅在这之后就休了学，缓了两年才又重新参加高考，但始终没有考上；刘峥似乎跟着父母去了南方，走前删掉了所有同学的联系方式，至此人间蒸发。高中三年本该意气风发，到头来因为一时行差踏错，落得个潦草收场……

这年的倒春寒像是来得早了些，刚除去的厚衣物还没来得及收起来，就又被重新裹在了身上。

慧姨的按摩店总算装修完了，她让工人把烧黑的墙重新粉刷了一遍，以求将那些令人伤心的事一并抹掉。

继准近段时间得了娇姐的授意，一周有好几天都是在谭璟扬这边住，好方便谭璟扬辅导他文化课。而继准的成绩也算是见到了明显成效，整个人对待学习的态度也不知比过去端正了多少。这让原本已对他高考成绩无望的娇姐，再次抱以了期待。娇姐还和慧姨商量着，两人在向阳街住的时候就慧姨管饭，周末回继准家就娇姐管饭，总之就是变着花样地整营养餐。

今晚，继准又留宿向阳街。

谭乐已经早早睡下了。台灯前，继准咬着笔杆看着英语卷子上的一道阅读理解，边上放着杯热气腾腾的牛奶。

谭璟扬洗完澡出来，就见继准难得一副好好学习的样子逐个单词地边小声默念边认真勾画着。洗完未干的头发似乎又有些长了，软软地窝在脑后。

他擦着头发走到继准边上的椅子前坐下，用食指叩了叩装热牛奶的杯子说："先喝完再做题，不然放凉了。"

"哦。"继准目不转睛地盯着卷子，一只手摸到杯子，端起喝了一大口，瞬间皱起眉，"啊，烫烫烫——"

谭璟扬赶忙从继准手里接过牛奶杯放到一边，又迅速到冰箱里拿了瓶冰可乐给他。继准拉开易拉罐猛灌了几口，只觉得舌头冷热一激都快没知觉了。

谭璟扬抬手按了下他的头："你是小孩儿吗？谭乐都比你强。"

继准吸着气，大着舌头含糊道："还不是最近学习太拼了！我记得那个谁？有位古人因为读书太专注了，拿饼蘸着墨汁吃，我看我也差不多了。"

"王羲之、陈毅、陈望道，都有类似的故事。"谭璟扬说，"这故事不考，但这三个人都要考。"

继准顿时乐了，学着《霸王别姬》里的话说："你可真是'不疯魔不成活'啊！"

谭璟扬也开了罐可乐兀自喝着，随手翻看继准刚写完的卷子。

继准打开眼镜盒，取出谭璟扬的眼镜。谭璟扬接过戴上，开始认认真真地帮继准批改卷子，顺便在书上标记重点题型。

继准托着腮等谭璟扬画题，突然听到窗外传来几声蝉鸣。

他一挑眉梢："这不是正倒春寒吗，怎么还有蝉了？"

"不知道，它傻了吧。"谭璟扬说完也跟着停下笔，和继准一起看向窗外。

随着他们的视线，只见生长至二楼的槐树枝丫上，嫩绿色的新芽似乎又比前些天的颜色更深了一些。

"听说北京的夏天会比咱们这儿更热。"继准灵活地转了下笔说，"一提起这个，我满脑子都是《阳光灿烂的日子》里的画面——对了，你喝过'北冰洋'吗？"

谭璟扬摇摇头。

"我也没,还挺想尝尝的。"继准说,"娇姐说他们那个时候,汽水瓶子都还能退。一瓶汽水七毛钱,退瓶子的话就只要五毛。"

谭璟扬忍不住用笔敲了下继准的头:"差不多休息够了吧?"

继准偏头避了下,瞥了谭璟扬一眼。

谭璟扬:"休息够了就来看看最后一道题,都跟你讲了八百遍了还错。"

继准"啧"了声:"你现在这语气可真像教导主任。"

谭璟扬笑着把卷子摊在继准面前,佯作严肃道:"认真点儿,不然也别喝'北冰洋'了,等着喝西北风吧。"

娇姐说,她刚怀上继准的时候做了个梦。梦中,她误入了一片沼泽,越陷越深,关键时刻被一只通体雪白毛茸茸的小鹿救了。那鹿的叫声很奇怪,就是"准、准、准"的,于是她果断给自己的孩子起名叫继准。

转眼间,树叶已彻底变得茂盛,蝉鸣也从偶尔傻不拉叽地冒出几声开始此起彼伏。

某天黄昏,继准和谭璟扬奋战间隙,一抬头恰好迎上了火红的夕阳。

两人手里的棒冰上凝结了层冷气,一滴水沿着外壳顺着手腕流到了小臂。继准仰头将见底的碎冰一气儿倒进了嘴里,撂下笔伸了个长长的懒腰:"天儿真热起来了。"

"我去把电风扇打开。"谭璟扬摘了眼镜站起身,将电风扇拎到继准身后摆好。

立式的老电风扇摇着头,发出"嗡嗡"声响。

"我记得去年这时候好像也没这么热吧。"继准将棒冰的塑料壳扔进垃圾桶,转了个身正对着电风扇,边抖着上衣领口边说。

风从衣领里灌了进去,有些松垮的T恤被吹得鼓起来。他最近瘦了不少,两侧的锁骨也比之前更突出。

"你得多吃点,现在每天学习的输入量太大,看你那锁骨都能当肥皂盒了。"

"我也没少吃啊,不过我每年夏天都会瘦,到了秋天就又长回来了。"

两人说话间,天色就转暗了。

谭璟扬的神情掩藏在昏暗里。

"你要过生日了。"

"嗯。"继准闻言也挑了下眉,"十八了。十八的小伙儿一枝花!"

277

谭璟扬低笑了声:"德行。"接着顿了下后又道,"不过时间过得真快啊,感觉昨天我们才刚在黑哥的游戏厅里打过架。"

"我可没跟你打架。"继准纠正道,"是你单方面找我碴。"

谭璟扬勾了下唇没再还嘴,转而问:"生日打算怎么过?"

继准摇摇头,说:"没想呢,路虎最近被他爸送进高考集训班了。王达在烟城,应该也回不来。"他长长叹了口气,"学习吧!十八岁生日在努力读书中度过,听着就贼励志!"

谭璟扬笑笑,在心里默默盘算着该送继准点儿什么。

时间一晃便到了继准生日的前一天。

娇姐一大早发消息过来,让他们放学以后接了谭乐就直接回家,顺便在附近的商场里捎几瓶饮料。

上课时,路虎发了信息给继准,一通小作文声泪俱下地抨击着他爸近来的惨无人道,最后终于说到正题。

路虎:您老的十八大寿怎么安排的啊?

继准掰掰手指。

继准:出得来吗你就问!

路虎:出!必须出!打死也不能错过这么重要的日子!

继准:行吧,那明儿晚上我请吃饭,地方你挑。

路虎:好嘞,明晚见!

放学后,继准和谭璟扬先一起去小学门口接上谭乐,接着就打了个车去往继准家。

还没等他们按门铃,屋门便从里面打开了。只听"砰砰"两声,娇姐和陈建业一人手里拿着个彩条炮,喷了继准一身。

"生日快乐,妈妈的好大儿!"娇姐边说边上前使劲掐了把继准的脸。

"这不明天才过嘛。"继准无奈地避开娇姐的手笑道,"别闹,还有人看着。"

"嗐,小谭和乐乐又不是外人。"娇姐把继准扯进屋,又回身去迎谭璟扬和谭乐,"再说了,真要等明天再庆祝,你能有心思陪我们?早跟小虎子他们跑出去玩去了!"

保姆张姐正在厨房里热火朝天地张罗着饭菜,听到人回来了赶忙从里面探出头跟继准他们打招呼:"生日快乐,小寿星!"

"不小啦,十八了!"娇姐笑着接话。

"可不,是大人了。"陈建业从酒柜里拿出了瓶他珍藏多年的好酒,"待会儿一定得好好喝两杯庆祝庆祝！"

"你就知道喝！"娇姐埋怨了句，将早就准备好的生日帽扣在了继准头上。一旁的包包见家里一下子聚了这么多人，也跟着兴奋地四处上蹿下跳。

屋里被娇姐布置得很隆重，墙上居然还拉了个写有"闹闹生日快乐"的大横幅，搞得继准直尴尬。

"这不挺好嘛。"谭璟扬将饮料放在桌上，系好围裙，便转身去厨房里帮忙。

继准跟谭乐边坐在沙发上跟包包玩，边回头对娇姐和陈建业说："酒就不喝了，我们今儿晚上还得回向阳街那边。"

娇姐闻言一愣："不是，为什么啊？"

"这不是明天要考试了嘛，晚上还得复习呢。"继准垂手揉着包包的脑袋说。

"哎哟，老天爷，这是真长大了啊！"娇姐瞬间感慨万分，连连道，"稳了，我看上电影学院这事儿是指日可待了！是吧老陈？"

"要我说，也不着急这一天两天吧？趁着过生日好好放松放松。"陈建业捏了捏继准的肩膀，"看我家闹儿最近都快瘦成秆儿了，无论如何身体都是最重要的。"

"哎哎，难得儿子知道上进，你别在那儿打退堂鼓行不？"娇姐赶忙制止了陈建业，转头对继准说，"不过要复习在咱家不是更好嘛，你俩在屋里又没人进去打扰。"

"主要是书啊卷子什么的都还在向阳街扔着呢。"继准道。

"这样啊，那就没办法了。"娇姐耸耸肩对陈建业说，"我让你给小谭屋里拉台新空调，怎么还没拉过去啊？"

陈建业一拍脑门："瞧我这记性！明天就让小王上门去安。"他说完冲厨房里的谭璟扬喊，"哎，小谭，你待会儿留个钥匙给我，明天我让王叔给你们安空调去。"

"不用陈叔，我那屋子背阴，不算热。"谭璟扬在厨房里应道。

继准："热，快安！别听他的。"

"就是啊，都是一家人，可千万别跟我们客气！"娇姐接话说。

开饭了，张姐从冰箱里取出了事先就准备好的双层冰激凌蛋糕，一家人围坐在桌前给继准唱生日歌。

"快许愿，儿子。"娇姐张罗着关上灯，边掏出手机给继准拍视频边说，"今天先许三个，明天还能再许三个，你看多划算！"

继准闭上眼,在心中默念着愿望。

其实这个环节在以往的生日里继准都只当是过场,毕竟他从来也没相信过什么生日许愿就会实现这么梦幻的事。

然而今天,他第一次认认真真地将愿望在心里许得明明白白。

——希望他和谭璟扬都能在高考旗开得胜,奔赴璀璨的未来。

"呼!"

蜡烛被继准吹灭了。

Chapter 22
·勇士

饭后，继准和谭璟扬又陪着娇姐、陈建业聊了会儿天。看时间差不多了，他们便准备回向阳街。

临走前，娇姐又让张姐用饭盒装了点清肺消暑的汤让继准他们带走，晚上当夜宵。

夏季恬静的月夜，城市里的星星都要亮上许多。

向阳街也比往日要热闹些，有男人光着膀子，搬着小板凳坐在街边，地上点着盘蚊香，聚在一起打扑克牌；还有人带着孩子，手里拿着蒲扇单纯就只是乘凉聊天，说来说去总跑不出那些个家长里短。

今年的槐花开得稍稍晚些，此时刚到了香气最浓郁的时候，甜丝丝的掩盖掉了各家飘出的油烟味。

慧姨拿着扫帚将落在店门口的槐花扫成一撮收集起来，挑出最嫩的部分打算洗洗裹面蒸来吃。

见到继准他们回来，慧姨二话不说便回屋盛了三碗冰镇绿豆沙出来，让他们喝完再上楼。本就吃饱的肚子被绿豆汤一溜缝，这下彻底撑了。

回到屋里，继准原想着时间还早就真打算再做会儿题，结果手按在电灯开关上反复了好几下，屋里仍是漆黑一片。

他疑惑地皱起眉："这是跳闸还是停电了？"

身后的谭璟扬没应声，"咔嗒"一声轻轻关上门。

继准正要回头看他，突然桌上的台灯亮了。暖黄色的灯光顷刻间铺满了室内，那灯竟随着清脆的八音盒声，兀自慢慢转动起来。

"哇！"谭乐不禁发出一声惊叹。

只见随着光影流转，墙上出现了无数纷飞的"蝴蝶"。它们扇动着翅膀，在水波般的流光中翩翩起舞，落入继准的眼睛里。

"上次做走马灯还是小时候。"谭璟扬说,"当时没做好,所以这回做的时候特别忐忑。是不是还凑合?"

继准的眸光仍在跟着蝴蝶一起跳动,本想说些什么俏皮话来活跃下气氛,结果嘴角弯了弯,半天只挤出一句:"我都快哭了。"

谭璟扬笑笑,五官同样浸在柔光里,温声说:"生日快乐,继准。"

往后,我将同你一起保护这个世界。

这个美丽的世界。

时间一分一秒地流逝着,三人在沙发上坐成一排,一只只数着蝴蝶。

到后来,继准的眼皮渐渐开始变沉,一旁的谭乐也将头枕在了谭璟扬的腿上。

谭璟扬想把两人叫醒,让他们赶紧去床上睡,但手刚要碰到继准的时候微微一停,片刻后又收了回来。

只见蝴蝶形状的影子掠过继准和谭乐的脸颊,翅膀轻轻扫着他们的眼皮。

谭璟扬默默看了一会儿,小心翼翼地站起身,回到卧室取了自己的画板,接着在继准和谭乐的对面坐了下来……

走马灯慢悠悠地旋转着,谭璟扬倚靠在墙上,腿上搁着画板。他边在纸上唰唰画着,边时不时抬头看继准和谭乐几眼,用笔竖在眼前对比着角度。

继准迷迷糊糊间听到动静,脑子里其实是想问谭璟扬在干吗的,可他动动嘴唇,又闭眼睡了过去。

耳边铅笔摩擦纸张发出的微弱声音,窗外风吹树叶的沙沙作响声,还有飘进屋里的淡淡槐花香,都成为了今夜最好的安眠曲。

这一觉继准睡得沉极了,第二天被生物钟唤醒时,就看到床头摆放着一幅画。阳光落在画上,形成一道明暗交接的光影。

画上的两个人头对着头躺在沙发上,谭乐的一只手习惯性地伸进嘴里,吮吸着大拇指;他则是将身子蜷起来,一条胳膊垂在沙发边。色彩是柔和的暖色调,每一笔线条都带着恰到好处的温度,让人看着就觉得岁月静好。

继准的嘴角不由得微微翘起。

厨房里传来炒菜的声音,空气里还有股米粥的香味。

继准穿上衣服,趿拉着鞋朝厨房走去,懒洋洋地往门框上一靠:"这么早就起来了?大画家。"

谭璟扬将炒好的青笋丝装盘,回头对继准说:"不早了,抓紧时间洗漱准备吃饭。我去叫谭乐起床。"

继准点点头,帮谭璟扬把菜端到了餐桌上,刚要去刷牙就接到了路虎的电话。

"什么事?"谭璟扬边给两人盛粥边问。

"二虎说离鹭鸶街不远的地方新开了家重庆火锅,我怕大热天的吃火锅上火,晚上改喝砂锅粥了。"

"这么养生?"

继准叼着牙刷一笑:"年纪大了,'躁'不动啊!"

"快刷吧老年人,牙膏沫子都要溅我粥里了。"谭璟扬说。

当晚,路虎买了个巨大无比的蛋糕,往桌上一摆,别的菜全得靠边。

继准一脸无语地看着这顶天立地的东西,失笑道:"你这是给我从哪个片场里整回来的道具吧?"

"哪儿的话,百分之百的纯比利时巧克力!"路虎揽着继准的肩膀,装模作样地感慨着,"转眼吾儿都十八了,时光催人老啊!"说着把他拉到主位上往下狠狠一摁,"您且上座!"

这顿饭一直吃到了晚上十一点多,饭后路虎又张罗着要去唱歌,但继准和谭璟扬要赶着回去复习,无奈只能到此为止。

等车的时候,路虎冲谭璟扬使劲比了比大拇指感慨道:"还是班长牛啊,我家继准都给你带成爱学习的乖宝宝了。"说着又咂了下舌,"挺好!没准将来影视行业又能杀出一匹黑马来,到时咱们都是名导他兄弟。"

"放心,成名那天一准直接拉黑你。"继准笑道。

"那我就天天到你工作室门口蹲着,逢人就说你是我弟弟!"

"傻不傻!"

路虎跟继准又斗了几句嘴,接着长长舒了口气:"兄弟,我是真替你感到高兴。"

继准闻言,也敛去了不正经的神色,轻轻"嗯"了声:"我知道。"

"看着你每天这么拼,我都变得有干劲儿了。"路虎拍了拍继准的肩,"对了,跟你说个事儿啊。我决定自己将来要干什么了。"

"干什么?"

路虎清了清嗓子,一本正经道:"我打算开个动物园,专门收养那些受过伤,或者是年纪大的野生动物。"

"动物园?以前可从没听你说过。"继准有些意外,但想了想其实路虎还挺适合开动物园的。他这人原本就喜欢动物,加上心思细腻还有爱心,又向来把钱财之类的身外之物看得很淡，跟着他的动物一准享福。

"这事儿我还没跟我爸说，他知道了铁定又得揍我。"路虎说，"但我反正已经决定了。我想着这辈子总还是得干点儿有意义的事儿，而且看着你为了梦想努力奋斗，我也想好好拼一把。"

继准点点头："支持。所以你高考志愿打算报……"

"林业大学！野生动物保护专业。"

"那你爸那边怎么办？"

"只管先报了再说。"路虎一笑，"反正他也不能真打死我。"

此时，出租车在路边停了下来，谭璟扬回头示意路虎先上车。

路虎冲继准一摆手，说："走了啊，宝儿，这一别估计就得高考之后再见了！"

继准张开手臂将路虎抱住，使劲拍了拍他的后背："加油虎子，你能做到。"

回向阳街的出租车上，继准侧目看向窗外。

城市的灯火闪烁不停，收音机里正播放着一首歌，是朴树的那首《生如夏花》。

> 我是这耀眼的瞬间
> 是划过天边的刹那火焰
>
> 我为你来看我不顾一切
> 我将熄灭永不能再回来
>
> 我在这里啊
> 就在这里啊
>
> 惊鸿一般短暂
> 如夏花一样绚烂……

人生短暂，更要拼命绚烂。

高三的日子在紧张的节奏中流逝着，距离高考的时间也越来越近。

这之后几乎没有什么被明确划分的假期，校园里那些被称之为"与学习无关的事"也渐渐变得不再需要老师重申就无影无踪。

省艺术统考成绩下来后，继准的专业课果断名列前茅。虽然是意料之中的事，但成绩公布的那天，全家人都还是很高兴。陈建业在米其林餐厅订了个位置，整得就跟高考结束后的庆功宴似的。

期间继准还接了个梁老师打来的电话，电影学院那边的校招时间也定下来了，他让继准抓紧时间准备一下到北京进行最终的集训。

谭璟扬帮他制定了一套这段时间的文化课复习表，继准便订了周末前往北京的车票。

临行前一晚，继准还是住在向阳街。这晚他和谭璟扬睡得都不太沉，醒了就说上几句话。直到天蒙蒙亮时，谭璟扬起身帮继准做了早餐，又仔细替他检查了一遍行李，这才将人叫了起来。

等会儿陈建业和娇姐就会开车过来，送继准去车站。他要赶着去学校上早自习，就不跟着一块儿去送了。

"上车记得说一声。"

"嗯嗯。"

"到站也要说一声。"

"好好。"

"到住的地方……"

"知道了！"继准被他逗乐了，"你怎么跟个老妈子似的。"

谭璟扬笑笑，又给继准夹了块他摊的鸡蛋饼。

两人刚吃完饭，楼下就传来了两声汽车喇叭声。

"啊，娇姐他们来了。"继准擦擦嘴，从一旁拎过书包背起来准备下楼。

"继准。"谭璟扬突然又把他喊住。

继准回头看向谭璟扬。

谭璟扬看着他静了片刻，上前使劲抱了继准一下。

"加油，等你好消息。"

列车快速驶向前方，两边的田野不断向后倒退着。

继准托着下巴看向窗外，耳机里的歌单恰巧又随机播放到了那首 *The Sound of Silence*。

他记得自己上次去北京的时候，正赶上雾霾最严重那会儿。他犯了咽炎，连骂带咳地爬完了长城，以至于一提起这里，脑海里就总是灰蒙蒙一片。

然而当他在高铁上睡了一觉再睁开眼时，只看到铺满车厢的夕阳余晖。继准愣是反应了好半天，怀疑自己是不是上错车去错地儿了。

车厢里响起了广播声:"各位旅客,列车即将到达北京西站,请下车的旅客拿好行李物品,准备下车。"

继准摸出手机拍了张车窗外夕阳的照片发给谭璟扬,敲了一句"要到站了"。

那边很快便回了消息,同样是一张夕阳的照片——是在学校的天台上拍的。

谭璟扬:正想叫你来着。看好东西,到住处后联系。

继准:嗯,晚上聊。

继准订的宾馆在北四环上,离学校不远。除了他,还有几个学生也是来参加专业集训的。

继准充分发挥了他八面玲珑的性格优势,没一会儿便跟他们打成了一片。几人商量着晚上一起去吃涮羊肉,顺便再到南锣鼓巷转一圈。

这其中有个叫蔡楠楠的本地男生,自打见了继准就一口咬定他日后必成大器。原因很简单,两人的电影排行榜完全一致,他绝对是奥斯卡后备军了,那和他有着同样审美的继准就必然也差不了。

晚上几个同学一起吃完饭,又绕着后海溜达了一大圈,回宾馆时已经是晚上十点多了。

继准洗完澡约莫着谭璟扬也下晚自习差不多该到家了,便直接给他打了视频过去,那边很快便接了。

"怎么这么晚?"屏幕里的谭璟扬戴着眼镜,应该正在复习。

"跟集训班的几个同学吃饭去了。"继准趴在床上边擦头发边说,"我想着提前踩踩点,等你来了就带你去玩。"

谭璟扬合上书,把手机靠在台灯上:"和同学相处得怎么样?"

"嗯,挺好的。"继准点点头,伸手去够床头柜上的可乐,拧开瓶盖喝了口问,"你和小乐晚上吃的什么?"

"煮了点方便面,小乐想吃。"谭璟扬看着继准喝可乐,转了下笔,"你注意别玩得太野了啊,文化课还是得继续跟上的。"

"哎,知道。"继准说,"我撂了电话就去学。"

谭璟扬"嗯"了声:"别撂了,就这么学吧。正好有不会的地方我就顺带着给你讲了。"

继准想想也行,对谭璟扬说:"那你等我拿下资料啊。"

他说着就要去翻书包,屋外突然传来一阵清脆的敲门声。

"谁啊?"继准问。

"我，蔡楠楠！"

继准一听是蔡楠楠就知道他多半是今儿晚上电影还没聊过瘾，边应声开门边对手机那头的谭璟扬说："同学来找我。"

"哦，那先挂了吧。"

"不用，刚好你们打个照面认识一下，他人还挺好的。"

继准说着开了门，只见蔡楠楠以一个极为风骚的姿势靠在门框上，冲他挑了下眉："干吗呢您，怎么半天才开门？藏人啦？"

"滚啊。"继准笑骂了句，举举手机说，"正跟朋友视频呢。"

蔡楠楠瞟了眼继准的手机，瞬间夸张地"哟"了声："这是你朋友啊！这不吴彦祖嘛！"他说着又冲谭璟扬招招手，"嘿，朋友，有没有兴趣来娱乐圈发展？"

面对生人，谭璟扬又换回了那副斯文败类的样子，冲蔡楠楠谦和地笑了下："你好，刚还在听继准说你。"

"说我什么？"

"说你人好。"

"哎哟喂！"蔡楠楠操着口地道的京腔，"你看看！我就知道还是准哥稀罕我！"

继准侧身把蔡楠楠让进屋，问："怎么，这是打算跟我聊电影聊通宵？"

"哪能啊，说得我很闲一样。"蔡楠楠将兜里的泡腾片往继准的床上一扔，"喏，给你拿了点儿泡腾片，北京天气干燥，没事儿喝点防止上火。"

"谢了啊！"

"甭客气。"蔡楠楠笑了下，"继准，能碰上你这么对路的人我真挺开心的。以后要是有机会成为同学的话，希望能一起合作。"

继准点点头，伸手跟蔡楠楠一握："嗯，期待合作。"

两个少年相视一笑，那时的他们都还没有想到，日后一部被誉为影视圈"黑马"的片子，就是由他们二人联手创作的。

继准在北京每天除了白天的专业集训，就是把自己关在宾馆里复习文化课。

蔡楠楠他们叫了他几次一起出去玩，但继准大多数时候都回绝了，搞得大家都觉得他一直就是个勤奋上进、刻苦好学的大好青年。

转眼间到了电影学院校考的前一晚，继准正开着视频刷题，就听屏幕那边的谭璟扬跟他说："我得先挂了，一会儿还有点事。"

继准抬头看了他一眼："干吗呢？"

"华子店里到了批染发剂,我去帮他点点。"谭璟扬边收拾书边说。

"蓝的怎么样?"

"什么?"谭璟扬低头有些不解地盯向屏幕。

继准冲他眨眨眼:"之前是白的,这次染个蓝的呗。"

"孙子。"谭璟扬笑着骂了句,露出口整齐洁白的牙齿,"挂了啊。"

"等下。"继准打断他皱皱眉道,"我明天就考试了,你也不给打个气?"

谭璟扬牵唇露出一抹意味不明的笑容:"不急。"

继准正要问"为啥",那边直接挂了电话。

继准撇撇嘴将手机往边上一扔,骂了句"孙子",继续埋头做题了。

这一用功就没了时间概念,等继准再抬头时,时间已经过了凌晨一点。

他揉揉酸涩的眼皮,关上了台灯。最近他几乎天天都要学到这个时间,但念及明天还有考试,就也不打算再熬。

谭璟扬在撂了电话之后就一直没再发消息过来,继准总觉得对方今天哪里不对劲,忍不住又发了条消息过去。

继准:睡没?

对方倒是回得很快。

谭璟扬:没,你怎么还没睡?

继准:看你一直没动静,没事吧?

谭璟扬:放心,没事。

继准:那就好。

谭璟扬:明天北京降温,记得多穿点啊。

继准:嗯。

他顿了顿,又补了句"考完试我就回去了"。

那边过了会儿,再次传来谭璟扬的消息。

谭璟扬:嗯,我去接你。

继准:好。

这之后又不知过了多久,继准迷迷糊糊地睡着了,手机就握在手里,设了第二天早上六点的闹钟。

天蒙蒙亮的时候,他被一阵不轻不重的敲门声吵醒,看了下手机五点四十,应该是蔡楠楠来叫他起床。于是,继准拖着鼻音应了句,趿拉着拖鞋懒散地走到玄关,将门打开。

一道挺拔的身影站在屋外,还带着清晨特有的潮气。

继准愣了下,以为自己是在做梦,有些难以置信地盯了对方半天:

"我……你怎么来了啊？"

"坐卧铺来的。"见对方一副呆相，谭璟扬得逞地笑笑。

继准"啧"了声："我不是问你坐什么来的，我是说你……"

"想亲自送某人进考场。"谭璟扬好整以暇地抱着手臂，冲继准扬扬下巴，"怎么样，够意思不？"

"你可真是……人才！"继准这会儿别提多激动了，追问道，"小乐呢？你又是怎么跟学校请的假？"

"学校的课现在都已经复习得差不多了，小乐有慧姨看着呢。"谭璟扬走进屋，放下背包，活动了下肩膀说，"你还不赶紧去洗漱？待会儿我还要借你这儿的淋浴冲个澡，在火车上窝了一夜都馊了。"

继准直到现在都还有些没反应过来，以至于蔡楠楠捯饬完自己后来敲继准的房门时，被他一副双目失神的样子吓了一跳，在他眼前摆摆手，说："干吗？祖师爷附体还是鬼上身？"

还没等继准说话，谭璟扬便从后面冒出来冲蔡楠楠打了个招呼。

蔡楠楠没想到继准屋里会突然变出个大活人，指着谭璟扬喊了句："吴彦祖？妈妈我见着明星了！"

谭璟扬笑笑，温声说："我是来给继准加油的。"

蔡楠楠闻言瞬间热泪盈眶，连声感慨着这是什么感天动地的兄弟情！

三人收拾完后在附近的早餐摊吃了点东西，继准还不忘专门给谭璟扬点了份北京特色——焦圈配豆汁儿。

谭璟扬一口下去差点没被送走，秉着毕生的修养才没在蔡楠楠面前喷出来。

吃完了饭，他们看时间差不多了，便步行朝着电影学院走去。

进考场前，谭璟扬又帮继准整了整围巾，温声说："去吧，我在外面等你。"

继准点点头："找个避风的地方，完事儿带你吃烤鸭。"

"好。"

继准深吸口气，转头看向了面前这栋布满爬山虎的老楼。

这里，承载着无数人的电影梦。手在大衣口袋里攥成了拳，继准抿抿唇，迎着明亮的朝阳迈步向考场走去。

他知道，不论何时，只要他回头，就能看到谭璟扬那道饱含着力量的目光。

289

说起来,谭璟扬很小的时候,曾经在北京住过一段时间。当时谭乐还没出生,袁茵刚好要到北京这边学习,就把他带来了。但关于那些记忆现在想来绝大多数都已经泛黄模糊,只记得他们住的地方是在动物园附近的一座老小区里,隔着道铁栅栏可以直接看到里面的人工湖。

继准被通知进入面试的时候,两人正在四季民福吃烤鸭。他接完电话回来后,用看似淡定实则难掩激动的语气对谭璟扬说:"那什么,笔试过了啊,明天上午参加面试,要是顺利的话,基本就稳了。"

"真棒。"谭璟扬伸手揽住继准的肩膀,用力拍了拍他的后背,"就知道你行的。"

"蔡楠楠也过了,问咱俩明天晚上要不要一起聚聚。我说要赶火车,给拒了。"

"嗯,以后还有机会。"

北京午后的阳光很耀眼,金灿灿地铺在两排梧桐树间。两人吃完饭想着下午也没什么事,就决定四处走走转转消消食。

谭璟扬提议要不去动物园吧,继准有些意外,毕竟大多数人提起北京的园子,想到的都是颐和园、圆明园,在没带孩子的情况下要去动物园的还真没几个。

"你是不是想去看大熊猫啊?"继准拿着串冰糖葫芦,坏笑着叫了句,"谭璟扬小朋友。"

谭璟扬笑笑,缓声说:"我小时候跟我妈在那附近住过,就想去看看。"

"你还在北京住过?"

"嗯,也没多长时间。就记着那会儿住的地方有个铁栅栏被人拿钳子拧了个缝,一猫腰就能直接钻到动物园里去,也不用买票。"

继准失笑:"你就不怕直接钻狮虎山里去了。"

话刚说完,一辆公交车便从他们身后驶来,刚好是能到动物园的。

继准两口将最后一颗糖葫芦吃完,拉着谭璟扬跳上了车。

两人买了票进入园区,谭璟扬到自动贩卖机前去买可乐,回来时就看到继准正用手机对着他录视频,这场景一下就又将谭璟扬拉回了去年冬天。

继准将视线从手机屏幕移到谭璟扬脸上:"快,说点什么。"

谭璟扬面对镜头又开始发僵。

继准没办法,只能像过去那样调动对方:"我们下面要去看什么?"

"长颈鹿。"谭璟扬顿了下,"或者袋鼠。"

"你喜欢长颈鹿还是袋鼠?"

"都行。"

"嗯,那就去看蜥蜴吧。"

谭璟扬笑笑,还真就往不远处的爬行动物馆走去。

继准连忙举着手机跟上,只听谭璟扬突然轻声唤了句:"继准。"

"嗯?"

谭璟扬在阳光下偏头看向继准:"我从没有像现在这样期待过明天。"

继准愣了愣,接着唇边的弧度也变得更深。

"啊,谁不是呢。"

次日一早,谭璟扬像昨天一样,将继准送进了考场。

考官在听完继准的自我介绍后,又对他进行了一系列专业领域的提问。不得不说,电影学院的面试题给得很开放,而开放的提问,更能探查出学生的专业素养以及审美认知。

最后,坐在最中间的老师又抛给了继准一个问题,让他讲讲近几年来让他印象最深的一个人。

此时,阳光刚巧从窗外照进来,继准发现这间教室的窗户其实特别像三中体育器材室里的那扇,都是木质的窗框搭配绿色斑驳的墙体。

透过窗,他看到树下站着的那道挺拔的身影。

继准闭眼笑了下,片刻后再次缓缓睁开,用不急不缓的语气娓娓道来:"他是我见过的最优秀的人。我们相识在一间街机游戏厅,哦,就是过去常说的'三室一厅'……"

离开考场的时候,继准被迎面而来的阳光晃了下眼睛,正要抬手去遮,谭璟扬便已经出现在了他面前,挡住了阳光。

"怎么样?"

继准看着他,长长呼出一口气,然后轻松一笑道:"尽人事,听天命吧!"

两人之后走路回了住处,在简单和蔡楠楠打了声招呼后,便于当日晚上坐上了返程的列车。

从车站出来的时候已经是后半夜了,陈建业和娇姐开着车先把谭璟扬送到了向阳街,又载着继准回西城。

大概一周后,电影学院的艺考合格证寄到了继准家。娇姐捧着那薄薄的一页纸,眼尾都多笑出了几条细纹,一整天将所有闺密的电话挨个打了个遍,又是拍照又是发朋友圈,唯恐还有人不知道他儿子已经一只脚踏入了电影圈。

看着娇姐高兴,继准自然也觉得身心愉悦。

昨天模拟考的成绩出来了,继准只要一直保持现在文化课的成绩,过提档线是完全不成问题的。于是，他将接下来的精力全都投注在了照顾谭璟扬上，把他视作考前第一保护对象，每天跟个小狗腿子似的嘘寒问暖。

娇姐对此也觉得理所应当，毕竟从某种意义上来讲，他那吊儿郎当的儿子能成为今天这个样子，小谭班长的贡献甚至比她这个当妈的都大。

她买来了一大堆营养食谱，在家变着法子地做各种营养餐让继准给谭璟扬带去。

这晚继准又是在向阳街住，谭乐参加绘画班还没回来，谭璟扬正伏案专心致志地解一道立体几何题。他指尖在笔杆上一下下轻叩着，边上放着的咖啡冒着袅袅热气。

继准抱着电脑，盘腿坐在床上剪他和谭璟扬逛动物园的视频。徐徐的晚风从窗外吹进屋内，带着独属于夜晚的气息。墙角的蚊香盘顶端，随风明灭跳动着微弱的火光，积攒的灰烬无声地落在地板上。

两人都没说话，就这么静静听着夜色中的树叶沙沙作响，以及楼下草丛间的窸窸虫鸣，只觉得时间也跟着慢了下来。

谭璟扬轻轻舒了口气，用食指叩着膝盖轻轻吹起了口哨。舒缓悠长的旋律在不大的房间里回荡开来，还是那首在眉城老房子里吹过的曲调。

继准听到口哨声，取下了单侧的耳机，嘴角不禁上扬，也跟着谭璟扬一起吹了起来。

也不知是因为此时的气氛太过惬意，还是来者敲门时带着太多忐忑，以至于过了很久两人才意识到屋外有人。

继准和谭璟扬对视一眼，都很疑惑这个点到底谁会来？

自然不会是谭乐，他有钥匙的。

谭璟扬起身朝门边走去："哪位？"

外面半天没人回应，他的眉头不禁微微蹙起，拉住门把手"咔嗒"一拧。

"您是……"

屋外站着个黑黑瘦瘦的中年男人，穿了件深灰色的工装外套，脖子上围着条很是扎眼的红毛围巾。

见到谭璟扬后，对方稍愣了下，随后有些局促地冲他笑笑："我找闹闹。"

谭璟扬微微眯了下眼，他确定自己之前从没见过这个人，但当他对上男人的眼睛时，又隐隐觉得很熟悉。

"扬哥？"

"谁"字都还没说出口，继准便怔住了，接着本能地向后退了一小步。

他垂下眼静了片刻,这才沉了口气再次抬头冲男人扯了下嘴角:"爸,你咋来了?"

谭璟扬闻言,眼底闪过一丝意外。只见男人见了继准瞬间就激动起来,想要靠近,却又显得有些尴尬,他伸出的手顿了顿,接着摸了下自己的头:"我去了你学校,听你老师说你考上电影学院了。真好。"

继准"嗯"了声,还是不知道对方到底是从哪儿找来的。

谭璟扬的视线默默在继准和男人之间游移了下,最后还是客气地对男人颔首道:"先进来吧。"

"别让他进!"谭璟扬话音刚落,就听楼道里传来一道迫切的声音和一阵"咚咚咚"急促的上楼声。

继准讶异道:"妈?"

只见娇姐像一支离弦的箭一般"噌"地冲进屋,挡在了继准和男人中间,用手指着男人的鼻子大骂道:"继承风,你有病吗!居然敢跟踪我?"

被叫继承风的男人闻言也不乐意了,冷下脸说:"我就是想来见我儿子一面有错吗?你不告诉我他在哪儿,我就只能跟来了。"

"你这叫尾随懂吗!变态!"

"张娇,这些年你一直拦着我见儿子,到底什么居心?"继承风怒声道,"我告诉你,他姓继不姓陈,骨子里流的是我老继家的血,终归是得认我这个亲爸的!"

"你放屁!"娇姐气得双目通红,恨笑道,"你自己问问继准,陈建业和你他会选哪个?"

继承风的神情明显怔了下,随后看向继准,眼睛里带着几分恳求和隐隐的期望。

继准抿唇避开视线,上前扯了下娇姐的袖子:"行了妈,大晚上的别吵着邻居。"

谭璟扬见状也赶忙缓和气氛,温声说:"阿姨,你先进来喝点水吧。"

"不喝了。"娇姐仍死死瞪着继承风,对谭璟扬和继准说,"我就想着过来给你们送点羊肉汤,没想到这王八蛋一路跟踪我!"

她一拽继准:"走,闹闹,跟我回去。我看他能不能进得了咱家大门!"

继承风一听就恼了:"呵,你家大门!张娇啊张娇,你凭什么说我?你自己还不是一傍上大款就翻脸不认人?"

"继承风!你少血口喷人,当初到底是谁先对不起谁,你自己心里不清楚?"

"行了,你俩先别吵了。"继准这会儿脑袋都快炸了,对继承风说,"你先回去吧，有什么事改天再说。"

"改什么天！"娇姐大骂，"让他有多远滚多远！"

"呵，你休想！"继承风嗤笑了声，"继准是我儿子，我想见就见，你管不着！"

"你！"

继承风不再管娇姐，又深深地看了继准一眼："闹闹，爸会再来看你。"

"你休想！"娇姐道。

继承风冲继准笑笑，神情有些落寞，接着将那条大红围巾又往脖子上盘了一圈，一转身没入了黑暗里。

他走后，娇姐又在原地僵站了好一会儿，这才像个泄了气的气球般渐渐垮下来。

继准和谭璟扬把她扶到沙发上坐好，谭璟扬又去厨房烧了开水泡好茶。

继准帮娇姐顺着胸口，轻声哄道："好了好了，瞧把我们老佛爷给气得。"

娇姐喝了口茶，将杯子重重往桌上一放，对继准叮嘱："他要再来找你，你千万不要理他！这王八蛋坏透了，指不定这次回来是要干吗呢！"

"好好，知道了啊。"继准安抚着娇姐，"别再气坏了身体，犯不着不是？"

娇姐又缓了会儿劲儿，站起身拎过带来的饭盒："我给你们把羊肉汤热了去。"

"不用了阿姨，我来就行。"谭璟扬接过饭盒，"我俩刚吃过晚饭没多久，这会儿还不太饿。"

娇姐点点头，又恨恨骂了句："该死的家伙，要是敢影响到你俩高考，老娘跟他拼命！"她转头看着继准，片刻后抬手在他头上摸了摸，叹了口气说，"行了，我先回去了。你俩也别熬太晚，还是得注意身体。"

"我送你回去。"继准也跟着站起身。

"不用，你给我叫辆车就行。"娇姐将包往肩上又挎了挎，对继准说，"明天是你后爸生日，记得晚上回家吃饭。"

"嗯。"

娇姐又愧疚地冲谭璟扬笑了下："不好意思啊小谭，让你看笑话了。明天带着小乐跟闹闹一起来家里，你叔叔说要亲自下厨。"

"好的，阿姨。"

两人一起将娇姐送上车，看着车子载着她驶离了向阳街，继准这才长长出了口气。

294

他眼中强撑的精神敛去，一抹疲惫和无奈升了上来。谭璟扬默默看了他一眼，伸手揽过继准的肩，收了收力道："没事了。"

继准笑笑，语气无奈道："我都很久没见着我爸了，这出场方式可真不讲道理。"

谭璟扬抿起唇，过了会儿后忽然对继准说："今儿晚上咱不学了。"

继准闻言扭头盯着他："那要干吗？"

谭璟扬一把拉过继准的手腕："楼顶看星星。"

继准也记不清自己上一次好好抬头看城市的夜空是什么时候了。

他甚至一度觉得，这座城市早就没了星星，只有数不清的霓虹灯。

而今，他和谭璟扬并肩站在楼顶的天台，才发现其实星星一直都在。只要集中注意努力抬头往上看，就会越来越多。

"因为向阳街的光源少，星星就会显得特别亮。"谭璟扬缓声说。

继准闭了闭眼，低笑了声："带个大老爷们儿跑天台上来看星星，你真够浪漫的。"

谭璟扬勾勾唇没还嘴，只自顾自道："我也是偶然才发现的，在真正喜欢上这里的时候。"他偏头看向继准，"对了，我最近在看北京的租房信息，觉得北影边上的小区还挺合适。"

"贵吗？"继准问完，又兀自摇头笑道，"算了，你找的房子肯定贵不了。"

"房源还挺多的，你有没有什么要求？"

"都行，最好是能晒得到太阳。"

"嗯，别的呢？"

"不用太大，但得方正一点儿。窗户是基本，北京好多宾馆还分有窗和无窗呢。"

"接着说。"

"房东人得好吧……不过没关系，你那么会装，他肯定喜欢你。"

谭璟扬笑了下："还有吗？"

"有条件的话就离地铁口近点，这样出行就方便了。"继准深吸口气，看向谭璟扬，"谭璟扬，我觉得好多了。"

谭璟扬低低"嗯"了声，揽着继准的肩一同望向天空。

至交间的安慰有时根本就无须太多语言，只要一起抬头往上看，就会遇到朗朗晴空。

Chapter 23
· 未来

转天就到了陈建业的生日,和继准的生日没隔太久。

当晚,吕修霖带了两瓶红酒来找陈建业,路过鹭鸶街时,顺便又到黑子的游戏厅里看了看。两人现在有了些利益绑定,关系多多少少也有所缓和。

听闻吕修霖晚上要去陈建业那儿,黑子想着之前答应过娇姐要去家里坐坐的也一直没顾上去,就干脆蹭了吕修霖的车一起。

看着同时登门的两个小老弟,陈建业别提多高兴了,拉着他俩就上桌落了座,非要一醉方休。

黑子和吕修霖,继准都熟,跟他们坐在一个桌上吃饭倒也自在,谭璟扬又擅长装出一副平易近人的样子,一顿饭的气氛还算挺好。

然而,就在娇姐端了水果拼盘放在桌上时,屋外突然响起门铃声。

"应该是我买的螃蟹到了。你们坐着,我去开门!"娇姐张罗着,快步朝玄关走去。打开可视门铃的瞬间,她的表情僵住了,随即咬牙骂了声,一拉门冲了出去。

继准回头见家门敞着,娇姐独自到外面去了,直觉有些不对。他刚要起身去看,就听屋外传来娇姐拔高的嗓门。

"你又来干什么!我家不欢迎你!"

"你让我儿子出来,我有话跟他说。"

"呵,做梦!"

继准和谭璟扬对视一眼,同时"唰"地站起身来,而比他们更快的则是陈建业。

大概是害怕自己老婆受委屈,向来不慌不忙的老陈像个弹弓似的弹了出去。吕修霖和黑子听到了争吵声,也紧随其后一起到了门口。

只见继承风仍穿着昨晚那套衣服,戴着条极不相称的红围巾。他手里还拎着一盒拼图，正被娇姐堵在院子里。

继准一眼便认出了那拼图——正是自己小时候哭着喊着求继承风给他买的那款。当时继承风嫌贵没给他买，而继准原本也就只是三分钟热度，回家哭闹了一场后便把这事儿抛诸脑后了。

现在再看到这拼图，他一时也说不清是什么滋味儿。就像是有人精心按照你过去的喜好做了一桌子菜，但其实你早就已经变了口味。

此时，陈建业已经冲到了娇姐和继承风面前，第一反应就是问娇姐有没有吃亏。

也许是出于一个男人的自尊心，继承风见娇姐被陈建业护在身后，表情变得更黑。

在此之前，他和陈建业从没有正式打过照面，而今看着这个相貌平平的男人，更加认定娇姐跟对方好绝对是因为图他钱。

"继承风？"黑子眯起眼，显然也认出了来者。

吕修霖则是扶了下眼镜，不动声色地观察着这一切。

继承风原本还有些局促，此时面对陈建业，倒也全然豁出去了。他冷声说："我来找我儿子。"

没等陈建业说话，黑子先按捺不住了。在他眼里，继承风就是个狼心狗肺、抛妻弃子的混账，眼下突然出现绝对是别有用心。他不能看着娇姐好不容易得来的安稳生活遭到破坏，于是一个箭步迈了上去，指着继承风的鼻子警告道："我告诉你，别想着来拆散别人的家庭。娇姐和闹闹现在过得很好，你要是敢对他们怎么样，我保准让你后悔！"

继承风看着黑子，冷笑了声："你也在啊？怎么，游戏厅开不下去了改来给他们家当保镖？"

"我去你的！"黑子拎起继承风的领子，挥拳就要揍，被一旁的吕修霖拦住。

"你别添乱，这是别人家的私事。"吕修霖低声阻止，随即看向陈建业淡淡勾唇笑了下，"陈兄，嫂子，我看你们今天应该还有事要聊，我们就先回去了。"他顿了下，看似是在和陈建业说话，其实却是讲给继承风听的，"明晚我在雅颂饭店订了位置，引荐一位律师朋友给你认识。"

陈建业点点头，咧嘴笑了下："那我就先不留你们了哈。吕老弟喝了酒，叫个代驾吧。"

"好。"吕修霖说完，便半拖半拽地将黑子从陈建业家带了出来。临走前，他又回头看了谭璟扬一眼。

谭璟扬知道，对方的意思应该是让他照顾好继准。

偌大的别墅里寂静无声，保姆张姐很有眼力见地带着谭乐先回了房间。

包包大概也觉察到了空气中的凝重，鼻头嗅着，有些不安地绕着继准的腿蹭了蹭，在地毯上趴了下来。

几人一言不发地坐在沙发上，从位置就能看出划分了几方阵营。

桌上的菜才只吃了一半，家庭卡拉 OK 里播放着陈建业原本打算唱的经典老歌，蛋糕也还没来得及切。继准心知任何一个人被这么突然一下破坏掉了生日聚会，心里都会发堵。

他的目光在陈建业、娇姐和继承风的脸上依次扫过，只觉得胸口很是憋闷，只想直接一猛子从窗户翻出去，逃走算了。

陈建业拿过电视遥控器，把卡拉 OK 关了，接着起身从柜子里取出一条烟拆开。娇姐默默看着他，这次没有阻拦。陈建业磕出一根烟叼进嘴里点燃，徐徐抽了几口。

继承风也是浑身不自在，低头从自己的上衣口袋里翻烟抽，却发现打火机不知放哪儿去了。

陈建业夹着烟，把自己的打火机抛给继承风。继承风接住，有些意外地瞥了陈建业一眼，最后什么话也没说，兀自点燃手里的烟。

就这么又挨过了一段长久窒息的静默后，陈建业将烟捻灭进面前的烟灰缸，对一旁仍一脸防备地盯着继承风的娇姐苦笑了下，说："要不我俩先回屋，让闹闹跟他单独聊几句吧。"

娇姐瞬间瞪大眼睛，一脸意外地盯着陈建业，搞不懂他这又是什么意思。

她知道这些年来，陈建业完全是把继准当亲儿子对待，甚至有时候比自己这个亲妈都更上心。照理来说，见到继承风突然出现要见儿子，他因该愤怒、不甘，丝毫不用对继承风客气。可陈建业表现得十分冷静，甚至还主动提出让继准单独面对继承风。

继承风显然也没想到陈建业居然愿意让步，表情有些错愕。陈建业搂住娇姐的肩膀，将她从沙发上扶起来，转头对继准道："我跟你妈先上楼了，人太多也不方便说话。"

谭璟扬闻言，也拍了拍继准的后背，跟着站起身来："我去看下小乐。"

陈建业带着娇姐回到房间，关上了门。娇姐仍是皱眉瞪着他，神色复杂——有不解，有愤怒，有替他打抱不平，更多的则是心疼。

"老陈……"娇姐开口时，嗓音都有些沙哑，"你不用这样，一切都是继承风的错，你没有任何亏欠他的地方。"

"我知道。"陈建业笑了下,搂着娇姐坐在床上,"又不是男小三上位,我怕他干什么。"

"你还有心思开玩笑!"娇姐忍不住骂道,"那你为什么还允许他跟闹闹单独说话,你就不怕……"

"我信咱闹闹。"陈建业说,"别看他平时不着四六的,实际最知道好歹。"

"我不是这个意思,我的儿子我当然最清楚了,他现在跟你比跟我都亲!"娇姐顿了顿,"我是觉得你就不该给继承风脸!"

"我不是要给他脸。"

"那为什么?"

陈建业叹了口气,语重心长道:"我是怕闹闹夹在中间为难。"

娇姐蓦地一愣。

陈建业缓声说:"你想啊,一个是亲爹,一个是这些年一直待他不错的后爸,两人在他面前大打出手,最后闹得鸡飞狗跳,他心里能好受不?"

这话说完,娇姐许久都没开口,只是静静地注视着陈建业,渐渐红了眼眶。

陈建业最见不得娇姐哭,连忙抽了张纸帮她小心翼翼地擦泪,连声哄着:"怎么还哭了呢!好了好了别哭了老婆……你看看,妆都哭花了,化了一早上呢!"

娇姐不说话,只是哭得更厉害了。

她的前半生虽然遇上了像继承风那样的浑蛋,却也在最后遇到了陈建业。这个男人远比她想象中的还要温柔强大,他甘愿放下一切所谓的尊严面子,只为换她和继准轻松快乐。

他有着最强硬的手腕,能够为家人抵御危险;也有着最宽广的胸襟,能让家人安心依靠。

"陈建业,以后不许再喝那么多酒了。"娇姐吸了下鼻子,"老娘还指望着跟你相伴到老呢!"

"哎!"陈建业咧嘴一笑,"都听老婆的!"

此时的一楼客厅,就只剩下继准和继承风两人。

烟灰缸里转眼已经堆满了烟头,继承风将最后一根烟点燃抽了半晌,终是犹犹豫豫地开口问:"他,对你还好吧?"

没了娇姐和陈建业,和继准单独交流的继承风也褪去了先前的气焰,他贴着沙发边僵坐着,背还有些驼,露出了明显的老态。总而言之,跟继准记忆中那个能把他架在脖子上，高大挺拔的样子完全不一样。

"嗯。"继准顿了顿，"老陈对我没得说。"

继承风讪笑了下，低声说了句："那就好。"

两人又没话了。

继准深吸口气，抬眼望向继承风："你什么时候回来的？"他本想问跟你一起的那女的呢，但也不知道具体该怎么去称呼对方。

"刚回来没几天。我之前去了广东，想做点小买卖，后来也没成。"继承风顿了一下说，"我跟她离了……就上个月。她跟个做医疗器械的好上了。"

继准抿抿唇，轻轻"哦"了声。

继承风苦笑了下："这大概就是报应吧。"

继准用舌头顶了下腮帮子，也不太想安慰继承风，转而又问："那你接下来什么打算，还走吗？"

"说不好。"继承风道，"有个朋友在四川开了个农家乐，叫我过去帮忙，我也还在犹豫。"

"四川挺好。"继准笑笑，"你不是也挺能吃辣嘛。我小时候就总在想，怎么你每次买的辣椒都能那么辣。"

继承风扯了下嘴角，被继准这句话又勾起了回忆，眼神有些涣散。

继准深吸口气："爸，你找我到底什么事啊？"

继承风的思绪被打断，看向继准的神情有些愣怔。

"是不是缺钱了？"继准问。

继承风摇摇头，片刻后自顾自地发出声短促的闷笑。

"你就是这么想我的？"

继准抿抿唇，不知道该怎么说。

继承风又沉默了，时不时用手捂着自己的脸使劲搓一把，到后来越搓越狠，直到有眼泪从他的指缝里溢了出来。

继准静静注视着他，任由他就这么无声地发泄着情绪。

末了，继承风揪起围巾又使劲擦了把脸，这才再次抬头对继准笑笑说："没缺钱。真就是想你了，想看你一眼。本来都没打算跟你见面的，但听你们学校的老师说你艺考考得不错，也知道刻苦努力了，替你高兴。"

继承风边说边把他带来的那套拼图隔着桌子推给了继准："我总还记得你小时候喜欢玩拼图，我没给你买。这次来就是想把它交给你，就当是庆祝你艺考通过的礼物。"

继准看了那拼图一会儿，伸手将它够到了自己面前："谢了啊。"

继承风点点头，站起身来："那什么，我没别的事儿了，先走了啊。日后你要是有什么用得着我的地方，随时跟我联系，我手机号一直没换。"

"嗯。"继准应了声，也跟着起身，"我送你吧。"

"不用了。"继承风促声说，"那什么，你们吃饭吧。看你过得好我也就放心了！"

继承风说完，转身快步走到玄关拉开了门，临走前还不小心被绊了一脚，继准赶忙去扶，继承风却扶着门框冲他挥了挥手："没事儿，回去吧！"

看着继承风匆匆离去的背影，继准有一瞬间的恍神，但很快，他便平复心绪，将门重新关上。

继承风的离开就像他的出现一样草率且唐突，甚至还有些莫名其妙。

或许他一开始来真的是有什么目的，也许是钱，也许是老房子，也许是想带继准离开，可他最终还是没能说出口。

在对上继准视线的一瞬间，他大抵还是不希望继准对他更加失望吧……

一切在继承风离开后重新恢复了平静。

娇姐让张姐把饭菜又给热了热，陪着陈建业一起切了蛋糕，也算是替他完整地过了生日。

饭后，娇姐喊来司机把谭璟扬和谭乐送回家，继准和陈建业也跟着一同前去。

抵达向阳街的时候已经挺晚了，陈建业本想趁娇姐不在再抽根烟，结果出来得急忘带了。

"前面转角就有家小商店。"继准拉开车门说，"你在这儿等着，我去买。"他说完下车朝商店缓步走去。

陈建业等他的工夫就跟谭璟扬随口聊着天。

"我以前可苦了，烟都是买最便宜的抽，每次总得抽到过滤嘴的位置才舍得丢，几次想戒了省点钱，可又总得找个什么来缓解心里的郁闷……"陈建业笑笑，看向谭璟扬，"其实叔第一次见你，就觉得你跟我年轻的时候挺像的，外表看着斯斯文文，骨子里也还是透着股狠劲儿。毕竟嘛，没这点劲儿怎么扛得住生活的担子。"

他顿了下："闹闹就不一样，他正好跟咱们完全相反。平时狠话放得一套套的，其实单纯得很。"

"嗯。"谭璟扬笑了下，十分赞同这个观点。

"我记得我第一次见到闹闹的时候，他才这么点大。"陈建业在自己腰上比了比，"挡在他妈面前，一脸防备地盯着我，明明心里不乐意，却还是为了他妈客客气气地喊了我一声'爸'……我当时心里就想，不论如何，从今往后继准就是我亲儿子。我也跟他妈商量过，从此就继准这么一个儿子，我们要把所有的爱全都给他，让他快快乐乐地长大成人。至于大众所谓的那些个什么有出息没出息的，对我们来说根本无所谓。只要他能堂堂正正地做人，善良正义，不搞那些个歪门邪道，懂得尊重、懂得爱人，那就是我们的好儿子！"

话及此处，陈建业十分感慨地叹了声："没想到啊……一眨眼他都这么大了。想想之后他要去北京，我还怪舍不得的。不过所有父母都得经历这个过程，所有孩子也得这样才会长大……好在你俩还可以一起搭个伴儿，人这辈子能有个志同道合的朋友是件特别幸运的事，一定要珍惜这段情谊。"

"放心吧叔叔。"谭璟扬沉缓地说，"不论发生什么，我们都会是能放心把后背交给对方的人。"

陈建业知道自己的意思传达到了，回身使劲拍了下谭璟扬的肩："好小子！"

不远处，继准朝他们迎面走来，对陈建业说："便利店打烊了，你还是憋着吧。"

陈建业无奈地撇撇嘴，又看了眼枕着谭璟扬的腿，睡得正香的谭乐，压低嗓音道："行了，你们赶紧上去吧，看把小乐给困的。"

谭璟扬点点头，将谭乐背在背上："陈叔，你们路上小心。"

"哎！快回吧！"陈建业跟谭璟扬挥了挥手。

继准给谭璟扬使了个眼色，接着低头钻进了车里。

车灯投射出两道光柱，照亮了前方。

继准看着陈建业，好奇地问："你俩刚聊什么呢？"

陈建业咧嘴笑笑："嗐，没啥，就瞎聊呗！"

继准"哦"了声，勾了勾唇。

"谢了啊。"他轻声道。

陈建业一时还没太弄明白继准干吗突然要跟他道谢，脸上挂着笑地"啊？"了声。

继准抿抿唇，目视前方，过了会儿后喊了句：

"老爸。"

很快，高考终于来了……

"准考证？"

"带了。"

"2B笔？"

"带了带了。"

"你那笔都试了没？显不显？"

继准仰靠在沙发上，摸着包包的狗头看着一脸紧张的娇姐失笑道："放心吧，谭璟扬都帮我检查过了。"

娇姐没好气地照着继准脑袋弹了下："什么你都让别人给你干，谁当你朋友真是倒了八辈子霉！"

"就你这么觉得。"继准冲娇姐眨眨眼，"你儿子我是团宠。团宠懂吗？"

娇姐作势又要去抽继准，嘴里嘟囔着："一天到晚没个正行。"

继准也不躲，又冲她乐了下。

"傻样儿！"娇姐说着，突然像想起什么似的匆匆从包里翻出了两枚祈运符递给继准，"喏，我今天刚去文庙求的，你俩一人一个，保佑你们明天旗开得胜。"

"不用了吧，老佛爷。"继准瞥了眼那符，"考场不让带这些乱七八糟的。"

"啧，谁让你带进去了，装包里放在外面就行。"娇姐煞有介事道，"人家师父都说了，这是开过光的，那磁场远程就能罩着你。"

继准闻言挑了下眉："他收你多少钱？"

"一个两千！"

"噗！"继准直接坐了起来，"你被宰了吧娇娇！"

娇姐掐了继准的胳膊一把。

继准不想辜负了娇姐的好意，只得把那两枚符收下，顺手拍了张照片发给谭璟扬。

继准：娇姐求的，两千一个。

谭璟扬：嗯？

继准：说是能保佑考试顺利，简直离谱！这玩意儿有用的话，之前还拼死学习干吗？

谭璟扬：哈，拿着吧，没准真灵呢。

继准：你怎么也突然迷信起来了？

谭璟扬：毕竟这么贵，替我谢谢阿姨。

继准哭笑不得。

继准：合着你是用金钱来衡量管不管用啊？
谭璟扬：说不定连带着保佑姻缘呢。
继准：还得是您！
继准捧着手机在沙发上笑了半天，才又接着给谭璟扬发消息。
继准：你现在紧张吗？
谭璟扬：还好，你呢？
继准：我更紧张你，毕竟咱好歹也算是一条腿迈进电影学院了。
那边过了会儿，才传来谭璟扬的消息。
谭璟扬：放心，稳的。
继准：那就好，今晚早点休息。明天五点半我去找你，一起吃早饭。
谭璟扬：好。
继准刚放下手机打算早点睡觉，屏幕又亮了下。
他动动手指，将手机点开：加油，继准。
继准牵了下唇：加油，谭璟扬。

这场面向全体高考生为期两天的战役在一种既安静又暗潮汹涌的状态下开始，又随着一声清脆的铃声，正式宣告了结束。

至此，成绩好坏已成定局，而更为广阔的人生和选择都才刚刚开始。

最后一门考的是英语，离开考场时，继准有那么一瞬间觉得有些恍惚。

那些高中经历的喜怒哀乐，既像是昨天刚刚发生的，又像是已经过了一个世纪。

直到他的脚步随着人潮一起迈出校门，看到了阳光下迎面走来的谭璟扬，才又找回了一丝真实感。

"考得怎么样？"谭璟扬递上了瓶冰可乐。

继准接过，拧开喝了口，点点头道："应该还行，你呢？"

"正常发挥吧。"

继准悬着的一颗心总算彻底落了地，长出了口气道："那就是稳了。"

谭璟扬笑了下，冲继准扬下巴："接下来去哪儿？"

"娇姐和陈建业订了位置，说全家一起吃个饭。"继准摸出手机看了下表，"走吧，他们这会儿应该已经接着小乐了。"

当晚，一家人围坐在桌前，满目都是佳肴珍馐。用陈建业的话说，不管最后考得怎么样，起码要先庆祝下两人终于脱离苦海。

娇姐撇了撇嘴："对你儿子才是苦海，对人家小谭是快乐。"

陈建业兴高采烈地开了瓶酒，给大家一一满上，而后一举杯说："来来，咱们先喝一个！"

"来，爸！"娇姐见继准端着杯子就要跟陈建业碰，本想制止，但转念一想两个孩子现在都十八了，偶尔喝一杯就喝一杯吧，便也不再阻挠。

更何况，如今能听到继准这么自然地喊陈建业一声"爸"，她心里还是很欣慰的。

"陈叔、阿姨，我也敬你们一个吧。"谭璟扬端着酒杯站起身，温声说，"谢谢你们一直以来对我和我弟的照顾。"

谭乐见状也赶忙学着样子，拿着酸奶跟着站起来。

"嗐，这孩子，一家人不说两家话！"陈建业边说边看向娇姐，跟她一个劲儿使眼色，"你说对吧，媳妇儿？"

娇姐轻舒口气，放下了筷子，也举起了身旁的酒杯，对谭璟扬说："小谭啊，小乐的事儿你不用操心，放心交给我们就是了，他要是想住校，周末我们就去接他回家，他要是不想住，就跟我们待在一起。反正你们上学走了，我跟老陈在家也挺寂寞的，有小乐给我们做伴我们巴不得！"

"阿姨，我……"

"哦，对了，家里的侧卧我们已经给重新装修过了，按小乐喜欢的样子装成了奥特曼主题，等过段时间散完味道，就能搬进去了。"娇姐说着，又在自己和谭璟扬的杯子里分别倒了些酒，冲他举了举说，"从今往后，你就不要再有任何顾虑，好好去经历体会未来的人生吧。"

谭璟扬的喉结颤了颤，很想说些什么，可话哽在喉头，又觉得此刻无论说什么，都不足以表达内心深处的感受。

最后，他点点头，一口气喝光了娇姐倒给他的酒。

他知道，他又有家了。

高考成绩公布前一天，继准带着谭璟扬跟路虎一起去了王达所在的烟城旅游。

谭乐因为还要上学，就没跟着一道去。

烟城三面环海，风景宜人。王达一早便守在火车站外，身边还跟着个同学。见到继准他们出站，王达立马快步迎了过去，一把将继准紧紧抱住。

"这哥们儿是？"路虎看着王达身边的男生问。

"张洹，我在这边的朋友。"

"你好，你好！"路虎握着张洹的手，"我是王达在那边的朋友！"

"张洹是本地人，我刚转来这儿的时候就很照顾我。"王达说，"知道你们来玩，我就拜托他当导游。"

几人在张洹的带领下先到宾馆放了行李。事实证明，他这个导游当得十分给力，带着继准一行人避开暑假的人潮，深入那些宝藏景点和当地人比较喜欢去的餐馆吃饭。

傍晚的时候，他们到了一个海湾看日落。这里的沙子很细软，被白天的阳光照得直到现在还是暖的。

路虎跟着王达他们去赶海了，隔着大老远都能听到他的叫声。

"快看快看！有海星！还是活的呢！"

"有螃蟹！"

"嗯？这是什么东西……海怪？"

"路虎你安静点儿，螃蟹被你吓跑了！"

另一边，谭璟扬和继准找了块礁石坐下，呼吸间充斥着海水咸咸的味道，迎面便是无边无际的海平面和漫天红霞。

继准转头问谭璟扬："你是第一次见大海？"

"嗯。"谭璟扬淡淡应了声，风吹乱了他额前的碎发，"这时候就觉得世界真大。"

"是啊。"继准点点头，随着谭璟扬的视线一起看向大海，顿了顿后笑着说，"有机会就一起去看看吧。"

"好。"

这晚注定是个不眠夜，在海滨大排档吃饭的时候，路虎酒壮怂人胆，自个儿就干了半打，鬼哭狼嚎的被继准和谭璟扬架着给抬回了宾馆。

王达摇头失笑："成绩要出来了，他紧张。"

"谁不是呢。"继准笑笑，转而问，"对了，还没问你打算考哪儿？"

"师范。"王达道，"跟路虎的学校在同城。"

"嗯，那挺好！"继准将路虎往床上一撂，拍拍手对谭璟扬说，"成绩快出来了，咱也赶紧回屋吧。"

"嗯。"

两人回了房间，坐在电脑前的时候，继准不免还是感到了紧张。与之相比，谭璟扬倒是淡定许多。

就在此时，路虎和王达的房间里突然爆发出一声震耳欲聋的咆哮：

"中了？我中了！啊啊啊——"

继准和谭璟扬对视一眼，耸了下肩："完了，二虎子疯了。"

趁着继准说话间隙，谭璟扬直接在电脑上迅速输入了继准的学号。

看到自己成绩的瞬间，继准的肩膀轻轻垮了下来，随即往椅背上一靠，长出了口气。

"460分,过今年的编导专业提档线是妥妥的了。"

谭璟扬也跟着闭了下眼。只要继准没问题,他就放心了。

"闪开,我看看你的。"继准一个探身又回到电脑前,盯着屏幕调出谭璟扬的成绩。

在看到他总分的时候,继准的瞳孔彻底放大。

"扬哥——你也太牛了——"

隔壁的路虎听到继准他们屋里传出的喊声,剩的那点儿酒意彻底被吓醒了。

他冲着王达撇撇嘴说:"完了,继准疯了。"

说来,这年的夏天依旧挺怪。

录取通知书寄来的这天傍晚,接连打了好几声闷雷,却不见下雨。

破旧深巷中挨着家五金店的位置,挂门帘的游戏厅被重新装修了。墙壁和地板都焕然一新,还装上了空调,可屋中的布局却仍保持着它最初的面貌。

继准和黑子刚打完一局拳皇,继准还是没赢。黑子问继准怎么没见谭璟扬跟他一起,继准拧开可乐喝了一口,说:"他买老冰棍去了。"

黑子点点头,扭脸看了眼墙上挂着的时钟,擦擦汗站起身来。

"你嫂子下班了,我得去接她。"

"嗯,路上慢点儿啊。"继准抬手冲他挥了挥,而后自己又开了局,叼着棒棒糖操纵着那根控制杆。

黑子停在门口的车响了两声喇叭,缓缓驶出了鹭鸶街口。

这会儿正好是晚高峰,他原是不想开车的,但看这天气要下雨不下雨,担心半道上再淋着,于是只能开着车一点点地在路上挪。

此时,游戏厅的门帘又动了下,被人掀开了。

继准循声看去,却被一个身影瞬间抵在了游戏机上。

继准微微一愣,随即勾了下嘴角说:"咳,下班了,要玩的话明天再来吧。"

头顶传来了个带笑的声音。

"我找人。"

"找什么人?"继准眉梢一挑,"'飞机头',还是'豆豆鞋'?"

对方也跟着扬起嘴角,松开抓继准的手,冲他一递下巴:"就你这样的。"

"嗯?找我做什么?"

"想带你去个地方。"
"哪儿？"
"未来。"

- 正文完 -

Extra ·岁月间

　　这件事发生在许多年后，继准已经是拍出过一部获奖电影的年轻导演，在圈子里颇具名气。
　　而谭璟扬，毕业后也成为了所在大学中文系里最年轻的老师。
　　据说他的课总是人满为患，甚至还被学生拍了一段讲课的小视频发到网上，然后小火了一把，被继准调侃说他是新晋网红。
　　彼时，阴雨已经连绵不休了一周，继准前往三亚参加电影节还没回来。谭璟扬平日里懒得总在学校和家两个地方每天往返，便直接住在了学校给他安排的教师宿舍里。
　　宿舍其实也是按照职称来划分的，谭璟扬被分到了一间大开间。虽然不是在新楼，但位于学校深处的莲花池边上，门口还栽着棵桂花树。入秋后便会有淡淡的香气从窗户飘进房间，倒也清静自在。
　　上课铃响了，教室里早早就坐满了人，除了本专业的，还有不少慕名前来蹭课的，大家一反常态地没有在大清早昏昏欲睡，反而在激动着什么。

　　这样的激动随着一个身影的出现而到达顶峰，只见来者穿了件浅咖色的长款风衣，同色系的休闲西裤衬得一双长腿笔挺。他将手里沾了雨珠的透明雨伞，在门外轻轻抖了抖，立在了墙角。
　　他走到讲台上，除去风衣露出了里面雪白平整的衬衫，扶了下鼻梁上架着的无框眼镜，抬眼冲教室里的同学淡淡一笑："早。"
　　嗓音低沉温柔，像是在这阴凉潮湿的天气里吹进了一缕春风。
　　"谭老师早。"
　　"老师早！"
　　"谭老师今天好帅啊！"

谭璟扬牵了下嘴角，翻开教案，随后转身在白板上利落地写下了今天的教学题目，笔迹潇洒中带着些锋利。

时间在一分一秒地流逝，教室里的细碎低语和怯怯笑声都渐渐在谭璟扬不急不缓地课程讲述中安静了下来。而那些原本带着看帅哥的心思跑来蹭课的人也不再只是关注着台上人的外貌，而彻底深入到了课堂之中。

雨在临近中午的时候总算停了，阳光从云层中露出来，透过树叶散落在教室外的长廊，落下一地的斑驳。

门口积了片小水坑，被风吹起涟漪。一只蜻蜓飞过，刚刚点在水面上，就又被一双正朝教室走来的脚步所惊扰，飞向湛蓝的天空。

谭璟扬抬腕看了下表，还有十分钟下课，便打算给同学们播放一段课程相关的影像资料。他背过身去调投影仪时，原本安静的教室里突然响起了一阵骚动。

他回头循声朝教室的后门看去，眸光微微一跳，随即嘴角不由自主地扬了起来。

站在阳光下的人，穿着件休闲牛仔夹克，白色的太阳帽压得很低，却依然无法遮挡住那张阳光帅气的脸庞。

半抬着的眼睛里含着笑意，耳朵上挂着耳机，懒懒地倚着门框冲谭璟扬抬了抬下巴，随后一笑，露出了单侧尖尖的虎牙。他朝屋外比了个手势，就找地方晒太阳去了。

"那是哪个班的啊？是你们中文系的吗？"

"没见过啊！好帅！"

"对啊好帅！"

"怎么觉得看着特眼熟，别是明星吧！咱学校最近借地盘给剧组拍戏吗？"

"他刚刚好像是在跟谭老师打招呼吧？"

"好像是！"

下课铃打响了，谭璟扬冲台下的人礼貌地颔了下首："今天就先到这里，大家快去吃饭吧。"说完拎过墙角的雨伞，快步迈出了教室。

几个胆子大的女生见状，互相交换了个眼色，也赶忙跟着一并跑了出去。

继准听到教室里的动静，将目光从手机里美术组新发来的概念图上移开视线。

还没等他转头，谭璟扬便已经来到了他身前。继准从头到脚地将人打量了一番，吹了个口哨说："真帅啊，谭老师。"

谭璟扬抬手便揽住了继准的肩，先前的沉稳成熟稍稍敛去，依稀又有了少年的模样。

"什么时候回来的？"

"刚下飞机就过来了。"继准打了个哈欠，"早班机，困得要死。"

谭璟扬点点头："我下午还有两节课，要不你先到我宿舍补个眠？"

"行啊。"继准一拍谭璟扬后背，"走吧，先吃饭去，我还没吃过你们学校食堂的饭呢。"

谭璟扬的宿舍陈设非常简单，只有一张床、一个带穿衣镜的柜子和一张书桌，但被他收拾得相当整洁。

午后的阳光暖暖地洒在屋里，将床上的被子晒得松松软软的。继准跟谭璟扬一起吃完饭后，便拿了对方的钥匙回到宿舍。他将外套和裤子往书桌上一搭，便脱鞋钻进了被窝，无比舒坦地舒了口气，没一会儿便睡着了。

这一觉睡得极沉，当他再睁开眼时太阳已经落山了。继准长长地伸了个懒腰，只觉得神清气爽。

手机振了两下，他伸手够过来打开。其中有几条是工作消息，继准一一处理过后，又给娇姐回了通电话。

"喂，妈。"

"在哪儿呢……三条。"电话里传来一阵麻将声。

继准打了个哈欠："今儿刚回京，在谭璟扬宿舍呢。"

"你别去打扰人家小谭上课听见没有！"娇姐的声音立时提高了八度。

继准将电话拿远了些，无奈笑道："怎么在你眼里我就只会打扰别人。"

"废话，人家那可是正规好大学！你一天天跟个二流子似的，别再把人家好学生吓着！"

"啧，您真是我亲妈。"

娇姐又扔了张牌出去："哎，国庆快到了，你俩有计划回来没？"

"嗯，有啊。"继准说。

"好好好！"听到继准他们要回家了，娇姐瞬间喜笑颜开，"小乐也快放假了，到时候叫你爸带咱们到山里玩去。"

"行！"继准放缓了声音，"家里都好吧？你跟我爸身体怎么样？包包呢？"

"都好都好，我正打牌呢！你爸跟吕总他们打球去了……包包？包包！过来，你哥叫你！"

娇姐话音刚落，继准就听到电话那头传来了狗蹄子的声音。

"快，给哥哥打个招呼。"娇姐将电话往下一垂，那边立刻发出了一声狗叫。

"汪！"

"听着没？"娇姐问。

"听着了。"继准笑了下，"挺精神的。"

"臭小子快点儿回来吧。"娇姐接回了电话，"想你了。"

"妈……"

继准心里一软，刚想说两句好听话哄哄娇姐，就听娇姐那边大吼一声："自摸！清一色，哈哈哈哈哈！"

继准无语。

"先挂了啊！你们定好回来的日子记得给我们说一声。"

"哦，妈再见。"

电话"嘟嘟"断掉了。

果然，娇姐还是那个娇姐。

转眼间，国庆假期到了，继准和谭璟扬一起回了家。

刚把车停稳，就见一人一狗从继准家的小花园里一路朝他们飞奔过来。

"哥——准哥——"

继准眼睛一亮："小乐！"

谭乐已经上初中了，继准他们每次回来，这小子的个头都要比上一回蹿出一大截。最近他到了变声期，嗓音从最初的奶声奶气过渡成了有些沙哑的少年音，五官也比以前更具棱角，俨然成了副小大人的模样。

"又高了。"谭璟扬说着，捋了把谭乐的头发。

谭乐马上向后躲了躲，撇着嘴说："哥，你能别再逗狗似的这么摸我了吗？"

"怎么的？"谭璟扬变本加厉地揉着谭乐的头，"长再高我也是你哥！"

娇姐和陈建业闻声也匆匆走了出来，看到继准的瞬间，娇姐还是忍不住红了眼眶。

"小兔崽子！"娇姐佯作生气地喊了句，"你还知道回家啊！"

继准见了娇姐，眼睛瞬间笑成了月牙。他大步朝娇姐迈了过去，张开双臂将人一把狠狠搂进怀里。

"老佛爷，我这不是回来了嘛。"

"哼！下次再这么久不着家，就别回来了！"娇姐嘴上不饶人，可手却还是在继准的后背上一下下拍着，语无伦次地一会儿"小王八蛋"，一会儿"好大儿"地叫。

"叔叔、阿姨。"谭璟扬温柔地跟陈建业和娇姐打了招呼。

娇姐赶忙拉着他的手将他往屋里引："好好好，好孩子！"

陈建业也在边上笑呵呵地接话说："你们不知道，昨天半夜娇姐激动得失眠睡不着，大半夜爬起来包饺子，不让她干还跟我急。"

"就你话多！"娇姐作势打了陈建业一下，一家人高高兴兴地回了屋。

"哟，回来啦！"厨房里传来一个熟悉的声音，只见慧姨从里面探出了头。

她的鬓角生出了些白发，可精气神依旧挺好，从背后看着跟过去一样，顶多只有三十岁。

"你们慧姨听说你们今天回来，大清早就跑来帮忙了。"娇姐边说边系上围裙。

谭璟扬见状赶忙也要进厨房里帮忙。

"你别上手了！"娇姐赶忙推了谭璟扬一下，"开了一路车，累坏了吧？你俩先上楼洗个澡休息休息，等饭好了我叫你们。"

"行！"继准忙不迭地点点头，被娇姐从身后踹了一脚，"兔崽子，什么时候你都是躲懒第一名。"

吃完饭后，继准和谭璟扬又去黑子家看了一眼。

他和楚舒兰的孩子前不久刚出生，一个五大三粗的糙汉被个小不点折腾得焦头烂额，却也是乐在其中。

看着屋里堆得跟小山一样高的各种婴儿用品，继准简直无语了，对抱着孩子的黑子道："你这也有点太夸张了吧？"

"嘁，你当是我买的？"黑子无奈地摇摇头，"全是吕修霖拿来的，从襁褓到大学，恨不得把这小崽子的一辈子都给包办了。"

"吕修霖？"这继准当真还是感到有些意外的。

"可不，弄得我跟舒兰不好意思，让孩子认他当干爹了。"

"是吗？"继准笑了下，眼底的光变得柔和。

看着黑子抱着孩子哄的背影，继准真心觉得他和吕修霖能像现在这样挺难得的。

或许冥冥之中，的确有人在一直默默祝福守护着他们吧……

从黑子家出来，两人又跑去见了华子一面。听华子说，程罪开年的时候跟他师父一起去了广州,现在在那边发展得还不错。

见到谭璟扬和继准,华子很高兴,当晚非要拉着他们留在店里吃火锅。三个人还像当年那样围着张破木桌子,几杯酒下肚后,华子直接打了通电话给程罪。

那边响了许久,终于接通了。

"华子哥!"程罪的声音听起来很兴奋,"我刚刚在忙,没听到!"

"小罪,你猜谁在我边上呢?"不等程罪反应,华子已经把手机塞给了谭璟扬。

谭璟扬接过叫了声:"程罪。"

电话那头静了会儿,传来程罪有些意外的声音。

"扬哥?"

"你还好吧?"谭璟扬淡淡牵了下嘴角,"听华子说你现在在广州。"

"嗯,我师父在这边又开了间更大的厂,我帮他管着。"程罪顿了顿,轻声问,"你呢?在北京还好吗?继准也好吗?"

"我们都好。"谭璟扬抬眼看着继准,温声说,"他这会儿就在我边上。"

"是吗,真好。"程罪在那头笑了下。

之后,几人又随便隔着电话扯了会儿闲天。程罪还要去进货,便先提出挂了电话。

末了,他还跟谭璟扬和继准约好了,下次有空就到广州玩。

离开华子的理发店,继准和谭璟扬顺道又拐去了向阳街。

这个被时光遗忘的地方一如既往地没什么变化,路旁的红砖墙上用油漆喷了个大大的"拆"字。

"我记得这房子咱俩高中的时候就说要拆来着?"继准说。

"好像不是这间吧。"

"哎,肯定是!我第一次来找你的时候就注意到了。"

"继准……"谭璟扬突然轻唤了声,目光看向一处。

"嗯?"

继准应了声,也顺着他的视线朝路边望去,微微一愣。

只见一间亮着灯的屋外,一盆海棠花在夜色中绽放。

花蕊的位置,一只蝴蝶正落在上面,轻轻扇动着翅膀……